江苏省作家协会、镇江市文学艺术界联合会签约作品

跨度小说文库
Kuadu Fiction Series

天象

陶然 著

中国文史出版社

目录

序

浅　泠①

陶然擅长的文体很是多样，但据我所知，小说要算他的挚爱，中篇又是挚爱里的“心头好”。这本中篇小说集在作者心中的地位，可想而知。“天象”所指，无非日月盈仄、辰宿列张之种种，个中既囊括了小说里实际发生过的微光、迷雾、飞虹、晚风等自然现象，亦指它们的象征意义。作者以妙笔临摹、采撷，取寻常里的精粹，录凡庸里的不俗，再迂回成曲折的故事、婉转的情致、深幽的意境，最终酿成的是一壶灵光四溢又意蕴悠长的“天象”之味。

整本书延续了作者一贯含蓄精致又犀利深邃的文风，优雅凝练的行文，灵魂拷问式的心理探究，字里行间渗透的悲悯，都是他的“标签”。但在篇目的布局上却显示了新的匠心：起自《微光》隐于风花雪月肌理之下的冷涩清寒，承接《迷雾》散淡平静之下的激烈汹涌，转而《飞虹》酷烈冷肃之下的原宥疗救，终于《晚风》千疮百孔之下的融通旷达。四个故事的创作宗旨无一不是精描人性的纤毫毕现，创作姿态又无一不有俯瞰尘世的豁然飘逸，这使它们有了一层相似的底色。

《天象》还有个有趣之点，就是第一个故事的主人公在第二个故事里仍会偶尔出现，第二个故事的主人公又在第三个故事里惊鸿一瞥，第

① 浅泠，女，湖南常德人，曾任梧桐文学社副社长。评者，自由撰稿人，作者好友。

三个故事的主人公会在第四个故事中借由角色之口补充交代他们的后来。第四个故事的主人公呢？如果读者足够细心，会发现他在第一个故事里显示了他糟糕的婚姻状态。如此设计让四个作品有着淡淡的勾连，又不妨碍各自的独立，若断若续间，强化了小说的真实感，仿佛这一群人曾经真的存在过。它们在情节上彼此交融，互相交织，在意涵上彼此生发，互相映射，营造出双重的幻丽与逼真。

读罢全书，不禁追问，“我们”在谁浓墨重彩的人生里留下过雪泥鸿爪？“你们”无意间见证过谁的刻骨铭心？“他们”途经的又有多少人的心碎悲情？芸芸人世，茫茫众生，每个人都在演绎自己的故事，也客串他人的离合，完成个体的领悟后，合奏群体的共鸣。

人间有红尘情事，自然界有天象纷呈。这本小说集里的世界，隐然有它自己的浩瀚。

微　光

第一部

一

余波站在和燕路的这一边，等着过街。她身后是一面大广告牌："海内皆知音，投资若比邻。"她站在牌子的阴影里，浑然不觉，只想着快过街去。汽车开成了一条河。若在晚上，便是一流光海，大可赏心悦目。但在下午四点钟的时候，就只觉得浊浪滚滚。

余波手里拎着大包小包，急切间过不去，手酸臂麻，只好先把包放在地上。刚轻松了一下，车流戛然而止，倒又轮到行人过街了。她嘴唇动了动，像是叽咕了句什么，重又拎起包来拖拖拉拉地往前走。来到对街，检视一下包里的东西，发现漏了一管润唇膏。回头张望，正躺在马路中央。她犹豫了一下，放下包朝街心走。眼看着与润唇膏越来越近，忽听后面有人喊了声"小心!"她急退一步，一辆轿车几乎贴着她的鼻子疾驰而过。她上前几步拾起润唇膏，转回身来，在路中间等着。过了一会儿，好像蓄水站关了闸门，两头的车辆全都乖乖伏着不动，霎时"河晏海清"。她才慌慌地跑了回来。

包旁边站着一个小个子青年。其实也不"小"，总也有一米七七的样子，只是余波自己身高就有一米六九，看男性不由得又比别人苛刻一些。那人站开一点儿，等她把润唇膏放进包内，把三个包都扎得像绑匪手上的人质，才开口说："刚才真危险!"余波笑了笑，心有余悸似的说："我也吓了一大跳。你不喊，我就出车祸了。"想想又说，"谢谢你。"男青年说："没关系。"正要迈步过街，公交车、的士、机关用车、私家车一哄而上，只得再等一等。

余波本来就要走的，但这人对自己有救命之恩，放在古代，似乎要以身相许的。他在这边等，自己总不好就走，于是找话说道："对不起，耽误你的事了。"那人笑了，说："不客气，今天又不上班。我是到那边超市买点儿日用品。"余波见他还挺健谈，便说："买什么?"那人觉得这女孩子的问题有点儿唐突，当然也是一转念间的事，他随即答道："买洗手液和空气清新剂。我一向只用肥皂，不过今天有朋友要来。"余波笑道："你这真是'客来扫地'了。"说着话红灯亮了。那人说："我过去了，再见!"余波也道："再见!"拿起包来一歪一歪地继续走。

一路观察，一路问人，来到一幢灰扑扑的楼前，认了一下门牌号码，上前敲门。防盗门在外面把关，门铃夹在两道门之间。余波摁不到门铃，敲来敲去，逐渐变成了打、捶、摇。里面没有声音，对门倒开了一条缝窥探。余波心想说得好好的，四点半在家里等，怎么又放人鸽子！叫人站在这儿进也不是退也不是的。

对门的老太太躲在门后面说："你找谁呀?"余波说："冯涛。"老太太说："他不在。"余波暗道："要你说，我也知道他不在。"想了想说："请问他上哪儿去了?"老太太至此才伸出头来摇了两摇，表示不知道。余波自言自语："怎么就没要他的手机号!"靠在防盗门上不吭声，忽然间感到了累。不管要走多远，知道前面有个落脚的地方，也就有了奔头；到了目的地才发现指望落空，是有一种失重的感觉，挺荒诞似的。老太太问："你是小冯什么人啊?"余波警觉起来，问她道："你是房东吧?"老太太轻易给人家识穿，略有点儿讪讪的，但也因此而问得更加理直气壮："是啊，所以才问你呢！我们这边不许闲人进来的。"余波按照事先商定的话回答："我是冯涛表妹，在这儿借住半年。本来晚上也要跟你说的。"老太太将信将疑，把余波上上下下打量了一回，大约觉得还算干净、体面，便宽宏大量地说："我知道了。"像干部。"等会儿我叫小冯来再问一下。"像大干部。"他不在，你打门也没用。我家老头子心脏不好，你手脚轻一点儿。"终于还原平民本色。

对门关上了。余波见天色渐渐暗下来，心里倒不着急了，却有几分难过。身在异地他乡，原有些隔膜，总觉得不是那么回事；现在不尴不尬地晾在这儿，像被人愚弄了一样，更是难堪。这一转念，不禁又怨起学校来了。住了两年的好宿舍，冬暖夏凉，楼层又高，蚊虫除非会乘电梯，否则也上不了七楼。高高兴兴过了国庆回来，还不到两个月，一声"搬"，任你抗议、交涉、写信、堵办公室，甚至威胁要向媒体曝光，该走的还是留不下来。找房子谈何容易，找中介，那中介费就吓得死人。好在无意中，在大街的电线杆子上，一大堆壮阳、治性病的广告旁边，找到了求租的邀请。当下就拿起手机拨打对方手机。那边是个很醇厚的男声，言谈间还有几分文气。余波凭直觉认可了这个人，顾不得是男女"同居"，冒冒失失地就同那人敲定了。那人房租开得不很高，地点离学校也不很远。过了这个村就没那个店了。余波忙忙地三天后就要搬过来。当时惊喜交集，详细抄下了房子的地址，和燕路183号4幢103，就没想起来存一下对方的手机号。三天一过，打了十来个电话，自己手机里"已拨打"那一栏也自动新陈代谢，清除了那人的号码。要不然也不必站在这里傻等。

一个四十来岁的中年男人走进楼道，余波竟微微一阵慌。按说一男一女合租，年纪越大越安全，她此刻却只暗中念佛，保佑不要是这个人。中年男人经过时向她瞧了一眼，拐上二楼去了。余波看着他稀疏的头顶，松了一口气。

她低头整理东西，余光看到一个青年走近前来。她一时没理会，那人却站在她面前不走了。余波一抬头，见是下午在街上遇见的那人，救了自己一命的，心想可别那么巧，忙清了清嗓子说："有什么事？"青年大约也猜出了原委，忍住笑说："这是我家。我要开门。"余波笑了出来，让开一步说："你就是房主？"冯涛笑着说："对门才是呢，我顶多算个二房东。”二人进了门，冯涛返手把门推上说：“我们互相听过声音的，刚才说了一阵话，居然谁也没有注意到。”余波边看着客厅边说：“在电话里说话总归有点儿失真，何况是手机？”

冯涛放下手中的小袋子，推开一扇门说：“这是你房间。”余波进去看了一下，一张床，一张床头柜，还留着点儿空间放桌子，小是小一点儿，一个人住却还妥当。

余波把以前买的台灯搁在床头柜上，把前天才买的小电话放在台灯旁边，另有一个墨绿壳子的小收音机也挤在上面。整整一箱衣服，苦于没衣柜，只能收拾出几件常穿的塞进小床头柜里。冯涛一看到她开箱子，就出去带上了房门。余波心里更放宽一些。

她在这儿拾掇，冯涛便在卫生间里把洗手液放到水池子上，又拿空气清新剂四处喷喷。余波开门出来，闻到淡淡的橘子香，觉得连空气也变了橙色，便笑着说：“你说有朋友要来，原来这‘朋友’就是我。”冯涛笑道：“还给你配了一串钥匙。你看，这把四面的大钥匙开防盗门；这个黄的开大门；这把黄的颜色暗一点儿，开房门。摸熟了就有数了。”拿了张椅子到她房里，说给她睡觉时放衣服用。

余波不知道他是天生好心呢还是只对她青眼有加，总之是觉着“宾至如归”。半小时前还在门口怪他，看来那时候是配钥匙去了。

她把学校里用的多用插座也带了过来。冯涛帮她理顺电线，放到角落里去，把电话线插好。床单被子一铺，宛然是一个小家了。

晚上两个人去吃盒饭。冯涛饭不够还要添，余波抿嘴笑了。冯涛也笑道：“男人食量大，吃盒饭、盖浇饭就占便宜。”余波想起来说：“你怎么正好今天去买洗手液的？”冯涛说：“不好意思，害你等了大半天。前几天都上班，晚上又太冷，懒得出去。星期六早上难得有个懒觉能睡，一拖就拖到下午了——中午我还大扫除，把厨房什么的都弄了一下。”他这样一说，余波倒不好意思了，忙说：“还没来就给你添这么多麻烦。”冯涛也感到刚刚那一番话像在“表功”，也有些羞惭。

吃完饭，冯涛付了钱。余波说：“好的，这一顿是你欢迎我的，以后我再请你。”冯涛笑笑说：“我这阵经济紧张，前两天借了几千块钱给朋友，他刚结婚。不然就吃得好一点儿了。”他说到这里，停了一停，对着饭桌出神。余波以为他没吃饱，不料他回身去同老板搭话，只因声音小，内容却听不大清。老板手向东边指了指，说了句话。冯涛说：“谢谢！”这句“谢谢”倒很响亮。

余波不知他葫芦里卖什么药，初次见面，也不好太问他。冯涛一路上想了想又算一算，终于说道：“你房间里还差张桌子，明天我带你去买。”余波说：“就是放盒饭的那种桌子？”冯涛点头说：“我问了一下，只要四十块钱，东边那条街上就有。估计杀杀价，有三十块钱能买到了。又能折叠，不占地方，又够你写作业了。”余波听到“作业”二字，显然是拿她当小孩儿，有点儿好笑，又有几分不服气，便说：“大学里作业不多，不过有时候要写点儿东西。”冯涛说：“对了，你是学中文的。我也喜欢看书，到时我们交换着看。”余波说：“你是干哪一行的？”冯涛说：“在杂志社当助理编辑。”不等余波表示羡慕，接下去便说，“说得好听，其实也没有编制，也没多少钱。而且《展望》杂志这两年越来越滑坡，离‘灭绝’不远了。我是想起来就有危机感。大概不久的将来就要另找东家。”余波看了他一眼，眼睛里仿佛伸出手来，抚摸了一下他的头顶。冯涛头往下低了一低，仿佛被她抚摸了一下。两个人这样合拍，倒叫她吃了一惊。

回去冯涛教余波开门。余波觉得他太小瞧自己，说：“我会。”掏出钥匙。冯涛忙阻止她说：“这门有点儿疙瘩，要用巧劲。”示范给她看了。余波果然感到不好开，在冯涛的指点下，开了几次才进得了门。

晚上两人交换手机号码，存了对方的名字。余波把洗好的毛巾、澡巾挂上，又放好了肥皂、洗发精、梳子，又把洗面奶、护肤霜放上去。冯涛在门口张望了一下，说：“你的化妆品比一般女孩子少。”余波笑道：“又不是酿酒厂，瓶瓶罐罐搞一大堆。我用‘友谊’雪花膏一直用到十六岁。”冯涛问她：“你的润唇膏呢？”余波“咦”了一声，找来找去找不到，不由得怏怏不乐。冯涛笑道：“这是我多嘴的不好了。”余波坐在床边上，闷闷地说："冒了生命危险捡回来的，莫名其妙又没了!"说到"冒了生命危险"，冯涛忍俊不禁。余波说完了，自己也笑了，也就丢开不提了。

二

第二天上午去买桌子。老板开价就低，只要三十五块。冯涛跟他还价，果然像他事先估计的，是三十块。他请老板装好了，折起来夹在臂下，稳稳地朝宿舍走。余波有点儿不过意，看他走得轻捷，又怕自己上去帮忙，倒成了越帮越忙，只得在一旁走着。

冯涛有些觉得了，便说："昨天那润唇膏，也不是什么贵重东西，你干吗那么拼命?"余波知道他是替自己解围，没话找话，便说："我从小就是这样的脾气，喜欢一个东西就喜欢得不顾一切，恨起什么人来也格外彻底。"冯涛笑道："哟，说得我冷飕飕的嘛!"余波也笑了，说："比如学校因为我们不是正规生，只是'成教'，现在有研究生要来，就把我们撵走，恨得我牙痒痒的，偏又奈何不了他们。"冯涛把桌子往上凑一凑，更紧地挟在腋下说："那也没法子，不公平的事太多了。"余波给勾起了一腔旧火，愤愤地说："道理是这个道理，这口气太难咽了！我从前工作的时候，以为大学里虽然不是净土，总比社会上好得多，原来天下老鸦一般黑。"冯涛略带诧异地说："哦？你工作过啊?"

余波笑着说："好，你看不起人。"冯涛见她笑得半真半假，忙说："没有没有，只得觉得你很纯，不像有过工作经验的。"余波听这话顺耳，才笑了笑说："我工作第一天是什么样，现在还是什么样，也没大变。唉，早知道学校是这样子，我也不来凑这个热闹了。"冯涛说："怎么好好的会有研究生入侵?"余波说："还不是学校不自量力，拼命扩招？学生多了，房子就紧了，就叫研究生住我们那儿，空出来给新生。不过想想也还走运，到底在好宿舍里赖了那么久。"

正说到这儿，忽然一个男人拦住了去路，板着脸说：“你叫冯涛？”冯涛把桌子拄地，右手搭在桌上，两个人对看了片刻，一齐笑了。余波才松了口气，知道是朋友间开玩笑，先还以为是遇上了歹人。

冯涛连桌子带人避到街边，余波也随着过去。那男人笑道：“你小子，不声不响交了女朋友，也不介绍一下。”冯涛说：“别瞎讲啊，人家是跟我合租房子的室友。”转头向余波说，“你别介意。这是我朋友石磊。”顿了顿又说，“那是他的新娘子袁静。”那袁静虽不是国色天香，艳丽夺目，却有一股柔柔弱弱、清清秀秀的古典气质，默默地站着，眼睛尽躲着人，偶尔目光一接触，就似乎能看进人心里去。余波明知这样盯着人家是失礼的事，只是因为好奇，忍不住上下来回看了好几遍。

冯涛给大家相互介绍了，原来他们三人以前就是朋友，都是一个地方的老乡。石磊夸余波名字好听，余波说石磊强硬。石磊问她为什么。余波说他姓名中足足有四块石头，掷出去砸得死人。她是向来不认生的，其余三人却是初次领教。袁静不作声，两个男人哈哈大笑。石磊一语双关地说：“恭喜你冯涛，以后你不会寂寞的。”冯涛说“谢谢”，当着余波，好像有的话不大好说，几次欲言又止。余波发觉了，不由得有点儿生气，心想你们这么熟了，电话、手机，什么时候不好联系，在这儿鼻子眼睛的，因此故作不知，站在那儿不走。

石磊却是滔滔不绝：“我爸那些老部下，见了我都皮里阳秋的。我也知道我年轻，服不了众。我就把我东山再起的构想亮出来。我说我有办法，老家伙们都笑；我一开口，他们不吭声了。等我说完了，都跟我爸说我不得了，将来要青出于蓝。”冯涛点头称是。石磊又说：“我归纳了一下，他们对我的态度是‘笑——惊——服’！不出半年，我家就要咸鱼翻身了，你信不信？”冯涛还没开口，余波先说：“他不信我信，你说什么我都信。”她这话分明有三分揶揄，石磊却听不出，他夫人袁静却陡然抬眼朝余波看了一下。余波心里打了个突，不敢再胡说八道了。

再聊一会儿，便互道了再见。走到家，余波掏钥匙开门，小心翼翼转了半圈。冯涛笑了，说："这门是难开，不过也不用这样。"

进房间摆好桌子，把四层抽拉式小笔筒先放上去，又有一个风景画台历，一个红底白边咖啡杯，一色的红白托盘。此外还有一叠书，下面是教材，上面是小说。"洁柔"卷筒纸放在桌角，再加一个保温杯，一切似模似样。余波退后一步看看，上前把台历扶正，保温杯向右移一移，又退后看了一下。她喜滋滋地请冯涛来一同欣赏。冯涛扫了一眼说"不错。"余波说他"敷衍了事"。冯涛走到桌前，双手撑在桌上，大睁着眼，直过了两分钟才回头向余波伸出手道："不错，祝贺你！"又朝余波身后喊"下一个"。余波"哧"地笑了，说："你作弄人。"冯涛郑重地凝视着余波说："真不错。"余波笑得只说："你……你这人……"冯涛笑着立在门边。余波好不容易才止了笑，嗔道："害得我一点儿淑女风范也没有了！"

冯涛看看手表说："待会儿一起吃午饭吧？"余波撕了点儿面纸擦拭泪水——笑出来的，一边就说："今天我请你。"冯涛说："这个随便的。丁是丁卯是卯的，反而难相处了。"余波扔了纸说："是的，不过该我的那份你别客气，比如房租，又好比打扫卫生，你太谦让我住着也不安心。"冯涛说："那当然了。我总不会帮你交房租、电话费的。又不是一掷千金的大款。"余波撇撇嘴说："哭什么穷，我又不跟你借钱。"冯涛说："我哪里是哭穷？我是穷得要哭。本来也还不至于，上次借了钱给人，当时是够豪气，过后着实有点儿心疼。都是血汗钱哪！"余波笑道："人家又不是不还了。"冯涛说："我知道，就是像孩子给人抱养了去一样，牵肠挂肚的。"余波问："借你钱的是不是就是刚才那个石磊？他们两口子衣服都是名牌，不像一结婚就打饥荒的样子嘛！"冯涛却似乎不想再说这个话题，转而提议："要不要参观一下我的房间？"

余波推门一看，是一间很宽敞的大房。一张长沙发，一台电视，一台电脑，一部电话，还有 DVD。书桌收拾得异常整齐，衣柜夹缝里却露出一角衣衫。余波伸手指了指，冯涛一笑，开了柜门整理。余波一瞥之间，只觉十分零乱，心想男人终究是男人，大面子上做得再好，骨子里还是邋遢的。整个房间最引人注目的就数那张双人床了——深蓝色的床罩平展展地盖住了床身，床头有只深蓝靠垫，大而蓬松，靠上去必定舒适。只是单身汉睡双人床，余波总觉得"猥亵"，仿佛空着个位子虚席以待似的。她不便老盯着人家的床看，便穿过房间，开了对门。

门外是个小院子，用来晒衣服、晒被子的。洗衣机家里塞不下，也放在这里。四周院墙高高，好像是提醒小偷"这家人有钱，快来"，不过话又说回来了，要偷也是先从冯涛的电脑偷起。起先，要隔着他的房间才到院子，余波颇感不便，这时倒忍不住好笑起来。

冯涛理好衣服，关上衣柜说："外面冷，傻站在那里干什么?"话一出口，他意识到他竟是把她当作了极熟的朋友。以他们的关系，当然不能说"一见钟情"，但"倾盖如故"总是不夸张的了。

余波进来关好了门，在沙发上坐下。冯涛说："往后你要是听到我看电视，你也可以进来看的。"余波说："哦?为什么呢?"她问了这句半截子话，冯涛却马上就懂了，他说："有时候我在赶稿子，或者校对清样，你就不能看电视了。"余波想了想说："那样你到我房间写，我在你房间看。"冯涛先是窘了一下说："你女孩子的房间，我怎么能在你不在的时候随便进去?"后来又笑了，说，"你这么说，我们俩任意串门儿，简直不分彼此啦?"余波笑道："想得美你。"也知道自己考虑欠妥，就不提了。

三

这天是个大晴天，气温似乎回升了些，风吹在身上，微微有些暖意。余波迎着朝阳朝学校走，想到住宿问题终于解决，浑身都是崭崭新的，每一步都像踩出一个音符，一路踏出欢快的歌。

她容光焕发地走进教室。她好友李丽绢摸摸她头脑说："你没事吧？”余波打开她的手笑道：“什么话？”李丽绢笑嘻嘻地说：“你现在这样，活像谈了男朋友。”余波红了脸说：“毛病，你以为都是你呢！那段跨国恋情怎么样了？”李丽绢把她拉到一旁，低声地神秘地笑道：“你猜！”余波说：“我猜——不是胎死腹中就是中途夭折。”李丽绢双手掐住她脖子笑说：“非灭了你不可，狗嘴吐不出象牙。”余波躲开她说：“先洗洗手吧，指甲油红得像刚谋杀过亲夫，血滴滴的，跟一代妖姬似的。”两人笑了一回，坐下来上课。

老师在上面纵论20世纪中国文学，李丽绢在下小声地说：“我告诉你啊，高桥健朗，就是那个日本留学生，他自己害羞不敢说，叫他同班好几个外国同学找我游说。有意大利的，有加拿大的，尤其是那个韩国的李成济，‘多国部队’天天逮着我‘狂轰滥炸’。”余波说：“这算是‘扬了国威’了。”李丽绢说：“你别打岔呀！我跟你说，李成济是当中最热心的，普通话也好，还带一点儿‘儿化音’哩！他居然说他也姓李，我也姓李，他是我的弟弟。又以‘弟弟’的身份说高桥健朗纯情忠厚，吹得天上有地下无的。都说韩国人精，我这才算见识了。”余波说：“也亏你本事，到最后一学年了，还来上这么一出。不过也够传奇了，仅仅是自习课上偶然一面，就结下三生石上一段孽缘。”

老师的声音忽然消失了。余波虽竭力降低音量，一片静寂中依然听得分明。她顺着惯性说完最后几个字，意识到闯了祸，连忙闭嘴。老师又开始讲课。李丽绢传了纸条来说：“更年期到了。”余波批了“可恶”二字，也不知是说谁。

过了一会儿，她陡然想起茶杯忘在水房里了。那杯子做工精巧，是她二十岁时，母亲送她的礼物。当真丢了，母亲倒未必怎么样，她心里可要惋惜多少天了。她正在这儿坐立不安，一个同学悄然走出教室，想是内急，出去方便去了。这种事大学老师司空见惯，因此并没有说什么。余波得了鼓励，便也悄悄起身出门，三脚两步赶到水房。茶杯好好在那里站着，她不禁一阵喜悦。

她顺便打了杯水，回来上课。刚要坐下，老师却叫住她说：“这位同学，你叫什么名字？”余波垂下眼皮说了。老师笑了笑说：“蛮诗意的名字，怎么你本人却不懂尊重人？课上到一半你去倒茶喝，我讲得口干舌燥也没去弄点儿水来润润喉呢！”余波站在那里，承受几十道含义不同的目光，脸涨得通红，说：“老师对不起！”老师面无表情地说：“坐下吧。”李丽绢刚为余波放了心，老师又说：“你们是成人高考过来的，少数同学都有过工作经验了，不是小孩子了。上课讲话、传条子、打水，好像都不是你们这种年纪该做的事吧？”

余波霍地站起，像发射了一枚炮弹，吓了大家一跳。李丽绢忙扯她袖子。她一甩甩脱了说：“老师说得对，我们不是小孩子了，您也不是教的小学生。我是不对，您可以下课单独跟我谈，犯不着在课堂上当着全班同学的面讽刺挖苦。成教生怎么了？成教生不好，学校别收学费呀！您是什么人？我是什么人？打起嘴仗来您先就失身份。我现在就告诉您，我不是去打水了，我是忘了水杯，跑过去拿。杯子不值钱，您一个月工资能买几十打，可是那是我妈送我的二十岁生日礼物！讲话传纸条您看得准，我佩服您一心二用的本领；说我打水是您武断，这顶大帽子我不戴！”说完坐下来，瞪着老师，一边还喘着气。

老师勉强笑着，想找个台阶下，无奈众目睽睽，实在难以下台。她“啪”地摔下黑板擦，扬长而去。

她一出门，教室里顿时“嗡”地一阵乱。有跟出去瞧热闹的，有议论的，也有若无其事拿出英语教材背单词的。李丽绢气得着实教训了余波几句。余波眼泪汪汪地坐在那里，上身笔挺，姿势里有点儿不可侵犯的意思。

李丽绢想事已至此，骂也无用，还是哄得她回心转意，私下里找老师服个软，赔个话，于是笑道：“好了，你有多大火也发完了，老师也吓跑了，同学也知道你是拿杯子，不是打水。这么视死如归的，你吓唬谁呀？”余波笑了一下，随即又绷紧了脸。李丽绢帮她收好东西，拿上书包，两个人一道出去。

教学楼外，阳光明媚，照得一树银杏叶金灿灿的。一阵风起，有片巴掌大的法国梧桐的叶子翩然而落。古城秋意已深。

吃中饭时李丽绢百般劝解，余波才渐渐缓过来，听李丽绢叫她去找老师，心里是愿意了，兀自嘴硬说“又不是我的错”。

两人在校园里随意漫步，林荫道满是落叶，一些金黄焦脆的踩到脚下发出“啪啪”声响。还有些半绿半黄，不知怎么阴差阳错也掉下地来。余波上前去踩一脚，还是软软的，倒叫她有点儿心疼。二人说了一阵子话，想找个地方坐下，偏是用功的人特别多，椅子、亭子、平整些的石头，凡可坐的地方都坐满了人，且大部分人都捧着英语书，戴着耳机。

余波说：“要发愤不会到教室去？想找个清静地方也没有。”李丽绢左右张望着说：“谁叫英语吃香呢？”余波笑笑说：“哪天美国人找工作要考汉语，我死也瞑目。”李丽绢笑道：“恐怕你瞑目时也等不到这一天了。你知道吧？前两天报上发表了我们系里一个教授的文章，说是不重视英语不行，太迷信了也不行。他是研究《离骚》的，竟然非要英语过级才评得上国家级的什么资格。社会上讨论得怪热烈的。”余波叹了口气说：“他们也不容易。”李丽绢乘机劝她：“所以呢，各人有各人的难处。大家都替别人设身处地想一想嘛！”余波微笑道：“就知道你要上纲上线。”李丽绢听她的口风，十有八九是要向老师道歉了，便岔开去说些琐事。她深知余波越逼越反弹，是“敌强愈强”的性子，独孤九剑似的。

正说着闲话儿，李丽绢的手机响了。二长一短，二长一短，像是有人给她发消息。余波说：“只怕又是‘多国部队’。”李丽绢看了一笑，说：“被你猜上了。李成济请我和高桥健朗吃晚饭。”余波笑道：“好口福啊！是吃日本料理还是韩国料理啊？”李丽绢说：“哪还等到今天？早就吃过了。今天换花样了，吃牛排。怎么样，一起去？”余波心想反正回去也没事，便说：“我倒想去，但是人家又没请我。这么热辣辣地往上凑，有失‘国体’。”李丽绢笑她“恶心”，便发消息问李成济好不好多带一个人去。那边很快复了信来说：“欢迎。”约了晚上五点半在路口的西餐店见。

李丽绢说：“这一顿明是李成济发起，其实是高桥健朗策划的。”余波全不念那人请客之德，附和说：“鬼子就是坏。”李丽绢说：“我几乎能想象高桥健朗在李成济旁边询问催促看手机的死样子。这胆小鬼，永远不敢自己出头。照他这种作风，到老也追不着我。”余波点头说：“真的，一点儿不解风情，你在这儿都等得急死了。”李丽绢“咯咯”笑着说：“你这死丫头，光冲你这张嘴，这辈子谁敢要你？”余波谢她关心，说大不了和她二女同侍一夫，做一辈子姐妹。李丽绢吓得讨饶说余波肯定想做慈禧，她可不想当慈安，天天给人家喊“姐姐”，最后喊得稀里糊涂地送了命。

五点钟下了课，二人慢慢地往路口走。余波肚子饿了，催李丽绢走快些。李丽绢却说：“不能快，里面再饿，外头的架子不能塌。咱们要是先到，好像午饭都没吃，就等他这顿似的。”余波只好陪她一步一步地朝前移。

一小段路足足走了四十分钟，到西餐店时已是日头西落，霞光黯淡。李成济早已候在那里，向着两人微笑。他和高桥健朗五点出头就来了。余波向他看了一下，心里的设想全都推翻，倒觉得这个韩国小伙子很淳朴。李丽绢事先还把人家形容成狗头军师那一流人物。

李成济带她们到座位边上。一个个子不高、头发稍长的男生满面惶恐地站起来鞠躬，那神情不像是欢迎，倒像是负罪。四人对面坐下，李成济叫侍者来写菜单，他和他朋友都要了六成熟的煎牛排。李丽绢也说“六成”，又问余波。余波其实并不想吃牛排，只是对西餐不大懂，怕出洋相，只好低低说了“七成”。侍者没听清，李成济帮忙说“七成”。他汉语很好，不过这一声音量太响。余波和李丽绢都笑了。侍者含笑而去。高桥健朗大约不想令朋友受窘，没做什么反应。他这没有反应，本身也是一种反应，显得这人是个厚道人。余波在他斜对面，清亮的目光在他头上身上扫了几下，觉得他比李成济更天真些，不谙世事的样子。这样的人，不知为什么，倒特别令余波感到亲切。这两个人，对于日剧韩剧里众多的或狂狷高傲或精明强干的男主角，算是个大反动。

等牛排的过程中，四人有一句没一句地聊着天。李丽绢一贯伶牙俐齿，李成济也健谈，国语流利得简直荒诞。只见他们俩高谈阔论。高桥健朗和余波只零星地插一两句。高桥健朗是想说但插不进去，余波是最初的新鲜劲儿过去，懒洋洋地不想开口。

等到牛排上来，李丽绢忽然左叉右刀，斯斯文文不讲话了。余波知道她既想显得活泼，又要做得矜持，这一点点矫情只觉十分可爱。余波尝尝牛排，不老不生，鲜嫩可口。反观那三块，也不知熟了没有，还有点儿红拉拉的血丝子，正与李丽绢的指甲油遥相呼应。

余波不太会用刀叉，偷眼瞧李成济，因为他动作最娴熟。余波像个不高明的偷师者，虽是一板一眼，依样画葫芦，总有哪边不得劲儿。所幸牛排味道很好，蔬菜沙拉也不难吃，玉米浓汤是早几年席绢的小说中经常出现的东西，这时候吃起来，似甜似咸，也说不上合口不合口。余波有些疑心欧美人吃牛排时是不是也配这种汤。反正任何舶来品，一到中国本土，没有不被同化的。记不清是“肯德基”还是“麦当劳”了，新近推出了“北京鸡肉卷”——当然是变异的结果，有同学说好吃，余波还没试过。

她吃完了托盘里的一切，拿餐巾纸轻轻擦了擦嘴，忽然发现李成济在那儿看她。她脸上一热，想自己是不是吃得太干净了。李成济是单眼皮，大大的眼睛，睫毛却比一般女孩子还长些。他对着人看的时候，别有一种专注的味道。余波想这样有“穿透力”的目光倒有些像石磊的那位新娘袁静。思维一岔开，也就不尴尬了。

李丽绢也觉得了，向高桥健朗笑道：“你管管你朋友。也有这样肆无忌惮盯着人看的？一点儿礼貌也没有。”高桥健朗问：“什么叫肆——无——忌——惮？”他遇有不明含义的词语，发音就特别艰难。李丽绢绞尽脑汁向他解释，他非常认真地听着，一边点着头。那模样可称虔诚，虽然虔诚的前提往往是似懂非懂。

李成济听了李丽绢的责备，忙向余波道歉。余波洒脱地笑笑，叫他

“别理她”。李成济笑着说：“我刚才真失礼，不过我看你吃得香，我就心里高兴。不知道什么原因，我喜欢看别人很香地吃饭。”余波见他率直可亲，又添了几分好感，顺口问问他韩国的风土人情，又说不喜欢韩国泡菜。李成济简略讲讲他们那边的民俗，又说他自己跟大多数韩国人不一样，他也不爱吃泡菜。余波问他怎么中国话说得这么好了还要过来学中文？李成济略有些腼腆地回答：“我是来学日语的。”大约为了中国的日语文凭比在日本容易拿。余波想到这里，忍不住好笑。李成济就那么望着她笑。那边高桥健朗终于明白了“肆无忌惮”的意思，看余波笑得伏在了桌上，不知道这情形就是肆无忌惮的最佳注脚。李丽绢笑着骂她“神经”。余波自己也觉得不像话，忙坐好了，正了正脸色。李成济并没有因此而露愠色，反而也很开心的样子。高桥健朗在旁边一脸困惑。

吃过晚饭，李成济和高桥健朗各自把托盘送到洗碗池边。余波、李丽绢有点儿不知所措，后来也相跟着将托盘送过去，李丽绢还嘀咕着“吃牛排也要送啊?”

四人走出门来，余波说：“我回去了，你们是回宿舍还是上哪儿去玩?”李丽绢说：“这么急着走呀？还早呢!”余波说：“我那边有一段不在大路上，晚上太冷清了，不敢走。我室友正儿八经地警告过我了。”李丽绢倒不好再留了，说：“那你走吧，不然劫了财还是小事，劫了色……”余波微笑道：“你这会儿有白马王子在这里，我不吃眼前亏，明天再跟你算账。”又谢谢李成济，今天是他做的东。李成济忙说不客气，说大家认识了，就是朋友了，以后可以经常一起玩。四人互道再会，余波走了几步，听见李丽绢在后面喊“自己小心点儿啊!”余波也不回头，大声答应了一声“知道了”。

四

时间还不到八点，各色超市、商场正灯火通明。密密层层的灯，密密层层的人，自有一种繁盛。余波走在街上，想起几天前还手拿着大包小包朝未知的“家”里搬去，现在却是一身轻松，从容地走向那个大后方，觉得一丝踏实的兴奋。

拐上一条小街，卖羊肉串的，卖豆腐脑的，卖冰糖葫芦的，有冷有热，制造出复杂的气息。七八种不同的吆喝和在一处，那样庄严的人间烟火气，只觉人生是不能草率、不可亵渎的。余波在街右走着，有时停下来看一看小摊子，其实明知不可能再买什么吃的，这浏览徘徊的过程就让她快乐。乡下的外婆曾经买过一次冰糖葫芦。祖孙俩坐在门口的太阳光里，你吃一颗，我吃一颗，以至后来余波一看到冰糖葫芦，身上就暖烘烘的。那时外婆的白头发不很多，金色的光线里是一张没有太多皱纹的脸。但是十年光阴，把一切都磨得走了样。寒假回去，一定要到乡下探探她。

余波边走边想，不知不觉把这条狭而长的街道走过了一半。只需再有半个小时，小贩们便会消失不见，像童话里有人用施了魔法的大扫帚把他们一扫而光。那时候小街会骤然冷寂下来，两边的铺面全关门上锁，路灯熄掉一大半，月光森森地照下来，荒凉到极点。

余波生性比许多女孩子都胆大，除了硬壳虫之外，从不怕什么歹徒，更不怕“鬼”，但是一个人在沉默的街上行走，仿佛身陷一座空城，偶尔一辆自行车“铃铃”地掠过，更增惘然。那样无所依傍的荒寒她害怕。

她加快了脚步，走了五六分钟，拐进183号大院，向右一绕，便到了4幢。她因为住在一楼，楼道里不装电灯倒也不很要紧，只是找钥匙麻烦一点儿。她正在这儿“丁零哗啦”地摸索，门已经开了。冯涛站在灯光下，迎面笑道：“我在客厅里烧水，听见门口钥匙响来响去的。”余波不知为什么，竟是一阵感动，想说谢谢，又似乎太生分，末了只笑了笑就进房间去了。

她拣出今天的书和笔记本，看了一下贴在墙上的课表，把明天的课本找出来放进包里。冯涛探头进来说道：“墙上最好别贴东西，房东将来要说的。实在要贴，我有透明胶布。你以后不住这儿了，也方便撕下来，不在墙上留痕迹。”余波说：“除了课表，我也没贴什么，这胶水也不怎么黏——你早告诉我就好了。”冯涛笑道：“是，这是我考虑不周。”他乖乖认错，余波就过意不去了，也就笑着说：“不关你的事。不过我才来第三天，你就想我离开的时候，好像巴不得我走。”冯涛说：“我可没这意思。”带笑走了出去，不一会儿又回来说：“欢迎你，新室友。”递过来一样工艺品。余波接过看时，见是个蛋形琉璃，切割得很精巧，颜色是像酸梅汤那样的褐色，只是稍微亮一些。上面还镌着毛笔字，因为是繁体草书，辨认起来有点儿吃力。余波轻声念道：“介过之春。”她一言未了，冯涛大笑。余波不解地说：“什么意思？”冯涛控制了一下，依然止不住地笑，说：“是‘乔迁之喜’啊，亏你学中文的！什么‘介过之春’！”余波又看了一下，果然是“乔迁之喜”，自己也不禁发笑。

角落里的塑料袋“窸窸窣窣”一阵响，余波尖叫一声，蛋形琉璃失手落地，顿时碰掉了一只角。冯涛吃了一惊，急问：“怎么了怎么了？”余波一边朝他身后躲一边指着墙角说：“蟑螂！”冯涛除下左脚的拖鞋，跑过去“啪啪啪”一阵乱拍。余波结结巴巴地问：“死……死了没？”冯涛说“死了”，拿来一张卫生纸在鞋底一卷，到外面丢掉了。

他转回来时，余波仍白着一张脸，心有余悸的样子。冯涛笑道：“蟑螂又不咬人，你怕成这样？”余波抚着心口说：“我不怕蛇，不怕老鼠，就怕虫子。”冯涛说：“那你肯定没在农村待过，不然吓也吓死了。”余波说：“我在乡下外婆那儿住到十四五岁呢！”冯涛问她：“那你每年夏天是怎么过的？”余波说：“提心吊胆地过。”她蹲下去拾琉璃，冯涛叫她“小心手”，她应了一声，把琉璃和那只掉下来的角放到桌上。

灯光下，琉璃的主体部分只剩下“乔迁之”，“喜”字孤零零地躺在一边。余波对着它怔怔地发呆，除开失手砸了礼物的内疚，另有一种隐隐的不安。

冯涛只道她可惜东西，安慰她“没关系，我今天才拿了工资，改天再买一个给你，不值钱的，看着好玩才买的”。余波轻声说：“我真冒失，东西是小，到底是你的心意，我就这么笨手笨脚地弄坏了。”冯涛不意她说出这番话来，倒是心中一动，觉得这女孩在直爽之外，还有她善体人意的地方。他找张报纸，把琉璃和残角包进去，又仔细检视地板上有无碎屑，确定清理干净之后，才去把报纸扔掉。

余波把书包放好，翻开一本书来看，看了半天，字与字之间却仿佛连不起来。她坐了片刻，还是去敲冯涛的房门。冯涛在那里摆弄电脑，招呼她说：“进来坐。”余波在门边说：“不妨碍你吗?”冯涛笑着说：“没有，我在玩游戏。”余波这才进来。

电脑屏幕上，一辆跑车正在飞速行驶，公路像水一样往后直流。左面是山，右面一排树，树外是护栏，栏外是一片海，还有海鸥发出鸣叫。画面很逼真。余波先没当回事，后来简直有点儿紧张，似乎她此刻就置身车上。

冯涛初时见她怯怯的，心想越劝越坏事，索性不提琉璃，以其他事分散她的注意力。后见她入神地盯着屏幕，就放了心，一刹那间，感觉她像个小孩子。余波问道：“这是电脑里的还是游戏光碟?”冯涛说：“是买的碟子，价钱不贵，一盘里有十九种游戏。我是没出息，顶喜欢玩赛车，最简单。”他灵机一动，忽然提议：“我教你玩吧?”

余波踌躇地说：“不难吧?”冯涛说：“容易，再加上有我名师指导，包你一学就会。”余波给他说动了心，坐在他先前坐的位置上，冯涛站在她身后发号施令。其实也就是“启动、加速、倒车、左右拐弯”几个键，操作起来十分简便。余波不几下就掌握了。她这“车”一出发，冯涛就像画外音般地在她耳边解说。有时候情况紧急，冯涛就手把手地教她，耳鬓厮磨时，她的发丝常碰到他的脸颊，他说话的热气则拂过她的耳垂。

余波稍一分心，车子失控，横了心一口气撞倒了几个路标，连护栏也撞出一个缺口。冯涛叫她“向左打”，她一急，却又矫枉过正，一头撞在山上。她试着调整，只在山壁上擦出一排火花。冯涛说“油门”，她才想起没按那个大黑钮。这时候一辆一辆跑车超过了她。红的、绿的、黄的，流光一闪，便“呼”地过去一个。更糟的是后面“呜呜”叫着冲上来三辆警车，以她这种状态，再观摩一下断成几截的路标，交警不来干涉也是世无天理。冯涛虽然下了一连串口令，余波甚至胆大包天地猛撞警车，还是没能冲出重围。画面上一个高大的金发男子狼狈地从车里出来，双手高举，被警察一把扭住。音乐响起，游戏结束。余波兀自不服气地说：“我本来能有前三名的！”

冯涛笑着说道：“你先去洗脸吧，早点儿睡，别兴奋得睡不着啊！”余波说：“你当我三岁？”冯涛心想：我还真这么想的，虽然你已经工作过两年了，嘴上说：“你洗过了我马上要洗澡的。”余波诧异地说：“国庆节都过了，你还不到浴室去洗？小心感冒。”冯涛说：“哪有那么娇气？反正卫生间有热水器、莲蓬头。浴室那么贵，不在家洗太浪费了。”余波说：“那你可以到我们学校洗的，离这里又不远，有学生证还能打折。”冯涛说：“我哪来的学生证——你不会叫我拿你的证去吧？”余波笑了，说：“有什么关系？你拿在手上一晃，卖票的人又不查看。”冯涛关了电脑，一边到衣柜里找衣服一边笑道：“自己心里别扭，并不是为了怕人家识破。就好像石磊——就是刚结婚那个——拿他妈妈的医疗卡去看前列腺，挂号的是不说什么，也要自己好意思呢！”说得余波直笑。

她看着他翻衣服，想了想说：“对了，衣服洗好了晾在哪里？”冯涛说是院子里。余波支支吾吾地说：“我知道是挂在院子里，但是……但是……”冯涛不明白她要说什么，觉得两个人已经这么熟了，大可不必扭捏，便说：“有什么话你说好啰，怎么吞吞吐吐的？”余波红着脸说：“我有些内衣……”冯涛恍然大悟说：“哦，你放心吧。你晒衣服时我尽量不到院子里去，就是去了也……也尽量不看。”他自己也有点儿害羞，话说到这个份儿上，实在也难以为继。余波忙出房去了。

冯涛一个人想了会儿心事，目光从床上转到院子。他像是又看见了那一双眼睛，幽幽的，在黑暗中若隐若现。他记得张信哲唱过一首《太想爱你》，第二段的第一句是："藏在柔顺背后，你忠于自我。"他放下窗帘，坐回电脑桌旁。余波的那一局赛车本来玩得很好，是在他和她接近之后，她就乱了……乱了，两个人在雨里疯跑，追逐，嬉戏。雨点打在水塘里，一打一个小洼，大坑里的小坑，一汪汪的。一汪汪的是泪水，泪水后面却是斩钉截铁的眼神。他叹口气，摇了摇头。

余波在外面说"晚安"，意思是他可以去洗澡了。他看了一下时间，也说"晚安"，等了一分钟，估计她回房去了，才开门进卫生间。莲蓬头的水"哗哗"地流下来，他闭上眼睛，用身体去感受逐渐升高的温度。空间这么小，温度很容易上来。余波还说嫌冷，浴室也不过如此罢了。女人或者就是怕冷的。然而有时候她们又责怪秋天不像秋天，否则蟑螂之类早就绝迹了，女人……冯涛笑了，有些自豪。

他喜欢把女人抱在怀里取暖的感觉，就像此刻他被热水抱在怀里。他化身为水，而有一个女人就是此时站在这里的他。《西游记》里孙悟空变成一个小妖，又凭空变出另一个，这样就有两个小妖回妖洞复命。这构思神奇中透着诡异。以真变假不稀奇，毫无凭借地造出一个假来，却需有天才的想象力。他想他不过是拾人牙慧而已。他对异性并不居高临下，但是把自己的热度输给所爱的人，这种付出里，有让他甘心情愿的欣慰。

他关上水，打了肥皂，白沫在微现红润的皮肤上生生灭灭。他擦擦镜子，对着它做了个施瓦辛格的造型，双臂和胸口肌肉突起。他的年轻壮健令他满意。"我也不差呀!"他无声地说了一句。不过……当然，现在的社会，权衡一个人的标准是越发的多元化了。

他重又打开莲蓬头，一条条水流冲掉了泡沫，从身上毫无阻碍地滑下来。小时候听过一个最浅显的谜语："千条线，万条线，落到水里看不见。"谜底是下雨。八角小凉亭像古代的驿站供人歇脚，湿淋淋的人坐在亭子里面看雨，在水泥台阶上真正做到了"一步一个脚印"。

以通常的速度来计，他这个澡是洗得过长了些，连擦身也远远超过了应有的时间，以至他一开门就看见了余波惊愕的脸。他光着上身，只穿一条贴身短裤。他都来不及发出一个简单的音节，她已经逃跑似的躲回了房里。

冯涛一时不知说什么好，想想才说：“我好了。”依稀听余波在那边答了一声“我马上去”。

五

过了几天，是星期五了，余波看了一下课表，确定今天下午有“现当代文学”的课，心里盘算着怎么去跟老师道歉，心思转来转去，还是七上八下。

冯涛也起来了，看她神不守舍，问她是不是丢了钱。余波说：“俗。”冯涛也是逗着她玩，明明知道不是的，于是再问她出了什么事。余波却不愿让他知道自己这一桩“丑事”，因此半开玩笑地说“不告诉你”。冯涛知趣不问了，自去洗漱。

上午半天的课上得迷迷糊糊的，李丽绢猜着了她的心事，觉得点破了，她万一犟起来，反而不好了，所以只装不晓得。

吃中饭时余波下定了决心：自己只管道歉，老师接不接受，不与她相干。她原本就为了求个心安，压根儿没考虑过如果碰上个心胸狭隘的，说不定会在大考时找她的碴儿。

她这一拿定了主意，马上轻松起来了。她先吃完了饭，在等李丽绢的过程中，发现每张餐桌上都有个小牌子，于是顺手把这张桌的牌子拿过来看。正面写的是“望同学们奋发努力，祝学子们前程远大”。反面是“面筋炒小肉丝，香辣臭豆腐”。右下角上小注：“新增特色菜。”余波忍俊不禁，指给李丽绢看。李丽绢愣了一下，也笑得连声咳嗽。

走到食堂门口，李丽绢说：“我中午有点儿事，你干什么？”余波说：“能干什么，还不是上教室里翻翻书？”李丽绢有些过意不去的样子，又不说留，又不说走，半晌才说：“你还不如回去睡一会儿呢。”余波说：“路是不算远，一来一回也有二十几分钟，还要脱脱穿穿，还睡得成哪?”顿了顿问道，“你中午干吗去?”李丽绢停一停才说：“高桥约我去散步。”余波不由得笑了起来说：“哟，都用上简称啦？‘高桥’，叫得多亲热!”李丽绢横了她一眼说：“去死！最多你也这么叫好了。”余波拉着她的袖子说：“你瞧你这重色轻友的样儿！好姐姐，亲姐姐，告诉妹子，是不是找了个洋姐夫。”李丽绢笑了，说：“是啊是啊，烦死了。”余波笑道：“是啊，这时候就嫌我们烦了。去吧，幸福女人。”李丽绢说：“那我走啦?”余波本来中午总同李丽绢形影不离，李丽绢今天扔了她独个儿，便觉得对不起人似的。余波推她走了，自己穿过小树林子到教室去。

教学楼前的草地上有人在修剪草坪，一块短短的长方形木牌插在草地中央，上面是八个黑体大字，上一行是“依依芳草”，下一行是“踏之何忍”。余波见那“忍”字旁边依稀有个小点，便站到草地边上，身子尽可能地往前探，才看清是个“妨”字。这一来就成了“踏之何妨”——典型的校园文化。女厕所的隔板上甚至有人用娟秀的小楷写上“板斜尿流急，坑深粪落迟”。乍一读像杜甫的绝句。就有这样另类的智慧在墙上、课桌上到处留下他们的印迹。余波想起上次吃牛排时，李成济和高桥健朗——不，下次也叫他“高桥”，不然多费事——他们把托盘送还柜台的细节，立着发了一阵呆。

有人在那边喊她的名字，她迎着阳光一时看不真，声音却是曾经听过的。现在那人遮住了阳光，她才认出是李成济，才在那儿想他来着。

李成济说：“你好，你今天真漂亮。”余波不禁微笑，说：“你见到每个女孩子都这么说吧?”意思是再夸一遍。李成济说：“真的。刚才你站着不动，旁边是绿色的草坪，背后是学校最古老的大楼，楼的下半截还有深绿的常青藤，很像一幅画。”余波心想你要是知道我刚才在想什么，大约就不会这么抒情了。谈了一会儿，余波有点儿累，便说要回教室了。李成济彬彬有礼地说：“好的，再见!”转身走了，颇有几分潇洒来去的风度。

余波打了杯水，找个教室坐下。水杯在桌上稳稳地站着。余波看着它，暗暗说道："全是为了你，我连老师都顶撞了。你倒没事人似的。"她这话与其说是同杯子讲的，还不如说是跟母亲讲的。她揪开杯盖，把下巴顶住杯口，热气微微刺痛了下腭。她缩回头，仍旧把盖子盖好，心道："你值得吗？你也配吗？"

约莫过了四十分钟，预备铃响了。李丽绢却还没来。余波原想拉她壮个胆儿，这时只得自己到教师休息室里满心惶急地候着。她知道老师上课之前，照例是要到这儿打杯开水——又是打水，她想她是不是命中犯水，改天倒要请人算算流年——这是她外婆常挂在嘴边的一句话。

不到五分钟，老师来了，还是穿着上次的衣服，脸色也还是不大好，有点儿憔悴的样子。余波鼓起勇气过去喊了声"老师"。老师看了她一眼，说"什么事"。余波不知她是真忘了还是不愿搭理自己，便低下头说："我是来向您道歉的。我去系里问了您家的电话，但是后来想想，打电话不及当面道歉郑重，我是特地在这儿等您的。"老师没有立即答话，过了片刻才说："你能有这个态度，我很高兴，这才是学生应有的态度。我教学教了几十年，比你皮的也有，不过女生像你这样胆大的，还没碰到过。"余波趁便把水杯的"重要性"又讲了一下，说不然也不会课上跑出去的。老师打了杯水说："这个是我说错了，我也请你原谅。"余波连忙表示不敢当，说还是自己没先请个假，说清楚，何况课堂上讲话、传纸条都是实有其事。老师说："以后注意就是了，过去了就不提了。不管是我的课，还是别的老师的课，你认真听认真记，不单是你自己学到东西，主要还有个尊重的问题。"余波默然点头。

师生二人走出休息室，老师忽然笑了，说："我们做学生的时候，班主任一瞪眼，全班噤声。真是时代不同了，现在的丫头有这么厉害。"说得余波又想笑又不敢笑。

下课李丽绢发消息来，说高桥晚上请大家吃饭。余波问还有谁。李丽绢说还有李成济。余波想这留学生就是不会打算，请客也上瘾似的。

晚上如约来到"田园居"，只见两只大红灯笼高高悬在门边。一个六十多岁的老头，长袍马褂，在那里迎客。余波才有些要过去的意思，那老头已经嘹亮地叫了声“欢迎光临”，然后笑容可掬地往里让。如今商家竞争各有奇招，不独以青春靓丽的女子取胜了。

余波说了“挹秀厅”，另一个老头便引着上二楼。送到楼梯拐角，第三个老头又接力棒似的接过去。余波觉得自己像个寄长途的包裹，转来转去，也不知多久能寄到收件人手上。

二楼全是小包间，玲珑小巧，每间门外挂着一盏小灯笼，杏黄的流苏垂下来，喜气洋洋的。护栏漆成绛红色，其实也是观赏价值大于实用价值。到了李丽绢说的那一间，一块小黄竹板上用绿漆写着“挹秀厅”三字。老头送她进去。余波一看，李丽绢和高桥已经坐在里面了。

她坐到他们对面，问“点了菜没”。高桥站起来说“你好”，又把菜单递给她。她想李成济还没有到，自己在这边急不可耐地点菜，好像不大好，但是三个人干坐着也难过，便做主要了四样冷碟：一碗糖芋苗、一盘蜜汁莲藕、一碟红枣、一碟干炸三色果子。老头记下来去了，李丽绢笑她说：“你又没发低血糖，怎么点的全是甜菜？”余波说：“我是好心为高桥省钱。开头吃多了甜的，心里一腻，以后就吃不下去了。为他省就是为你省嘛！”她这一句话，不知高桥怎么偏偏就听懂了，又兴奋又羞涩地笑着，还朝李丽绢看。

余波说：“怎么李成济今天这么失礼？倒要两位女士等他。”李丽绢显然知道原委，笑嘻嘻的，半天才说一句“自然有原因的”。余波又问，李丽绢说：“他在宿舍梳妆打扮呢！”余波知道韩国男士注重仪表，前两天才从报上看到过的，但像今天这样，似乎是有点儿不寻常。李丽绢笑道：“人家这么郑重，你可要认真对待啊！”余波这一下就明白了，联想中午李成济对自己的态度，果然有异。她这时候才留心到，今天的座位跟上次两样，分明是两对情侣的架势。进而想到，高桥要追李丽绢，于是李成济做东；现在李成济“蠢蠢欲动”，便由高桥请客，真是兄弟同心，其利断金。

余波的心情并不因此而变坏，但也没怎么好，只是装作没听懂，笑笑就混过去了。三个人吃了几片藕，听音响里二胡声阵阵传来，都有点儿亢奋。李丽绢说："这曲子倒好听，而且热热闹闹的。我还当所有的二胡演奏都像《二泉映月》。"余波说："不是的。二胡天生是乐器里的悲旦，不过据说新手初学时，师父只让他们拉《喜洋洋》一类欢快的调子。打下这个底，才去拉悲伤的，不然一开始就离愁别恨，沉湎进去，就违反了'哀而不伤'的乐理，终生改不过来了。"高桥在旁边听她们谈论，很老实的样子。

余波拿余光扫了一眼左边的空位，心想这人也太"那个"了，化妆也要这么久，单是这黏糊糊的性子，自己就未必喜欢。当然也不讨厌。李成济在相当程度上消除了她对韩国男人的偏见——各式各样的，没有多少理由的偏见。

正在这时，高桥的手机响了。他向李丽绢说："是李成济。"然后直接用日语同李成济说话。看来李成济学习日语的成绩同汉语一样可观。高桥先是微笑着重复一句话，重复了四五遍，余波暗忖是不是"快来呀""快来呀"。后来高桥脸上忽然生出了诧异，似是听到了什么出人意料的事，再后来渐渐地脸有忧色。余波和李丽绢交换了一下眼色，都有些不安。

高桥接完电话，不等李丽绢开口就说："他回国了。"李丽绢迷迷瞪瞪地问："回……回什么国?"高桥口气里是回答她，眼睛却望着余波，认认真真地做着解释："他妈妈身体不好，做过好几次手术。明天早上要做一个手术，最大的。做不好，就非常非常危险。他去陪他妈妈，回韩国了。叫我跟你道歉，用力地。"

余波听说什么"最大的""用力地"，觉着好笑，可是不由得为李成济的母亲担心。她大致能猜得出这一次风险很大，一旦失败，就可能在手术台上下不来。她向李丽绢说："咱们天天为他妈妈祈祷!"李丽绢也忙说："吉人自有天相。"

三人草草点了几个菜，在高桥的不断叹息中吃完了这顿"鸿门宴"。

隔两天遇见高桥，问李成济家里的情况。高桥笑嘻嘻地说："不要紧了，他妈妈很快就能好了。医生说他们也没想到能这么顺利。"余波松了口气。她有时也奇怪自己对这件事的超常关心。按说她与李成济只是“认识”而已，但她总觉得丧母之痛是人生极痛，“母爱”的缺失是至深至巨的大遗憾——虽然有母亲并不一定就带来母爱——她不知道想到哪里去了。

高桥等了片刻，见她不说话，忍不住问她：“我……我的头发染了颜色，你看难看吗?”余波这才注意到他剪了头，换了发型，还染了栗色头发。余波笑道：“不错啊，很有精神。”高桥开心得像个大孩子，眼里闪着光，请功似的说：“是李丽绢叫我去染的。”余波心中暗笑，想“还不如说是李丽绢押你进发廊的”。她又夸了他几句。这是他们俩第一次单独接触，又是在人潮如织的大街上。余波原来以为跟他无话可说，一来二去倒聊出了三分亲切。余波喜欢同很好的知心朋友来往，跟陌生人在一起也不露怯，却顶怕和半生不熟的人打交道，好比她的一些亲戚，好比以前上班时的同事，又好比现在班上的绝大多数同学。话深了说浅了都不对，又不好完全不理，简直活受罪。

余波看得出高桥也爱同她谈谈说说。他这人是一勉强就紧张，脸上神色就不自然，半点儿装不来假的。也不知他在什么环境里成长的，二十出头还留得一身纯真。想到他的年龄，也是令余波常要发笑的。李丽绢足足比人家大了四岁。余波开玩笑说他们是王菲谢霆锋，李丽绢抗议。余波改口说“杨过小龙女吧”，李丽绢才认可，好像拿王菲比她还辱没了她似的。

高桥把手机拿给余波看，说有一条消息他看不懂。余波翻了一下，见是“帅哥，怎么没反应啦?”便问他哪边不懂。高桥指着“反应”，怔怔地看她。余波说：“其实就是问你，为什么她发了消息，你没有回。”高桥“啊”了一声，想了想说：“我明白了。就是她做了一件事，要看我怎么……怎么反应。”说到最后，还是用“反应”解释“反应”，似乎犯了逻辑学上“循环定义”的错误，然而余波知道他心里是真懂了。她想赞他会举一反三，又怕他再接再厉，追问什么叫“举一反三”，于是简单地说他讲得很对。高桥又问：“什么是师哥?”余波以为他看武侠小说，正待详说，他却用手点了点消息。余波说：“哦，你问的是这个？这是‘帅哥’，夸你好看。‘师’字比‘帅’字多一横，你看。”他是孜孜不倦，她却是诲人不倦。

余波忽然想起来说：“对了，你看过《千与千寻》吗？”这部动画电影色泽柔和，想象瑰丽，情节一波三折，令余波对宫崎骏先生十分倾心。高桥问：“干什么？日文怎么说？”余波笑道：“我要是知道倒好了。你不会读，但是会认汉字对吧？”见他点头，她拿出手机打出那四个字来。高桥一看，连连搓手，说：“看过看过，小女孩的爸爸妈妈变成了两头猪。”余波“咯咯”直笑，又说：“恐怖片看不看？”高桥手搓得越发激烈：“喜欢看的。我的朋友说我很恐怖。”余波横看竖看，实在不觉得他哪边使人害怕，于是笑道：“那你一定看过《午夜凶铃》了？就是一个女孩，头发披在脸前，从电视机里爬呀爬地爬出来。”高桥说：“看过，续集不好看。”余波还想跟他打听《圣斗士星矢》的终结篇日本播完了没有，想想在街上站得够久的了，和好朋友的男朋友聊得太热烈了也不好，虽然明知李丽绢是绝不会介意的。她想该怎么尽快地，同时又是友好地向他道别。高桥见她不吭声，热切地问她：“还有什么要问？你问，我告诉你。”大约一向是夸他纯、赞他乖的人多，给他自信、说他聪明的人少，难得有机会证明自己，他就激动得欲罢不能了。

余波随意拍打一下记忆，就从中跳出了一休、机器猫、大白鲸、蜡笔小新，还有早些年万人空巷的《恐龙特急克塞号》，奇怪对时下流行的日剧倒没多少感觉。她摇了摇头说：“没有了。”高桥站了一会儿，说：“好的，我回学校了。再见！”余波有些疑心他可会看出了自己的欲言又止。她早就发现高桥其实只是清澈透明，却不是傻气。李丽绢成天拿高桥比郭靖，如果让她来说，她宁可拿他来比石破天，有点儿璞玉浑金的意思。李丽绢自己认为她明白高桥，余波却觉得她对她男朋友的认识，恐怕还不及自己深入。但是余波不知道，互相了解往往并不导向心心相印，倒是看得过于分明了，难达“糊涂是福”的境界，所以李丽绢的一知半解，也未尝不是一种好处。

六

天气渐渐冷了，虽然家在一楼，蟑螂之类是再也不会有了。余波加上了一件高领薄毛衣。她本来有点儿偏瘦，所以私下里总盼望到可以多穿衣服的季节，衬着高挑的身材，格外窈窕匀称。

这天是个阴天，阴得干结板实，没有太阳，也不可能有雨。余波出门前问冯涛带不带伞，冯涛说不带。余波说他穿得太少，“春天要捂，秋天要冻”，话是这么说，也不是一成不变。冯涛笑着说她“管得越来越宽”。余波说才懒得管他，随他自已去冻死好了。冯涛就带点儿起哄地说“怎么听起来这么像撒娇”。余波说句“神经”就走了。

她这时候是坐在小树林的长椅子上，脚下踏着草坪，软融融的。想起早上的几句“拌嘴”，心里也像长了根小草。哪一点柔软的部分触到了草尖，痒酥酥的。她惬意得想笑起来。

附近一张椅子上坐了两个女生，肩靠着肩，正说悄悄话。其中一个忽然笑了。另一个说：“这还不好玩。我告诉你，他跟我做名词解释，说‘叽叽歪歪’加‘婆婆妈妈’就是‘鸡（叽）婆’。你看他多坏!”那一个果然笑得更欢了，说“有创意”。余波猜女生口中的那个“他”一定是男朋友，特别是最末一句“你看他多坏”，更是“其辞若有憾焉，其实乃深喜之”。她觉得天下女子，除非极少数的例外，心心念念，总是围绕男人打转，细想也是件可悲的事。但是她马上想起，她刚才还在那里为了一个男人独自微笑，不禁有些羞惭，当然他们的关系是顶普通的……果真普通吗？她玩赛车游戏的时候感到了他的气息，她像真的驾了一辆车，奔驰在临海的高速公路上，提心吊胆，紧张万分。浩浩的海风吹过来，一阵阵拂过她的脸、她的耳。他洗澡出来无意中给她撞个正着，她心跳得像得了心脏病，而他看她的眼神是那么复杂。卫生间那一股带着肥皂味和人体味的热气使她过后想来还要脸红。她咳了一声，命令自己不准再想下去了。

那两个女生还在说话，可是声音小些了，也不笑了。余波看看表，快上课了，便站起身来往外走。下午的第一节课是她爱听的。

她走过那两个女生身边，听见其中一个说："哦，你知道吧，死了一个留学生!"另一个说："真的?"余波心里"咯噔"一下，脚步不由得缓了下来，有种可怕的预感。先一个说："那还有假?是东苑20舍401的男生，也是他们班上传出来的，不知道到底怎么回事。"余波心想东苑401是亚洲留学生，四个成员里就有高桥一个，这一下着急，顿时非同小可。她三脚两步赶到教室，等来等去等不到李丽绢，越发感到事情不好。第一堂课她不停地给李丽绢发消息。李丽绢那边却恍如不闻。她熬油似的熬了一节课，钟一打立即冲出教室，一路小跑一路还想着：不要是高桥，不要是高桥，没有这么巧!然而百分之二十五的概率不能算小，万一……万一呢?该要如何安慰劝解李丽绢呢?

余波赶到东苑20舍，跟看门的打个招呼，直奔四楼。401的门半开着，里面乱哄哄一片人声。她推门进去，一眼先看见李丽绢呆坐在高桥床上，旁边好几个男生大概都是一个班的同学，七嘴八舌嚷着她听不懂的话。一位四十来岁的中年女人意图要使他们冷静下来，直着嗓子弹压，像是老师。

余波到床边坐下。那些人因激动惶乱，竟无暇问她。李丽绢一抬眼才发现了余波，说："你怎么来了?"余波一时不知怎么说，停了停才说："我也听说了。我猜你在这儿，给你发消息你又不回。"李丽绢吸了下鼻子说："你发了消息吗?"她拿出手机来看，果然屏幕上是"5条新消息"，一个信封状的动画在右角上忽闪忽闪。李丽绢说："他们太闹了，我听不见手机响。"余波说："这就不用说他了，我跟你说，你一定要振作……"才讲到这里，高桥端了一盆水进来了。

余波惊叫一声，竟压住了满室喧哗。401一下子静悄悄的。李丽绢诧异地说："你怎么了?"余波指着高桥，结结巴巴地说："他……他不是……"李丽绢说："我们刚才都哭了，连王老师也哭了。高桥就去给我们打盆水来洗脸。”那么死的是另外一个人了？余波知道她万万不应该高兴的，还是忍不住一阵欢喜，如释重负地说：“那就好了！”李丽绢说：“什么好了？李成济出事了！”

余波的心一下子又跌到谷底。经历两次大起大落，她有些不堪重负。好在是在床上，她只是趔趄了一下，随即坐稳。

李丽绢叫高桥把大家好言好语先劝出了门，然后才慢慢地说道：“李成济的妈妈身体康复了，他就赶回来上课。飞机从韩国起飞没多远，就出了事故。机上的人无一幸免。机场为这事封锁了几个小时。”余波心里难过，一语不发。高桥递过毛巾来，她机械地擦了擦，顺手又还给他。

李丽绢说：“我跟李成济认识的时间很短，刚才一听噩耗，眼泪还是忍也忍不住。他成绩又优秀，人又好，老师和同学没有不喜欢他的！高桥自己郁闷，还来给我排解。现在我倒又要开导你了。你不用憋着，要哭就哭，也没人会笑你的。”余波听李丽绢的口气，俨然把自己当成了亡人的遗孀，她想难受归难受，话不能不说清楚，沉默了一下便说：“你怎么说得我新婚守寡似的？我们大家失去一个好朋友，都为他可惜，但是我跟他真的没有什么，也不可能有什么。你这样劝我，我倒不好哀悼了。”李丽绢没料到她会说这番话来，和愣愣站着的高桥面面相觑，过了一会儿才说：“那是一定的，也没说你们有什么关系。”她说得淡淡的，大约对余波的反应有点儿心冷。余波叹了口气，问：“哪张床是李成济的？”李丽绢朝上一指。原来就是高桥的上铺。

余波站起身来，踮着脚朝上一望。只见一个枕头、一床被子，床单干干净净，平平整整。被子叠得很方正，枕头旁边放着 MP3、两本薄书。余波无论如何不能相信这个人从此就消失了，这张床分明是随时等着主人回来的样子。她有生以来，还未曾有过身边的近亲好友猝然而逝的例子，一时只觉迷惘，觉得不大能明白到底发生了什么事。

李丽绢见她只是怔怔的，倒不过意起来，想她说的其实也是正理，刚才急慌慌地跑来，多半是误以为高桥出了事，特为赶过来劝慰自己的。她向高桥使个眼色，高桥便让出过道。李丽绢扶余波出去，走到门口，听见高桥在后面喊她。她转过头，高桥眼眶红红的，吞吞吐吐地说："你晚上能不能……陪陪我？我睡不着觉，我们去走一走。"李丽绢胸口一酸，应了一声。

高桥等她们下了楼，便回来关上门，脱了鞋，爬到李成济床上。他把被子整一整，拉拉床单的角，发了一回呆，半晌才说了声"你还没有追到女生呢！"嗓子一哽，埋下头去，额头搁在双膝之间。只见他的肩头一耸一耸的。

李丽绢和余波往回走了一段，余波吐出一口气来，说："我没事了。"李丽绢说："你刚才的样子蛮吓人的。"余波说："我是一时蒙住了。也奇怪呢，我先前还当是高桥，也急得滚油煎的一样，可是当时只想着怎么劝你，神志倒还清明。刚刚听说是李成济，我倒像迷了心似的。"李丽绢说："我说了你别生气。李成济和高桥在你心目当中，还是有区别的。并不是说你对李成济怎么样，不过朋友里也有亲疏远近。"这一次余波没有否认，反而坦然地说："大概是吧！"李丽绢说起李成济还曾吵着要认她做姐姐，不免又唏嘘一回。

余波忽发奇想地问："李成济会不会没死？说不定在坠机前跳伞了！他那么聪明，不会坐以待毙的。"李丽绢就说在残骸里找到了李成济的学生证，机场才赶紧先通知了校方，倒像是他特意留下线索给大家似的。余波幽幽地说："李成济的妈妈病才治好，又遭这种打击，不知道挺不挺得住呢！"

过了好几天，余波依然情绪低沉，做事也丢三落四的。这天冯涛喊她看电视她也不理。李成济去世了，他还看电视！

余波知道她有点儿蛮不讲理，冯、李二人根本连面也没见过。但她却无法克服对电视里人声乐声的不满。她开始时犹豫着是否要向冯涛倾诉，她很想他听后能说一些妥帖的、让她释怀的言语。现在她压下了这股渴望，早早洗脸洗脚，就上了床。

她听了会儿收音机，觉得填不满心上的那个洞。只要一想到李成济的那张床，就有一阵哀伤像风一样从心上的大洞里穿过，引起好几分钟空落落的痛。她拥被坐着，没有开台灯。在黑暗里，她回想着一幕幕往事。

她看见李成济面带笑容，在西餐店门口耐心等待；看见他轻松地使用刀叉，把牛排切成均匀的小块；看见他率直地说“我喜欢看别人很香地吃饭”；看见最后一次，他从阳光灿烂中走来，说她漂亮。他对她说的最末一句话是“好的，再见”，一语成谶，竟然再见无期。李成济在“田园居之宴”前的精心准备显然是冲着她的，他甚至宁可迟到也要梳头洗脸刮胡子，要换上他自认为最帅的银灰西装。这是李丽绢前两天从高桥那儿打听来的。至少到目前为止，她没有动心的感觉，但是不能不流连、感念他这一番心意。

房门响了两声，余波说“睡了”，冯涛在外面问她：“你刚才是不是在卫生间的?”余波这才有些回过神来，说：“是的，怎么了?”冯涛略有点儿不高兴地说：“抽水马桶的拉手齐根断了。”余波说：“我力气小，肯定不是我拉断的!”冯涛听她的口气，似乎还有点儿怪自己贼喊捉贼，不由得生了三分气，说：“那你说怎么弄?”余波没好气地说：“用盆子接水冲。”冯涛说：“你不嫌麻烦?”余波不耐烦了，问他：“你说怎么办?”

自从余波搬过来以后，两人从来没有红过脸，这时候双方都觉得惊讶和不习惯。冯涛自己也感到刚才的话讲得太粗声大气的，他控制了一下才开口说道：“对不起。”余波忙说“没关系”。这一来一去，显得两人成了普普通通的室友关系，那种客气的疏远，使二人同感震动。

冯涛首先便说：“我有时候脾气臭，你别介意。”余波忙说：“是我最近老想心事，随手一拉，就搞坏了。”冯涛笑了，说：“明天请人来看一下就行了，我也是小题大做。对了，你有什么心事?”余波眼里一热，默然半晌，接不上话去。冯涛说：“睡着啦?”余波才说：“我没睡呢，你进来一下。”冯涛开了门进来，在椅子上坐下。两人互相望了一望，冯涛说：“到底怎么了?”余波终于把来龙去脉都告诉了他，中途几次停下来，像是要自己平静。说完了，她掖了掖被子，身体靠在床头上喘息，这才发觉说得太快了。冯涛说："难怪你心情不好。"又说，"二十几岁的青年，风华正茂，真的可惜了！"她感到他的话发自肺腑，心里也略感安慰。这时她问了一个早就想问的问题："你说李成济在天有灵，会不会怪我？"

冯涛说："绝不会！按你的形容，这人是很洒脱；要是他九泉之下还在怪你，心胸也太窄了，也就不值得大家怀念了。他不是这么小气的人吧！"余波刚才是有些自责，隐隐地想道：要是当初答应他就好了，他走得也开心些。这时听了冯涛的话，舒了口气。冯涛说："何况你又没做错什么。作为朋友，你这么伤心，已经……"他想说"很对得起他了"，又想这话说得近于冷酷，便岔开去说："你要想开些。"

台灯在床头柜上吐出暖暖的橘黄。余波半坐在床上，身处光圈中央。冯涛的椅子却在光线边缘。他凑近了说话，便看得清他俊朗的脸。一说完向后坐好，便又消失在黑暗里。余波这样观察了一会儿，忽然觉得恐怖，仿佛这个男人是个捉摸不定的幽灵，而他是她此刻心理上唯一的依靠。她不要他这样忽隐忽现。她打断了冯涛新一轮的开导，突兀地说："你坐过来。"

冯涛移动椅子，但房间很小，书桌和床之间挪动的余地不大。他搬开椅子，坐到床边上来。现在两个人都在灯光的中心，温暖的黄色光芒笼罩着他们。彼此的发丝、眉眼、颈脖、上衣的小小褶皱都格外分明。只是挨得太近了，又有点儿失真，不太敢相信面前这个人就是朝夕相处的那一个。然而这样陌生化的效果却使人愉快，有一种新鲜的刺激。灯光哗哗地流下来，冯涛想起上次冲澡时，他想拥抱一个女人，而此刻就有一个女人伸手可及。他的目光顺着她的脖子蜿蜒而下，像肥皂沫在他身上的痕迹。他浑身躁热起来。

电话声吓了两人一跳。冯涛咳了一声，拿过话筒说："喂？"原来是石磊。冯涛陪他聊了一会儿。余波在这边看他。一个男人在自己的房间接朋友的电话。她陡然生出一股喜意。冯涛放下电话笑道："是石磊。

这家伙也不看现在几点钟了。”余波笑了笑。冯涛看了下时间说：“你睡吧，明天我请半天假叫人家来修卫生间。”余波说：“不了，还是我请假吧，你到底是上班。”冯涛说：“那好吧。”他又待了一会儿。余波眼睛不看他，催他回房休息。他也不吭声，把椅子放回原处就走了，临出门前把房门从里面反锁一下，才从外面拉上。

七

第二天余波请了假。冯涛临走时跟余波借零钱，因为现在的公交车都是无人售票，自然也无人找钱。余波换了硬币给他。

下午她按冯涛说的，打电话给一家“美户”服务中心。那边很负责，派了一个人来，拿着工具箱，前后不到半小时的样子，还赔话说“路太远，久等了”，就装了个带弯的更结实的新拉手。余波见修得容易，又有些心疼起钱来。虽然舍不得，也只好如数照付。那人开了一张收据给她，很客气地说“再见”就走了。

晚上冯涛回来，余波告诉他如此这般。冯涛笑着说“花钱买个教训”，看了收据，掏出一半的钱来要跟她分摊。余波死活不要，到后来简直急赤白脸的，冯涛只得罢了。

他知道她心里其实不痛快，何况李成济那件事阴影犹在，就提议请她吃饭看电影。她问看什么，冯涛带一些神秘地说：“反正你肯定没看过的。”她笑笑，装作毫不动心，暗中却猜测是什么片子。

冯涛说：“我送你一样东西。”说着拿来一个玻璃镜框，里面是一幅小小的油画，又说，“昨天我看你墙上太空，就是四堵白墙，就买了这个来挂一挂。”余波说：“我可不会挂啊！”冯涛说：“当然我来弄。上次一个琉璃蛋还牺牲掉了，这次这么大件，更不敢劳你驾了。”余波笑道：“你烦死了！”冯涛说：“我是烦，就是不会把‘乔迁之喜’读成‘介过之春’。”余波气得在他背上捶了几下。冯涛笑着说：“好了好了，不闹不闹，你仔细看看，挂在哪边合适？”

余波左右张望了一会儿，指着靠床的那面墙说："就是这里好。"冯涛说："这边有你一张床，怎么挂？要不挂到对面墙上吧？"余波摇头说："不，书桌上方的墙我不贴东西，就是白茫茫的一片最好。"冯涛说："那我只好脱了鞋，站在你床上挂。"见余波不答，又说，"不然没法子，家里又没梯子。到底不是自己家，要什么有什么。要不我先去洗脚换双袜子。"余波心里倒情愿他这样，但也觉得太岂有此理，忙说："不用不用，你挂吧。"

冯涛脱了拖鞋，站到床上，举高框子，在墙上移来移去，不断地问："怎么样？""这儿可以吗？"余波见他穿着白袜子，一点儿污迹也没有，而且他一贯只穿皮鞋，又没有耐克鞋那一类的东西，才放了心，当冯涛移到一个最佳位置时便说："好！"

冯涛叫她把外间桌上的小锤子和钉子拿来，钉进去，挂起来。他退后看了看，又跳下床来再看，满意地说："不错。"余波问："你哪儿来的锤子钉子？"冯涛答道："单位里的，小锤子明天要还回去。"余波笑道："你们文学期刊备着个锤子干什么？是不是谁不开窍就敲脑袋？"冯涛笑着说："有时候桌子坏了好修一修。全指望木工可开销不起。'展望'穷哪！"余波说："你们不是有家固定合作伙伴的吗，是叫什么公司的？"冯涛说："'万发服装有限公司'。我们每期都有几个版面给他们，或者广告，或者访谈。他们每年给我们赞助费。这两年真亏了'万发'，否则靠上面拨一点儿，加上可怜巴巴的一点儿发行量，早撑不下去了。如今文学是越发地受冷落了，还有几个人肯掏钱买杂志的？"他说着叹了口气，眉头也皱起来。

余波见他忧闷，想引开他注意力，便说："这画好看，而且冬天挂着特别适宜。"冯涛问她为什么。余波说："油画看着暖和，中国画却很清凉，顶好是夏天欣赏。"冯涛说："我只听说穿衣服要换季的，没听说看图画要换季的。"余波意犹未尽般地说："我看到油画就觉得饱了。你看它用色多浓多重，烂熟，丰盈，丰衣足食似的，像大鱼大肉，也像芝麻糊。国画——特别是山水画，清清淡淡的，像素什锦，或是菊叶蛋花汤。”冯涛笑着说了句“瞎讲”，觉得余波虽然异想天开，也并非全无道理。

他忽然起心要和余波斗一斗，大男人一个，给她说得缄口不言，总归不是件体面事，当下似乎很随意地说：“我只知道中国画受道教影响极深，顾恺之还写过一本画论叫《画云台山记》。”余波点了点头说：“对的，那是道教最早的一部画论，什么传神、写神，‘迁想妙得’，蛮好玩的。不过有的地方也没意思，太板了。”冯涛不甘心，继续撩拨她说：“是不是道教爱用象征符号表达宇宙观的？有点儿记不清了。”余波想了想说：“是的吧？”也是不敢确定。她是想到哪里说到哪里，不比冯涛是处心积虑地要占上风。冯涛把她问倒，很是得意，说：“对了，想起来了，宇是空间，代表上下四方；宙是时间，代表古往今来。合起来就是时空。他们讲究这个。”余波说：“不早了，我们吃饭去吧。你不是说要去看电影的？”冯涛渐渐发现余波同他不一样的是，他记得较熟的都是理论，余波却显然只图“好玩”。她脑子里的艺术都是世俗化了的，活泼泼的。谈得比较抽象了，她就没精神再往下说了。从这一点来说，男人只该去做评论家，女人才适合做作家。冯涛这么想着，不觉笑了。

余波说：“笑什么？古古怪怪的。你一闹我倒想起来了，以前贴张课程表你也说房东不准，我们在墙上钉个钉子房东倒准了？”冯涛说：“那你不必担心。退房时找个钳子拔出来就是了，细细一个小眼子她未必能发现。实在不行，钉子不拔，另外找一幅什么东西往上一挂。我帮她装饰房间，她还要谢谢我呢。不像你那个课程表，胶水贴的，一撕一个疤。”余波这才明白。

二人到水饺店里吃饺子。冯涛要了三两青菜馅的，余波却要一两香菜、一两荠菜、一两东北酸菜肉。冯涛笑余波麻烦，余波说：“你是吃，我是尝。”冯涛说：“那你每样来一个饺子就行了，来两个就俗了。”倒了两碟醋来，又是两碗饺子汤。冯涛只吃不喝汤，余波却全喝了，说“原汤化原食”。冯涛说：“一般来说只会越喝越胀。”又说，“当然你不是一般人。”他今天特别想逗她。

老板娘一口东北普通话，几个员工说话也是清一色“东北人都是活雷锋”的味儿。其中有个很精干的小伙子，余波说“长得活像雪村年轻的时候”，好像她见过雪村年轻时的长相。还有一个老师傅，前后只露过一面，就是把头从厨房里朝外伸了一伸，余波非要冯涛承认像他将来老了的时候。

冯涛招架不住，只好发现新大陆似的指着墙上的价目表说：“哎呀！你看，还有牛肉馅的，一开始怎么没看见！”余波说：“对了，你刚才说道教要用象征符号，牛就是个符号。老子骑青牛你知道什么意思？就是道教对世界的把握。那头牛为什么不是黄牛是水牛呢？因为老庄都崇拜水……”她津津有味地一直说道。

十字路口，恰是红灯。两人停下脚步，聊着聊着，冯涛说起如今的社会风气，他这样的“书生”活得艰难。余波想了想，认真地说：“往前二十年，往后二十年，恐怕都不是这样子。过去我爸爸那一辈，社会不浮躁：反正闭关自守，大家一样穷，显不出差别，也没人起功利心思；将来呢，咱们国家发展到了一定程度，人富了就会想精神，文化就有地位了。最尴尬的就是转型期，人人想赚钱，个个要发财，‘知识分子’成了调侃人的话，学文的不上不下连自己都嫌自己多余，你也算是生不逢时了！”冯涛不禁点头，佩服她见识透辟。

绿灯亮，过街了。余波伸手牵着冯涛的衣角，跟在他后头走到对面。她笑吟吟的，却又挂着泪珠。冯涛怔住，半晌才问：“怎么哭了？”余波含泪笑道：“我们这拨喜欢文字的人，这七八年来承受了什么，你知我知；要坚持下去有多难，你知我知。我有时候照镜子，都好像看见额头上写着‘不切实际’四个字。我哭，还因为为你难过，又有才华心地又好，却过得这么难。”冯涛大为感动，她这一席话，真使他有知己之感。

此后的半个月里，表面看起来并没什么变化，变化在他们心里——相互间的依赖和默契随时随地，点点滴滴，润进身心。

这一阵冯涛单位事多，又因为他酒量不错，总编有应酬也总叫他去挡挡酒，搞搞气氛，每天都早出晚归。回来了也把笔记本电脑敲得“啪啪”直响，拨算盘珠子似的，不到一点钟不熄灯。

他既然忙，余波也就定定心做自己的事，只是每天听到他开门，就问一声“身上带了零钱吗？”冯涛要是没带，她就找两个一元硬币给他。白天余波要上课，晚上则躲在房里温书。再有一个月要大考了，虽不像高考那么决定命运，毕竟不是儿戏，全靠临时抱佛脚是不行的。她复习累了就翻翻小说，还有一本从小摊上淘来的《清照词全编》，纸质很好，错别字也少，配了注释。挺厚的一本，居然只要五块钱。因为实在乏人问津。倒是盗版的普鲁斯特的书卖得挺好，虽然对于大多数中国人来说，那是比李清照更难懂的东西。

实在不想翻书了，她就听听收音机。但是她总把声音开到顶小，怕打扰了冯涛。其实隔着两道房门，影响冯涛的可能性是微乎其微。还有时她往家里写信，都是寄到财政局她爸爸那里。信末，在最不起眼的地方，她才加上一句“问候妈妈”，像报纸上的道歉声明：“本报某月某日某版报道有误，特向某人郑重致歉。”极小的一块，羞答答地缩在边上，仿佛那个被道歉的对象当不起如此礼遇似的。

冯涛终于忙过了这一阵，他忽然想起这两天只顾了公事，也没跟余波说过几回话。这女孩子有时候能说会道，妙语如珠，安静起来又可以整个周末都不大出房门，懒洋洋的样子。

他推门出来，见余波正在用电热水壶烧水。余波转过头来，二人相视而笑。冯涛说：“你怎么知道我在你后面？”余波说：“我第六感最好了。今天不忙？”冯涛说：“还好。”他觉得他们的对话离题万里，远远不是心里想说的。他直觉他如果说了，她是不会太抗拒的，但是那幽暗的眼睛，那雨中的凉亭，那决绝的话语又鬼魅一般浮了上来。结果他只是折中地说了句：“你知道上个月的今天是什么日子？”

余波看了下手机，是12月11日，上个月就是11月11了。这是个特殊的节日吗？她倒是真不知道。她老老实实摇了下头。冯涛笑道：

“是光棍节。”余波笑了，说：“为什么是那天呢？”冯涛说：“不晓得，反正大家都这么说的。石磊自己结婚了，还发消息来取笑我，祝我‘节日快乐’。”余波笑道：“我明白了，11月11日是四个‘1’，孤苦伶仃的，最像光棍汉。我想起来了，是有一天晚上听收音机，每个台都在放《单身情歌》，我就关掉睡觉了。准是那一天。”两人都笑了。余波略有点儿知道冯涛为什么同她谈起这个，但他不明说，总不能叫她先说，而且在憧憬之余，她也不无畏惧，倒还是目前这样最好——雾里看花，水中望月，朦朦胧胧的。

圣诞节前一天，李丽绢和高桥约余波玩。余波说“不妨碍你们二人世界了”。李丽绢就没再坚持。余波知道他们希望单独相处，跟她说一声，只是客气。她要是傻到搞成三人行，那两个一定怪她没有眼头见识。

平安夜的晚上刚好有雪，平添了几分童话般的氛围。满街都是广告；商场外气球飘飘，彩带飞舞，橱窗里面布置得鲜亮夺目。必胜客、哈罗哈，当然还有肯德基和麦当劳，一片耀眼生花，家家人满为患。冯涛提前订了位子，不然简直进不了大门。里面正轰轰烈烈开展着节日抽奖活动，每一个服务生都成了司仪。没中奖的，他们鼓励他再来一次；中了奖的，他们怂恿他用话筒谈感受，吃了喝了还拿了，是怎样美妙的心境。冯涛嫌服务生饶舌，不让人好好享受一顿圣诞大餐。余波却笑嘻嘻地看着他们，说他们可爱，“不然没气氛了”。她还具体指给他看，哪几个服务生是老资格了，精于此道，分寸拿捏得好；哪几个是新手，不会煽风点火，只能硬滑稽，要么太拘谨，要么太活跃，有点儿夹生。冯涛依言观察，倒也乐在其中。

出来时才八点多钟，雪还在下，却小了一些。地上薄薄一层积雪反射着灯光。真真假假的圣诞树上，珠围翠绕，闪闪烁烁。余波把衣领拉链拉到最上，冯涛问她是不是怕冷，余波说：“冷也高兴。”冯涛受了她感染，也觉得在这样的天地里走着，有足够的理由感到愉快。余波本来是把一切分得很清，但近来冯涛请她吃饭，她越来越心安理得，渐渐地想不到回请，渐渐地主动要他请。冯涛很开心，这种随便并不使人想到不自重，而有一种无以言传的亲密。

风来了，卷起许多雪片，在灯影里急速打着转儿，小精灵似的。余波忙伸手去捉，一边“咯咯”笑着，一边告诉冯涛“雪孩子”的故事。那个动画片冯涛也看过。他微笑地看着她，呼吸着寒冽清新的空气，满心欣喜。

隔一条街，人堆子里挤着李丽绢和高桥；再远一点儿，批评过余波的大学老师和她爱人也在。一对年将半百的夫妻夹在许多红男绿女之间，步履从容，意态闲适。几条街上都是牵着手的人们，有些年长，大部分年轻。他们在雪幕下走着，彼此之间，也像是水凝为雪，玉屑轻飞，一点一点、无声无息地变成了今天。

第二部

一

余波下了车，在街上慢慢地走。一辆摩托车过来兜生意，给她回掉了。这样的冷天坐摩托，耳朵都要冻掉。她拦了个三轮车，叫车夫拉上挡风篷，身子缩起来，想象自己是哪一家私奔出来会情郎的小姐，但是这个游戏她玩得不大成功。她从省城坐了四个小时的车，一路上不停地和李丽绢发着消息。李丽绢问她寒假怎么过，她说反正不在家里过。但是此刻，她正一步一步缩短着与家的距离。任是什么游戏，也改变不了正在“回家”的事实。

到家敲了敲门，她母亲萧忆敏忙出来开门，又拿棉拖鞋给她换。她嘴皮子动了动说“妈”，就进去见父亲。余英言头一天就知道女儿要回来了，这时候便笑着摸摸她的头说“回来啦”。余波说“别坏了我的发型”，就往房里去了。

她环顾着自己的房间：一切都同走之前差不多，窗明几净，床头更是一尘不染。被子床单大概是刚刚换洗过的，还留着太阳的暖香。她知道是母亲做了精心准备，假装没在意，只说肚子饿了。萧忆敏本来带笑地站在门口，想着余波或者会留心到房间比往常整洁，这时那笑便僵在脸上，过了片刻，她自己找了个台阶下道：“坐了四小时车，是该饿了。”转身进厨房去。

余波收拾着带回来的东西，一面就闻到了饭菜的香味。一阵“哧啦哧啦”声传来，连煎和炸都搬出来了，萧忆敏是使出浑身解数来犒劳女儿了。

萧忆敏流水般地端出一桌子菜，叫余波先坐，她去喊余英言。余波听着外面小贩的叫卖声，乡音盈耳，这才真正感到是回到家了。她同冯涛、李丽绢他们都是说普通话的。余英言过来了。一家三口围桌而坐。萧忆敏说：“要不要喝点儿红酒？”余波说：“过年喝吧。”萧忆敏说：“也好。那就趁热吃，冷了就不合口了。”她说完这句话就安静下来，听他们父女俩交谈。余英言生性内向，素来话少；余波在家也是三缄其口，所以听这父女俩对话，就像看侯孝贤的电影，是需要一些耐心的。好在萧忆敏最不缺的就是耐心。余英言看看余波，很困惑地说：“你怎么人瘦了，精神倒好了？”余波笑了笑说：“那不是最好吗？又减肥了又没伤元气。”一顿饭将近吃完，余波舀了鸡汤到碗里泡饭，听余英言说：“你宿舍那个事是怎么弄的？写信回来也不提。”余波呛了一口，咳嗽起来。萧忆敏给她拍拍后背，被她轻轻推开了。余英言关切地看着她，等她静下来才说：“慢慢喝，锅里还有。”侧头问萧忆敏，“是还有吧？”萧忆敏说：“多呢，明天早上还能下鸡汤面吃。”余波清了清嗓子才说：“我和人家合租的房子，他比我多交点儿房租，他房间比我的大。地段是闹中取静，离学校也近。”说得无懈可击似的。余英言和萧忆敏再也想不到那个“他”是个男人。

第二天中午，余英言下班，看见余波正在客厅里看电视，就说昨天晚上才想起来的，叫余波把新住处的电话号码给他。余波不知道为什么，第一个念头就是“准是妈在那儿絮叨的”。万一哪天家里打电话过去，那边是冯涛很标准的男人嗓音，真不知要如何收场了。总不能叫冯涛从此不接电话。余波便说：“我房里又没有分机，电话在人家那边，你突然打过去，人家在睡觉怎么办？”她开始自由发挥起来，说：“那人是自由撰稿人，写起东西来不分白天黑夜的，睡起觉来也不定时。二十四小时他随时可能在休息。打扰人家，不好。有什么事我会打给你的。”余英言信了，却又联想到另一个问题，说：“你不能买一个电话呀？不然电话费一人一半，你就吃亏了。”余波想这种思维一听就是财政局的，于是说：“我房间没电话插孔。”其实她床头柜上就是小电话，她打的比冯涛还多，主要是喜欢缩在被子里跟李丽绢有一句没一句地聊天。冯涛从来不说什么，交了费回来，把单据拿给她看，她就除以二，交上她那份。算起来她才是占了人家的便宜。

余英言进房去了，她才松了口气，找个放广告的台轻松轻松。萧忆敏在阳台上晒被子，余波忽然想起一事，到房门口问余英言说：“二楼最近有没有作怪？”余英言脸上暗了一下，说：“没有。远亲不如近邻，不要跟他们搞僵。”余波想这种近邻不要也罢，但她没有反驳她父亲，兀自走回客厅，眼睛瞄着电视，脑子里却不由自主要回放她深恶痛绝的那段过去。

那时候萧忆敏刚刚为了作风问题，被学校撤掉了年级组长和班主任，惩罚的意味是再明显也没有了。小城就那么大，一传十，十传百，风言风语很快地就传遍了。余波那时十六岁，从乡下转到城里上学才半年。同学当中常有人在她背后挤眉弄眼。

有一回余波不小心碰掉了同学的文具盒。她拾起来给那个同学，有些害羞。因为他成绩好，体育也好，她暗暗地有点儿崇拜他。那天他接过文具盒，很不友好地嘟囔了一句“长没长眼睛”。泪水一下子就冲到她眼里。她抽身走开，听另一个男生说“野爸爸”什么的。她回过头来，定定地看那个男生。那人却嬉皮笑脸地说：“我是说昨天晚上看的电视，有个女的最不要脸了，又不是说你，又不是说你家人。”其他人都笑起来，连那个她暗自崇拜的男生在内。一张张笑脸，一张张嘴，叠映起来，扭曲起来，旋转起来。余波仿佛置身梦境。然而她听着越来越响的笑声，笑得像山谷的回音，那么绵长而夸张。她知道这不是梦。

余波在原地站了一会儿，忽然尖叫一声，冲过去一把揪住了那男生的头发。她拿自己的额头猛撞他的，一直撞到他哭起来。

他们怕了她，却也孤立了她。她则回家拿萧忆敏撒气，方式就是拒绝同她讲话。之前，萧忆敏一直想方设法去掉余波的土气，她在外婆那里生活得太久了。萧忆敏要她走路不要甩手，吃饭别发出声音，骑车注意上下车的姿势，又专门买了礼仪方面的书叫她速成。后来余波不得不承认这些训练的好处，当时却再也不跟萧忆敏说一个字。

那天萧忆敏在阳台上晒衣服，好像没有绞干，滴了几滴水下去。二楼的女人大约也听过萧忆敏的“逸事”，在下面破口大骂说：“什么千人骑万人入的烂货，也不知道滴下来的是什么脏水！”萧忆敏气怔在那里。余波跑到阳台上说：“千人骑万人入的烂货还在你头上，你连个烂货还不如呢！”二楼女人倒愣了一下，随后便说：“你是她闺女不是？小小年纪怎么倒满嘴喷粪哪？”余波接口说：“喷粪有什么稀奇，有人在下面接粪才稀奇呢！”那女人朝屋里喊她男人，这里萧忆敏急得只把余波往里拖，说：“兰兰你听话，你是女孩子，这些事不是你该管的。”余波被她一拖，倒发了性子，一把推开她朝楼下叫道：“你是什么三贞九烈立牌坊的圣女，你以为你那些丑事我们不知道啊！别叫我把你的臭史都抖出来！”她料定每个人都有亏心事。那女人一吓，果然不吱声了。她男人却道：“小屄养的，你下来试试！”余波涨红了脸说：“对不起，姑奶奶是剖腹产，不是屄养的！”那男人见她这等泼悍，心里已经有些打退堂鼓的意思，说了句“这小婊子养的”就回去了。说来说去，还是针对萧忆敏。

萧忆敏眼泪直流下来。余波却一手拉过铁青着脸的余英言，“噔噔噔”地跑下楼去，把那防盗门摇得山响。男人开了门，余波指指余英言说：“好叔叔，你以男欺女，以大欺小，叫我婊子养的。现在养我的人就在这儿，当着他的面，我这婊子养的给你赔不是啦！”说着就往地下跪。那男人五大三粗一条汉子，被她吓得要喊救命。

余波一回到家就到卫生间里刷牙，因为她说了脏话，脏得她自己都憎恨自己。刷着刷着，泪水就流下来。

她躺到床上，拿被子蒙住头，屈辱地发着抖，发誓再也不这样了。

可是今天的污点已经存在，就像她母亲一样，凭她怎么努力，也是洗不净、冲不走了。那块污迹总是在那里的。

二

萧忆敏后来给余波买了一本《宋词十六家》，是乘余波不在家，放在她房间的桌上的。一张纸条上写了几句话：“兰兰，你还小，有很多事你不懂得。将来你大一点儿，妈妈再跟你说。你有空时翻翻这本书，捺一捺你的性子。你可以不喜欢妈妈，但不要迁怒到书上。书是这个世界上最圣洁的东西。”

是纸条的最后一句话打动了她。凭着女性的直觉，余波品出了字句间的凄楚。她那时候上的是中专，功课不紧，何况又没什么朋友，每天无聊时便翻翻书。头一首词她读得最吃力，那词本身并不难懂，但入门第一课是分外难一些。读了几首，习惯了“正文——注释——体会”，慢慢便尝到些滋味。一遍下来，兴犹未尽，又看了一遍。李清照是不必说了，柳永、晏殊、周邦彦她也爱不释手。她喜欢的词人，大都是婉约的一路，连苏东坡她也不怎么喜欢，也并不觉得是亏欠了谁。她是在不知不觉之间又平和了些。

余波和萧忆敏又说话了，虽然话少得可怜。余波在大多数时候，都有意识地控制自己。她读《醒世姻缘传》，看到薛素姐换心，陡然联想起那次“文具盒事件”，只觉触目惊心，她不愿意她变成这么个人。她对萧忆敏的敌意，转化成了有节制的冷淡，跟同学也不那么剑拔弩张的了。

相比女儿的“渐入佳境”，萧忆敏却是江河日下。她原本是省劳模、优秀教师，一届一届，带的全是毕业班。但是自从那个人走了以后，她只能在初一做班主任。年级组长撤掉倒还罢了，领导的器重、同事的尊重、学生的敬重也一齐消失，却是狠狠伤了她的心。当然他们有他们的道理，家长就众口一词地对她“不放心”，生怕影响了孩子。在不少人的眼里，一个人的私生活是与工作密不可分，德和才好像天生就该成正比的。

余波二十岁生日那天，余英言做了鲜奶蛋糕，萧忆敏送了余波一个保温磁化杯。她心里其实很有点儿担心余波会托词拒绝，所幸余波没有，她只是淡淡地说“谢谢妈妈”，干巴巴的像干部在主席台上的致辞。然而萧忆敏还是感动了，她想女儿开始工作，知道了生活的甘苦，世间百态不能简单用“对”“错”来分。她觉得这是一个良好的开端。

结果情形并非像她想的那样。余波对她也还客气，却始终不冷不热。母女俩停在这个“良好的开端”上，像一只搁浅的船，再也不往前走了。

余波自作主张要辞了工作去上学，背地里萧忆敏未尝没有顾虑。这样的一份工作，稳定而轻松，丢掉了未必找得回来。而且像余波这样年纪的女孩子，说幼稚吧她多少有点儿阅历，说成熟吧又远远不能应付外面的大千世界。但她终究不忍拂了女儿的意。余波毕业以后一直还很上进，一边上班一边修完了大专。出去转一圈，一则专升本，也算是镀了一层金——虽然不是24K的；二则见见世面，开了眼界；三则到底在正规大学里泡上几年，课里课外都有值得余波细细体验的东西，也就不能说是光阴虚度，岁月空添。运气好的话，甚至可以在省城自谋发展，那就不会在这个小城里耗上一生。她把这意思同余英言说了，余英言沉吟了片刻，说：“大学总比外面单纯些，又不是真要她去闯世界，就让她去吧！”余英言是只有谈到女儿的事，才和萧忆敏有话说。看妻子憔悴疲惫，闪闪缩缩，他也想找些话跟她说，又怕言多必失，让她误会；不说呢，又显得连他也嫌弃了她。唯有涉及女儿，夫妻俩有商有量，亲近融洽，话也好讲，也不用怕她多心。所以每一次余波回来，余英言就很高兴，因为当天晚上和随后的几个晚上，他总能围绕着余波，和萧忆敏谈到半夜。

随着时间的流逝，人们慢慢淡忘了那件“新闻”。随着风气渐开，婚外恋也早不是那么骇人听闻。现在萧忆敏开始做初二的班主任，她自嘲是“升了一级”。她还是在那里教书育人，余波却再不是她能教得了的。余波固然是有和她较劲的成分，却也不折不扣是比两年前更像个大人了。

萧忆敏叹了口气，拍拍被子回到室内。余波正在那里看电视，余光看到了萧忆敏，只作没看见，拿过遥控器来换了个台。放的是《春光灿烂猪八戒》，余波微笑，感到智力上的优越。萧忆敏走开了，她也放松了些，却听余英言在房里说：“兰兰，别成天抱着电视。明天星期天，我们出去玩玩。”

余波几乎不相信自己的耳朵。她想她爸爸大概还是当年跟妈妈谈恋爱时，有过这一份浪漫情怀的吧？她有些怀疑这是萧忆敏的主意，而且，虽然余英言和萧忆敏的话还是那样少，两人之间却显然多了一点儿默契。余波本能地抗拒一切人为的东西，觉得还是自然而然比较好。既然心存芥蒂，又何必扮亲热搞什么全家福？她想了想答道：“明天我要下乡。”

房里沉默了一会儿，余英言说：“刚回来两天就走？”余波说：“我去看外婆。”余英言说：“几时回来？”余波说：“回来过年。”余英言没作声，过了片刻才说：“那要十几天啦？”余波不答。余英言无奈地说：“随你吧。你看能不能年三十晚上把外婆叫过来吃团圆饭。”

次日清晨，萧忆敏给余波烧早饭时特意提了一下，说：“你带两袋中老年营养奶粉、一盒人参蜂王浆去。你跟外婆说，凡事要心宽，不要想窄了。火大伤身，一把年纪的人了，就不要跟儿女计较了。”这些话是不得不叮嘱的，因为涉及外婆，余波也只好听着。说的人和听的人两方面都希望快点儿说完。余波说：“晓得了。”收拾了一下衣物，拿了几本书就下乡去了。

她去看她外婆，也不全是装幌子。近两年来，每一次假期，她必定要去探外婆。出门在外，也常会想起外婆来。外婆年近七十，精神还好，只是耳朵有点儿背，脑子也不那么好使了。通过直接或间接的渠道，她知道外婆说过不少出人意表的话，像“不好了，油上晒出鱼来了”，像“哎呀，蚊子里有个大帐子”。总是把两样颠倒来讲，比起“火车像火车一样开过”的“后现代”来，还更后现代一些。

余波来到外婆低矮的小屋前面，敲了敲门。天阴阴的，小屋在灰云的重压下孤零零的，不堪重负的样子。门“吱呀呀呀”开了，外婆呆了一下，然后便满脸笑出了菊花。二人拉着手进屋，余波先说萧忆敏的嘱咐，又把奶粉、蜂王浆拿给她看。外婆很欣喜地摸了摸，小心地收进条桌的桌肚里去，问：“你爸你妈身体好吧？他们一天到晚用脑子，也苦。”余波等她坐下，便陪着她一递一句地聊天。外婆嘘寒问暖，兴奋起来就有些摇头晃脑的，一头白发也随之颤动。不知怎么，这孩子气的举止却分外透出一种暮年的凄凉。余波瞧在眼里，心中只想到“风烛残年”，有点儿什么东西在胸口隐隐作痛。

二人聊了一会儿，余波问：“舅舅他们呢，还在田里哪？”外婆听了不言语。外孙女除了自己，还挂念着旁人，她有点儿吃醋。她过了一分钟才说：“你舅妈在田里，你舅舅出息了，上了船了。”她提到余波的舅舅舅妈，总不免是一种微讽的口气，“上了船”倒像是“上了贼船”了。余波原是随口一问，待会儿见了面，彼此也还要问个好，客气一下。这时倒真有了几分兴趣，笑着说：“哦，舅舅有工作啦，也不通知我们一声，叫我们也代他高兴。”

外婆说：“工作？比船老大也不强。是在人家运机油的船上当账房先生。有了几个钱也知道给老婆买件衣裳，倒不知道给我带个什么。我养了他这么大，图他这点儿东西？是图他有个心。”余波不便非议长辈，没接这个岔儿，说：“运机油的船，是干吗的？你说舅舅就在那船上当会计？”外婆点了点头，捶着腿说：“你们城里的学生不晓得乡下的事。他那个船是敞口的，装的全是机油，就是你们说的柴油。开得远远的，给其他的船加油，人家就交个油钱。”余波笑着说：“我明白了，就跟公路上的加油站一样，不过变成送货上门了。”外婆多半没听懂，但仍是点头说：“也差不多。”余波心想这倒是件好事，在船上做会计，只要能写会算，又不要风吹，又不经日晒，省下体力却赚了更多的钱。

余波暗暗替舅舅高兴，只是不敢太露出来。人说“老小老小”，外婆有时候真像小孩子，简直不讲理的。

她舅舅萧忆方早年是一乡皆知的数学神童。小小年纪，算盘拨得人眼花缭乱，大队会计也不过如此。萧忆方摆弄算盘其实不过是要别人夸他两句，他心算既快又准，根本不必依赖算盘的。当时上小学，他要么算得比老师快，要么解得比书上的“例 1、例 2”还更巧妙，年终几个数学老师推来推去，谁都不肯教萧忆方这个班。余波看过一部美国片《骄阳似我》，她觉得她舅舅就有点儿像里面的男主角。

可是后来外公定了“地主”，一家人都受连累。轰轰烈烈的运动中也就顾不得其他了。余波没见过外公，单是看过一张照片，长得很清癯，怎么看也不像黄世仁那一型。按说外公倒应该算是热爱共产党的，他给一双儿女起名“忆方”“忆敏”，是追念烈士方志敏。可惜祖上家资富厚，又知书达礼，这两条在贫下中农那里，都是能引起一阵无名火的。这把火就烧毁了他。

外公去世以后，外婆一个寡妇守着两个儿女，也不知怎么带的。磕磕碰碰这么些年，总算飞出去一个萧忆敏。萧忆方却不是以前那个虎头虎脑的小神童了。他成了一个皮肤黝黑的地道的农民。偶尔他会跟人家打赌，算一串长长的数字，旁边另有一个人拿电子计算器在那里加减乘除。十次有九次他比计算器先算出得数，赢一支烟抽。每逢这时他总是很得意。

下午她就歪在外婆家里看书。外婆家养了好几只小猫，在她裤脚边蹭来蹭去，互相“咪咪”地叫着，好像是说：“这是谁呀？没见过。”“你连她也不认识呀？”余波做着这样的设想，笑出声来。外婆在破碗里仔仔细细地给猫拌饭，也没听见。

余波看着外婆，暗想：小时候外婆带她，大概也是这么认真的，捧在掌心怕摔了，含在口中怕化了。余英言跟她说过，她可以不孝顺父母，但一定要孝顺外婆。她是一断了奶就送到乡下来了。萧忆敏成天扑在学校里，余英言在市里一家建筑设备装饰安装公司当会计师。那家公司很大，大江南北都有业务，余英言负责财务，也是全国各地到处跑。直到余波十六岁那年，他厌倦了这样奔波劳碌的生涯。他是凭真本事通过干部招聘进了财政局的，但是大约也要终老在科长的职位上了。在此之前，余波便一直跟着外婆。夏天，外婆给她打扇，扇着扇着，就开始打盹，“啪嗒”一声，芭蕉扇掉了。外婆一惊，又打起精神来拿扇子。冬天，换下来的尿布一脚盆，实在没那么多干尿布好换，外婆就把潮的洗一洗，垫到身体下给焐干。外婆就是余波的电风扇、烘干机，余波则是专门在夜里尿床的小害人精。

三

在外婆家一住住了好几天，算一算过两天要过年了，余波便怂恿外婆跟自己回家过年。外婆把头连摇了两摇说：“在乡下过惯了。你们家在楼上，又小又不敞亮；坐汽车去，颠散了我的老骨头。”余波劝之再三，外婆的立场却异常坚定，并且提出了一宗有力的理由：“我走了，我的小黄、小白、小黑、大黑怎么办？”四只猫“喵喵”地叫着，仿佛是帮腔说“是啊是啊！”外婆像“国际大专辩论会”的辩手，占了上风还要做进一步的质问：“还指望我的好媳妇给我喂食呀？”外婆人前人后说萧忆方偏心老婆，有时候露出几句话风，似乎还有责怪刘瑞芬挟制男人的意思。刘瑞芬从别处听说了，见了婆婆未免就不大恭顺，反过来又使得外婆更频繁地到处说她。

余波听到这话，就不大敢再勉强，又想外婆到底老了，万一有个三长两短，身边只有儿子媳妇，真正撕破了脸，吃亏的是她自己，就想趁着还没走，把大家弄到一起吃顿饭，说说笑笑的或许就好一点儿。余波倒不想想她不久前才做过一次失败的尝试。她先跑到舅舅家告诉刘瑞芬中午和外婆过来吃饭。刘瑞芬当然不好说什么；余波又回去拖了外婆到舅舅家去，一路开导说：“舅舅家不就是你家？吃顿中饭有什么大不了的？马上都过年了，咱们也欢欢喜喜的，大后天我都回去了。”

这天中午不见一丝阳光，树木花草都有点儿水滴滴的，在干燥的冬天里非常罕有。余波猜恐怕是要下雨。

中饭做得一室皆香，铁锅炒菜有着钢精锅望尘莫及的效果。余波在这儿吃饭，总比在家里多添半碗。韭菜涨蛋、青椒咸肉、青菜肉丝榨菜蛋皮汤，黄灿灿，绿汪汪，看一看就觉得开胃。外婆不时给余波搛菜，余波只得一一地接过来。如果稍有犹疑，外婆不免以为余波是嫌她筷子不干净，就该生气了。刘瑞芬看不下去，说："你让她自己搛。"外婆顿时"哼"了一声说："怎么啦？兰兰没嫌我，你管什么闲事？你男人还是我衣胞里爬出来的，倒嫌起我来了！"刘瑞芬听她有点儿借题发挥，忍了一忍没忍住，回嘴说："我不过怕兰兰是城里人不习惯，我安什么坏心了？我也是当婆婆的人了，谁衣胞里没爬出过娃来？这也值得摆！"外婆说："吃我们忆方一顿饭真不容易，汤没喝到嘴，先看媳妇的脸色！"余波急得直劝。刘瑞芬一听忙说："你要说就说我，你儿子吃的穿的、用的使的，没亏了你的！"外婆说："亏了你啦？扯块布也是先给你做衣裳。"二人之间日积月累，积怨已久，就差一个爆发的机会。这会儿吵开了头，索性敞开来说。何况余波就在一边，当着人，更是谁也不肯服软。余波知道自己大错特错了。这时候她后悔之中也夹杂了一丝厌烦，心想你们哪天不好翻脸，拣着今天这个黄道吉日？日后舅舅回来，嘴上不说，背地里岂不怪我多事？连对外婆她也有几分不满。

余波关起门来，作好作歹，终于说得他们平息下来。刘瑞芬和外婆都有些羞惭，究竟她们是长辈，而且余波这样"拉郎配"似的一片好心，两个人也是知道的。只是刚发过火，一时下不得台，都不肯说一句软话。

刘瑞芬沉着脸刷锅洗碗。余波只得勉强招呼一声，扶外婆回家。

半路下起了雨，好在不久也就到了家。余波也不顾外婆多心，拿了把伞说要出去走走。外婆想拦，看看她的脸色没言语。

雨下得不大，可是小路上既没有柏油，也没有水泥，地面变得十分泥泞。余波撑着伞在风声雨味里走着，觉得自己像古代的书生，吟着

《秋窗风雨夕》，或是偶一侧头，远远地见到“孤舟蓑笠翁”。她对刚才的琐碎争吵极不耐烦，有意识地要寻些超逸、隽永的况味。

一出神，伞柄稍斜，一阵风卷着雨点便扑在脸上。余波将伞面调整了方向，挡在正前方，连视线都遮住了。蓝绸伞面一路在眼前晃动着。到了目的地，余波收起伞来，前面是一家医院。她向身后的余英言、萧忆敏说：“就是这里吧？”这已是半个月后，一个雨天的下午了。

四

余波的舅舅萧忆方全身皮肤百分之六十烧伤。消息传来，顿时全家震动。

萧忆敏和余英言准备了五六千块钱，三个人坐车到市里探病。不知怎么，来到了医院大门口，萧忆敏一时却没有进去，倒站在原地出了会儿神。余波在旁边推了推她，她才沙声说道：“走。”

找到病房，先见到外婆、刘瑞芬围在那边。走到近处，才看见浑身缠满纱带的萧忆方躺在床上，连脸也遮没了大半。他微弱地呼吸着，手脚不得自由，腿上还吊着瓶水。刘瑞芬哭得嗓子都哑了，一见了余波他们，又忍不住大放悲声。余波怕医生干涉，忙返身推上了门。她父母便好言劝慰，拿出钱来。刘瑞芬也不推挡，也不道谢，接过来顺手收好。

忽听外婆数落道：“有地不种，要跑到油船上去。去了你就老老实实在那儿算账吧，偏又上船头看人家电焊工焊船！短命的船老大什么时候不能焊缝啊，怎么就让他碰上了！一点火星落在机油里，还有命哪……”外婆说到这里，深陷的眼窝里溢出了泪水。她望着动弹不得的儿子说：“为什么不让我替了你，我还有几年的命？”那种焦心、急痛就像是回到了年轻时，丈夫被定“地主”后死了，儿子被人家说是“地主的狗崽子”，打破了头皮。她给儿子上药、包扎，也是这么埋怨一气，心疼一气，也是这么恨不能以身相代的神气。

萧忆敏安慰着母亲，不由得也流下泪来。她和萧忆方一母同胞，本来是最亲的。因为她闹出了“风流韵事”，又因为萧忆方待母亲并不周到，两个人各有各的心病，彼此都觉得不好意思。看到对方尴尬，都以为他（她）在想着自己这一方的不是，倒越发尴尬了。一对亲兄妹，一个在县城，一个在农村，隔得也并不远，平时却极少走动。萧忆敏这时候看见哥哥命在旦夕，才分外觉得那一份骨肉相连的牵痛。

余波见外婆老泪纵横，心里一阵一阵难过，只是萧忆敏也在那里，她就不想过去了。萧忆方哼了一声。刘瑞芬忙止了哭，跑到床边。余波的外婆也住了口，和萧忆敏、余英言一起过去。余波也忙上前。

萧忆方艰难地睁开眼，第一眼先看到萧忆敏，目光在她脸上停留了一下。萧忆敏想拉他的手，粗粗一看，他浑身上下竟没一块能碰的地方，于是轻轻喊了声“哥”。萧忆方极缓极缓地点了点头，微微张开嘴，慢慢地说：“我……不……死！”他这句话声音细弱，几乎是以唇语说出来的，神情却很坚定。满室的人只有余波和萧忆敏看懂了。萧忆敏吸着鼻子说：“我知道，我知道。”萧忆方又说了一个“妈”字。外婆这次看清了，流着泪问他：“啊?”余波却知道萧忆方不是在叫外婆，而是为了平日和母亲不和，要向萧忆敏解释。萧忆敏说：“哥，我都明白。”萧忆方欣慰地吐了口气，过了一会儿说：“我……也……明白……你。”萧忆敏泪水涔涔而下，正像小时候她受了欺负，萧忆方总是替她出头，又敌不过别的根正苗红的小孩人多势众，常被打得头破血流。她的“作风问题”虽然已成往事，这些年却一直是她的隐痛，有人鄙夷，有人惋惜，却只有一个亲哥哥能够“明白”!

众人先还跟着悲痛，这时面面相觑，不知这兄妹俩打什么哑谜。余波退出圈子，到一张掉了漆的椅子上坐下。余英言看了她一眼，上前来劝萧忆敏，叫她别这样，来探病的，倒反而让病人情绪激动。萧忆敏强止了哭，向萧忆方笑了一笑。刘瑞芬在一边忍了半天，终于插口说：“妹妹，让他再睡睡吧。”

余波一家是坐财政局的车来的，这时便依旧坐车回去。司机在车上正等得不耐烦，见三人来了，余科长的夫人还两眼红红，就不敢多说什么了。余英言说“李师傅久等了”，又敬他烟，又说回去后叫萧忆敏母女先回家，他请李师傅便饭。司机推辞了一下也就答应了。余英言安抚好司机，便回头看萧忆敏。萧忆敏说：“我没事。”余英言说：“你也不要太担心了，我看你哥精神还好，一定挺得过来的。”萧忆敏说：“他是很坚强的。”余英言坐在副驾驶的位置上，老朝后面偏着头，十分吃力。萧忆敏想叫他坐到后面来，碍着司机不好出口。余波说：“爸，你请李师傅停一下。”车停了，余波下车伸个懒腰，拉开前门，要余英言坐到后面，说在前面风景看得清楚。萧忆敏不语，余英言边到后排坐下边说：“这丫头真难伺候。”

车开动了，隔着玻璃能看见右侧的树木向后飞逝。余英言想找些话说，末了却闭上了眼假寐。萧忆敏便又渐渐地去想萧忆方的伤势。

进了城区，余英言说：“待会儿你们先回去。”萧忆敏“嗯”了一声。余英言看了看妻子，伸手轻轻握住了她的手。余波在前面陡然活跃起来，缠着司机问这问那。萧忆敏的手僵了一下，也反转来握住了余英言的。他要说的她全知道了。从那件事以后，她远着他，因为觉得他理所当然地不想理她。现在她知道他没同她分开，并不只是为了女儿，为了责任。他是为了对她的感情，才默默承受了那一切。中年人谈起感情来似乎是近于奢侈，但是在这一刻，她为她能有这样的挥霍而感谢上苍。

他们松开手，心里有一种新的安全的感觉，既松弛，又稠密。余波也沉默下来，想起许多旧事。后来她渐渐有点儿走神，末了却记起一首唐诗来：“娇骙人家小女儿，半啼半语隔花枝。黄昏雨密东风急，向此漂零欲泥谁?”她从前不大明白这首《雨中闻莺》，为什么写牙牙学语、呖呖莺啼，要从冷下笔，不着暖色，反倒说什么“黄昏雨”“东风急”，又是“向此漂零”。现在她像是有些懂了：暮色四合，雨密风疾，花叶飘零，在凄冷的天地之间，只要有一间屋子能够存身，能够蔽体，能够栖息，除此之外，又能隐隐听见另一个生命的啼叫，知道自己不是独个儿，那就很安心了。余波记得孟庭苇唱过“两个人的寒冷靠在一起就是微温，两个人的微温靠在一起不怕寒冷”。高雅和通俗，古代和现代，大约每个人生来都是孤独的，可是一旦有另外一个孤独在远远回应，那就是极大的幸运、极大的幸福。

“吱”的一声，她身子倾了一倾，听萧忆敏说：“我们到家了。”

第 三 部

一

余波走了以后，过年前的一段日子，就是冯涛一个人度过。刚开始那天，他不仅不感到孤单，反而有一种清静之感。过了几天，他变得不愿意回宿舍，要么在杂志社里加班，要么找同事喝酒、吃饭，总是耽搁到很晚才回来。

这天是星期天，上午他睡了个大懒觉，起来上了趟厕所，又躺回被子里去，只觉得索然无味，就是起来了也不知干些什么。他不由自主地拿起手机来给余波发消息。

他先转发了一条别人发给他的消息——在原来的基础上稍微加工了一下，然后又把《思念》里的那句“为何你一去再无消息，只把思念放在我的心底”发出去。余波很快回过来说：“有话就不能好好地说。”冯涛一下子睡意全无。有话？什么话？她如果不是故意暗示，至少也反映出她的下意识。冯涛促狭地笑了，说：“说什么？”他这是有点儿装傻充愣的意思。想不到余波答他“没什么，只是告诉你我要结婚了，就在大年初五，你有空来吗？”冯涛翻了个身侧卧着，决定跟她斗到底，回她“祝贺你，终于能嫁出去了”。自己像傻子一样闷着头直笑。他急着等她的反应，她却比他还急，不一会儿就问：“谢谢，你打算送我什么?”冯涛不笑了，手心里还有点儿出汗。他突然感到这是一个好机会。他发给她说：“把我自己送给你。”他这话看似儿戏，其实分量不轻，他相信她也是有数的。

等了几分钟，冯涛忍不住追问：“我愿意白送，你要吗?”还是玩笑的口吻，却带了些焦急，发过之后简直要后悔了。他想他是不是太露骨了，又或是时机未到，太造次了。他们的状态一点一点在变，这他是知道的，但毕竟没有明言，现在陡然来这乾坤一击，心中倒像没底似的。说不定惹她不快？甚至就有这么巧，她手机忽然没电了？甚至于……他也不顾上身只穿着一件纯棉的薄内衣，掀下被子，坐了起来，半点儿不觉得冷，倒是热而烦躁。

手机终于响了。冯涛连忙摁了“读取”，见只有两个字：“好的。”他看了又看，不识字一样，然后做了各种可能的字义上的辐射，最终认定了这不是拒绝，还有几分故作平静的喜悦。这时才感到一阵寒意袭来，忙把身子一探，顺势又钻回被子里去。他把手机盘来盘去，想着要回一个幽默、潇洒（又能掩饰激动）的回答，于是发了“大事定矣!”一方面也是为了照顾女孩子脸皮薄。余波说：“酸!”冯涛说：“是男的?”好像她已经怀了他的小孩。余波说：“呸，不跟你瞎说了，旁边有人。”她大概不是存心的，但这话很容易使人产生误会，仿佛旁边没人时就两样些了。冯涛微笑着逗她：“行，等你来了，咱俩慢慢地说。”同时也是这一回合的不着痕迹的收尾。今天，他们等于是含蓄地确定了关系。

这天以后，他的心情总是很好，偶尔会很迫切地想要见余波，但因为有了一个承诺，也不难压制下去。一个月的时间，说短不短，其实一眨眼也就过去了。

他在省城一直待到旧历二十八，才收拾东西回家，给他母亲买了一件衣服，给父亲买了烟酒。他父母望眼欲穿，等到儿子回来，已经高兴得了不得，又见了礼物，虽然不是“收礼只收”的脑白金，也是一样的欢喜。

他在家里帮二老灌香肠、腌猪肉、弄风干的野鸡，有时走亲访友，一忙也忙了好几天。

这天说是老同学丁慧打电话找他，偏偏他在洗手间里没接到。几年前的电话簿都找不着了，他只好查来电显示，然后打过去。那边说：“丁慧啊？你等等。”一阵脚步声去了，风一样快。又是一阵脚步声来，却是慢吞吞的，只因鞋底是那种硬塑料式的“响底”，听得分外清晰。

“喂——”丁慧说。冯涛咳了一声，还没开口，那边已经问了：“是冯涛吧？”冯涛笑着说是，夸她好厉害的耳朵。丁慧说：“哪天回来的？”冯涛说记不清了，也就是过年前一两天，又反问她。她说是昨天夜里才到的家，今天就找他了，“够朋友吧？”这最后一句话依稀有她当年的风范。冯涛说：“什么时候见个面？把你那位孙潜也带来。”他颇想同她回复从前的亲密无间。丁慧却说：“就我一个人回来的。”冯涛说：“哦。”猜到事情有点儿不对劲儿。大年初四，小两口却不一同回来，做女婿的也不来看看岳父岳母。他想了想说：“那我明天去找你吧。”丁慧说：“我家人多，哥哥弟弟嫂子弟媳妇一大堆，还是我去找你吧。不过外面茶座、咖啡厅都没开门呢！”冯涛说：“你来我家好了。我泡两杯咖啡，把音响开了，房门一关，暖气一开，也就同茶座差不多了。”丁慧笑了，说：“好，你现在就开音乐、开暖气吧。”冯涛说：“啊？现在？”那边已经挂了。

冯涛有好几年没见过她了，今天又是这样毫无准备的重逢，惊喜当中又带着三分惶然。他把房间大致扫了一下，拿了两个做工平平的咖啡杯来。

他们两家离得不远，丁慧片刻后就到了。冯涛迎上去问好，她又向冯涛的父母打招呼，说“过年还来打扰”等等。这些话她以前是绝不会讲的。冯涛请她进来。果然一切就像在电话里说的那样，丁慧不禁笑起来了。

她还是像当初那样身段窈窕，但是留了长发，眉眼之间，也不大能看得出早年的英气。那时候，冯涛、章小娴、石磊、袁静是都叫她“假小子”的。

丁慧知道这一番注目礼是免不了的，索性也在那边看他。她觉得冯涛最大的变化是人又显得开朗了，那时她和章小娴真担心他会一蹶不振。当然他的小平头如今留了发型，那又是另一回事了。

冯涛笑着说：“看完了吗？”丁慧也笑道：“这话该我问你。”冯涛说：“怎么这么急，今天就跑过来了？”丁慧说：“不欢迎？”冯涛说：“是受宠若惊。”两人笑了。丁慧打量着四周说：“你房间倒没大变。以前我们上你家玩，都是趁你爸妈不在家，做贼似的跑了来，躲在你房里，还把门也反锁了。”冯涛说：“是啊，一晃也八九年了。”丁慧说：“我来的时候有一肚子话要跟你说，这会儿倒说不出来了。”冯涛说：“又有音乐又有咖啡，你还没话讲吗？你在茶座时很能侃的。”他们同时想起一个人来，但是都有意避免提起。

冯涛先说说自己的近况，把手机新号码也给了她。丁慧专注地听着，有时插一两句。等冯涛讲得告一段落，她拿过咖啡杯来喝了一口，才说：“其实我估计你也猜到了，我和孙潜现在有点儿问题。我这次是和他吵了架，才跑回来的。”冯涛没想到她这么单刀直入，一时倒有些接不上话去，他清了清嗓子说：“我也觉得奇怪，怎么他不一块儿回来。好好的，为什么闹成这样？”

丁慧说：“我家人也觉得奇怪，其实说穿了一点儿也不稀奇。我是上大专时认识他的。那时候在学校风花雪月，毕了业又用想象填补想念，就从来没能冷静想想他有什么缺点——我想他对我也很失望。等到结了婚，天天守在一起了，他身上的毛病就自动暴露了——又冷淡，又自大，又专断，还有其他好多说不上来的，总之不少！我算是看透了！”

她把咖啡拿来吹吹，喝了一口，才发现早已冰冷了。

冯涛看着她说：“结婚以后总归和谈朋友时两样些的。”丁慧说：“话也不是这么说。”冯涛笑道：“那应该怎么说？”她是俗语说的那种“九头牛拉不回来”，好认死理的人，为了嫁给孙潜，不惜与父母决裂——父母反对她远嫁他乡。也是有了小孩以后，她父母才慢慢软化了。丁慧有些不好意思地说："还是距离产生美吧？我们刚毕业那阵子，一天不通电话，心里就发空，做什么都没精神。后来家里知道了反对，说隔得远，根本就不实际。我恨我爸妈恨得像仇人一样。我有时候也想，要是我爸不那么拍桌子打板凳，我妈不那么黏着我絮絮叨叨，恐怕过一段日子也就冷下来了。"

两人谈了一会儿她的儿子小涵，丁慧说："有这么高。"用手虚虚地在空中比一比，大概觉得不够，又往上抬一点儿："就是这么高。小人儿长得倒快。等他们长大了，我们这一代就该老了。"冯涛想结了婚的人就是不一样。像他就从来没在心理定位上把自己想成将老的一代。他这时候有一种矛盾的情绪，一方面觉得丁慧待他还是和从前一样，一是一，二是二，有什么说什么，使他倍感亲切；一方面又不免觉得她嫁了人之后，身上少了一层光彩，多了几分居家女人的琐碎。

丁慧不知道他在转着念头，却问他说："石磊和袁静怎么样了？"冯涛做出无所谓的样子说："不大好。刚一结婚，石磊爸爸的那间公司就面临破产。石磊自己拟了个新方案，他爸忙得没日没夜，情况倒越来越坏了。"丁慧叹口气说："生意难做。"她这时却想起丈夫的好处来了。孙潜一人在外打拼，多苦多累，从不向她叫屈，而且他的精明与努力使她过上了优裕的生活，在圈子里一提"孙太太"，别人都刮目相看，她也面上有光。她跟公婆不和，孙潜周旋于两方之间，不偏不倚，也正因为此，双方都对他不满。又有谁认真为他想过呢？

冯涛继续说："不过石磊和袁静夫妻感情很好，公司败得这样，袁静任劳任怨，石磊提起来就说对不起她。你还说呢，人家结婚你也没来。"丁慧说："那两天我有病，家里也乱糟糟的，哪能走得了？"

丁慧的手机大响。她拿起来听。她先是一怔，又把脸儿一沉，表示她的不在乎和不耐烦，淡淡地说："没什么，我挺好的。嗯，嗯，小涵想我？叫他来找我呀。什么？"她站了起来："你别哄我！"声音之大，吓了冯涛一跳。冯涛的手机也响了，不过是信息，问"最近好吗？"冯涛回答："天冷，吃得又油，有点儿拉肚子。"那边建议："去买个烧饼来吃。”冯涛问：“为什么？”对方答：“吸水。”冯涛不禁笑出了声。

丁慧把咖啡放回桌上，拿上小皮包说：“我走了，你来玩。”冯涛忙说：“出什么事了？”丁慧似笑非笑地说：“孙潜这人，简直毛病，也不打个招呼，带了小涵就过来了，在我家等我。”冯涛笑着说：“人家数百里外跑来负荆请罪，也算心诚了，就别刁难人家了。”丁慧止不住满脸笑微微的，嘴上抱怨着，脚下走得飞快地去了。她半小时前还在那儿说她“看透了”。

冯涛笑着回来给余波发消息说：“以烧饼治腹泻，你可以申请专利了。”余波用冒号和右括号拼出一张笑脸，说：“诺氟沙星吃多了伤肝，氧氟沙星吃多了伤胃，黄连素副作用小，但见效也慢，你看着办吧。”冯涛说“谢谢余大夫”，把丁慧的事大略说了，又说很为好友高兴，问余波有什么评价。余波的评价是“你很八婆”。冯涛发了个消息问：“怎么我们从没想过打电话的？”余波说：“男人在电话里声音失真，我像跟另一个冒名顶替的人在聊，不喜欢。”冯涛说：“原来你是这么想的。”余波说：“你呢？”冯涛说：“主要是心疼话费。”余波说：“呸！小气鬼！”又用冒号和左括号拼出一张怒脸。

冯涛的母亲在外面叫他说：“电话。”冯涛喊着“来了来了”，加紧发了个消息说：“去接电话了。注意身体，别像我一样。”他刚走到客厅，余波已回了过来说：“吃点儿清淡的调理肠胃，好了告诉我。”她这话说来平平常常，却使冯涛心中一暖。电话还在那里响着。

二

原来还是丁慧。她说孙潜带了年货来看她父母，第二天就要回去。她明天也就要走了。看来二人已经达成了谅解。丁慧是要冯涛次日到车站送她，并且强硬地说：“非来不可，不准偷懒。”

冯涛的母亲疑疑惑惑地说：“这人要干吗呀？打过了电话人来，人来过了电话又来。”她略有点儿担心儿子和有夫之妇有什么瓜葛。她对冯涛的朋友普遍没有印象，唯独谁结婚谁单身她脑子里有一本账。冯涛猜出了母亲的心思，便简略说了一下原委。他母亲笑了笑说："你别嫌妈啰唆，也是为了你好。"他父亲却接口说："你有哪件事不是为了人好?"他是对她严格控制他的烟酒表示抗议。他母亲看着他父亲说："你真的假的?"他父亲忙说"上个厕所"，借机溜了。

隔天冯涛到车站去送丁慧，在那里见到了她的一大家子。她的曾经态度强硬的父母，她那些"助纣为虐"的哥哥弟弟，她一表人才的丈夫和一个抱在手上的儿子。冯涛和他们一一打过招呼，笑称自己是"唯一的外人"，不过也是唯一的丁慧少年时代的死党，是代表全体朋友。孙潜笑着说："所以说分量也不轻啊!"两人谈了几句，冯涛又逗了一会儿小涵。小涵认生，掉过头直往爸爸怀里钻。

冯涛突然想起，三年前也是在这个车站，丁慧跟孙潜远走他乡。她家中没有一个人来送，却来了一大帮的朋友、同学。"五虎将"是到齐了——除了丁慧、冯涛，还有章小娴、石磊、袁静。在他们那一届，丁慧的劲舞、冯涛的作文和乒乓球、章小娴的歌、石磊的篮球、袁静的绘画，都是出了名的。七八十年代，香港"无线"的苗侨伟、黄日华、汤镇业、梁朝伟、刘德华合称"五虎将"，同学们便把这封号拿来转赠给冯涛他们。五个人本来并不特别要好，给人家相提并论久了，自然而然有些惺惺相惜，又有点儿制造佳话的意思，倒真的越玩越成了好朋友。当然冯涛和丁慧、章小娴更要好一些，他们三人是大团体中的小团体，像如今流行的"楼中楼"。这当中的区别那天就看得出来。袁静送了丁慧一罐子红绿黄蓝的幸运星，不知是折的还是买的。她没有明说，丁慧也没有多问，只是很诚恳地谢了她。石磊送了个不倒翁，是一男一女在接吻。石磊笑哈哈地说"祝你们相爱到老"。丁慧笑着打了他一拳，孙潜却大大方方说"谢谢"，引得大家一片笑声。

车站里一片笑声。丁慧的母亲说："哟，小涵还认生哪？这是冯叔叔，过两年生个小妹妹，给你当老婆。"众人笑得更欢了。丁慧说：

“快到点了，上车吧。冯涛，你要是出差路过，一定要来我家的。”冯涛应了，说：“上车上车，不然迟了。”

“迟不了，我还要看你们一会儿。”丁慧说着，眼圈有点儿红了，“爸妈哥哥他们一个人不来，还不跟朋友多待一会儿？”章小娴说：“好了好了……”她话没说完，自己眼泪先流了下来。她一边控制着一边说道：“我在家想好了千万别在车站哭的……你看我真是的……”丁慧忍泪嗔怪她说：“你干吗呀，又不是生离死别。”章小娴分辩说：“虽然不是生离死别，你这一去，不是去旅游的，是去嫁人的，我们见面的机会也就有限了。而且，我们三个是什么情分呢？”她和丁慧同时泪汪汪地看了冯涛一眼。冯涛心里一酸，想起了往日在章小娴家唱卡拉 OK，在丁慧家踩跳舞毯；想起丁慧用全拼输入法笨拙地为他打完了几万字的小说，只因为她家有一台并不先进的电脑；又想起他满心不情愿地被她俩“胁迫”着吃遍了一条街的小摊。他努力克制，笑还是在那里笑着，却比哭还难看。这次人人都送了礼物，唯有冯涛和章小娴不送。他们之间，是不必以这些来证实友谊了。其他人也知道三人不比旁人，都不嫌章小娴说得突兀，只有袁静脸色变了一变，觉得章小娴未免太过旁若无人。孙潜说：“车来了。”

丁慧一家上了汽车，从窗户里向众人摆手。小涵觉得有趣，也学着大人向外面挥手。

回家的路上，冯涛一边骑着车一边想心事。不知为什么，欣慰之中也混杂了几分伤感。一路走马观花，他觉得县城的格局几年来都没大变，从前的一帮朋友却已风流云散。

他不由得想起了章小娴，那个和他与丁慧关系亲密的女孩子。丁慧走的那天，章小娴用一种奇特的愤慨对冯涛说：“都怪孙潜，把咱们的死党都拐走了——我找的男朋友一定要比孙潜好，叫他等着瞧！”她这句话说了不上半年，就把诺言出色地兑现了。再过两个月，她成了千娇百媚的新娘。她嫁了副县长的儿子。章小娴大喜那天，石磊、袁静都送了重礼，冯涛和丁慧也送了，毕竟是人生大事，再怎么免俗，这上头不能简的。五人在一处叽叽咕咕地说笑。冯涛问章小娴有什么感觉。她说："想早点儿做妈妈，你们不晓得我多喜欢小孩子！"石磊笑道："孩子可不是凭空掉下来的。"冯涛、丁慧都笑，丁慧这时候已经结婚半年多了。袁静也笑，却是低着头，斯斯文文的样子。章小娴红了脸，拿小指头儿点住了石磊说："你别在这儿耍嘴皮子，你连个正经女朋友还没谈呢。等我有了宝宝，他叫你声舅舅，却四处找不到个舅妈，我看你那时候再犟嘴！"石磊不服气地说："冯涛和袁静也没对象，你怎么单单说我？不公平嘛！"章小娴不答，丁慧笑得大有深意似的，弄得石磊一头雾水。

冯涛不知不觉间骑到了"朱雀桥"畔的"清风雅叙"。这本来不是他回家的必经之路。他想这大概是一种下意识。

此地的人喜欢附庸风雅，造了座仿古的大桥就取名叫"朱雀桥"。这时正是黄昏，晚风一阵阵吹过，街上没扫净的广告传单和纸屑便黄黄绿绿地飞舞着，像片片落叶，倒不像是寒冬，反有一点儿萧瑟的秋意。三年不见，眼前的景物竟变了好些，例如情调旖旎的"清风雅叙"就由茶座变成了酒店。他一开始还没在意，想进去要一壶泡沫红茶，安安静静地小坐片刻，不料刚一进门，就有一位衣着光鲜的小姐迎过来说："欢迎光临。先生来订座吗？今天是新年第一天营业，酒席打八八折。"冯涛尴尬地一笑，心想今天是初五，难怪街上热闹了些，于是说了原委。那小姐也跟着笑了。冯涛道歉之后问起详情，才知道这里已经改装过了。"喏，你明天再来看，顶上的招牌也准备拆了。"小姐手指上方说。冯涛"哦"了一声问她："换什么名字？"小姐说："黄金城大酒店。"冯涛笑着说："倒是好口彩。"小姐咳了几声才笑着接道："做生意的都想图个吉利。"那边有人在叫了，小姐便带笑往里间去了。

冯涛环视四周，原先的桌椅、摆设悉数换过。清雅的格调让位于逼人的豪华。他以前常坐的东南角现在改成了收银台。当年的一点儿痕迹是所剩无几了，所幸门外的一眼喷泉还在，虽然只余下单调的一座，不像以前，是四个小泉众星拱月一般围住了中间的巨无霸。他走出门去，围着喷泉走了个半圈，绕到对面，转过身来。这个角度才是他熟悉的。

大大小小五个喷泉后面，才是一幢建成巨轮形状的茶座。茶座分上下两层，二楼顶上是一面巨大的深蓝帆布。“清风雅叙”四个大字就是绣在那“船帆”上面。因为太引人注目了，路上行人就算不进去坐坐，也都要驻足观望一下。逆过三年的时光，一个繁星烁烁的晚上，在大门前流连的路人里边，就可以看见冯涛的脸。他旁边站着两个女孩子，手拉手，很亲热的样子。左边个子高高的那个是丁慧，她剪着俏丽的短发，穿着很酷的时装，看上去只比一米七七的冯涛矮一点点。再左边一袭长裙、面色略显苍白的是章小娴，她的头发齐肩而止，长短适中，右臂挎了个银灰色的小皮包，正在叽叽喳喳地说话。

三人议论着走进大门。

三

冯涛伸手推门，“叮当”一响，是里面贴门垂挂着的一串银色风铃响了。外面顾客一推，吧台那边立刻就有侍者过来“欢迎光临”了。

三人挑了东南角的一张小长桌子坐下。小姐拿来茶单。冯涛点了一杯绿茶，又问了另两人的意思，帮她们也点了。

他们的位置临窗，看得见外面的喷泉和更外面的街道。窗子上半卷着绿竹帘子，章小娴叫“把竹帘放下来”，冯涛便依言照办。过了几分钟，茶点都上齐了。和着轻而漫长的音乐，在幽幽的灯光下，三人逐渐聊起了各人的心事。冯涛半开玩笑地说他缺个女朋友，偏偏眼前两位都玩成了兄弟姐妹，一往那上面想就跟乱伦似的，“独守空房，非常寂寞”。章小娴笑了笑。丁慧说：“你要是打我俩的主意，你就丧尽天良了。孙潜虽然不在本地，我一个电话，他准赶来找你决斗。”大家都笑了。

丁慧又说："我这边工作快要辞了。我家里死不松口，但我已经决定了。"章小娴吃了一惊，说："这么快就走？你这一走，是连根拔起，我们三人小集团可就完啦！"冯涛也是十分意外。他知道丁慧终究是要离开的，可没想到来得这么快。丁慧说："不然怎么办呢？总分在两地当牛郎织女呀？我还怕他那儿有其他织女呢！"冯涛说："你爸爸要气死了。"丁慧说："我不管！"章小娴喝了口茶说："你也是的，也不早点儿说，叫人心里先有个准备，事到临头才忽啦巴地来这么一下。"丁慧不言语了。冯涛眼见冷场，便抑制住心中的失落，带笑说道："那还不是怕我们伤心吗？晚一天知道好一天。"

丁慧感激地看了他一眼，也是有意要活跃气氛，便说："刚才在那里讨论冯涛的终身大事，我倒有个提议。"冯涛笑问端详。丁慧说："袁静嘛！除了咱们俩，你跟她最熟——长得又漂亮，人又文静，还会画画，跟你并排一站，一对帅哥美女，还是才子佳人，再般配没有了！"冯涛还没说话，章小娴赶忙地插了进来说："不要！"冯涛笑了，说："什么不要？"章小娴说："我是说，你不能跟她谈。"丁慧见她郑重其事，不像开玩笑，问她为什么。章小娴放低了嗓子说："袁静条件是很好，不过太厉害。你别看冯涛有时候油嘴滑舌的，其实是个厚道人，哪里玩得过她？"冯涛笑着说："谢谢夸奖。"章小娴说："冯涛你别不相信，你不听我的话，将来有苦头吃的。"丁慧说："说老实话，真看不出来人家哪点不好。"章小娴制止她说："声音小点儿，公共场所，谁知道有没有认识她的人？我跟你们说件事，你们听过就忘了，也别往心里去，也别告诉人。"丁慧说："什么事？你今天怎么这么喜欢卖关子？"

章小娴把茶垫抽出来转来转去地玩，一边说道："大概是去年秋天的事了。有一天我跟她一块儿去买衣服，回来坐公交车回家。车上人太多了，我们俩就挤在一起站着。我忽然看见她后面一个秃头男人把手往她皮包里伸。那个人手法真快，一眨眼就把拉链拉开来了。我刚想叫袁静留神，她突然一把抓住了那个小偷的手腕，小偷的手还在她包里没拿出来。袁静不声张，小偷也不敢响，其他人也没注意。我们到了站，她还不下车，一直抓着那人坐到最后一站，才松了手下车。小偷当然该死，袁静可也够狠了。你想小偷那七八站的路，四十几分钟里，受的是什么折磨，没心肌梗死算他运气。”

丁慧愣了半晌说：“倒是真没想到。”冯涛也有些怔怔的。章小娴说：“我们往回走的时候，她若无其事的，大概以为我没看见。我也就跟她说说衣服的花纹，也没提。其实不单这一桩事，其他的还有，只是大家先入为主，总觉得她是怎样怎样斯文啊，柔弱啊，就都不朝别的地方想了。石磊还跟我说，从来没见过像袁静这样的，叫他看了打心眼儿里舒服的女孩子。我就没跟他多说什么，还拿他寻开心说是不是我和丁慧让他觉得不舒服。”她“咯咯”地笑了，丁慧也笑着轻拍了她一下说：“又扯上我了。”章小娴说：“你们俩都看不出来，石磊那一号的更不用提了，说不定已经拿她当梦中情人了。冯涛。”冯涛正听得入神，猛然听到叫自己的名字，忙应了声“啊？”章小娴笑着说他：“干什么了？梦游一样。丁慧你瞧他那样子。”丁慧笑道：“他是知道出现了一个有财有势的情敌，心慌意乱了。”冯涛骂了句“毛病”。

章小娴把茶垫依旧塞好，叫小姐过来给每人加了一块冰块。她摇晃着茶杯。冰块与杯沿相擦，发出悦耳的“叮叮”声，连声音也是冷的。那杯淡绿色的茶水也显得格外清凉剔透。她说：“所以冯涛，你要找女朋友也别饥不择食。”冯涛“哈”地一笑，说：“什么话？搞得我像个色情狂似的。本来就是说着玩的。你还没找男朋友，我急什么？兴许我有机会呢！”章小娴说：“去死！”与此同时，丁慧说：“下辈子吧。”冯涛没听清，问她们说什么。章小娴笑道：“叫你下辈子去死。”

笑了一阵，丁慧说：“说真的，给你这么一讲，我倒有点儿怕了。下次见到袁静，肯定会不自然。”章小娴说：“那可不好。她那么聪明，一下子就看出来了，不知放在肚子里揣摩多少遍呢！再说，至少到目前为止，人家没招我惹我，今天是说到冯涛的事，我顺便给他个忠告。你看我平时跟你们提过没有？糊涂的人才有福气，小事上得过且过的也罢了。”

冯涛想起来说：“你刚才说石磊，我倒觉得他向来是放得开的，会不会已经跟袁静表白过了？”章小娴说：“这个傻大胆儿，仗着他老子有两个钱，有什么话是他不敢说的？”冯涛说：“我就是奇怪，袁静的妈妈下了岗，爸爸上半班，比我家还吃紧呢。石磊既然有意思，她为什么……”章小娴说：“我猜是她还没拿得定主意，说不定还能找个比石磊家更好的呢？也可能欲迎还拒，要吊足了男方的胃口。袁静的心思，有谁能看得透？”冯涛说：“我觉得你就看透了。”章小娴说：“你这种恭维我当不起。反正我把话放在这儿，袁静这种女人，不一定是坏人，但不是为你准备的。你有了伏击的对象，要先带给我把关，我说行，她才能升级做你正式的女朋友。”冯涛说她简直像他老妈，章小娴带着点儿撒娇的意味，用自己的茶勺敲他的杯口，一面追问：“答不答应？答不答应？”说急了，却大咳起来。丁慧说：“你就表个态嘛！还嫌她平时咳得不够啊？”冯涛心里一股复杂的滋味，脸上却笑着说：“好好好，答应答应。”

章小娴满意了，便说起另一件事：“上次我们家楼下来了个看手相的，身上还背了个包，包里是个笔记本电脑。”丁慧说：“我知道，电脑算命。”冯涛说：“连算命也现代化了，真是‘西风东渐’。”章小娴说：“别酸文假醋了，我也不懂你什么风，反正我帮我们三个都算了一下。”冯涛说：“哦？我和丁慧又不在场，他怎么算？”章小娴说：“我报了你们的名字给他拆字。他说丁慧的‘慧’字上有双‘丰’，主丰衣足食，是富贵命；但是下半边‘心’上压‘山’，可能将来要受点儿气。好在山向朝左，不是正压；姓的又是‘丁’，谐音‘钉子’的‘钉’，本人性子硬，不是好欺负的，也不大要紧。”丁慧听得迷迷糊糊的，半天才说一句“这么惨啊！”冯涛安慰她说：“算着玩的。”丁慧说：“我宁可孙潜家穷些，也不想受窝囊气。”

章小娴说：“那人说‘冯’字右边是马，‘涛’字右边是‘寿’。

‘寿’不是说你活得长，而是说你成功会比较晚，说明你这匹马不是一下子就跑起来的，要到中年才能展足飞奔。你姓名里有五滴水，跟你接近的人不能是命中犯水的。”冯涛一笑。

丁慧说：“你呢?”章小娴说：“我人在场，就不用拆字，是测我的生辰八字。他在电脑里一阵敲，怎么弄的我不晓得，不过他说我会有个好儿子。”说着笑了。另二人也笑。章小娴脸红红的，微笑着说：“最奇怪他最后不肯收钱，说‘本来要钱的，现在就不要了’。看来我将来嫁的人不简单。”冯涛、丁慧一起说她“不害臊”。

四

丁慧走后只回来过三次，除了最近这一次和孙潜赌气，另外两次都和章小娴有关。一回是为了章小娴的新婚大喜，一回是参加章小娴的葬礼。

章小娴是死在产房里的。她怀孕前医生就警告过她，说她体质极差，严重贫血，血压、心脏情况也不乐观，顶好是不要孩子。章小娴的父母、她丈夫，甚至她的公公婆婆都想通了，劝她说“哪怕去领养一个。”她却独排众议，固执已见，还私下里向冯涛说：“不是自己生的，总隔了一层。这些医生专门会吓唬人。现在医学发达成这样，最多剖腹产，哪里就出人命了？又不是骆驼祥子的时代了。”冯涛说：“可是……”章小娴打断他说：“我一想到抱着我的小孩亲亲他的小嫩脸，我就说不出的快活！”冯涛见她幸福得两眼放光，也就不好说什么了。章小娴反过来劝他说：“你别担心，‘坐月子’的时候我当心点儿就是了。人家说月子里不能多走路，不然脚后跟要疼；不能受凉，不然也是一辈子的病根。我都知道。”

在章小娴的灵堂前，“五虎将”的另外四人都来了。袁静脸色严肃，石磊神情哀戚，丁慧哭得说不出一句完整的话。冯涛照看着丁慧，仿佛连流泪也不会了似的。章小娴的丈夫满面泪痕，手上抱着“哇哇”

啼叫的儿子。

过后不久，袁静同石磊确定了关系，再过一个月，冯涛只身去了省城。离开之后，除了难得的假期，实在很少回来。这次回来了，却发现连凭吊旧梦也做不到了——做梦也得有张床吧？

“先生，你还在这儿？”他刚来时遇见的、误以为他是订座的那位小姐叫了他一声。她从门里看了他几次，见他逗留不去，只在那边呆看喷泉，忍不住走过来提醒他一声。外面那么冷，真是个怪人。他脸上有种类似忧郁的东西却使她颇感同情。

冯涛一惊，这才蓦然醒觉已经过了三年，“清风雅叙”也已变成了“黄金城大酒店”。丁慧走了，却不是去嫁人，而是带着儿子、跟着丈夫回家去的。明天，他要去看一看章小娴的墓，就在郊外的公墓里。那是他每年回来必定要去的地方。

冯涛笑了笑说：“我以前是常来的。这喷泉倒还在这儿，可惜没有以前好看了。”那小姐说：“就是这点儿看头也不给人留下，明天就关了卸管子哪！”冯涛吃了一惊，说：“为什么？”那小姐说：“最近拆迁整顿，规划城区。喷泉靠近马路，路面一扩，就把它挤了。”她看他不吭声，就走回酒店门口，想了想，却没有进门。

冯涛把上衣的衣领竖起来，望着喷泉。那流动的水幕，像一幅模糊的屏幕，映出尘世的欢喜和悲苦。水柱欢快地喷溅着，细碎的水珠千点万点，飞上去又坠下来。冯涛忽然很想化身为一颗水珠，同许许多多伙伴兴奋地上升又迅速地跌回，再上，再下，周而复始，循环不休。只求共同品尝起起落落、浮浮沉沉，一起经受升腾飞扬、苍凉坠落。怎么样都好，就是不能把他一个人撇在这世上。水珠折腾、跳跃，全不知来日大难只在旦夕之间。明天，一切就都结束了。

隔着大朵的水花，冯涛蓦然间听到了章小娴的咳嗽，甚至依稀看见了丁慧高挑的身形。他定了定神，不是幻觉，是真有人在那边咳着！他绕过喷泉，每一步都像是踏在梦里。在梦里行走的感觉是像踩在云上，像垫着厚厚的棉花，走得吃力又恍惚，又有点儿朦朦胧胧的兴奋。等到看清了那是倚门而立的服务小姐，他胸口里不由得有什么东西沉了一沉，然而他还是顺着刚才那股情绪的惯性说了句：“这儿风大，快进去！”

小姐笑了笑说：“这两天有点儿感冒，也不是大病。谢谢你。”冯涛平静下来，便意识到自己的失态，想居然冒冒失失地关心一个不认识的人，而且是女人，脸上不禁发热。他说：“对不起，我……”一时不知要怎样措辞。这当中的事，又哪是三言两语说得清的？好在那小姐善体人意，只微笑着说：“你叫我当心着凉，有什么好道歉的？你自己倒要注意，在风口里吹了好长时间了。”冯涛说：“是的，嗓子都有点儿痒了。我走了，再见。”

小姐踌躇片刻才说：“你等一下。”她进去了一会儿，出来时，手上拿着张图纸说：“这是我们‘黄金城大酒店’的宣传单，欢迎以后常来。”宣传单背面，记着她自己的手机号码，旁边两个字：“赵灵。”

冯涛略有点儿奇怪，想何必多此一举，自己看上去也不大可能再来做回头客的，但还是谢了她，把宣传单对折塞进上衣夹袋里。他掏出手机给余波发消息，他这时候急切地要跟她联系。他想同她聊聊天，斗斗嘴，听听她有时正经、有时调皮的话，那使他觉得温暖，觉得并不是一切美好都只存在于“过去时”。他愿意怀念，但不愿沉湎。他给她发了四个字：“非常想你。”开始用的是句号，后来又改成了惊叹号。

冯涛转身走向正门，没有再回顾喷泉。赵灵目送他踱出大门，走过街道，登上桥头。冯涛一路低着头，专心致志地摆弄手机。晚风吹动他的头发。“朱雀桥”的那一边，一轮斜阳就快要在鼎沸的市声中沉下去了。

第四部

一

余波从车站到宿舍时，简直心潮澎湃。

快到目的地时，偏偏遇上了她最怕的堵车。好在“的士”司机很健谈，陪着她有一搭没一搭地聊天，她还能勉强捺住性子。她看见大街右侧有块巨大的牌子，上写“海内皆知音，投资若比邻”。“知音”两字在她眼里是极珍贵的，这里公然说“皆知音”，她觉得真是亵渎了这个好词。她对于这类自作聪明、篡改经典、唐突先贤的广告语向来反感，因此并不多看。谁知她这短暂的一瞥，却打开了司机的话匣子：“你也看见啦？那个呀……”他嘴一努，继续说，“那东西是有来历的。你晓得吧？管基建的副市长，他小舅子有个小厂，这一条街的灯箱、指示牌、广告牌全是他小舅子做的。表面上还招标，实际上是摆样子哄人，早就内定好啦。那小舅子也不是个东西，做的灯箱会炸，指示牌会断，广告牌还没倒，不过我看也是早晚的事。拿着公家的钱肥亲戚，还弄出这种‘豆腐渣工程’，他妈的乌龟王八一条藤，全都不是人!”

余波不由得又看了那大牌子一眼：草绿色的，微微摇晃，阳光斜切过牌面，右下方阴影处是森森的乌青色，中了毒的颜色。像凶案发生时夜晚的月光，静静的杀机……她平白地感到一阵恐惧。

光影动了一动。她先还以为是自己的幻觉，定睛一看，阳光的面积不同了，有一条光线散成几个光点落在牌子半中腰上，微细的、微弱的光点，洒在“知音”上头，两行字里唯一一个有些古典文化意味的、唯一一个与这庞大的“现代”有些反差的词语。她望着那微光，倒认认真真发起怔来。

还好，车流松动了，车开出一截，将广告牌抛到了身后。这一次顺顺当当把她送到了家门口。

到“和燕路 183 号”，她在门外稍微站了一会儿，有意延长着期待的过程，然后才走到 4 幢 103 敲门。

敲了半天没人应，她只得自己开了门。进去一看，客厅的桌上压着一张纸条，说“单位有点儿事，回得晚一点儿，等我吃晚饭”。

余波只得先进房收拾东西。一切弄妥当了，她忽然很想到冯涛的房里去看一下。不过主人不在，这样私闯民宅，究竟不大好。余波便拿了个硬币出来，说“正面进去，反面不进”，朝上一抛，落下来却是反面。余波强行把硬币翻成正面，说“我管你呢!”

一个月不见，他的房间却没大变，因为他是没寒假的，初八左右就过来了。电视、电脑、床都是老样子，只是这回衣柜里也收拾得很整齐了。她没好意思多看，关上柜门，在沙发上坐下。有人打她手机，她以为是冯涛，一接却是李丽绢。

余波说：“你怎么知道我今天到?”李丽绢说：“明天休息，后天开学，那你肯定是倒数第三天来了，这也要惊奇啊？分明低估我的智商。”余波笑了，说：“只知道你情商高，不知道你智商也高，冒昧冒昧，别介意啊!”李丽绢在那边连连笑着说：“贫嘴。晚上出来吃火锅吧?”余波说：“不行，明天吧，今天有事。”李丽绢缠着她不依，说：“什么事从实招来。谁比姐妹还重要？我都跟高桥讲好了，要敲他的竹杠。请你请不来，我的面子往哪儿搁?”余波叫她“往高桥肩上搁啊”，李丽绢说她“想死”，不屈不挠地非要见面不可。余波想想早一天晚一天也无所谓的，就答应了，又给冯涛发了消息。冯涛说：“第一次就不是我的，可怜！”余波听出他语带双关，假装没听懂，回他说：“明天陪你。”发出去才想起，这话跟刚才那句好像是同样的暧昧。冯涛很快复信：“一言为定，哈哈！”

到了六点多钟，余波来到约定的“傣妹”火锅店，还没来得及说话，高桥已经跑过来鞠躬如仪。余波笑着说：“我就不还礼了，不然像夫妻对拜了。”李丽绢在旁笑道：“你要，送给你。”余波说：“‘送’的前提是你已经拥有了某种东西。”李丽绢笑说“讨厌！”三个人就坐了下来。

点好了吃的，说了一会儿闲话，服务小姐送了菜来，又在各人的碟子里倒上调料。高桥不停地给李丽绢搛菜，余波只是抿着嘴笑，在滚烫滚烫的汤里捞自己喜欢吃的鱼圆、火腿肠、竹笋。李丽绢有些不过意，叫高桥也吃，不要搛来搛去的。

余波拿漏勺下去舀菜，舀完了，顺手搁在锅里，向着高桥笑道：“都说你们日本男人大男子主义，怎么你不是的？”高桥重复了一遍“大男子主义”，余波给他解释：“就是喜欢摆架子，觉得自己比妻子……高、大、厉害。”高桥“哦”了一声说：“也有人不是的。”又不无羞惭地说：“我爸爸是的。”余波听得直笑。李丽绢笑道：“你就饶了他吧。”说着给高桥搛了一块鱿鱼。高桥说：“谢谢！”想了想说：“你刚才说不要搛来搛去的。”李丽绢凶巴巴地说：“不要就还给我。”高桥笑了，说：“要。”咬了一口说：“好吃！”又告诉余波：“李丽绢有大女子主义。”

余波笑看着他们，有点儿羡慕。她忽然想起，冯涛这时候多半是一个人在哪里吃饭，不知道是吃盖浇饭还是蛋炒饭，一时间很想立刻就回家去。她伸手去拿勺子，陡然间尖叫了一声。李丽绢忙问“怎么了，怎么了？”估计是烫着了，叫高桥去拿酱油来。旁边桌上的人纷纷朝这边看。

高桥奔回来把倒好的酱油给她。余波接过来涂上去，不由得“咻”地吸了一口气。李丽绢急得说她：“这么大个人，吃火锅还烫了手。要不要紧啊?”余波说:“没事,我刚才勺子放在汤里忘了拿,勺柄就热了,一拿就挨了一下。”李丽绢说:“回头去买点儿绿药膏涂涂。”余波说:“真没事。”

三人又吃了一会儿,各自说说假期里的事。萧忆方被机油炸伤的事让李丽绢听得一惊一乍的,又说“大难不死,必有后福”。

散了之后,余波在药店里买了药膏,搭公车回家。窗户是亮的,冯涛显然已经先回来了。她刚要掏钥匙,门先开了。冯涛笑望着她。两人互相看着,都有点儿恍惚,好像不大敢确定这一刻是不是真的。然后冯涛微笑着说:“我听脚步声听错了好几次了。”

余波进来关上门,倒了杯水,手指头翘得像兰花指。冯涛说:“手怎么了?”余波说:“吃火锅烫了。”她在李丽绢面前连称“没事”,这时跟冯涛提及,却不由自主地带些要人安慰的意思。冯涛拉起她的手指察看,问“买药了没有?”余波先是一缩,后又不动,胸口“咚咚”跳着。冯涛又问了一遍,她才回答“买了”。冯涛握着她的手指不放,也许只有几秒钟,两个人都觉得像隔了几小时。他终于松开了手,她却又觉得时间太短了。

冯涛咳了一声说:“假期快乐吧?”余波说:“还可以。”沉默了一会儿,冯涛又找话说道:“你翘着手指的样子像是演戏。”余波却笑着接口说:“我倒真会唱几段呢。”冯涛说:“不信。”余波便跑到他房里,把他的深蓝色大床罩披在身上,拖拖拉拉地走出来。她个子挺高,但床罩毕竟是太大了,倒有一半是拖在地上。冯涛笑道:“床罩啊!”余波说:“你要听戏,总得付出点儿代价吧!”

她挥一挥“袖子”,先唱黄梅戏,是《女驸马》里的一段,尤其是“我也曾赴过琼林宴,我也曾打马御街前,人人说我潘安貌,谁料纱帽罩啊,罩婵娟哪啊啊!”字正腔圆,似模似样。冯涛“啪啪啪”地在旁边鼓掌。余波神情一变,变成“杏眼圆睁,柳眉倒竖”。冯涛问:“样板戏?”余波说:“错了,是淮剧《秦香莲》。”冯涛说:“我只知道京剧《铡美案》。”余波说:“你再说我先铡了你。”冯涛吓得不敢出声。余波唱道："陈世美呀，把你比作天，不见日月星；把你比作地啊，五谷没收成；把你比作君，你坑害众黎民；把你比作臣，你不能保乾坤；把你比作父啊，你不认二娇生（余波解释：就是'两个孩子'的意思）；把你比作子，你不孝二双亲；把你比作禽，你无翅又无翎；把你比作兽啊……"一句掷地有声的道白："你毛衣没一根。"一句拖着腔的道白："陈世美呀！"一连串地唱："你天不天哪地不地啊，君不君哪臣不臣，父不父啊子不子，禽不禽哪兽不兽，衣冠禽兽不差半——毫——分！"冯涛点头评价："真是字字血，声声泪。"

余波把买的绿药膏衔在嘴里，冯涛皱眉说："啧啧啧，你也不嫌脏。"余波含含糊糊地说："《贵妃醉酒》。"唱念做打一起上，忽然嘴一张，"酒杯"落下，正接在她手里，随即唱道："长门自是无梳洗，何必珍珠慰寂寥。"一脸醉态醋意，却又不胜哀伤，床罩扬起，一股灰尘便扑在冯涛脸上。冯涛"呸呸呸"地吐了几口，躲躲闪闪地说："当然京剧是很好听的，你的唱功做功也是过得去的，不过不得不说，这件'衣服'严重妨碍了我的欣赏。"

余波强忍住笑，挥洒幅度骤然减小，凄凄切切地唱道："我一生，与诗书作了闺中伴，与笔墨结成骨肉情。"这是越剧《红楼梦》的选段，林黛玉魂归离恨天之前，柔肠百转，思绪千回。余波本来对这一段最夹生，不知怎么，今晚却是这一段发挥得最好。到后来只见她泪光莹莹，弱质芊芊，竟然有点儿神光离合的味道。冯涛看得入神，连拍手也忘了。

余波表演完了，冯涛说："最后一个最好，不是哄你高兴的话，是真好！"余波说："谢谢！"把床罩还给冯涛。冯涛直接把它扔到洗衣机里去了。

他回来时见余波在房间里拧绿药膏的盖子，便走过去说："我来。"他拧开盖子，沾了点儿药膏，说："把手给我。"余波想：怎么又是这样？乖乖地伸手过去。冯涛拿手指在她手指上轻轻揉动，好一会儿才说了句"幸亏皮没破"。余波说："好了吧？"冯涛说："没，哦，好了。"

但是他握住了她的手。余波咬着嘴唇看了他一眼，马上垂下目光。冯涛也正看她，眼神飘忽而迷乱。他握了她半晌，咽了一口唾液，她看见他的喉结有力地动了一下。

余波本能地感到危险，站起身来就要出去。冯涛挡在她面前，按住她的肩，将她仍旧按回到原位。他说："我寒假里就好想你!"在这样的寂静里，他的话音吓了他自己一跳。于是他知道他是不该说话的。余波颤声说："你……让我出去。"冯涛说："我不!"又像是行使权威，又像小孩子的负气。他毫无铺垫地抱住了她，把她推倒在小床上。他竭力地要安抚她，结果却狠狠吻住了她。她用一只手推他掐他，另一只手却还在那里竖着，她就是这种时候，还记得她的手是受了伤的。挣扎中"轰隆"一声撞到了小床头柜，台灯横着倒下来，正对着枕头。强光刺得两人像置身在大太阳底下。太阳底下是外婆买给她的冰糖葫芦，红红的，一颗一颗的，捏着糖球，反复地舔着，很甜，太甜了，甜得受不了了!

他们的影子投在墙上，盖在他送给她的那幅画上。放大了多少倍的影子，唱念做打，像她刚才的演出，太像在电影里了。冯涛不要光，他喜欢雨天，密不透风的雨，抽打着他，又激励着他。雨下到他身体上，体温是热的，雨也变成热的。他喜欢热雨。她不觉得热，她觉得烫。阳光太强了，尖锐的烫，灼伤的感觉像火锅里的勺子。金属的，又烫又硬，刺到深处，她想"有绿药膏就好了"。

冯涛想要关掉台灯，但是他腾不出手来。他伸出一只脚，努力了几次，终于碰到了地上的活动插座。他用两个脚趾夹住插头，用力一抽——世界一片漆黑。

二

第二天早上他们去吃早饭。冯涛问："吃什么?"余波眼睛不看他，说"随便"。冯涛便请她吃豆浆油条。

他们坐在小摊子上喝豆浆，冯涛一个劲儿地看她，好像怎么也看不够。余波始终有些躲躲闪闪的，回避着他的目光。吃完了，冯涛付了钱，提议上街走走。余波说：“你今天不上班吗？”冯涛说：“我请假陪你。”余波表面上没什么表示，但是心里很高兴。

两个人先逛了逛附近的大商场，冯涛撺掇余波买东西。他这时候恨不得为她做件极难的事，至少也要送她件极珍贵的礼物。余波这样看看，那样看看，总是嫌贵。冯涛说：“有什么关系？我买给你。”他这话里透出一种自豪，又有一种对她的宠溺。余波却说：“你的钱就不是钱吗？”仿佛有了居家过日子的打算。冯涛笑着说：“那好，等情人节再送，那时你不能再推了。”余波笑了，说：“没见过你这样的，好像钱多了要咬手的。”冯涛见她渐渐轻松起来，心情越发好了，于是说道：“好，我就咬手。”抓过她的手来凑到嘴边。余波“啊”了一声说：“大街上！”冯涛笑道：“怎么了？我的女朋友，光明正大的。”他当真往她手上咬去。余波一缩没缩回来，满脸绯红地说：“我怕痛。”冯涛却只轻轻在她掌上触了一下，说：“你以为我真咬，怎么舍得？”但是他似乎也不准备放开她了。

余波让他拉着手，在人群里走着，有种微微的刺激的感觉。后来适应了，就不觉得排斥了，反而怕他松开。走了一程，她感到他的手宽大温暖，她自己的却又小又冷，便试着抓紧了一下。冯涛立刻更用力地握住她。他们朝对方瞧了一眼，都像找到了一份又是爱人又是亲人的情感，两只手调整了一下位置，就拉得很自然了。

二人坐公车往老城区逛夫子庙的旧货市场。车上只有一个空位，冯涛要余波坐。余波不肯，心里只想着要冯涛站上半小时是一定不可以的。推来让去，后排的一个小孩都笑了。他妈妈忙叫他住嘴，向余波抱歉地笑着。余波也冲她笑，觉得世上的人个个都这么可爱！最后冯涛坐下了，叫余波坐到他腿上。余波这次不知道怎么这么爽快，当着一车子人就坐了。她努力做出若无其事的样子，就像她早已经习以为常了。汽车晃晃地开着，冯涛忽然轻声说：“你抬一下。”余波抬起身，冯涛尽力叉开双腿，让她坐在他两腿之间，说：“这样好点儿。”余波开始没明白，冯涛跟她咬耳朵说：“裤子穿得不够厚。”余波一下子闹了个大红脸，回头看冯涛时，他也是面如重枣，很羞愧的样子。

在旧货市场里走动，买东西是假，看人倒是真的。余波猜测着“这个人刚失恋了”，“那个人炒股失败”，兴致勃勃。冯涛问她二者有何区别。余波说：“虽然都是一脸晦气，失恋的人脸上是痛，炒股亏了的人脸上是疼。”冯涛恍然大悟似的说：“哦。”又说，“不懂。”

一家饭店的玻璃窗上，用绿色剪纸贴着“老城四大碗”五字，下面依次是“酱瓜鸭、全家福、红烧肉、水上漂”。余波嘀嘀咕咕地说：“全家福我倒知道，水上漂是什么?”冯涛一听，明知大事不好，拉了她往前急走。余波笑着说：“你让我进去问一下嘛!”冯涛笑道：“就知道你的脾气。我才不丢这个人呢!”余波说：“又不是要你去。”冯涛顺口便说：“你丢人不就是我丢人?”他这句话并不是事先想好了的，而是没经过大脑就到嘴边了。余波也看出来了，唯其是无心的，她才分外高兴。

卖佛珠的，卖毛主席像章的，卖笔墨砚台的，卖雨花石的，遍布了三条小街。余波一路走一路看，说：“雨花石也就是养在水里好看，拿出来就像死鱼，还是袋装的。”再前面是卖烙画的，在白杨木上烫出春夏秋冬、梅兰菊竹。冯涛说“这个倒有意思”，望了余波一眼，有点儿想买。余波笑着说他：“看我干吗？想买就买，管别人怎么想呢!”冯涛就说：“不是这么说。将来我工资都交给你的，买不买还不是凭你一句话?”余波笑道：“我没那么霸道，你也别这么没出息。”冯涛还说：“怕老婆有福。”余波把空着的那只手打他，叫了声“哎哟”，才想起昨天的烫伤还没好全。摊主开价二十八，冯涛还价是一把好手，说来说去，居然十二块钱就买下来了。余波看着那块烙画爱不释手。冯涛说：“你好像比我还中意嘛！今天是因为有你在，我得顾及形象，不然能杀到十块钱。”余波想了想说：“这么说你已经很有风度了?”冯涛说“是啊”，余波说：“不用懊悔，你刚才就挺不要脸的了。”冯涛作势掐她脖子，她不避不让，从容就义似的。冯涛说：“被 Miss 余的人格魅力打动，从此不杀生了。”

后来见到连环画，余波停下来翻翻检检，说：“好多年没看到这个了。你看纸张都发黄了。”冯涛说：“可以用药水做旧的。”摊主的脸沉了下来。冯涛没留神，只顾着要在余波面前表现自己，详细解说道：“就是把纸泡到特制的药水里，拿出来纸色就泛黄，纸质也变脆。”摊主忍不住说：“你不买归不买，别瞎充内行。你看那两个客都给你吓跑了。什么做旧不做旧？纸好做旧，连环画还好做呀？你看看这画的笔法，看看下面的字，也是冒充得了的？”冯涛笑得讪讪的，余波忙问《西游记》有没有整套的。摊主才转过神来说“有”，开价一百六，又口若悬河地说：“你要是看着玩玩，我那边有散装的，十块钱三本。你要是收藏，我跟你说句实话，还是成套的好。”然后用设问句自问自答，“为什么是成套的好呢？因为《西游记》全套三十五本，从《猴王出世》到《灵山参佛祖》，少一本就不值钱了。你看我这套是河北美术出版社八六年出的，货真价实，而且没缺页。我这是三套凑起来的，本来《波月洞》《悟空斗狮精》《女儿国》是找不到的。一百六，那真不算贵了。”

冯涛大刀阔斧地还成六十，摊主哭丧着脸说：“哪有这样还价的，只剩个零头？你也太没诚意了。”余波在一边直笑，插嘴说：“八十。”那人不肯。“九十。”“不行！”“一百，再加就不能了，我们身上就这么多钱了。”把皮夹子翻给他看。摊主说：“你男朋友肯定有钱，他不是说我做旧吗？”他把两件毫无联系的事说得像因果关系。余波对冯涛笑说：“完了，人家跟你结上仇了。”摊主声明他不是那么小心眼的人，冯涛接了一句“我看也不像”。摊主说：“生意人和气生财，哪有同客人作对的？一百五吧，看你是真想买。”余波刚才一直蹲着，这时站起来伸个懒腰。冯涛说：“要不算了吧？”说着却向余波使了个眼色。余波会意说：“早知道多带点儿钱出来了。”两人刚一转身，摊主立刻“好好好”把他们叫回来，一边捆书一边说：“算了，我也想通了，钱还能用到下辈子？不如交个朋友。我看你们也是真喜欢。我还从来没这么贱卖过哩，真是被你们的精神感动了……”

成功地提回一套《西游记》，余波觉得应该纪念一下。冯涛找了一位瘦瘦的颇有气度的游客为他们拍照。余波小声夸他找人找得准。冯涛问准从何来？余波说：“他一看面相就是善良有耐心的。有些人善良没耐心，成事不足；有些人不善良而有耐心，太可怕了；有些人不善良还没耐心，这倒罢了，写在脸上，敬而远之就是。”对面那位游客看他们悄悄话说个不了，却也不催促，微笑地等着，倒让冯涛不好意思了，便拉了拉余波。游客给他们找到一个很好的角度拍了照。二人满心欢喜，诚心道谢。那边一个女人没好气地道：“晏琦，好过来了吧？多久了这都！”那游客向二人笑笑，挥手道别，走了过去。余波看了他们半天才说：“可惜了，这么好的一个男人，没有找到一个好女人。”冯涛抗议：“哎，你当着我的面夸别的男人，不大好吧？再说你哪点看出那就不是个好女人了？”余波笑道：“也说得是。好男人不一定是好丈夫，也可能双方都有问题。会不会是他根本不爱她？”她一路不厌其烦地研究着毫不相关的陌生人，冯涛哭笑不得。

快到家时，余波的手机“嗡嗡嗡”地振动。她一看是家里的电话，不由得一怔。她有点儿像个闯了祸的孩子，不知要如何交代。但是她马上想道：我选择了，我自己负责，又要向谁交代？这想法近于负气，而且在她想象之中，似乎余英言和萧忆敏已经在那边疾言厉色地责备她了。结果余英言只是问问她的情况，说天太冷了，当心流感，又说她舅舅萧忆方伤势有了起色，大概再有一段时间就能出院了。余波听了倒是很欣慰。

冯涛等她掐了手机才说：“家里？”余波不答，过了一会儿说：“我爸。”冯涛“哦”了一声，转移话题说：“我们快到家了。”余波听见这个“家”字，竟有一种惶然之感。她掩饰着自己说：“我去买点儿东西，你先回去。”她小心翼翼地避免着“回家”。冯涛也觉得了，但是没有多问，只说：“过马路看着车。”余波不大友善地顶了句“我又不是小学生”。冯涛笑着说：“我第一次看见你，你就差点儿撞车，还敢说呢！”

他一个人先走了，余波却又有些后悔不该如此对他。她把他支开了，也并没有什么秘密的事情好做，买了点儿香蕉就回来了。

她看见冯涛正在忙活，就问他干吗。冯涛说：“把樟脑丸压碎了。”余波越发奇怪，冯涛料她不懂——她精通的仿佛都是另一个世界的事，便说：“压碎以后的粉子撒到鞋子里可以防臭。”余波瞄了一眼他的脚说：“你还好嘛。”冯涛略有点儿紧张地笑道：“现在不一样了，你到我房里参观参观。”

余波一进门就发现自己的枕头移了过来，跟冯涛的枕头并排。冯涛在她身后说：“所以我要更加注意个人卫生。”余波支支吾吾地说：“谁说要搬过来的?”冯涛搭着她的肩，把她转过来，两个人面对着面。

冯涛说：“你是不是不放心我?”余波忙说：“不是。”冯涛于是正正经经地说：“放假以前我就舍不得你走了，假期里我经常都会想到你。不瞒你说，我以前谈过一个女朋友，不过她嫌我家没钱，就分掉了。”他顿了一顿又说，“我很想对一个女人好，而这个人也值得我对她好。我也很想像电视上那样，夏天给一个人打伞遮太阳，冬天抱着她为她取暖。我找错了一次，但这次不会错了。余波?”余波说：“嗯?”冯涛接下去说：“你跟许多人不一样，我已经离不开你了。有一句话，你可能不相信：我对你不是喜欢，而是爱。”他说着这些话，平静得简直奇怪，然而带着一份真诚的沉着和从容。余波不语，过了片刻，两行眼泪便垂下来。冯涛自己也有些鼻酸，他给她拭掉泪水，心里疼得厉害，说：“又傻了，怎么哭起来了?”余波把头埋进他怀里，像受了极大的委屈似的，哽咽着说不出话来。冯涛的下巴浸在她的发丝里，双手绕到她背后环抱住她，小声劝她：“好了，好了，不哭啦。我以后不说了，真的不说了。”

余波慢慢抬起头来，一脸的泪痕狼藉，眼神却变得清亮澄澈。她在他腮上触了一下，轻轻地说：“我买了香蕉来。”冯涛打开一看，说

“恐怕不熟”，剥一个咬了半口，吐掉了说：“不熟。”余波羞惭地说：“那放放不就熟了?”冯涛笑着说：“没关系。待会儿买点儿苹果来，跟香蕉扎在一个塑料袋里，半小时就催熟了。”余波睁大了眼睛，说：“真的?”冯涛说：“不信就去买苹果。”二人便一起做试验去了。

三

周末有两天假期，余波和冯涛商量着要出去旅游。想来想去，只有苏州靠得最近。余波说：“去周庄。”冯涛说：“好是好，不过现在个个都往那边跑，有点儿俗吧?”余波说：“那你去过周庄没有呢?”冯涛说：“那倒没有。”余波就说：“我也没去过。附庸风雅是俗，刻意清高也一样俗。去玩一趟有什么关系?”

收拾了一个旅行包就要出门。余波说：“身上带了零钱吗?”冯涛一拍脑袋说：“又忘了。”余波笑着说：“你这记性也真恐怖，说过多少回了！我带了，走吧。”

往公交车上投了两块钱硬币，余波坐下来，右掌按在邻近的位置上。冯涛见她如临大敌，不禁笑道：“太夸张了吧?”余波拉他坐下说：“说得轻巧。到车站有四十分钟的路，你还没到周庄，先耗掉一半力气了。”又问，“别人都办了乘车卡，上车刷一下就行，你怎么不办?省得丢三落四，又记不得带零钱。”冯涛说：“办了两次丢了两次，不知道是自己弄掉了还是给小偷摸走了，也不高兴再‘三顾茅庐’了。”

到了车站，余波边下车边说：“这几天不是五一、国庆，景点里人肯定不多。”冯涛却只急着买票。余波笑道：“刚才是我买票的，这回轮到你了。”冯涛笑着说：“你倒不傻。”

一到周庄，没走几步路，就有一辆三轮车过来拉客，说：“外面的旅馆贵，我带你们住便宜的。”余波没应付过这种场面，便看冯涛。冯涛很泰然地问那人价钱。那人说：“一晚上才七十块。我车费只收三块，等于白送。”冯涛便叫余波上来。路上余波小声地说：“他会不会是骗子?”冯涛也低声说：“是的，他拉咱们去住黑店。我们同年同月同日死，总算死得其所。”余波打了他一下，冯涛才说：“他帮人家拉客，人家当然有好处给他，他车费只是象征性地收一下。”余波这才明白。

到了一户住家门前，车夫喊了一声，里面迎出一位中年妇女，一边叫人带车夫进去吃茶，一边引着余波、冯涛上到二楼。打开其中一扇红门，见是个大房间，房里并排放着两张单人床，电视、空调、衣柜都是全的。余波进去看了一下，一间小小的洗手间，带莲蓬头，可以淋浴，也还干净，心里很满意，但想这些事到底还是冯涛有经验，因此只微笑着点点头，没有吭声。冯涛调试了一下电视与空调，确定没什么问题，便下去同那人办手续。余波在窗口朝外面张了一下。正午的阳光静静地照着，古旧的民居错落有致。虽是在陌生的地方，而熟悉的人就在楼下。她能听见他和房主的对答，他的普通话好听中略带家乡口音。她第一次感到“幸福”二字如此实实在在。她头抵着玻璃窗，一阵凉意；她把双手也印上去，悄悄地笑了。

中午他们随便吃了两碗“奥灶面”，就到“三桥”一带走动。小桥流水，吴侬软语，与预想的出入不大。倒是一条条小巷子迤逦纵横，踏足的石板上花纹细密，巷壁间青苔处处，岁月幽深，让二人走得兴味盎然。冯涛说：“老了就在这里颐养天年倒也不错。”余波说：“在这儿住三五天很好，成天累月地住下来我不高兴。”冯涛问为什么。余波说：“太戏剧化了。房子和人都像古装戏的背景，活在这种氛围里我感觉消受不了。”冯涛想想也说：“对的，我们还是在现代社会里生活惯了。”余波笑道：“你不妨闭上眼睛设想，成天听不见汽车声，你习不习惯?”冯涛笑着说：“不行。”余波说：“可不是——虽然你总忘了带零钱，上下车还挤得要死。怨归怨，还是缺不了。”

后来看到有人唱戏，冯涛不很想去，余波却闹着要听。先是陈妙嫦和她的“大学在读”的追求者在那里《琴挑》，又是小和尚小尼姑《双下山》。余波瞧得津津有味的，说：“昆曲唱腔太悠扬轻缓，叫人不大耐烦，但是身段和台步太漂亮了，简直美不胜收。”

晚上在河畔一家店里吃饭。冯涛叫切了半个“万三蹄”，要了一碟蔬菜、两碗饭。“万三蹄”虽是不折不扣的大荤，只因制作得法，吃在嘴里，香而不腻，并没有油得吃不下的反感。河里有一两只游船，船夫摇着橹，船娘弹琵琶，唱《十二月花名》。余波听了一会儿，说：“唱得也罢了，可是你注意她不唱时的间奏。”冯涛仔细倾听。琵琶声时强时弱，起伏不定，一弯一弯像亮亮的上弦月，像半个括号，像带钩的伞柄，满世界都飘着伞，不下雨也细雨霏霏了。江南春意就在船娘一挑一拨的手势中颤巍巍地传到岸上。船划远了，乐声渐渐淡了，冯涛才吁了口气说：“好听！”余波笑着催他：“快吃吧，傻乎乎的，像个树袋熊。”冯涛笑道：“到周庄来就得细嚼慢咽，吃东西也是，‘吃’风景也是。我们又没什么大事，急吼吼地赶来赶去，太可惜了。”余波偏头想了片刻说：“这回算你说得对。”

他们到一家茶庄喝茶，八仙桌颜色沉暗，两张竹椅上垫着银红色、松软的椅垫。冯涛要了碧螺春，余波要了龙井。四顾打量，墙上悬着几副对联，左边是“花雨檐当乱，茶烟竹下孤”，右边是“妙供来香积，珍烹具太官”，中间笔酣墨饱，写的是“凭君汲井试烹之，不是人间香味色”。余波看了便说：“这茶庄老板真奇怪，把苏东坡的分在两边，欧阳修的倒供在中间。我不怎么喜欢苏东坡，但不该把他放到比欧阳修还不如。”冯涛说：“我说你才奇怪，人各有志嘛！再说他很可能随手一挂，也没怎么讲究。”余波说：“才不是呢，你看中间一幅写得最用心了，又最长最大，显然待遇不同。”冯涛笑道：“我看你是太执着了，我们来放松放松的，也值得为这种事劳神？”余波也笑着说：“该认真的就认真。”

她喝了一口茶说：“要是我外公在就好了，他对这里一定喜欢。”冯涛摩挲着茶壶说：“那我能陪他下棋。他要是爱运动呢，我就跟他打乒乓球，那是我的强项。”余波出了一会儿神说：“我从来没见过他，倒是老梦见他。他的事我都是听我妈说的。”她提到萧忆敏时，脸色略微沉了一下。冯涛有点儿觉得了，就打岔说：“你外公是个仙风道骨的老人吧?”余波说:“还没来得及变成‘老人’就死了。他能写能画,围棋也下得好。要不是被定为地主,应该能很长寿。”冯涛问:“为什么?”余波说:“你没听人家讲‘临帖作书,能代体操’?他那种心境、那些爱好,都是能养生的。他还收藏过钱币,参加过‘中国泉币学社’,算是半个专家呢!我们家现在还有一枚‘双五铢’,隔了这么久,也不知真的假的了。”

冯涛心想:你跟你外公大概有点儿隔代遗传。他怕她又顺口说到她母亲身上,扯开去说:“茶有三德,你知道吗?”余波笑了,说:“坐禅时通夜不眠,饱胀时帮助消化……”她停下来不作声,冯涛笑问:“第三样呢?”余波说:“不知道。”冯涛说:“作戒欲的药。不过对我不灵。”余波嗔他“神经”,也就忘了原先的话题,谈到别处去了。

第二天上午去逛小街,小工艺品琳琅满目,挂满了一条街。因为是白天,游人便多一些。有几个高鼻深目的外国人也在其中挤来挤去。三四个女摊主冲着外国人直叫“shop”“shop”。余波“咯咯”地笑,说:“你看她们真可爱。”冯涛笑了,说:“是可爱,‘苏州英语’都出来了。我该不该去纠正她们要发成‘shoping’?”余波撇撇嘴说:“就数你能,当年也不知过了英语四级没有。”冯涛举举拳头说“是可忍孰不可忍”,很郑重地要余波给他打一拳。余波不给,在前面逃。冯涛在后面追。好不容易追上了,余波说:“给你打也可以,但是你先把你的脚借我踩一下。”冯涛把擦得锃亮的皮鞋伸过去。余波一踩,他忙缩回去了。余波不依,怪他男人大丈夫,说话不算话,要玩“眨睫毛”以示惩罚。冯涛说:“好多人呢,而且还有国际影响。”余波不理,径自把脸凑到冯涛脸上,一下一下眨眼,长长的睫毛拂在冯涛脸上,痒得冯涛哈哈大笑。余波还不准他动。外国人大睁着蓝眼睛,很惊奇地观察他们,诧异中国的风气竟也如此开放。

这时冯涛的手机响起了音乐,余波提醒他他才听到。冯涛接了,“嗯”了几声,向余波说:“我们快回去!”余波见他面色凝重,不是开玩笑的样子,忙问怎么回事。冯涛说:“单位有事。”余波说:“那快去收包。”冯涛带几分歉意说：“对不起，头一次出来就没尽兴。”余波笑着说：“玩够了就没意思了，有个七八成最好。本来下午也该回家了。”

二人回到住处收拾了一下，下楼退房。房主还叫二人“下次来还住我这儿，跟你们优惠”。冯涛满口答应，叫了辆三轮车就走。

余波叫他别担心。冯涛说：“怎么能不急呢？你记得我告诉过你的，有家万发服装有限公司是我们的赞助厂家，《展望》在财政上有一多半就靠人家撑着——其实也是人家念旧，看在这么多年的老关系，不好意思不继续合作。以《展望》近几年的表现，换了别家，早就撤了——哪知道这‘万发’忽然破了产，立刻就在‘展望’引起连锁反应了。这一下弄不好就要裁员。”余波安慰他说：“那另找个合作伙伴……”冯涛摇头说：“《展望》的销量和影响力都在下降，别家是忙发展，它是忙着不倒闭，再要找个像‘万发’那样又好说话又关系稳定的，谈何容易！都说‘好人不长命’，连有点儿人情味的企业也免不了倒闭，这个世界的心肠已经硬了。”余波一时也不知说什么好。

中午下了车，冯涛直接往杂志社去了。余波心里其实是想为他分担，但又实在帮不上什么忙，不禁有些自怨自艾的。她回到家门口，心不在焉地掏出钥匙开门，一扭没扭动，再扭两下，“嘎”的一声，居然断在里面了。她气得踢了几下门。对门房东老太太探头看了一下，淡淡的，又缩回去了。

余波活了二十几岁，真正独立在外，也就是这两三年的事。住校期间，毕竟是公寓化管理，室友又多，有什么事情请别人就解决了。“钥匙断了怎么办”对她来说，竟成了一桩大事。问房东吗？她不愿意，虽然没同老太太打过几次交道，本能地知道那不是个善类，弄不好还给人家刻薄一顿。请李丽绢呢？一则是周末，怕扰了人家的二人世界，二则到底是分开来了，这么点子事还把人家叫来，未免托大。她站在门外想来想去，不得已还是打了电话给冯涛。

冯涛一听锁孔堵了，就叫余波到街上转转，应该有修锁的。余波心想：对呀，出了大门右拐，就有一个老头儿成天坐在那里，好像也没什么生意，不如请他看看。老头儿听说要上门，延挨着不大肯去。余波又问冯涛。冯涛说："你把手机给他。"余波把手机给老头子。不知冯涛跟他说了什么，三言两语他就应了。余波接过手机笑着说："还是你行！"冯涛说："就这样。"匆匆忙忙挂了。

老头到门前看看，拿一根半弯的铅丝探了探，说："你这是大锁，钥匙也是四面的大钥匙，我开不开。"余波急了，说"那怎么办呢？"老头说："要么我再到摊子上拿点儿工具，也不知道管不管用。"这明明是要提价的意思，所以夸大一下难度，待会儿好多要个五块十块的。余波不懂，还当他真的束手无策，便说："算了吧，我再找别家。"老头大怒，想真也难得遇上这么不懂事的，白跑了一趟，气冲冲地走了。余波四处找了找，竟再也找不到第二家。

天黑下来了，华灯初上，余波在楼外站着，影子拖得长长的。她再着急也知道不能再打第三次，只得立在那里干等。八点多钟，冯涛一脸疲惫地回来了，见她怔怔地立在那里，问"还没弄好吗？"余波点点头，如此这般解释了一下。冯涛去买了张报纸，在中缝找到 24 小时便民热线，请他们联系了"日夜"开锁中心。一刻钟后，"中心"来了个女的，粗手大脚，"砰砰嘭嘭"一阵敲，把锁整个地卸下来，鼓捣了一会儿又安上去。房东老太太又来问是什么事情。冯涛赔笑说："我表妹钥匙断了，没事，马上就好了。"老太太叽叽咕咕进去了。这边张嘴就要五十块。余波吓了一跳。冯涛压到四十，掏了钱给那女人。冯涛一开始先叫她去找那老头，大约也是由于比开锁中心省钱的缘故。

进屋后，余波往茶挑子里灌水，一边说道："钱我等会儿给你。"冯涛说："不用了。"余波说："锁是我弄坏的，当然是我赔。你单位又……那样，水电费什么的还是我俩一起付好了，总不能老让你一个人扛。"冯涛忽然很大声地说了一句："你很喜欢分清楚是不是？"

余波正在插插头，听了这句话，心里委屈，忍不住接了句"你小声点儿！"冯涛笑了一声说："好，是我不够温柔。你爱分就分吧，分得清清爽爽的也好。"说着进房去了。

余波愣了一下，简直不能相信刚才是和冯涛说话。晚上睡觉时，他闭着眼一声不吭。余波暗想：他大约在那儿嫌我无能呢吧？

四

周一早上，冯涛上班去了。余波想问问他单位的情形，又抹不开面子，只得无精打采地去上学。

李丽绢看出她心情不好，叫她午饭不要在食堂里吃。两人到邻近的街上吃肉夹馍。李丽绢觉得没饱，又叫了一碗炒酿皮，有粉皮、香菜、火腿肉丁子。她叫余波尝一口，余波不肯，说饱了。李丽绢打趣她说："哟，开始减肥啦？"余波一笑，随即又苦着脸不言语。李丽绢百般地问她，她才说了句"我谈男朋友了"。

李丽绢笑着说："咦，好事嘛，你愁得像西施一样？"余波把经过说了。李丽绢说："这有什么，小夫妻俩，床头打架床尾和——"说到"床"字，她顺口问道："你们有没有……"余波和她素来亲如姐妹，无话不谈，这时也不禁踌躇了一下才说："他把我枕头都拿过去了，也不同我商量。"李丽绢笑道："噢，就是和你合租的那个帅哥冯涛？我早知道不对了，怪不得开学时我喊你吃火锅你推三阻四的呢！"余波说："这时候还翻旧账。你说他会不会气得不理我了？"李丽绢说："怎么可能？又不是伤筋动骨的大事。他这点儿气量总该有的。"余波叹了口气说："我倒觉得不是小事，至少我突然发现，当他有什么事时，我完全无能为力。书上说妻子是'贤内助'，我如果永远跟他一起，不但不能帮他，反而是个拖累。"李丽绢说："干吗自轻自贱的？你能力是缺，以后锻炼锻炼就是了——就怕你死不悔改。这一次呢，你在精神上抚慰他，也就对得起他了。"余波忙问："怎么样抚慰法呢？"李丽绢说："你这么聪明，这就不用我教了吧？"

结了账出去，路过一家文具店，余波进去买了一张淡绿色的双面卡，借了笔很快地写下几行字。最后落款时她想了半天，还是连名带姓地写上“余波”。李丽绢笑着说她太板，叫把“余”字去掉。余波笑着说：“恶心死了，我不!”接下去写上日期。

下午三节课后，余波想要回去。李丽绢扣着不让她走，说：“你现在去就失算了，让冯涛先到家。举目打量，只见锅清灶冷，四壁萧然，这时记起你余小姐的种种好处，想起你的音容笑貌，不由得长叹一声，潸然泪下。”余波笑道：“怎么像怀念死人一样?”李丽绢“呸呸呸”连啐几口，说：“大吉大利，童言无忌。”余波笑道：“是不是真有那种效果?”李丽绢说：“当然了，这叫欲扬先抑。先叫他失望，然后突然出现，手持贺卡，人淡如菊，真是喜从天降。”余波说：“你看你，像经历过多少男人似的。”李丽绢拧她胳膊说“瞎说”。余波躲开了，笑着说道：“高桥上哪儿去了？今天没黏在一块儿嘛!”李丽绢说：“两情若是久长时，又岂在朝朝暮暮——我看你精神不佳，就放他一天假，叫他自由活动。”两人一起笑了。

余波说：“说真的，你有没有想过将来?”李丽绢明白她的意思，倒发了一回愣，末了才说：“偶尔也想，大多数时候不想。高桥是日本人，不可能为了我留在中国。难道叫我……去日本？想了又有什么用呢?”余波默然，过了一会儿说：“那这样总不是个长远打算。”李丽绢笑了笑说：“人有时也不能看得太远。我现在就是走一步看一步，今朝有酒今朝醉。”余波看了她一眼说：“真到了分开的那一天，你舍得下吗？换了是我，不是完整的感情我宁可不要。”李丽绢说：“那是你啊!我是舍不下也得舍。我从接受高桥的那天起，就知道结局是什么。对我来说，过程比结果更重要。”余波虽听她说得潇洒，总觉得有强颜欢笑、自我安慰的味道，又不好多劝。

她们到食堂吃过晚饭，李丽绢说：“既然要吊吊冯先生的胃口，就不能立刻回去。咱们到附近的南京大学看‘默剧’去。”余波说：“一句台词没有，能好看到哪里去?”李丽绢说：“这才不容易呢！仅仅靠着音乐、布景和人物的动作就把剧情给交代了。”她们到“南大”大礼堂里坐下，见人头攒动，老师、同学着实来得不少。厚重的紫红色大幕拉开，几个演员迈着木偶般的步伐在台上走来走去，走起路来一促一促，前俯后跌。余波猜是寓意“现代人都活在名缰利锁的束缚、操纵之下”。然后故事开始，却和开头的象征没什么关系，演的是一男一女由新婚燕尔到反目成仇，又到冷淡如冰。余波看着很起共鸣。

只见那女的先是搛菜给那男的，给他挠痒痒，给他脱鞋，那男的也毅然回掉各路邀请电话，专心在家陪伴娇妻，当然少不了种种亲热之举，字幕：相敬如“姘”；后来在餐桌上就开始摔摔打打起来，女的夹着一双奇大无比的筷子跟男的打筷子仗，“噼噼啪啪”好不热闹，男的扔下碗筷，打电话约了朋友出去打牌，女的用力一扫，桌子也翻了，碗也碎了，字幕：相敬如“兵”，暗场；幻灯再打起来时，男女二人背对背地坐着，男的看电视，女的打毛线，偶然碰到了对方，就急急忙忙闪开，动作很夸张，好像黄蜂蜇了似的，然后女的进房睡觉，男的抱了床被子睡在沙发上，字幕：相敬如“冰”。

最后“默剧”的编导们很客气地请大家提提意见，有好几个人对那对夫妻有没有和好颇为关切。李丽绢说：“余波你怎么不发表高见？你看人看事，向来另是一套。”余波说：“挺好的。”她这时人坐在这里，心思却早已飞到家里去了。李丽绢说：“你不说我说。”就举手发言。她道：“我个人的浅见，为了形容夫妻如胶似漆，女的帮男的搛菜、抓背、脱鞋子，那男的怎么不为他夫人也做点儿什么？这个设计似乎有点儿性别歧视。”她一说完，掌声、喝彩声四起，好多男生还吹起了善意的口哨。导演诚恳地说：“这是我们的疏漏，非常感谢您的提醒。”还专门和编剧一起来同她握手。李丽绢笑得合不拢嘴。

余波回到家里，已过了九点钟。有道是“一朝被蛇咬，十年怕井绳”，她开门时非常小心地转了转，生怕又扭断了钥匙。一进屋，立刻就看见冯涛站在客厅里等她，桌上的乳黄色托盘里，放着一个削了皮的苹果。

余波本来想再矜持矜持，见到这般“盛大”的场面，不由得心中一软。冯涛说：“你上哪儿去啦？”余波说：“李丽绢拉我陪她玩会儿。”

她既强调“拉”，又突出“陪”，显得她本人不甚情愿。冯涛“哦”了一声说：“吃苹果?”不知是不是为单位的事累着了，他的嗓子有点儿哑。余波说：“好，我正想回来吃的。”

冯涛看着她吃，双手抱着肩，不走开，也不言语。余波说：“你这么瞪着我，我吃不下去。”冯涛说：“吃‘万三蹄’时我也看你，你怎么吃得挺香?”余波说：“此一时彼一时。”冯涛顿了一顿才说：“我们已经到‘彼一时’了吗?”余波不答，心想当然不是，你大男人一个，也这么敏感。

冯涛说：“我今天把家里扫了一遍。”余波说：“有志气。一屋不扫，何以扫天下?”冯涛说：“我没那么大本事扫天下，这屋子，我希望不是为我一个人扫的。”余波把苹果核扔了，又去洗手，说：“什么意思，我不算人啊?”冯涛顿时多云转晴，脸色活泛了许多。

余波催他先去洗漱，自己把贺卡拿出来压在他枕巾下面。过了五分钟，冯涛出来了，余波便进卫生间刷牙，想象冯涛发现贺卡的模样，止不住要笑。到卧室一看，冯涛却只半坐在被子里，脱了外衣，穿着毛线衣在那里看电视。余波便说“累了”，要他关了电视睡觉。冯涛关掉电视，熄了灯，头一着枕，觉得有点儿异样，一面咕哝着“什么东西”，一面伸手去摸。灯又亮了，冯涛把贺卡拿在手里，对着余波笑吟吟的。余波也微笑着瞧他。

冯涛翻开外页，见绿底子上写着两行小字。第一行是“顺境逆境，皆如云烟”。第二行是“地阔海宽，得失随缘”。冯涛笑着说：“很有禅意嘛!”又看落款，这一次却是有些不满意，掀开被子就跳下床。余波看他只穿着一条衬裤，忙说：“你干吗呀?你不嫌冷?”冯涛在桌上写了句什么，拿着贺卡又小跑回来，喜滋滋地要余波看。原来在“余波”之前加上了龙飞凤舞的“爱妻”二字。余波把贺卡放进床头柜里，说：“这个我好好收着，防止你将来不认账。”冯涛抱住她说：“冻死了，给我焐焐，焐暖了我就认账。”余波搂住他的肩说：“你什么时候练狂草了?那两个字我是联系上下文才猜出来的。”冯涛说：“因为太冷了，所以就写得快，写得草，写得有气势。”余波笑着说：“你开心就好！看你昨天那样，我比你更难受。”冯涛说：“昨天我情绪不好，你是殃及池鱼。‘万发’已经正式宣告破产，‘展望’跟着就要紧缩开支，就要裁人。我又不是在编的，又没签合同，不辞我辞谁？”余波说：“也说不定他们看中你的才气……”她话没说完，冯涛先笑了，说：“你也太天真了。现在谁还会把‘才’当回事？你有的地方绝顶聪明，有的地方像个小呆瓜。”余波不服气，可是也无法辩驳，当下只是劝他凡事都看开些。冯涛笑道：“事到临头，想不豁达也不成了。好在我还年轻，总不会活活饿死，还有，我还要养你呢！”

余波叫他把灯关了，省得浪费。冯涛关了灯躺下来说：“不能开源，只好节流。”余波便说：“有一件事，我想来想去还是要说。不管怎么样，我家里经济上还是宽裕的，我在这儿住着，也不能当真就白吃白住。你又老不让我交钱。你要是日进斗金，我花你的钱，心里觉得很开心；但你现在这样，我花你的钱，我只会有负罪感。所以房租什么的，我一定要交一半的。请你批准。”冯涛笑道：“准了！咱俩也不用假客气了，昨天我是想岔了，经你这么一说，我就明白了。”

余波十分高兴，说：“对呀，说开了就好了。你就留心着可有跳槽的机会，争取在单位炒你之前先把它给炒了——而且是高温、多油，狠狠地炒。”冯涛笑道：“得了吧，有那么容易我还要你说呢？”

他提到这两天牙疼，说不知是不是长“智齿”了。余波忍俊不禁地说：“你这么大了才生‘智齿’，可见开窍开得晚。”冯涛说：“不错，要不是你，我至今还没开窍，不知情为何物。”余波说：“好像你是初恋似的。”冯涛说：“那个不算。”余波自悔失言，忙打住了不往下说，心里对他前一个女朋友却颇有几分好奇。但他既然不提，她也不大好问，仿佛这当中别有隐情。冯涛对她，她是信得过的。不过那个女人是不是已经被他从脑子里“清仓”，只怕大有疑问。她总是模模糊糊地感到，他们之间，横着一个影子。

冯涛说：“在想什么？”余波说：“我编了一段话，你看像不像单位领导说的。”冯涛“扑哧”一笑说：“讲来听听。”余波便说：“得病，也不能脱离群众。伤风咳嗽，头疼脑热，老百姓的病，得了也亲切嘛！有些同志闹‘智齿’，小资习气，我不赞成。”冯涛大笑。余波也笑着让他小点儿声，给邻居听见了。冯涛在她颊上亲了一下说：“余波，你不是人，你是个精灵。我怎么会认识你的？你怎么会属于我的？下岗就下岗，这辈子有你，升官发财我全不稀罕！哎哟，哎哟！”

余波正在感动，这一番真情告白竟以“哎哟”结束，颇有点儿文不对题的遗憾，听冯涛有气无力地说：“牙疼！”

五

进入三月份，气温渐渐有点儿回升。校园里花花草草都染上了春意。这天中午，余波和李丽绢在草坪附近散步。阳光一照，草尖上的绿意掺进了金光，愈显得春色满园。红红白白的小花被人工拼成了“英才荟萃”的字样，撇捺之间颇有些行书的流丽，余波直夸园艺师手段非凡。

李丽绢说：“昨天脱了一件毛衣，你看身段是不是好看多了？”余波说：“真美，哦对不起，我忘了个‘臭’字。”李丽绢把双臂舞得像风车，抗议说：“哪有这样损人的？当心口腔溃疡。”余波笑着说：“你本来就臭美嘛！溃疡也没事，那是自愈性的，不治也能好，哈哈。”李丽绢说：“知道啦，大小姐，就你懂得多。”

两人倚着粗壮的树干，头靠头地喝着热饮，软塑料杯外面衬着硬塑料的盒子，说起来也是不环保的，然而为了方便，也顾不得了。李丽绢先喝完了，把盒子临空一扔，一道抛物线，准确地命中一个敞着口的垃圾桶。余波“喊”了一声，看也不看，随手一抛，背后生了眼睛似的，竟不偏不倚地丢到了树后的另一个小垃圾桶里。李丽绢叹道：“又被你比下去了。”

二人说笑着往宿舍区走，李丽绢道：“对了，你那位今天怎么这么好兴致，还请我们吃饭啊？”余波说：“他过生日。”李丽绢点头说道：“原来如此。你送什么给他？我先问你，情人节他送了什么给你？”余波说：“送了一个玉坠子，很小巧。我天天戴着。”她从脖子里翻出来给好友过目，又塞回去说：“他亲手给我戴的。”李丽绢笑了，说：“你瞧你那幸福的样儿！”余波笑道：“幸福就是幸福，我又不会装假。这次我送了他一个四层笔筒子，你笑什么？是抽拉式，很精致的，跟我自己用的那个一模一样，是雌雄笔筒。蛋糕也是我买，晚饭也是我请。”李丽绢说：“不会吧？他一分钱不出，心安理得地做寿星公啊？”余波说：“他请我们唱歌。你叫高桥一定来啊，歌厅里有很多日语歌，他大有用武之地。”李丽绢说：“拜托，他五音不全。”余波说：“他不会唱，总会鼓掌吧？”李丽绢“哧”地笑了，说：“这个他拿手。一双粗粗大大的熊掌，拍起来不但响，还有回音。”余波笑了，说：“放了学就直接过去。一共是七个人。我这边可就只有你们两个。”

树影斑驳，互相切割，纠结得像世上的人际关系。

经过浴室门口，只见大红纸上密密地写着黑字，细看时原来是一封感谢信，说“本人于某年某月不慎将皮夹和手机遗落，浴室工作人员多方与我联系，终于将失物送回，解了我燃眉之急，特写此信以表感激”云云。余波悄声说：“你猜这信可会是浴室里的人自己写的？”李丽绢笑道：“你怎么把人家想得那么坏？”余波也笑，说：“我觉得骗子太多，行骗的方式也千奇百怪。稍微好点儿的人也掺了杂质，就像‘特浓纯牛奶’不纯了一样。‘真的人’越来越少。”李丽绢说：“像你这样的是快绝种了，所以我常说呢，麋鹿、熊猫和余波是中国的三大保护动物。”余波不理会，自管自地说：“我这儿还有个关于浴室的恐怖故事呢，而且是真事。前几天我去洗澡，去得太早了，里面就只有我一个人。水汽蒙蒙的，灯光也是昏昏的。那些莲蓬头，你知道，都是带感应的。要有人站在下面才有水，没人时水就停。可是有一个莲蓬头，不晓得怎么回事，动不动就喷一下水，安静一下子，又喷一回水。我突然有个很可怕的想法：会不会是有个我看不见的东西，一时站到莲蓬头下，一时又走开！”李丽绢毛发直竖，着实捶了余波一拳说：“你自己吓自己也罢了，还说了吓我！”余波继续说道：“我当时加紧把肥皂洗掉，一边还盯着那个莲蓬头看。后来我看到水汽里有一对眼睛。”李丽绢轻叫一声说：“你撞邪啦？”余波摇了摇头说：“这眼睛一直在我脑子里，阴森森的，就是那一刹那，我陡然想起来那是谁了。”李丽绢说：“谁？”余波笑了笑说：“是冯涛一个好朋友的妻子，挺漂亮的姑娘，不知怎么，想起她我就不安。”她顿了顿才说：“我有十足的把握，她就是冯涛以前的女朋友。”李丽绢听得晕乎乎的，半晌才说：“你拿到凭据了？”余波说：“不是，不过我相信自己的直觉。所以今天晚上……你要帮我打败她。”

李丽绢说：“就算是真的，也是以前的事了，你又何必这么较真？”余波咬着嘴唇说：“你不懂，她看冯涛的眼神很有点儿不妥。”李丽绢说：“你怕他们破镜重圆？”余波说：“那倒不至于，但是这人，我不正面压倒了她，我心里不踏实。我感觉她在冯涛心目中还有一定地位。”李丽绢豪气顿生，说：“你放心，我唱民歌是获过奖的，今晚做你的亲友团。我们联手，再加上高桥的大巴掌，让她全线崩溃。”余波展颜而笑。李丽绢又说：“你自己唱歌也很好的，姐妹同心，就不信会不如她。”走到大学生活动中心，玻璃橱窗里画着一头小肥猪，憨态可掬的样子，旁边写着“借问舞会何处去，小猪遥指活动中心”。李丽绢说小猪像高桥，余波说像冯涛。

晚上去饭店前，李丽绢一路上对高桥交代着“注意事项”。高桥似乎觉得信息量太大，有些消化不了，一个劲儿地点头，却是一脸茫然。

在“碧雨”饭庄里，大家围桌而坐。冯涛给七人一一斟上了酒，指着一个女人笑道：“这是丁慧，大老远赶来的，坐在上座。”丁慧笑道：“什么上座下座，你这么一说我吓得不敢坐了。”李丽绢向余波说：“是不是她？”余波轻声说：“不是，旁边那个。”李丽绢顺着看过去，见是个清瘦的女孩子，穿得简单而素雅，气质颇为古典，文文弱弱的。因为余波着力形容，李丽绢不免特别留意了一下她的眼，可惜她长时间地垂着眼皮，急切间看不清楚。这边冯涛刚好就指着她说：“这是袁静，从前是好朋友，现在是我嫂子。我们三个人是初中同学。”旁边的石磊呵呵笑着说：“我自我介绍，我叫石磊，和袁静、冯涛、丁慧、章小娴那时候合称‘五虎将’，可风光了。”冯涛听到“章小娴”三字，和丁慧对视一眼，笑容都有些萎缩。袁静轻轻说了句“你就少说两句吧”。

冯涛又把李丽绢和高桥介绍给众人，最后才指余波：“这是我女朋友余波，未来的老婆。你们先瞻仰瞻仰。”余波笑着说：“这要看你表现好不好了。”李丽绢便笑。高桥一看也跟着笑。丁慧夸余波大方，要敬她一杯。余波说：“应该我们先敬你。”推推冯涛，两个人齐敬丁慧。

石磊说：“先吃菜吧，垫垫肚子再喝酒。”李丽绢也连声称是，问高桥饿不饿。高桥考虑了一下才说：“不饿。”大家笑了，便坐好了吃冷盘。寿面上来，高桥想吃，李丽绢不准，提醒余波先盛一碗给冯涛。余波忙盛了一小碗面递过去。冯涛说“谢谢”，李丽绢笑道：“相敬如宾啊！”高桥问这个词是什么意思，李丽绢警告他不许这么好学。石磊也说：“冯涛走运，撞到个宝。去年在街上碰到，我问余波是不是冯涛的女朋友，冯涛还一本正经地叫我别瞎说呢！”余波、冯涛都笑了。

李丽绢敬丁慧的酒都由高桥代喝，祝酒词却是她说。她问丁慧怎么不把男朋友带来。冯涛说：“什么男朋友，孩子都几岁了。”李丽绢说：“真看不出来，我以为你比我小呢！”丁慧说：“我结婚结得早，不过应该还大你一两岁。”又说，“老公生意忙，走不开，不然一块儿来了。”两人叽叽呱呱聊着，倒有点儿相见恨晚的意思。李丽绢其实是别有用心。她想在座的统共四个女人，我再给余波争取一个来，岂不变成了三对一，把袁静孤立起来了？因此像古代的奸臣一样谄词如潮，极尽奉承逢迎之能事。丁慧还只顾谈得高兴。

酒过三巡，袁静站起身来敬冯涛，石磊忙也随着站起。袁静正眼也不看他，只瞧着冯涛的酒杯，微笑道：“生日快乐。”李丽绢拉着丁慧说：“我们四个一起祝你快乐，再祝你幸福。”冯涛笑道：“谢谢！”一口干了。袁静朝李丽绢看了一眼，喝了酒，坐下去了。石磊又单独敬了一杯，还跟冯涛说悄悄话道：“等会儿我唱《大刀向鬼子们的头上砍去》，把小日本吓一吓。”说着哧哧地笑了。

来到“光阳”歌厅，冯涛要了个“中包”，叫侍者送上茶水、小食。他试了一下话筒说：“谁先来?”石磊正要接口，袁静拿目光制止了他，向冯涛说：“你的生日，自然是你先唱。”冯涛点了一首笑道：“反正在座都不是专业的，在下就抛砖引砖，先献丑了——然后你们再依次献丑。”说得众人一片嘘声。冯涛嗓子很厚，一首军旅歌曲唱得很有味儿。高桥事先听过李丽绢的嘱咐，这时就“啪嗒啪嗒”卖力地鼓掌。

接着丁慧唱了一个蔡依林、一个孙燕姿。轮到石磊时，冯涛报幕道：“下面有请来自香港——郊区红星八队的石磊先生……”众人乐得前仰后合。“……为大家演唱《回娘家》。”丁慧手指着冯涛，笑得说不出话来。余波枕到李丽绢腿上，两个人都在那里揉肚子。冯涛、石磊自己也笑弯了腰。石磊一开口，又是笑场。他倒是不走调，但节奏感不强，该快处偏慢，该慢处偏快，还又热情高涨，唱完了阿杜唱杨坤，唱完了杨坤唱周杰伦。一首《龙卷风》，一路险象环生地挨到高潮，到“爱情来得太快就像龙卷风”那几句，竟变成了说快板。丁慧笑着叫“救命”，强行把话筒塞给李丽绢。

李丽绢先唱了《塞北的雪》，说“这是热身”；又唱《长大后我就成了你》《枉凝眉》，说“这也不算什么”。难得她唱什么像什么，把宋祖英学个十足十。丁慧叫袁静也唱一首，李丽绢听了，便点李娜的《青藏高原》和韩红的《天亮了》，存心要威压当场。满屋里只听她华丽的歌声扶摇直上，无数红红绿绿的音符彼此碰撞，“呲呲”的火花忽闪忽闪，叮叮当当像缤纷绚烂的圣诞树。她这五首歌一出，倒像打了一连串迫击炮，把余人都轰哑了，唯有高桥忠实地坐在那儿拼命拍手。

冯涛让余波来一个，余波反而劝他唱齐秦：“声音丝丝缕缕的，能绕梁三日似的。”冯涛说没学过。余波说：“那随你吧，只是别挑黎明，音质像块花岗岩，一丝缝也没有。”冯涛自己选了两首游鸿明的，虽不似原声，却也深情款款，娓娓动听。石磊又唱小刚。他先前仗着喉咙沙哑，还能跟阿杜他们沾一点儿边，这时候来唱小刚，实在勉为其难：《我的心太乱》只觉得节奏太乱；《黄昏》让众人眼前发黑，真像看到了满天暮色；《出卖》没唱到一半，大家已经恨不得把他出卖给阶级敌人，任凭处置；《记事本》刚刚唱完，几人都说要找本子记下“从此不听石磊唱歌”。该柔情的地方，他声音扭曲变形得像杀人狂魔的心理；该粗犷的地方，他就乘着酒兴发出“啊、嘿、哈”的“天问”。

袁静清清嗓子拿起话筒，电视上现出《月满西楼》。李丽绢抓起另一个话筒要“陪你唱”。李丽绢的嗓音穿透力惊人，覆盖力也极为可观，像最好的小说那样既有深度又有广度。结果只看见袁静嘴动，完全听不见她的声音。

丁慧唱了三首萧亚轩的劲歌，唱了一首张惠妹的《Badboy》，且还载歌载舞。跳舞原是她当年的绝活儿，几年不跳，重拾旧爱，依然挥洒如意。她今天穿着一身黑皮装，灯光下倏忽来去，像一道黑色闪电，美丽中有一股热辣凌厉之气。自从做了妈之后，她还是头一次这样狂放。

冯涛非常开心，在旁边大声伴唱。石磊则坐着跺脚。高桥为这气氛感染，也唱了《悠长假期》的主题曲。李丽绢给他鼓劲，叫他再唱个中国人乐此不疲的《北国之春》，他却不会，只得罢了。

冯涛擦擦额上的汗珠，笑道：“暖气太大了，这时候其实已经不冷了。嫌热的就脱衣服，别拘束啊。下一个节目：大家期待已久的——吃蛋糕。”众人大笑，余波去点了《生日快乐》，高桥帮着把蛋糕切好，点上蜡烛。袁静便关了灯。在“Happy birthday to you”的旋律中，冯涛吹熄了烛光，许了愿。六人用力鼓掌。袁静开了灯后，冯涛挑了一块较小的先吃，又让众人。余波等他们都拿了，才吃那最后的一块。

吃完了，冯涛用粤语唱了周华健的《浓情化不开》、黄凯芹的《晚秋》，此外又唱了首《倩女幽魂》。袁静听了，觉得有什么地方不妥，却也想不分明。她笑笑点了《倩女幽魂》的插曲《黎明请你不要来》。这歌李丽绢、余波都不会唱，而袁静才唱了一句，她俩就吃了一惊，差一些儿当作是叶倩文的原唱。她的音准、气声、假声都把握得很出色，有一种低回婉转的女人味在室内洋洋漾漾。她随即又唱了邝美云的《唇印》，低沉柔美，动人心脾。

李丽绢紧接着就唱《好日子》《辣妹子》《走进新时代》。袁静微笑着唱许美静的《你抽的烟》。那种呢呢喃喃的鼻音跌宕回旋，低到极处却是低而不破，高声时却又高而不裂。接下来就有些比赛的意思。李丽绢唱《在希望的田野上》，袁静就唱首徐小凤。李丽绢唱《兵哥哥》，袁静就不慌不忙地唱《笑忘书》。她把“从开始哭着嫉妒，到后来笑着羡慕”唱得格外伤神，嘴角却微带嘲弄。李丽绢唱《小二黑结婚》选段时已到了强弩之末，有一个高音差点儿上不去。袁静便点王菲的另两首歌：《人间》《流年》。丁慧轮流为她俩加油，一脸兴奋。李丽绢暗想：早知道你这样不偏不倚，我就不那么做小伏低的了。

高桥觉得不对，说出去方便一下。这里余波便笑着说：“我也唱王菲吧。”她唱的是《棋子》，声音尖尖细细飘飘，偶一用力，颇显怪诞，竟然像极了王菲。袁静稍怔了一下，便又点唱《容易受伤的女人》。余波唱到《快乐老家》，袁静也点陈明的《为你》。余波却去点祖海的《为了谁》，显得两个人是用歌名对话似的。她用通俗唱法唱民族，另有一功。李丽绢一边喘气一边想：这死丫头这时候才发威，存心拿我当炮灰。

余波模仿林忆莲唱《伤痕》，一唱三叹；模仿许茹云唱《如果云知道》，柔情似水；模仿陈淑桦唱《滚滚红尘》，音色像月光一样清亮。袁静不动声色地挑了辛晓琪的歌，余波却去模仿张信哲和熊天平。这两位男歌手的声线本来就有些偏于阴柔，余波反串起来也是驾轻就熟，显然不是一日之功。冯涛惊讶地望着她，从来不知道她会唱这么多歌。

袁静叫石磊陪着唱了首《选择》，余波便拉冯涛对唱《相思风雨中》。

高桥推门进来，李丽绢问他干吗去了。他从袋子里掏出“金嗓子喉宝”给她。李丽绢明白他是买药去了，不禁感到一阵甜意。她知道最近的一家药房也在两条街外。他来去这么久，肯定没舍得打车。

余波见袁静不大唱了，便也想下场了。无奈丁慧等人都赞她唱得好，竭力要她再鼓余勇。她这时候逐渐褪了好胜之心，不再刻意去学哪一个。举凡那英、陶晶莹、谢雨欣、莫文蔚，她都以她本色的“余式唱腔”去融合她们。方才她那些歌力求完美，精雕细刻像巴洛克的建筑；这时却是随心所欲，平易畅达如白居易的古风。一首《星语心愿》唱得举座黯然，一首孟庭苇的《乘风乘月乘忧去》似朝露润花，似微雨湿衣。高桥觉得好听，玩命般地拍着他的大巴掌。

冯涛见了，便和她对唱了《无言的结局》。李丽绢得“喉宝”之助，又奉献了一首，也已去尽了刚才剑拔弩张的硝烟味。

余波平静下来，便发现冯涛今晚一直非常自然，若是他心中余情犹存，必定做不到这样松弛。虽然袁静的态度莫测高深，但只要冯涛没什么，她也就放了一大半的心。于是她轻轻快快唱了一折黄梅戏，是《天仙配》选段，“上无片瓦我不怪你，下无寸土我自己情愿的……”又唱“不是我的儿子我不认，是我的儿我也不让人……”这却是淮剧《牙痕记》中的段子。她这几句词是斜睨着石磊而唱，倒似乎他是她的儿，她是他的娘，引来一片笑声。袁静虽说成了人家的“儿媳妇”，却能辨出余波这次不是故意的，是即兴发挥，口没遮拦，因此点了首《原来你什么都不想要》，把“你”改成了“我”，又笑着道歉说“唱错了”。余波和李丽绢交换了一下眼色，都没作声。

六

出了歌厅，大家互道“再见”。石磊家房子大，丁慧就随他们过去。目送李丽绢和高桥消失在街角，冯涛二人便转身往回走。余波说：“公交车是没了，要不要打的？”冯涛问：“你累吗？”余波答道：“也不太累。”冯涛便说：“那我们走回家吧，节约节约。”余波笑道：“你请客唱歌时不是眼也不眨吗？”冯涛笑道：“也要看是什么事呢。”

余波略有点儿担心冯涛会不满她和李丽绢的咄咄逼人，怎料冯涛并不提起，反而说：“石磊今晚真搞笑。”余波笑了，也说：“他不怕丑，丑怕他。”冯涛笑着说：“他唱小刚，倒也别开生面。特别是《我的心太乱》，那歌是张信哲监唱的，前面一大半越凄苦越对路，要到副歌部分才是小刚自由发挥，加点儿激烈的东西。石磊底气太足，就是‘柔’起来也还像《妹妹你大胆地往前走》一样。”余波倒有几分好奇，问他“为什么要张信哲监唱?”冯涛解释道：“他们那边，哪一种类型的歌手都不能断档。张信哲到了岁数要服兵役，唱片公司就赶快物色一个接班人，也要这么柔的，也要痛彻心扉。那时小刚还是新人，只好服从安排，《我的心太乱》就是在张信哲的‘监视’下唱下来的。”余波说：“哦，怪不得。小刚现在名气大了，也敢张扬个性了，曲风也不同了。”冯涛搭着她的肩说：“举一反三，孺子可教。”

回到家里，二人洗脸洗脚，先后睡下。余波左思右想，还是忍不住说：“今天我做错了事，跟你说声‘对不起’。”冯涛本来已经快睡着了，一听又清醒了，问是什么事。余波坦白说：“我看见袁静，心里很不舒服。我老觉得她对你有意思。我就和李丽绢商量着打击她一下子。”冯涛说：“于是你们并肩作战，两面夹攻。”在黑暗中瞧不见他的脸色，他说话的口吻也是恰到好处。余波一时不能分辨他是否在生气，只得接下去说：“我知道在你生日这天这么做不好，希望你别介意。”停了停又说，“她是不是你以前的女朋友?”

冯涛有一会儿没吭声，也许时间并不长，但闹钟走时的声音着实使余波心焦如焚。冯涛终于开口了，说的是：“是的。我在家时跟她谈过，感情很好。”余波酸酸地问：“后来呢?”冯涛说：“后来遇到你了。”余波又问：“之前呢?”冯涛说：“之前跟她感情很好。”余波发现冯涛在逗她，不禁又好气又好笑。她既急于知道详情，又确定了冯涛没有怪她，愠怒与欣慰交集，当下在他身上掐了一把。冯涛趁势握住她的手说：“好吧，我全告诉你。但有一个条件。”余波说：“什么?”冯涛说：“以后不许对人家无礼。她现在只是我的普通朋友罢了。”余波说：“哦，可以。”冯涛便说：“我和她是老同学，这你是知道的。其实呢，我跟另外两个女同学玩得更好，一个是丁慧，一个叫章小娴。”余波问他：“章小娴怎么没来?”冯涛话音低了一低：“她去世了。”余波“啊”了一声。冯涛续道：“我们三个是真好，好得像三兄弟，或者三姐妹。丁慧比较直爽，章小娴却心细如发。她们俩对袁静的评价不太一样。丁慧说还不错。章小娴却说有一次在公交车上，看见小偷偷袁静的东西。袁静抓住小偷的手，不放开也不喊叫，一直把那个倒霉蛋折磨到终点站。”余波插了一句嘴说：“真可怕!”冯涛说：“那时我也是那么觉得。章小娴看人奇准——说起来还是袁静先向我暗示的，她长得漂亮，我又年轻，一来二去我们就谈上了。章小娴说我不听忠告，必有后患，我还帮袁静辩了几句。章小娴也就不提了。”余波说：“不好玩，你这全是理论概括，没有细节。”冯涛说：“细节?什么细节?我跟袁静又没……怎样，纯而又纯的初恋，哪来的细节?”

余波“呸”了一声说：“谁说那些了?我的意思是说，你们说过什么情话，到什么地方玩过，这一类的细节。”她倒盼着他说“想不起来了”，哪知他听了便说：“别的记不清了，有一年夏天，到城外去郊游，中途遇到大雨。两个人淋得像水鬼，跑了一里多路才找到个小凉亭。在亭子里，她把口袋里的糖掏出来吃，已经变成一摊糊糊了。我叫她看我们进来时踩的水汪汪的脚印，她只说了句‘你的脚比我的大’。我说：‘你猜我们走了以后，再有人来，能不能看出这是恋人的足迹?’我那会儿还蛮浪漫的。她说‘不一定吧’。那次我们足足困了一个小时。”余波默然片刻才说：“你记得真清楚。”冯涛一愣，说：“是你叫我说的。”余波说：“也不用这么详细!”冯涛笑了笑说：“吃醋啦?”余波不答。冯涛便凑过去吻她。

过了一会儿，余波提醒他说：“你还没讲完呢!”冯涛这次学乖了，事先问她：“你要我概括地说还是带细节地说?”余波忙说：“概括地说。”冯涛替她理着头发道：“后来她开始疏远我了，见了面也很冷淡，而且开始和石磊往来。石磊在上学时就对她不错，不仅喜欢她，简直有点儿怕她。我不明白她为什么先跟我再跟他，但我知道她最终放弃我是因为石家有钱。”余波搂了搂冯涛说：“如果我是她，我一定选你。”冯涛笑了，说：“这我相信。”又接着说道，“我那时非常痛苦。我们谈的时间不长，但那是我生命中的第一次，我想我投入得比她要深。她也哭过，但是眼泪后面的眼神叫我打消了所有幻想。袁静这人，只要拿定了主意，你威逼哀恳都没有用。她身上有一股男人的狠劲，又不缺女孩子的韧性，无论在哪边，她都不会吃亏。她比我比你更适应这个社会。”

两人沉默了几分钟，余波说：“你现在还想她吗?”冯涛说：“你再这么说我生气了！不是因为她嫁了人，是因为我有了你。要不是你，我可能还没走出阴影。现在当然不同了。有时候我会想，石磊其实也是个好人，袁静嫁给他说不定还是选对了。我跟她之间，不知道什么地方有点儿错位，总不能严丝合缝。”余波笑着说：“可我觉得她对你余情未了。”冯涛笑道：“这我就管不着了。”余波想起来道：“石磊是不是压根儿就不知道有这回事?”冯涛说：“是啊，我跟袁静的事，章小娴先是反对，后是警告，再后又叫我至少要严格保密。幸亏听了她的，不然见到石磊，多多少少总免不了尴尬。”余波叹息着说：“这章小娴真是个人物，可惜聪明人都遭天妒，下场都不好。”

冯涛把章小娴的事都讲给她听了，说：“她要是活着，今天你就见得着了。她唱歌在我们那儿是有名的。李丽绢是民族唱法，不好比；你和袁静都是高手，比她还差一截呢。”

谁的手机响了。余波听了听说：“我忘了关了。这么晚了有谁找我?”接了才知道是余英言。余波问有什么事。余英言说：“兰兰，你舅舅出院了!”余波怔了一下才反应过来，不禁惊喜交集地说：“真的?”冯涛在旁听她那么激动，也代她开心。

余英言说：“你外婆和舅妈高兴死了，连夜把他接回去了。本来晚上就通知你了，我外面有个饭局，刚刚回来。你妈……你要不要跟你妈说两句?”他想趁着有这个喜讯，女儿或者会松口。电话里静了好一会儿，似乎余波在那边犹豫了好久。萧忆敏站在丈夫身旁，忐忑地望着他。余英言“嗯嗯”了几声，说：“好吧，那下次再说吧。”萧忆敏默默地走开，想了想又折回来说：“你叫她注意冷暖，这阵子是春寒。”余英言依言说了。

余波在这边答应一声，就挂了机。

冯涛帮她把另一边的被角掖一掖说：“你怎么不跟你妈说话？”余波轻声说：“有什么好说的？”冯涛说：“再怎么她也是你妈。我早就想问你了，你们母女俩到底有什么事？”余波说：“我不想说。”冯涛柔声说：“跟我也不能讲吗？”

余波把头靠向他，闭了一回眼才开口说道：“我妈曾经做过对不起我爸的事。”冯涛心中“咯噔”一下，心想难怪她不愿提。余波自顾自地说下去：“我妈是重点中学的语文老师，专门当初三的班主任，又兼年级组长。她课上得很好，是同行里的佼佼者，还是省劳模。有一次有个小有名气的诗人应邀到学校来。这里面的详细情形我不大清楚，只知道那人频频接近我妈。后来他们俩被别的老师堵在招待所里。”冯涛怒骂：“这些王八蛋真无聊！”余波却没什么表示，淡淡地说：“那时小城比现在保守多了，而且能糟蹋一个优秀的女人，何乐而不为呢？听说我妈学校里的女老师讲她讲得最不堪。我猜她们平常就妒忌我妈业务上比她们强，后来又妒忌她能吸引一个年轻的诗人。”冯涛也同意说：“是的！”余波边说边用心辨析着冯涛的语气，瞧他是否有轻视之意，见冯涛如此回护，暗暗感激，便把自己因此所受的种种侮辱都说了出来，提到那时候和楼下对骂，愤恨得声音都有点儿发抖。

冯涛拍着她，试着让她平静。她努力克制了一下，末了说道：“那诗人临走时信誓旦旦，相约顶住舆论的压力，不久就接我妈到他那边。谁知这人是个银样镴枪头，有色胆没真心，一走就没了影子。这下别人更把我妈往死里取笑了！她一向是端庄到近乎刻板，难得真真正正爱一回，偏又碰到这样的脓包货！”她喘息了几声说，“我也知道我妈……值得同情。我如果不是她的女儿，我百分之百地理解她；可是我是她生的，我还要跟无数知道这事的人打交道。虽然她后来一直是贤妻良母，我不能原谅她！我不能！”

冯涛待她安静下来，娓娓地说："你先别着急，先听我说。你不把你当作余波，你把你当作你母亲。你想象你嫁了一个善良但你不很喜欢的人，然后你生命中出现了一个诗人。你想象那个诗人就是我。我三番五次地约你，摆明了是想追你。你在家庭和学校之外陡然看到了一块崭新的天地，你连做梦也没做到过的。你能抗拒吗？"余波很诚实地答道："不能。"冯涛又说："我请你吃饭、散步，谈学生，谈文学，谈人生，我们的感情越来越深，我约你到我住的招待所来谈谈，你来吗？"余波顿了顿说："我知道你想干吗。"冯涛说："是啊，我并不掩饰自己的意图，你来吗？"余波终于说道："我来。"冯涛说："这就是了。你明知道，你还是来。因为你觉得你这不是肮脏的偷欢，而是两情相悦，水到渠成，甚至觉得这样有一种奉献的快乐。然后我们被人抓住了。你觉得很屈辱，可你觉得你错了吗？"余波说："我对不起家里人，但……但是也不能简单地说我错了。"冯涛说："假如我在这节骨眼儿上跑掉了，不再找你，背弃了你……"余波忙说："你不会的，你不会的！"冯涛哄她说："我是说'假如'啊！假如我骗了你，金蝉脱壳地走了。你这才知道你付出的是爱，我付出的只是一点儿精液……"余波打了个冷战。

冯涛硬着心肠继续讲下去："在同事中，在社会上，你的名声和形象是全毁了。谁都看不起你，当面就敢出言不逊；背地里更叫你'破鞋'。你上课时面对嬉皮笑脸的学生，回家后看见冷若冰霜的女儿，你丈夫不擅表达，你得不到任何抚慰。你的亲骨肉从此拿你当仇人一样，尽管你做了弥补，尽管你压抑住满腔想要爆炸的痛楚，她就是不谅解你，就是不搭理你。在外人渐渐淡忘了这事以后，她还以她的不屈不挠一遍一遍提醒你的过去……"

余波忽然叫道："别说了！"泪水滔滔地直泻下来。冯涛轻声说："对不起。"余波脸上一阵凉，一阵热，只是淌着眼泪。

"你别……别这样。"

余英言把纸巾递给妻子，不知要如何劝法。萧忆敏略有点儿羞惭，把纸巾在眼角揩揩，便扔到废纸篓里。电话响了，余英言拿起来听，呆立片刻，向萧忆敏说：“你的。”萧忆敏把电话拿过来，那边静了一下说：“妈。”萧忆敏木呆呆地没吭声。那边又说：“妈！”萧忆敏才醒过神来说：“哦，是兰兰啊！”竭力想微笑。余波说：“我……我这边挺好，你跟爸爸也注意身体。”萧忆敏应了一声，两行眼泪便流下来。余波顷刻间也泪流满面。冯涛替她捧着电话。余英言默默地立在一边。

废纸篓里团皱了的纸巾缓缓地舒展开来。闹钟“嘀嗒嘀嗒”走得极欢。

七

余波把事情转述给李丽绢，李丽绢以前不知道她家里的变故，这时也不由眼眶湿润。二人相对无言。学校东北角的古钟不知被谁撞了一下，发出苍凉悠远的“当——”，到后来便只听见“ang……ang……”。爬满常青藤的教学楼就在她们身后，草坪上乍看似乎枯黄一片，风过时却依稀看出几小块绿意在慢慢地渗透开来。

余波咳了一声说：“最后冯涛也和我爸妈通了话，我不想再瞒着他们了。”李丽绢觉得未必妥当，说：“他们有什么反应？”余波踢了踢脚前的小石子，淡然道：“开始当然是非常吃惊，后来也就接受了。我爸倒没说什么了，我妈跟冯涛说，我从小吃了不少的苦，要他好好待我。要是我发脾气、钻牛角尖，请他多包容我。”李丽绢羡慕地叹息：“你妈多好啊！随便说两句话，都这么暖人心。”余波笑道：“是呀，还很得体。冯涛一挂了电话就对我说，他将来要拿我妈当他自己的妈妈那么孝顺。”李丽绢倒笑了，说：“这家伙嘴真甜。”

她把想说的话在心里先过了一过才问：“我说了你别骂我，你们有没有采取什么措施？这种事不是玩的！”余波满脸通红说：“要你操心。”又说，“他用了……用了一些东西。”李丽绢这才放心，说：“虽然是想好了要结婚的，还是小心点儿好，不然有得麻烦呢。”余波知道她是好心，便说："不仅没麻烦，我以前每个月来了，都疼得下不了床，近来两次倒不怎么疼了。"李丽绢打趣地说："这么说，冯涛还免费为你治了病呢！"余波心想：他治好我的可不止这一桩，便笑了一笑。

她忽然很突兀地说道："我最后一次见到李成济就在这里。"李丽绢黯然道："好好的又提他干什么？"余波说："也是看见这幢楼、这些常春藤才说的。其实有好长一段时间，我故意不往这里来。一转眼也有半年了。"李丽绢说："所以说人没意思呢。人生一世，草木一秋，草木枯了还能再绿，李成济死了哪能再活？"两人走了几步，余波说："我有时就会傻想，我要是……"李丽绢忙打断她说："又瞎说了。"余波说："真的，而且如今这种风气，像我这样事事讲纯粹的，就算活着，也难免被当成怪物，有什么意思？"李丽绢说："你知道就好了。纯粹的东西都容易碎，有了杂质才够坚硬。像你和老师在课堂上吵架，像你在李成济刚死之后就坚决声明你们没有那种关系，其实都没有必要。"余波说："那我宁可碎了——我也经常想让步呢，但总要有个底线吧。"李丽绢说："你的底线就比一般人苛刻好多。"

两个人谈到这里，像是有些争辩的苗头，李丽绢便及时悬崖勒马。余波说晚上在家里煨鸡汤，要李丽绢去喝。李丽绢笑说："算了吧，那是你给冯涛做的'爱心牌'，我不敢叨光。"余波威胁说："一句话，来不来？"李丽绢说："好好好，没见过请客请得像绑票的。"余波说："算你识趣，你要是说个'不'字，我还撕票呢！"

晚上余波在高压锅前守着，六点多等来了李丽绢，也毫无悬念地看见了高桥。高桥说"打搅了"，余波说："那你回去呀！"高桥这次竟笑着说："我知道，你是开玩笑。"李丽绢笑道："咦，聪明起来了嘛！"余波说是近朱者赤。李丽绢谢谢她的恭维，问冯涛上哪儿去了。余波说大概待会儿就回来。

李丽绢凑到高压锅前闻闻，吸着鼻子说"好香"。余波说："还掺了山药、红枣，可补人了。"李丽绢在余波耳边说："冯涛是要补补。"余波拿起铲子，作势打她。李丽绢狼奔豕突地窜开去说："不是怕打，是怕铲子有油玷污了衣服。”

七点多钟，余波打冯涛办公室的电话，没有人听。她打他手机，一连响了五六声，冯涛才接了，说“马上就来”。余波说：“你在干吗？又不在单位里。”冯涛说：“跟朋友说个事。”余波问是谁，冯涛说：“你不认识的。”又笑着说，“你管我管得挺紧的嘛！”余波赌气说：“是李丽绢他们在这儿，不然谁要管你？”说了又有点儿后悔。

大约过了一刻钟，冯涛回来了。余波淡淡的，李丽绢打圆场说：“快开饭吧，我已经垂涎欲滴了。”冯涛拿了碗筷，余波盛饭盛汤。四个人正好一个人占了一面。小方桌上孤零零的只有一大碗汤。冯涛笑道：“就一样菜啊？还有两个男子汉在这儿。”余波这才想起，也没配两个小菜。冯涛见她手足无措，笑着说：“绷着脸做啥？我切点儿熏烧不就行了。”说着去了。余波才想道：原来解决问题也可以这么简单。李丽绢明仗着高桥听不懂，向余波说：“你上次还说‘纯粹’呢，纯粹的另一个大毛病是，在不纯粹的世界里，经常会让你无所适从。你听得进我这句忠言你就听，不然也别生气。”余波心中又隐隐浮起了“我真没用”的念头。钥匙断了那次她曾经这样想过的。冯涛说过，她是有时候聪明有时候傻，她这时也就自卑之中夹着自傲。出于一种自我防护的心理，她把使她自卑的地方不叫作缺点，而想成“特点”。特点就是个性，有个性绝不是件坏事。她这样绕了一圈，找着了平衡的理由，也就暂时平息了那股不舒服的情绪。

李丽绢的话她没接茬儿，倒是高桥讷讷地说了一句：“鸡汤会冷的。”

余波忙笑着站起来，把汤倒进钢精锅里，放到煤气灶上拿微火炖着。李丽绢找话说道：“这鸡你是在菜市场请人家弄好的吧？”余波说：“是啊，我又不会拔毛、开膛——你是不是觉得我笨，这种事肯定做不来？”李丽忙说：“不是不是，你要死了，对姐姐也这么敏感！”余波笑着道歉。李丽绢气得白了她一眼，想想不解恨，又在她头上打了个爆栗。

然而余波已经被她自己的话狠狠刺了一下。长这么大，人人赞她能说会写，能唱会跳，进而夸她博览群书，见事透辟。她从来也没想过一个“笨”字会同她这样逼近！

冯涛这时候想得跟她差不多。他佩服她的知识面，更服她的悟性。他喜欢她的清灵和率真，感激她对他的好。但是她应付现实的手腕实在太欠缺了，而因为直率，她不懂得掩饰也是一种必需。像今天，她一不开心，立刻就流露出来了。他能感到她在克制，可是显然，克制的程度不够，效果也不佳。

冯涛一手拎着熏烧袋子，不急不缓地往宿舍走。路灯早就亮起来了。街上小摊子不少，行人却不多。三月的晚风远远够不上“吹面不寒”的标准，他用空着的那只手把皮夹克的拉链往上拉拉。他摸一摸皮夹，鼓鼓囊囊的几千块钱，还没来得及存进信用卡里。

钱是袁静给他的。下班后，他见过她。

是袁静先打电话给他的，说“石磊叫我把钱还你”。冯涛笑着说：“怎么他自己不出面，搞起夫人外交来啦?”袁静说：“结婚时借的，也快有半年了。你现在又困难。”冯涛说：“你怎么知道我困难？又是石磊那大喇叭给我广播的吧?”袁静说：“听说工作上有点儿危机？万一有个什么，找到新职业前总要用钱的。”冯涛一听就猜出来，还钱是袁静的意思。多半是她一力撺掇，叫石磊把他的钱先还上。

他们在“麦当劳”里随便坐坐，袁静吃了份套餐，冯涛只喝了杯红茶。袁静把钱还给他说：“石磊自己不过意，明知道你境况不好，还先还别人的钱，所以叫我来了。”冯涛说：“兄弟之间，无所谓的。他先尽着外人也是对的。”袁静朝他看了一眼，说：“你也是太仁义了。”她这话一语双关，冯涛马上听了出来。既然钱拿到了，再坐下去似乎就有假公济私的嫌疑，便托词要走。袁静却说：“再坐一会儿好吗？我最近很闷。”这是他们分手之后，她第一次无拘无束地说话。冯涛只得坐了下来。

袁静说起余波，说：“你女朋友真有意思，小孩儿似的。人聪明，歌也唱得好。”冯涛稍微有点儿惭愧，又不好代余波赔不是，那必然牵涉到他和袁静的从前，因此只是笑笑说：“余波很有灵气。”袁静说：“学的中文，倒跟你挺投合，才子才女。”冯涛说：“我这‘才子’都快被人家淘汰了。我探过风，老总拟的四个裁员名单上有我一个。”袁静微笑着说：“你不知道，被淘汰的才是才子，留下来的反而不是。”

这一类的事，冯涛跟余波不大提起，和袁静倒是说得有来有去的。他说：“我那时正在苏州旅游，一听到消息，当天就赶回来打探。后来还陆陆续续地‘进贡’过几次。”袁静说：“对的，这个钱是不能省的。你是在哪个杂志?”冯涛说：“《展望》。”袁静“哦”了一声说：“80年代如日中天，就是我上小学那时候。近两年不大有人提了。”冯涛说：“可不，要是还像当年那样大名鼎鼎，虽然文学边缘化了，也不至于如此。”袁静说：“有没有想过换一家?”冯涛说：“已经接触过两家了。好的那家规章制度严格，财政拨款，不要我；另一家，我仔细想想，是我把它给休了。”袁静笑了，说：“不能转行吗?”冯涛笑了一笑说：“我喜欢文学，舍不得。”

大约想聊得轻松一点儿，袁静转口夸余波唱歌动听，冯涛笑问：“比你呢?”袁静不卑不亢地说：“不相上下。但是凭良心说，我们都不及章小娴。”

冯涛没吭声，袁静暂时也就没说话，喝了点儿汤，斯斯文文地吃鸡腿。冯涛看着她想：黄鼠狼如果学过礼仪，就是这个样子。他并没有丝毫贬低她的念头，却不由自主就这么想了。他叹了口气，不能不暗中承认余波对他的影响。这是典型的“余式思维”。

袁静听他叹息，会错了意，拿餐巾纸擦擦手说：“你到现在还怀念她吗?”这个“她”字指的是章小娴。冯涛只得顺水推舟说：“是的。”袁静说：“我也常想起她。倒不是伤感，而是害怕。”冯涛大惑不解，重复了一句：“害怕?”袁静心有余悸似的说：“有一天我跟她一块儿搭公车，有个小偷偷她东西。她一把抓住小偷的手腕，死死地不放。她不声张，小偷更不敢喊了。她一直抓他到终点站才放手。那个贼当然不是好人，章小娴这个法子也太狠了。我假装没看见，但是脸上恐怕还是带了点儿出来。下车后她问我怎么了，我只好说‘感冒，发寒’。”

冯涛一开始是吃惊，这时不禁打了个寒噤。一丝凉意沿着背脊直爬上来。章小娴明明告诉他说，这事是袁静做的；袁静却又讲给他听，说是章小娴所为。他用力盯着袁静的眼，想从里面读出狡黠，但是他只看见了一丝恐惧。他不知道他该相信谁了。

袁静终于略带羞涩地避开他的目光，似笑非笑地说：“你女朋友只是聪明，我平时也觉得自己不笨，其实真正厉害的是章小娴。她喜欢你，却始终扣紧了分寸，不肯让你越雷池半步。”冯涛很响地说了声：“胡说!”邻座有人朝这边看，他意识到自己的失态，小声又说了声“胡说”。袁静说：“你是男人，不懂得女人的直觉。我知道说一个已经去世的人不大妥当，也知道她在你心里的位置，不过这是实话。我……对不起你，她也一样。我是从小苦日子过得够了，她是想更上一层楼。”她停下来出了一会儿神说：“所以我嫁了石磊，她嫁了副县长的儿子。”

冯涛低头喝了一大口茶，“咽”的一声，几乎像咽下一块固体。他想起章小娴的咳嗽、她的恼怒（“我找的男朋友一定比孙潜好，你等着瞧吧”）、她的笑（“你有了女朋友，要先给我把关”）。她敲着他的杯口，撒娇地一迭连声地问：“答不答应？答不答应？”

“叮叮叮。”袁静拿小勺子敲敲他的茶杯。冯涛恍惚间不知今夕何夕，似是过去，又似是现在——什么是过去，什么是现在？那个打着他杯子的女人，似是袁静，又似是章小娴。两个人影，“麦当劳”与“清风雅叙”，夏天和冬天，像龙卷风，像滚筒洗衣机的涡旋水流，搅得一塌糊涂！一只手伸进来整理衣服，纤细白嫩，女人的手。章小娴的？袁静的？它猛然抓住了小偷的手，紧握不放。小偷的手微微颤抖。女人的手上留着长长的指甲，指甲狠命戳进另一只手的肉里，血溢出来。

托盘里殷红的一摊。袁静用薯条蘸了蘸番茄酱，送进嘴里。冯涛看着她的嘴一张一合，头晕目眩。有一阵音乐远远传来，好像又不太远，好像很近。他定了定神，发现是自己的手机。“怎么还不回来？”原来是余波催他回去吃饭。他想起来了，余波说今天要煨鸡汤给他喝。“马上就来。”他说。余波问他在干吗。他说：“跟朋友说个事。”他本能地知道余波对袁静残留着戒备。余波问是谁。他说：“你不认识的。”袁静在对面微笑，他不禁笑着加了一句：“你管我管得挺紧的嘛！”余波说了一句赌气的话挂了机。冯涛虽然有一丝不满，仍然感激着余波的电话。他刚才像是被催眠了，这时却已回到当下的稳妥的时空。他说：“以前的事，不要提了。”

他们再聊几句闲话，就友好地打了招呼分了手。

八

袁静出了“麦当劳”，朝公交车站走。她好不容易挤上车去，又没抢到座位。外面的街道一掠而过。灯光不时透过车窗扫上她的脸。她摇摇晃晃地站着，一手拉着扶手，面无表情。

下了车，她横穿马路，在路边险些儿被一辆红色轿车撞着。车主把头伸出来讲她，嗓门洪亮。她捏紧了拳头，狠命砸向这个世界。世界一下子碎了，暗了，红绿紫蓝在瞬间褪去了鲜艳。人海车流和大大小小的商场全像曝了光的底片，诡异的黑白，昏沉压抑。一地的玻璃碴子，支离破碎，像她的心。她的拳头松开了，终于只是笑了一笑：“你有车就了不起了？我也有车的。”

回到家里，她问石磊公司的情况。石磊照例吹嘘着他的回天之计。袁静冷笑道：“你就省省吧！爸爸呢？”石磊说：“在跟那家‘晶晶’纸业集团谈判。”袁静“哦”了一声说：“他们那边，人全来了吧？”石磊说不大清楚。袁静笑了，说：“大少爷，你也管管事呢！”她朝四周看看。这一幢豪华巨宅里灯火璀璨，然而几乎见不到什么家具。她说：“车已经卖了，这房子，大概也保不住了。”

冯涛提着熏烧到家，李丽绢笑道：“可算回来了。”张罗着放到盘子里去。

四人围桌而坐，冯涛笑着说：“不好意思，一顿饭叫你们等得千辛万苦的。”李丽绢说：“先苦后才甜嘛！”她吃了口饭，欲言又止。余波说：“有点儿煳。”冯涛看她一脸抱歉，不忍心再苛责，说：“下次烧焦了，趁热把半截鲜葱插进去，盖上盖子闷一会儿，煳焦味就没了。”余波点点头。李丽绢笑道：“余波你好福气啊，你们家冯涛出得厅堂，入得厨房。”冯涛抗议说：“这话一般是形容女人的吧？”余波说：“你当之无愧。”

李丽绢见余波也开玩笑，有心继续调节气氛，便说：“冯涛我再考你，你家茶瓶里全是水垢，摇一摇就‘哐啷哐啷’地响，你说怎么办？”余波插口说：“限一分钟内回答。”冯涛问真的假的。李丽绢说：“不信你自己去摇摇看。”冯涛说：“我倒没注意。”余波说：“你别顾左右而言他，快说。”冯涛不禁失笑，说：“我一个人在外面几年，这点儿小常识还真想难倒我？把热醋倒进瓶胆里，晃几下，放几小时，水垢除得干干净净的。”余波听着很新鲜，偏头问李丽绢“是不是”。李丽绢说：“你这锅鸡是补对了人。不是你先下手为强，我一定把他据为己有。”冯涛便拍拍高桥说：“你女朋友花心，你看紧点儿。”高桥咧着嘴笑，好像真的明白“花心”的含义。

隔天冯涛上班，余波正把醋倒进锅里煮热，弄得一屋子酸酸的醋香。冯涛说：“你消毒啊？又不是‘非典’时期了。”余波说：“你忘了你昨晚的话啦？”冯涛才知道她是要用热醋去化水垢，笑道：“你倒学得快。”开了门要走。余波说：“身上带了零钱吗？”冯涛听了，且不答这话，回转身来就轻轻抱住了她。余波说：“门没关。”冯涛笑说：“让他们眼馋。”余波笑骂“毛病”，听冯涛说：“还是你对我最好。”余波也反抱住他，说：“到今天才知道啊？”冯涛拿嘴唇触着她的鬓角说：“我又没钱，又没背景，连饭碗也朝不保夕了，你为什么对我好？”余波说：“哪有‘为什么’？我就是喜欢。你有没有钱关我什么事？”冯涛用力勒了她一下说：“中午你抽空回来，我请你吃饭。”余波笑道：“无事献殷勤，非奸即盗。”冯涛说：“谁说无事？吃完了我们睡一会儿。”余波推开他说：“色鬼！”冯涛笑着说：“说实话，街角开了一家‘老头盖浇饭’。那是有名的连锁店，又便宜，像我这半下岗的也请得起。说定了，中午等我。”

十二点半钟，两个人已经坐在“老头”里了。收钱的是老太婆，楼上楼下跑来跑去的是二十几岁的年轻姑娘，唯独没有老头。大概因为价廉物美，来吃的人极多。服务小姐疲于奔命，一个个面色憔悴。冯涛看了看领的牌子是6号，要余波帮忙记住了，省得人家喊“6号”时充耳不闻。余波坐在他对面，说：“我要是非说这是9号呢？”冯涛笑着说：“右下角有个小红叉，那是‘参照物’，就是防止你这种胡搅蛮缠的人的。”

笑了一回，余波说：“我昨天听收音机，有个人给他的好友送祝福，祝张三成绩优秀，祝李四复习顺利，最后祝到一个叫邓友刚的，说‘祝邓友刚考不及格，回家挨揍’。”冯涛笑道：“什么人嘛！”余波笑说：“主持人也说‘哎呀，还有这种人啊！’”冯涛笑着说：“我也讲件好玩的事，是在报纸上看到的。有个人因为女朋友跟他分手，万念俱灰，跳河自杀。船上的人看到了，赶忙划过去救他。哪知他自己已经游上岸去了。问他为什么，他说‘水太冷了’。”余波笑得花枝乱颤，过了片刻才说：“我们还是谈得来的，是吧？”冯涛倒给她说得一怔，说：“怎么？”余波摆弄着桌上的牌子说：“我最近常常患得患失，生怕……”冯涛不许她再说，想了想道：“你对我没信心吗？”余波说：“也对我自己没信心。”她说了个“也”字，显得是认同了冯涛的那一句话。冯涛说：“不要疑神疑鬼了，我是什么人，你应该清楚。”余波说：“我知道，但人是会变的。”冯涛笑笑说：“你这种地方，也不知算优点还是缺点：心里有什么，务必要说得明白透彻。听说过‘水至清则无鱼’吧？”余波正要接口，服务小姐叫道：“6号！”冯涛忙打手势。小姐没看见，声嘶力竭地喊：“6号！”

余波说：“这里！”小姐循声而来，检视一下牌子，顿时向余波露出亲人般的微笑，放下两盘盖浇饭，转身向不知名的远方绝望地呼喊：“16号！”

余波要了“三鲜”，冯涛要了“红烧排骨饭”。也亏小姐这么一搅，把他们刚才的话题拦腰截断。余波便说：“晚上电影频道有希区柯克的《鸟》。你早点儿回来，咱们一起看。”冯涛说：“好。我只看过《后窗》，也并不觉得怎么样，铺垫得太长了。”余波说：“可是《精神病患者》和《爱德华大夫》实在太经典了！我泡两杯好茶，我们坐在被子里暖和和地看。”

当晚七点半钟，余波饭也吃了，碗也洗了，渐渐不耐烦起来。想起上次打冯涛手机，引起他的不快，又不敢催他。她烧了茶，开了电视，先坐在床上静候，左等也不来，右等也不来，正在着急，冯涛的电话来了。他说有事，要晚一点儿回来。余波责问他怎么说话不算话。冯涛说：“本来以为六点多能放我走了，就没通知你。谁知道他瘾大。”余波说：“谁是‘他’？凭什么下班不让回家？”冯涛说：“是我们姓褚的那个副主编，叫我和另一个小赵陪他在活动室打乒乓球，总不好回他吧？”余波给他戗了一下，想想才说：“那也是无理要求。下班了就是私人时间，还要听他安排，哪有这样子的。”冯涛说：“规矩是规矩，现实是现实。不说了，小赵下场了，又该我了。”余波“喂喂”着，他已经挂掉了。

余波一个人坐在那里看《鸟》，有精彩的片段，恨不能立刻把冯涛拉回来讨论；有紧张的地方，她也没人壮胆儿，朝房外的小院瞅瞅，赶紧拉上窗帘。一部佳片看得心情低落，沮丧无比。

冯涛一进房间就感到气氛不对。余波在那儿冷冷地看电视，一副严阵以待的模样。冯涛在她身边坐下说：“今天对不起。”余波说：“没有，你选择得很对。锻炼身体有意义啊，比窝在家里陪我充实多了。”冯涛有点儿恼火，控制了一下才说：“那你觉得呢？宁肯得罪了领导也不能得罪你？我是迫不得已，你以为我不想我们安安静静地看电视？电影结束啦？还有吗？”余波说：“连一根《鸟》毛也没了。”冯涛笑了一声说："你怎么不会体谅人？"余波也笑笑，说："你觉得领导比我重要，我再体谅你，我自问没这么博大的胸怀。让你失望了，真不好意思。"冯涛说："不是领导比你重要，是工作……"余波抢着说："比我重要？你不是说有了我，升官发财你全不想了吗？"冯涛换了拖鞋，边往洗手间去边说："我不想跟你吵架。"

石磊打来电话。余波这时"恨屋及乌"，言语之间也淡淡的，好在石磊似乎另有心事，并没听出来，声音低沉地请她叫冯涛来。余波倒不大见他这样，便喊了一声"冯涛"。冯涛一接，石磊劈头就说："我完了！"他一向口气雄壮，难得有一回英雄气短。冯涛预感到事态严重，果然石磊说："出来陪我喝一杯吧——袁静要跟我离婚。"

冯涛将要出门，余波问他什么事，还把不把这儿当成家了。冯涛才想起匆忙之间，未曾向她解释，因此约略说了一遍。余波心想：袁静究竟想干什么？小孩子玩玩具一样，玩几天扔一个。她向来不大看得起石磊，此时虽有同情，却并不为他难过，何况刚才的气还没消，因此只说："这次不是领导了，你别又说兄弟比我重要。"冯涛不语，过了良久才说："他受了这么大的打击，我总不能不管。好比李丽绢被高桥甩了，你要不要陪她？我如果扣着你，你会怎么样？"余波说："你别咒我朋友！你去好了，爱去多久去多久，哪怕你一夜不回来呢，别显得受了谁的委屈。"冯涛长叹一声说："我不委屈，我是活该！"余波不吭声了，几分钟的时间静静地流淌过去，在他们中间流出一条河来。她听到了"哗哗"的水声，心里一紧："怎么还不去？答应了人家的事又不兑现。"冯涛说："你不松口，我敢去吗？"她从这既像反语又像俏皮话的双关语里辨出一丝和解的讯息，便也顺着说："去找个酒吧，哥儿俩坐下来碰上几杯，感叹你们同是天涯沦落人……"

余波话一出口就知道错了。她的原意是石磊受了袁静的伤害，冯涛也受了她余波的气，两个男人是一样的惨；但这话触着冯涛数年的心病，很可能被他误认为是讥刺他和石磊先后被袁静甩了。余波忙说："我是说我们……"冯涛打断了她说："不用说了，省得越描越黑。我今天不回来了，喝他妈一夜，你就在家幸灾乐祸吧！”余波气怔在那里，直到听见大门“砰”的巨响，才觉得受了很大的震动。

这一夜余波没有睡着。她打冯涛的手机，冯涛不接；发消息他也不回。等她把她那句话的真正意思告诉他，他才回了一个消息说：“你确实聪明，知道如何把一句刻毒的讽刺说成轻飘的玩笑。我对你很失望。”她再辩解，他干脆关了机。

余波发誓不理他了，然而想到他的体贴、他的好，又不由得犹豫。她想象着他后悔了他的过激的话，明白了她不是有意要那样讲他，来向她吞吞吐吐地道歉。像上次一样，他在托盘里放上削好的苹果。她原谅了他。即使在幻想中，她也无法不原谅。

六七点钟，天光透过窗帘淡淡地照进屋来。邻近有人刷牙洗脸，弄得一片声响。有狗吠声，大约是老人带着宠物到公园去遛狗。

门响了，她忙坐起身来，随即又以更快的速度原样躺下。她叮嘱自己眼珠子不能动，否则隔着眼皮，冯涛也能看出她在装睡。但是她这些小心都是多余的。冯涛换上皮鞋，拿起公文包就走了。余波这才想起他昨晚盛怒之下，是穿了拖鞋出去的。西装革履的穿拖鞋，在酒吧里还能冒充“另类”，到杂志社里，除非他不想干了。余波有点儿想笑。她发消息给他说：“你穿着大拖鞋上街一定很帅。”他没反应。余波只得先上学去。

她到得迟了点儿，好位子给同学抢去了。李丽绢旁边坐着班长，她们相互笑了一笑就坐下来上课。

“古代文学”的老师是一位博士，同时又是一位不拘小节、略显懒散的年轻女人。余波曾听人取笑说世界上有三种性别，男的、女的、女博士，言下之意，女博士都学傻了，缺乏女人味，根本不能位居女性之列。但这位张老师却是例外。扎一个家常的发式，穿着极简单的白衣服，随随便便往那里一站，就有一种清雅自然的味道在她身周氤氤氲氲。她像一团星云中，一颗亮闪闪的星。

余波顶爱上她的课，说是“眼睛、耳朵都有收获”。李丽绢说她神经病，对女人也这么有兴趣。余波却说：“你不懂，我才不管男女，我是像欣赏一件艺术品那样去欣赏她。”

她今天却没了看“艺术品”的心情，人在课堂上坐着，却像戏曲和弹词里常有的“生魂出窍”，只剩下一副躯壳。张老师在黑板上写谢灵运的生平，问“后面的同学看得见吗？”余波坐在第三排，当然不作声。后两排几乎是清一色的男生，这时便一齐回答：“看得见。”张老师说：“在不在看还成问题呢。”男生们知道中计，默不吭声。

讲到陶渊明时，张老师顿了一会儿。余波以为她在酝酿感情，结果她只是漫不经心说了句“请大家翻报纸的声音小一点儿”，全班女生哑然。

下课钟一响，她有一句话才讲到一半，也立刻打住了说：“下课。”就捧着大茶杯出门去了，完全不像有些老教授拖课拖得怨声载道。张老师一走，这里众人便议论纷纷，说她“有什么了不起？”“不就有点儿小才吗？”“倒会损人”。余波懒得争辩，心里却是站在张老师一边的。有一个男生独持异议，好几个女生笑他“是不是暗恋她呀”“真是纯情小男生”什么的。

班长去打水了，余波跑过去问李丽绢怎么不给她留位子。李丽绢说：“我来得也迟，泥菩萨过江，我还理你呢！”余波告诉她昨晚和冯涛的争执。李丽绢说：“这次是你不好，你该诚心诚意跟人家赔礼。”余波说：“我……我……”李丽绢说：“‘我’什么？死要面子活受罪。你自己看着办吧！高桥这一学期下来要回日本了，问我要不要一起回去。我也在这儿烦着呢！”余波暂时抛开自己的心事，问她如何打算。李丽绢说：“我想过了，要么他留下来，要么分手！”余波愣了一下才说：“你可想清楚了，毕竟是有感情在……”李丽绢说：“文化背景、生活习惯又不同，关键是在那儿举目无亲，受了委屈谁去管你？樱花树下喝清酒，的确浪漫，比在西湖画舫上看雨，我们中国人更能接受哪样？我也是奔三十的人了，有些东西积淀下来，早就根深蒂固了。”

余波点头说：“高桥要是肯留，工作怎么办呢？”李丽绢说：“到时再慢慢地找吧。”余波说：“这么说你是铁了心了？那你还说你烦？”李丽绢说：“决心是下了，真要实施起来，情绪上不还是千丝万缕？”一时忽发奇想，问余波说：“哎，如果冯涛是外国人，你跟不跟他去？”余波说：“他要是外国人，我不可能喜欢他。我比你更依恋传统。”李丽绢笑道：“这是言不由衷了。你看你刚才诉苦时急得！”余波也笑了，说：“幸亏他是炎黄子孙，不然多出多少麻烦。至少我家里那一关，就不是好过的。我妈到现在还不完全放心，有时还发消息问我们的情况。”李丽绢说：“将来你们生了孩子，可要认我做干妈。”余波笑道：“好啊，不过见面礼不准少于一千。事先声明，我不收日元啊，那不值钱的东西！”李丽绢笑得捶她的肩膀说：“也不怕丑，好像已经做了妈似的。”

九

过后几天，冯涛一直不露喜怒，却也按时上班下班。有一天晚上，他又没回家吃饭。余波一开始明明是拿定了主意要“无为而治”，时间一过十点，不由得怒气又一点儿一点儿升上来。近来冯涛总淡淡的，她尽力忍让，有时候也会心中嘀咕：“凭什么！”然而想到他眼下的困境，想起他们如今的僵局，也便罢了。这时却不能不想到他是故意示威。

余波暗忖：这人怎么这样？我说错了话，他记我这么大仇。我客气些，他就蹬鼻子上脸。她眼睛瞄着手表，自言自语说：“十点半不回来我就去找你。”分钟走到二十五分，她简直紧张起来了。十点半一到，她就打他的手机。

冯涛说：“什么事？”余波反问：“你说呢？”冯涛说：“我跟同事在外面有事。”余波说：“是跟石磊喝酒呢吧？”冯涛说：“喝酒倒是喝酒，不过不是跟石磊。我说了是同事。”余波突然间起了一个可怕的联想——由石磊想到袁静，想到离婚，想到冯涛。她仿佛看见他们伏在吧台上喁喁私语，头挨着头，面前放着足够乱性的美酒。他说着余波的不是，她安慰他，点着头表示理解。他们一起笑话石磊，然后碰杯……余波说："你在哪里？"冯涛说："怎么了？"余波说："我也要去喝酒。"冯涛说她胡闹，她坚持非去不可。冯涛给她缠得没法儿，说在"立克"酒吧。

余波打车赶到"立克"，见霓虹灯的图案是一只横放的酒瓶，"倒"出一线细流，下面是一只高脚酒杯。那一行细细弯弯的"酒"线呈深紫色，像女人裙子上的飘带，轻柔而魅惑。她心跳得奇快，步子越走越急。

重金属音乐砸得她太阳穴发胀发痛。在吧台前，她见到了冯涛。他和三个男同事坐在一起，面前是一排酒瓶。灯光下能够看出有一瓶是满的，两三瓶是半满，其余都是空的。余波松了口气，有一阵奇异的失重的感觉。她像在月球上一样走到他们面前，深一脚浅一脚的，倒有几分醉态。

冯涛说："你来干吗？这地方不是你来的。待会儿我就回去了。"余波一路上担足了心事，此时虽然噩梦未曾应验，依然残留着嫉妒的情绪。她听冯涛说"我们"，似乎她反而成了外人，便笑笑说："你跟谁是'我们'？"在酒吧里说话，不喊叫根本听不清。他们这两句话说得像吵架似的，无形中增加了激烈的意味。冯涛觉得她不可理喻，沉着脸不答。那三个同事，有一个叫她"弟妹"，有两个喊她"嫂子"，说"嫂子（弟妹）放心，今天因为高兴，多喝了几杯。回头'打的'回去，保管出不了乱子"。余波便问："什么喜事？"那称她"弟妹"的人说："咱们'展望'又找到新搭档了。这个赞助商可真大方，开的条件优厚得不像话，这一来也就不裁员了。我们四个都是上了'黑名单'的，劫后余生，就过来庆祝庆祝。"余波微笑道："是谁这么大神通，一下子超度了你们四个？救一命还七级浮屠呢。"那同事笑道："弟妹幽默，真幽默。"他说话时舌头已经大了，但还是不停嘴地往下夸："早听说弟妹是才女，今天一看，不但有才，而且有貌，才貌双全。不得了不得了，冯涛，你……你小子不得了。好大的福气！"他说了半天也没回答余波的话，另一个同事笑着说："这家伙醉了。我们杂志社上上下下都在庆幸柳暗花明，绝处逢生哩！这'晶晶纸业集团'是上海的，财大气粗，在好几个地方还有他们的自有林地，种树就为了造纸。老板听说才三十六七岁，真是年轻有为。"一个姓赵的同事也接口说："嫂子你是不知道，他这一注资，整个'展望'那就活了。好人有好报，这老板最近找了个女朋友，就是我们这儿的。你说有钱人吧也怪，黄花闺女不要，却找个才离婚的。小报上都传为佳话啦！"

余波吃了一惊，说："别是袁静吧？"冯涛其实早从石磊那儿听来此事，但一直刻意回避，不单回避余波，也回避他自己。余波一说出来，他浑身一震，极力否认。另三人很稀奇地瞧着他们，也不敢问袁静是谁。

余波说："这样拉来拉去有什么意思？问一下石磊不就水落石出了？"冯涛说："他心情不好，我不想打扰他。"余波说："是不想还是不敢？"冯涛哼了一声。余波说："偏要你说！"冯涛忽然吼了一声"说什么？"幸而音乐极响，不至于引人注意。另三个同事见他红头涨脸，从来没有气得这样，忙说："散了散了，明天还要上班。"冯涛声音略低，又说了一遍："说什么，你要我说什么？"

五个人走到外面，有一个便招手叫了出租车。他们等着余波上车，余波却说："谢谢，你们先走吧，我要散步回家。"冯涛便说："你怎么回事？这么远，又这么晚了。"余波说："你管我呢！"就往马路那边走。冯涛强笑着让同事们上车，他自己三脚两步地跟过去。余波说："你不跟他们一块儿？"冯涛说："你今天表演得也够了，适可而止，好不好？太满了就溢出来了。"余波冷笑着说："我是在明面上表演，不像有的人，专在暗地里搞怪。"冯涛说："好吧，我们索性把话讲清楚了。是，我是早两天就知道袁静跟了'晶晶'的老板，是石磊那天哭着告诉我的。他说他想不到袁静一点儿夫妻情分都不讲，公司一败，她立刻就另攀高枝。我想告诉他，袁静不是旧社会'夫荣妻贵'型的女人，倒有点儿像武则天，但这话不好出口，就说袁静和那人恐怕也不是一天两天的事了。石磊就说，怪他自己引狼入室。纸业集团是他拉过来的，原意是把他爸爸的公司卖个好价钱，顶好是清偿债务之后，还能有剩余的资产入股‘晶晶’。结果出售的底价被袁静探出来转告那人，他是赔了夫人又折兵，袁静反而成了新公司的小股东。我想是在谈判期间，袁静和那人开始接触的。”余波边走边听，这时插了一句：“谁要听这些了？”

冯涛不答，继续说道：“‘晶晶集团’主动找‘展望’合作，我知道这里有袁静的作用，但她要帮我，我难道辞职以示不受她的恩惠？”想到不得不受前任女友的援手，他感到一阵耻辱，这也是他对这事不愿深想的原因。他今晚出来，除了“庆贺”，其实也是发泄。此刻面对余波的质问，他不能不详详细细地理清这一切。品咂其中滋味，他竟有点儿灰心：他一个大男人，既非没有能力，也不是没有才华，然而格于形势，他不得不承认那个背弃过他的女朋友是他未来的衣食父母。他饭碗能保得住，全凭她一言。他对她混合着感激与愤懑，一时郁闷到了极点。

余波说：“你为什么不告诉我？你瞒着我就是心里有鬼！”冯涛说：“我是有鬼，这个鬼就是怕你多心！我实跟你说吧，总编已经找我谈过了，下个月我就有编制了。你一定要说，这又是因为袁静。是啊，我不否认，也否认不了。不在编的人有好几个，总编凭什么照顾我？我没本事，处处要靠别人，跟个吃软饭的差不多。我是这样一个窝囊废，你鄙视我吧，我也无所谓了！”余波声音发着抖说：“对了，你现在告诉我了，豁出去了，再也不怕我多心了！”冯涛厉声说：“不错！我处处为你着想，谁他妈为我着想？”余波说：“有袁静啊！我是个没脚蟹，钥匙断了都等你处理；袁静多厉害，一举手解决了你的大难题。我……我拿什么比她？”她说到最后一句，激动得连连喘气，声音里的颤抖扩散到全身。她恨不得真叫冯涛辞了工作，恨不得打电话叫袁静小心点儿，别以为给了人家好处就能搔首弄姿装狐媚子！她搞不清她到底想怎么样，也不明白她是吃袁静的醋，还是对所有像袁静一样的“能人”都反感至极，痛恨至极！她一阵忧急气苦，又是一阵愤愤难平，在大街上就踩着脚尖叫起来，似乎唯有这样才能泄出胸中澎湃汹涌、无穷无尽的窒息的委屈。

十来个行人围了过来，以为她被人抢劫或是非礼。有两个揪住了冯涛，有一个要拨110。余波这时却冷静一些了，忙说："我们是夫妻。"众人才哄笑着松开了手。冯涛却说："我们不是。"余波大惊，问他："你是什么意思？"冯涛也反问："那你是什么意思？"余波说："好，我总算认识你了。"冯涛说："我倒觉得，我渐渐地开始不认识你了。"众人里有看热闹的，有好心劝解的。冯涛竟不理会，好一会儿才说："我累了，你们让我安静几分钟，就几分钟。"又向余波说，"你要跟谁比，就跟谁比；你说谁好，谁就好。"余波说："我妈叫你包容我，你就是这样包容的吗？"她问出了这句话，不由得伤起心来。冯涛一副精疲力竭的样子，低低地说："是我食言。你家电话多少？我自己跟他们说。"余波说："你……你跟他们说什么？"冯涛说："该说什么说什么。"余波手脚发冷，心里隐隐地恐惧，但还是报出了家里的电话。

冯涛拨着手机。余波在旁看着，胃部一阵抽搐。冯涛说："喂？"她眼前一黑，耳朵里嗡嗡大响，突然弯腰剧烈地呕吐起来。冯涛吓了一跳，头脑清醒了些，忙掐断了手机上前扶她。围观的人逐渐散去。余波吐了一会儿，心力交瘁地说："我妈说什么？"冯涛知道她刚才是处于半昏迷的状态，身旁的一切都不闻不见，这感觉他曾经有过，是袁静向他说分手时。他不禁心疼起来，轻声说："我没跟她说。"余波软软地靠在他身上，说"谢谢"。

冯涛拦了"的士"。余波上了车，蜷在后排。她看着坐在司机右边的冯涛。冯涛也从反光镜里看她。他们目光一撞，同时感到有什么东西碎了。

第二天两人仍是无言，第三天晚上冯涛提议分床。余波说："你这是计划的第一步吧？接下来就该是分手了？"冯涛说："不知道，没想那么多。"余波说："这房间是你要我搬进来的，你当我招之即来挥之即去?”冯涛说:“那我睡小房间。”余波不言语了。冯涛以为她默认,便动手抱被子。余波说:“你住大房间我也住大房间,你住小的我也住小的。”冯涛抱着被子正要出门,一听又折回来,把被子扔回床上。他说:“你觉得这样有意思吗?”余波坐在床上说:“有。”她这时有些像小孩子耍无赖。冯涛知道他如果坚持住小房间,她真能半夜三更跑进来。他要是反锁了门呢,她能在外面敲一夜的门,一时倒是无法可施,暗道:“余波你真的不成熟,有一些事情,发生了就无可挽回了,要怎样你才会明白呢?”余波只当他回心转意,便想找个机会和好。在她的脑子里,相爱的人无论如何,总还是相爱的。多大的风波也不能动摇她和冯涛的感情,碎了也还可以重组。

隔两天就是星期六,艳阳高照,和暖怡人。吃过中饭,余波提议去散散心。冯涛想了想就答应了。余波觉得非常欣慰。上了车,冯涛问她目的地是哪边。她说还没想好,这辆公交车颜色鲜亮,她看着就上来了。冯涛笑了一笑。余波说:“你知道吗,我来租房子那天,很怕你是个中年人。虽然‘冯涛’这名字很年轻,我还是有点儿担心。”冯涛说:“我老了还叫冯涛,又不会变。”余波说:“你老了我给你改名‘冯有德’,叫人一听就知道是个老头子。”

车到倒数第二站时余波要下,冯涛反正无可无不可,也就随着下车。余波问路边一位摊主,附近可有什么景点。那人推荐了“净土庵”。冯涛插嘴说:“是尼姑庙吧?”那人说:“是啊。”冯涛说:“那有什么看头?”余波却问:“那地方怎么走?”

到了“净土庵”,层层游览,竟然耗去了半天时光。余波说:“看不出来,倒是蛮大的。”冯涛说:“这儿有没有吃的?”余波便拉他去吃素斋。菜单上有素面、素火腿、素肉圆。余波问端菜的师傅“素火腿、素肉圆”是什么。那人说:“就是在火腿、肉圆外面裹一层面粉。”余波笑道:“嗯,这就算‘素’了,佛祖就不嗔怪了。”他们吃了两碗素面。余波嫌木耳太老,茶干不韧,冯涛却“呼哧呼哧”吃得十分香甜。余波见了,就把自己的半碗也给他吃。冯涛连汤喝得干干净净。

两人走出餐室。顺风传来一阵“咿咿呀呀”声，又有小锤击磬的清音。黄昏时分，暮霭苍茫，晚风中听到若有若无的“叮——叮——”，伴着柔和的歌唱般的诵经，不能心中无感。冯涛说：“是什么?”余波说：“是尼姑在做晚课，好像是《戒定真香》，去看看吗?”冯涛摇摇头。经过第三进屋子，余波停了下来，说：“我们去拜一拜。”冯涛不大信这些，说：“那你去吧，我在外边等你。”余波不肯，说：“要一起拜。请菩萨保佑我们欢欢喜喜的，再也不吵架了。”她在蒲团上跪下来，冯涛在旁边跪下。

余波抬头看那佛像垂眉低目，通体悲悯，连衣袖的勾连、手指的去势都是慈悲正大，只觉有无数的话想对他说，也只能对他说。她眼眶一热，便磕下头去。余波一连磕了三个头，侧头看冯涛时，他也是眼睛红红的。

晚上两个人躺在床上，各想各的心事。冯涛伸手握住了余波的手，又抚摸她的膀子。他这样的温存已有多日不见，余波竟有些悲喜交集。冯涛探身过来搂她，轻轻地说：“你能原谅我吗?”余波说：“能。”冯涛又吻她耳垂，说：“我做什么你都能原谅我吗?”余波笑了，说：“下不为例就行了。”冯涛返身压住她，在暗沉沉的夜色中，凝视她的脸。他明知他们是不能厮守在一起的，她的想法却恰恰相反。冯涛感到他将要使她受伤，又不忍在这一刻就告诉她：从根本上，他不适合她，她也不适合他。她使他无法回避他想要绕开的一切。不管是对他自己，还是对于她，他的尊严都被剥得干干净净。即使她不在意，他这个当初说要“养她”的男人，又怎能在她眼前继续装傻?

余波已经不是一面镜子，而是一架显微镜。他身上一点点的尘埃，也被她清清楚楚，甚至放大了多少倍地呈现出来。他感到无所遁形。他心酸、憋闷，烦躁得像一头困兽，一头传说中的独角兽。独角兽昂着它坚硬粗大的角，一挺一挺地往前跑。跑过恼人的沼泽，跑过幽密的森林，蹬着脚越过险阻，竖着角顶开障碍，终于栽进温热的水里。热水没顶，它整个地沉下去，沉下去，沉到湿润的最深处。水草丰美。冯涛头部微抬，哼了一下，余波随着这一下化成了水，水乳交融，他们紧紧紧紧地抱着。余波模糊中听见一声压抑的哽咽，她想她一定是听错了。

十

次日中午，冯涛陪她逛商场、买东西，晚上请她吃“巴西烤肉”。余波略有点儿感到冯涛待她不像从前。他不拉她的手了，她拉他呢，他也会尽量不着痕迹地放开。他也不和她开玩笑了，有事说事，没事他就有分寸地沉默着。他对她的态度好像恢复到了一开始，他们刚认识的时候，他温和得像个大哥哥。但即便是那时，他还会同她说说笑笑呢。

星期一早上他出门前，余波习惯性地问了句“身上带了零钱吗?”他没有回答，回房拿了两枚硬币就出去了。余波有些不明白了，在一对彼此依恋的男女之间，吵了恼了，又和好了，该是很正常的事吧？冯涛这样若即若离，算什么呢？她马上又转而对自己说：“人生了病，痊愈了，也还要调养一段时间，何况这次这么大的风波。我尽量控制着不提那些敏感话题，过两天就会好了。”

她想到前天晚上，他对她猛烈的柔情，不觉红着脸笑了。她忽然想起那天她于沉醉中仍感他的小肚子有点儿发福，比去年他洗过澡给她撞到的那次突出了一些。她决定给他订牛奶。她有一次看电视，无意中知道每天吃奶制品有助减肥，理由是奶制品中丰富的钙能燃烧脂肪。

她办妥了这件事，颇有成就感，盘算着要怎样才能使他吃惊。余波最后决定守口如瓶，等牛奶送来的那一天，她假装也不知情，让冯涛和送奶工交涉，玩够了才说出来，原来是她订的。她想象着冯涛的反应，满脸笑微微的。

四月一日愚人节，冯涛很郑重地请她吃晚饭。余波笑着说：“偏选了今天这个好日子，你一定是想了点子整我。”冯涛说：“我倒没注意今天也是节日。”余波不相信，两人走在路上，她还做出种种匪夷所思的设想，一口气说了十七八条，问冯涛是不是用其中一种玩她。冯涛漫不经心地笑笑说："是单项选择还是多项选择?"余波笑道："单项，允许你任选其一来作弄我，我假装上当，满足你男子汉的虚荣。"冯涛谢谢她的体贴。

走了一截子路，余波说要给冯涛把脉。冯涛请她别闹。余波说看他印堂发黑，必有大劫，他以前不是喊她"余大夫"吗？医者父母心，要给他望闻问切一番。冯涛想：这会儿一切都随她吧，就伸出手去。余波像煞有介事地搭了一下，皱眉说道："忽快忽慢，时强时弱。"再一搭，说是"六脉皆弦，凶险得很"。最后看着冯涛，沉痛地说："你喜欢吃什么、玩什么，就不要省了。"冯涛虽在极度忐忑之下，还是给她逗笑了。

来到一家墨绿招牌的"后来居"饭店，冯涛说："名字好吗?"余波说："挺好。"冯涛说："我知道你会喜欢。"他们走进大门，一个二十来岁的女孩子站起来说："这里。"余波心脏"怦"地一跳。冯涛带她过去，她懵懵懂懂地走去坐下。因为是四人座，一边两位，她本能地坐到里面，等冯涛坐在旁边。冯涛却径直绕到对面，与那女孩子同坐，一边就介绍说："这是余波，这是赵灵。"赵灵说："你好。"余波也说："你好。"脸色慢慢地变了。第一道菜上来，她才回过神来，问冯涛"她……她是谁?"冯涛避开她的目光说："赵灵是我老乡，在我们那儿的'黄金城大酒店'工作。"余波说："我是问你们的关系。"冯涛心想此时一痛而绝，再也不能心软，便说："你还看不出来吗?"余波存了一线希望，说："我知道愚人节应该开玩笑，但是……"冯涛心里一牵一牵地疼，却仍是打断了她说："跟愚人节没有关系。我们吵架之后，我心里很烦，有一次换衣服，偶然发现内层夹袋里有张'黄金城大酒店'的宣传单。我翻过来一看，是赵灵的名字和手机号。早不看见迟不看见，偏偏这时候看到了，我想也是一种缘分吧。"

赵灵有点儿局促不安，说："吃菜吧，都冷了。"她生得很甜净，普通话也很悦耳。余波看着他们，体会到什么叫作寒心。冯涛说："我后来打她手机聊过几次。她很善解人意，聪明细心像章小娴，简单直率像丁慧。我问她为什么给我手机号码，她说我看喷泉的样子让她感动。”余波笑了笑说：“好浪漫。”她直觉赵灵并非冯涛拉来的临时演员，她看冯涛的眼神纠结而缠绵，这一点，再好的演员也是装不来的。

余波起身离桌，走到大街上去。风吹着她的滚烫的脸颊，她的心却是冰凉冰凉的；她的情绪很混乱，可是思维却又清晰得奇怪。她现在明白了，冯涛这两天的奇怪表现是希望大家较为体面地分开。陪她吃东西、逛景点是尽他最后的责任，而上周六的那次狂乱更像是一个仪式。她完全懂了。

冯涛说：“很抱歉把你拖到这种莫名其妙的事里。”赵灵说：“没关系——你不去看看她吗？我怕她会出事。”冯涛说：“我比你了解她。她很骄傲，不会为任何人去干傻事。挨过这段时间，她会是一个好好的余波。”赵灵说：“只是伤痕难免。”冯涛说：“我刚才有些话你别当真，今天是愚人节，就当我开了个不好笑的玩笑。”赵灵低下头去，片刻后说道：“我宁可是真的。”冯涛说：“我不知道什么时候才能给你答复。”赵灵说：“你别丢了那张宣传单。”

余波回到家时，冯涛已经先回来了。冯涛说：“对不起！”余波没吭声，把双人床上自己的枕头默默拿到小房间去。冯涛跟过去。余波一边铺被子一边说：“你不用搬了，要搬也是我搬。我先睡在这一间，隔几天我就走。”冯涛说：“也不用这么急吧？外面的房子不好找的。”余波噙着泪说：“没事的，谢谢你。”她整好床铺，又过去把杯子和笔筒子拿来。冯涛就站在门口，百感交集地看着她进进出出。余波收拾停当，望着倚门而立的冯涛，勉强一笑说：“干什么像个门神？又不说话。”冯涛说：“不知道说什么——你能不能不走？租房真的不容易，你又不会砍价，又不会交水电费，电灯坏了你又不会换灯泡。”他说着这些话，不由得也伤感起来。余波却说：“我找人合租，说不定还能碰到你这么好的。”冯涛说：“你真觉得我好？”余波点了点头，缓缓地说：“你人很好，所以老被人有意无意地欺负。我想对你好，又不是你需要的。我不在了，你可能会快乐一点儿吧？但愿那个赵灵和我不一样。”冯涛把头靠在门上。他花了那样大的力气，才没有过去抱她。

余波摘下脖子上挂的玉坠子还他。冯涛说：“你留作纪念吧。”余波说：“纪念什么?”他无言以对。她把玉坠子硬塞进他的手里。两人沉默了一会儿，余波说：“我要睡了。”冯涛不语，过了半晌才回房间里去。

仅仅过了三天，余波就找到一所房子。条件很差，卫生间又是小区公用的。除了交通方便，出门就是车站以外，简直一无是处。房东是个男人，却比女人还更刁钻抠门儿。余波把这些情况瞒着冯涛，不然冯涛无论如何不会准她走的。

她大包小包地往外拿。对门的房东跑出来问：“不跟你表哥一块儿住啦?”余波才想起来她的身份一直都是“表妹”。

冯涛帮她拿了两个旅行包，她自己拿了个最轻的包。冯涛顺手关门，余波说：“等等！”冯涛停住了。余波向客厅里又看了一眼，进进出出多少趟了，没像今天这样觉得客厅的可爱。她发呆只是一瞬间的事，随即便扭头出去了。冯涛锁了门，手有点儿抖。

两人走到十字路口，是该分道扬镳、各走各路的时候了。余波说：“我到对面去乘公交车了。你回家吧。”冯涛听到她说出“家”字，心里一酸，说：“你还不如打车呢！要不我送你到新宿舍去。”余波说：“又不太远，打车划不来的。”她不提他送她的话，显而易见是否决了。

她拎着包一歪一歪地走到对面，抬头一看，不禁愣了下，面前这块广告牌很眼熟，依稀记得几个月前“的士”司机曾经告诉她，说这是副市长的小舅子造的。当时她刚从老家回来，急着想见冯涛，堵车堵得心急火燎。想不到时隔数月，与它重逢，是在这样一种情形之下。

余波胳膊酸了，就放下东西甩一下手，终于忍不住回头来看冯涛。冯涛也正在这边看她。这一天风大得异常，余波的淡黄上衣“呼啦啦”地翻卷。她身后就是那面巨大的草绿色牌子，一大半隐在阴影里，乌青的，颇有些诡异。唯有一角有几个小小的光点，虽静美却纤弱。那牌子上大书着“海内皆知音，投资若比邻”。商业渗透进了文化，境界全失，面目全非。余波立在广告牌前，虽是一米六九的个子，不知怎么的，依然渺小得可怜。冯涛蓦地觉得余波就像那几个光点，她身上好的坏的、显明的、隐潜的、积淀的、附载的，就是那一点儿微光。

冯涛想挥手再见，忽然发现余波的两个包还在自己手里，忙用左手接过右手的包，空出一只手向她打手势。余波一时没懂他的意思，便打他的手机。隔着一条车水马龙的街道，余波总算听明白了，说：“不要紧的，我过来拿。”冯涛说：“车多。我过来，你站着别动。”

冯涛正准备过去，忽见那块广告牌不怀好意地晃了一晃，跟着又连晃了两下——幅度很大的。他浑身的血都变冷了，撕心裂肺地叫了声“快跑！”余波一愣，只来得及跑出几步，广告牌像一堵绿墙，从她后面铺天盖地，轰然倒塌，“啪”的一声巨响，把她扑在下面。灰尘扬得多高，光线彻底消失。那过程其实是很短暂，只一会儿，一个人就不见了。

车辆行人大哗，交警冲过来，两只旅行包掉在地上，救护车的锐叫划破了天空。

广告牌的制造方受到质询，受牵连的副市长出来辟谣，网友匿名声讨……冯涛一时还顾不上这些，余波的同学们却义愤填膺，有人说要告，有人说要赔。报社记者也闻讯来访。冯涛在医院机械地应付他们，熬红了双眼。他心中不断重复着一个念头：他和这纷纭俗世一起害了她！

连夜赶来的萧忆敏、余英言以及余波的外婆、舅舅等人全都守在手术室外。医生出来了，冯涛紧张得痉挛起来。结果余波被送进了加护病房。医生说：“能不能醒，目前还不好说。”

李丽绢买了盒饭来分给大家。这一天一夜，她冷着脸，不对冯涛说一句话。

冯涛到单位去了一趟，当面向领导请假似乎更郑重一些。等他赶回来时，余波仍然未醒。萧忆敏他们都顾不上询问详情，单知道余波是给一面大牌子砸了。外婆急得犯了心口疼，儿人便劝外婆先找个地方休息。李丽绢也说："年纪大的人，禁不起。"冯涛便说带外婆去他那儿睡一会儿。李丽绢陪着把外婆送到医院门口。冯涛请李丽绢一有消息就通知他。李丽绢"啪"的一声，重重打了他一记耳光。外婆吓了一跳。冯涛站在那里，也不申辩，也不走开。李丽绢狠狠地盯着他，泪水滚滚而下。

冯涛把外婆送到家里，安顿她睡下，轻轻带上了房门。他回到自己房里站了片刻，想了想，拉开床头柜，拿出一张双面卡来。上面是两行秀丽的钢笔字："顺境逆境，皆如云烟；得失随缘，心无增减。"下面是"爱妻：余波。""爱妻"两个字是他写的。

有人敲门，原来是送牛奶的。那人说："不好意思，今天有点儿小情况，本来大早就送来的。"冯涛低低地说："我没订牛奶。"那人笑道："那就是你们家其他人订的。钱都交了，不喝白不喝啊。"那人走了。冯涛捧着牛奶，有点儿痴痴的。

余波走得很干净，几乎没留下任何痕迹，但又处处是她的影子。电脑桌边是她专心致志地玩游戏，客厅中是她挥舞着大床罩演戏，厨房里她炖过鸡汤……冯涛放下牛奶，在餐桌旁坐下来。

四点钟之前，天一直都是阴沉沉的，这时忽有一线阳光从窗口照射进来。桌角有什么东西亮了一下。

冯涛定睛细看，原来是两排硬币，全是一元一元的，整整齐齐地叠在那里。他望着它们，先是没什么表情，后来就淌下泪来。"身上带了零钱吗？"冯涛仿佛又听见她在问他。他很想像以前那样告诉她："还是你对我最好。"却不知这句话还有没有机会说了。他竭力压制着抽噎，怕惊扰了外婆的睡眠，一时只觉得空旷清远，如同日暮时分，风过荒原，凄惶无限。

《微光》附评：

《微光》绝对是个有魅力的文本。小情侣风花雪月的情事，随处闪现的优美轻灵……但无论切入点是什么，这部小说中多处运用隐喻，对传统文化现状渐趋式微、渐呈弱势的疾呼，才是它真正要点出的题旨。女主人公余波随口哼唱的戏曲选段、信手拈来的清词丽句、中西绘画的俏皮点评，甚而对周遭人事的剔透解读，无一不在说明，她就是具象化的传统文化之灵。渊博、澄澈、敏感、纤细……几乎所有中华传统文化的美好与脆弱，都能在她身上找到对应。她仿如现世的一线微光。但偏偏这样的弥足珍贵，这个世界给她的容身之地却不多。

冯涛是另一种人，他身上也有传统文化的承继，同时却摆不脱名缰利锁，于是找不到出路，进而迷失、挣扎、妥协、屈服，匍匐在商业化和功利化的强势之下。他受不了余波对他不留余地的剖析，他回避了那道自己最初本能撷取的温暖微光。他精心策划的极具仪式感的分手过程，是在对传统文化做最后的仪式性的割裂。那个过程对骄傲的余波是残忍的，也绝不是孤标高洁的传统文化所能忍受的。

《微光》的奇妙之处还在于，每读一遍会有不同的感受。初读时雪月风花引人，再读时冷意横生逼人——字里行间处处寒冰，只不过内里的孤峻，却用了最温软的纹饰去包装。余波最终被象征强大的工商业势力的广告牌掩埋，我却愿意相信她会像悬崖绝壁上的花，在缝隙里坚韧发芽，最终突破冰寒向阳而生，以微弱之光呼应煌煌之明。只不知，有几人能够透过浪漫凄美的故事，悟到这缕“微光”存在于世的意义。(浅泠)

迷　　雾

一

刚下过一阵子雨，太阳在云背后似露非露，好像有点儿拿不定主意。隔着云层，只看见一抹柔亮的红晕。黄真走在街上，也有几分像雨后的太阳——许多事还没拿定主意。比如下个星期回不回老家参加母亲五十五岁的生日宴？又比如，说远一点儿，他是不是从此就活在这个举目无亲的城市？

路上他被人蹭了一下，手臂上肿起一大块。那人明明看见了，假装没注意，扬长而去。黄真笑了一笑。自从父母离婚、兄妹反目，整个家闹得天翻地覆，他脾气反而比原来好了，至少表面上是如此。

他回到六楼的“家”，洗了把脸，坐在书桌前面。书桌临窗，看出去白茫茫一片，好像在坐飞机。朋友和家人都担心他出门在外，适应不来。他的“抗打击”能力却超过所有人的预计。唯有一件受不了，是空调管子附近有个蝙蝠窝，捣了两次没效果，夜里听到可疑的扑打翅膀的声音，偶尔有“吱吱”声。这时就显出陈军的重要来了。

陈军比他大半岁，以前大学同学时一点儿交情也没有，没料想初来乍到，找房子、还价、认路，亏他帮了大忙。现在他们合租着一幢二室一厅的房子，楼层略高，好处是能减肥。其他的，除了蝙蝠，都还说得过去。

陈军捉蝙蝠很有一套，可惜蝙蝠抱定了“孙而子，子而孙”的宗旨，倒下一个，飞来一双，前赴后继，杀不尽赶不绝，不知有什么东西这么吸引它们。陈军曾想和黄真换房睡，让黄真耳根清净，但这间房带空调，面积也大，提议换房好像有趁人之危的嫌疑，所以一直没说得出口。黄真也是舍不得空调，舍不得的结果是天天与蝙蝠为伍。

黄真坐着看窗外的天。霞光渐暗，在过渡到黑夜的十来分钟里，天空会成为一种又像淡灰又像淡白的颜色，非常暧昧，仿佛有各种可能，像他十七八岁的时候。那时他眼中的未来也是不确定的，好几条路等着他挑。他刚要站起来伸懒腰，门响了。他叫“陈军”，进来的却是个陌生的老太太。两个人一照面，同时大惊，又同时问：“你是谁啊？”

老太太嚷着要报警，闹得邻居过来，一看之下，忙拉手亲热，老熟人的样子。黄真惊疑不定。邻居才向他解释：“这是房东的妈妈，住在乡下，她有备用钥匙的。”一面又回头安抚老太太，说黄真不是坏人，是租她儿子的房子，儿子“移民”去了外地，说到这里才想起来诧异：“怎么你不知道他走啊？”老太太顿时哭起来说：“我上哪儿知道？他大了，有本事了，除了逢年过节，平时不见影子，也不跟我商量什么事，连个电话也没有……”

她絮絮叨叨抱怨着，邻居在旁边徒劳地劝。黄真突然问了一句：“这些香瓜你是带给他的？”老太太擦着泪说：“可不是吗？冬天我带香肠腊肉，夏天我带香瓜桃子，他走了也不跟我说。”她最后委委屈屈地把香瓜送了黄真，被邻居一路扶下去了。

黄真关上门，把声音隔在门外。客厅干干净净的地板上就搁着一个古怪的香瓜。他知道那一定是她在自己的田里种出来的，大老远拿来，不可能再抱回去，于是便宜了他，天下母亲疼爱子女的心真是一样的。

他把瓜拿到厨房里洗，“哗哗”的水声中又有开门声。这次他学乖了，不叫“陈军”，径直走到客厅里等。还好，探进来是张熟悉的脸。陈军总是这样，先进来一张脸，然后是上身，然后才是腿，黄真总结说是“三段式”。

陈军笑道：“干吗一声不吭？阴森森的。”黄真笑了，把刚才的事情讲了。两个人相帮着把瓜浸在一盆冷水里湃着。陈军洗菜做饭，黄真到房里看书。陈军叫他帮忙，他说他不会做饭，有心而无力。陈军说：“你半年前就这么说了，估计半年后还这么说。”黄真只顾翻书。陈军在厨房里说：“哑口无言了吧？”黄真头也不抬：“是不屑一顾。”

晚饭做的是鱼头豆腐汤，另外炒了个素菜。黄真不吃鱼，所以承认“我只吃豆腐”。陈军听出弦外之音，笑得嘴一咧一咧的。因为工作性质不同，黄真是朝九晚五，难得加班；陈军是天天加班，难得准时，所以他们一起吃一顿晚饭，也是不容易的事。黄真的母亲对儿子的情形了如指掌，电话来了就问："今天跟小陈吃的，还是自己吃盒饭的？"黄真就简洁地答："吃盒饭的。"陈军不烧，他宁愿顿顿吃盒饭。生活清苦，人却比以前胖些，小饭店的菜，荤油落得重。

饭后黄真说要洗碗，陈军说："算了，我来吧。"黄真就老实地说："我本来也是假客气。"陈军笑了，经过这么多大的变故，黄真的性格却没太变，还是有种慧黠的灵气。他端起饭碗取笑黄真："以前在学校你多清高啊，正眼也不看我们一下。"黄真明知不是的，可还是说："那时候哪知道你以后有利用价值呢？"陈军说："靠！"笑得碗筷碟子"叮叮叮"地响。

二

第二天上午，副局长通知黄真"参加一个执法行动"。黄真了解了一下才明白：他要冒充一个包夜的客人，在网吧里潜伏着，等过了十二点再亮明身份，与外面的同事里应外合，抓住网吧老板超时营业的证据。

这事听起来有点儿传奇性，还有几分危险，副局长却拍拍他说："完全不用担心！就是单位出钱让你上几个小时的网。"

黄真刚有些放心，一个"执法证"已经挂到他脖子上了："先藏到衣服里，关键时刻再亮出来。"黄真又开始心跳加速了。他摸摸那个蓝面子软塑料的证件，感到它是他的护身符，驱妖辟邪，全仗它的法力。他提出找个同事一起去，副局长叹道："你是不晓得情况。那些开网吧的比猴儿还精，我们局里人人都去当过'卧底'，假装上网，抓他的贼证。次数多了，他们都认得脸了。你来的时间不长，是个生面孔，身份证又是外地的，绝对不会惹人怀疑。"他听出来，副局长这一大段话的中心意思是没有第二个同事陪着自己。他在心里忖度一下说："要不您再给个'执法证'给我，我找个朋友陪我。"副局长笑他"到底年轻人没见过大场面”，拿了一个空的证件叫他自己填。

晚上，他坐着陈军的小电动车往“任我行”网吧去。电动车比自行车快，比摩托车慢，两边的街景也就不紧不慢，中速地往后移。那股从容劲儿和他的心情全不搭界。陈军问他是不是很紧张，他说是，又反问陈军。陈军摁了两下车喇叭，抽空回他说：“当然啦！有好事不想到照顾兄弟，找人壮胆就想到我了，害得我还跟单位请假。”他本来是要加夜班的。黄真毫无愧色：“士为知己者死嘛。”陈军说：“呸呸呸!”又问，“等下请我喝什么?”黄真说：“你随便选，反正今晚的一切开销全是单位买单。”

电动车开到火车站附近，找位置停好，“任我行网吧”五个红字在夜色中闪闪发光。两人互望一眼，走上几级石阶。眼前暗沉沉的，穿过一条长长的走廊，隐约可见大门里漏出的微光。大门外还有铁门，像有些小杂货店外面的那种拉上拉下、宽大厚实的防盗门。只要从里面一反锁，外面的人无论如何闯不进去，里头就算有未成年人，就算十二点后还在营业，也拿不到任何真凭实据。唯其如此，才需要“间谍”假扮上网者潜进去，当场捉住网吧的痛脚，叫他们无可抵赖。

两人用身份证登记了，找了位置坐下。陈军点着鼠标，小声侧头向黄真说：“瞧这阵势，一旦人家恼羞成怒，拒不合作，咱俩要被打成肉饼。”黄真却不想讨论这个问题，徒增压力，他起身到附属的小食品柜里拿了甜点和两瓶菠萝味的“营养快线”。陈军看他那表情，也就不再说下去了。

黄真看了下手表，才十点半，离十二点还早得很，就登录QQ，看可有留言。“好友”栏里有三条信息，一是燕平，说：“儿子，注意身体，夏天特别要当心饮食，尽量别在外面吃东西。”在她眼里，他恐怕还跟三十年前一样是个孩子。黄真想起那送香瓜来的老太太，不禁有些怅然。他也想叫燕平保重，但这种关心的话亲人之间反比平常人还说不出口，尤其下一辈对上一辈，偶尔说上一两句，说的和听的两方面都会不好意思，大概也是中国人特有的内敛。

第二个消息是他老家的朋友姚远留的，除了问他好，叫他常回去众人聚聚，还很愤慨地说：“你到你妹的 QQ 空间里看看，简直不像话！”黄真皱了下眉，提到妹妹他总难免有这么一个反应。他没去看她的空间，先点那第三个消息。那是俞静枫，姚远曾笑说她是黄真的“红颜知己”。依然是娓娓的诉说，依然是殷殷的关切，仿佛能听见她甜润的语音，看到她如梦如星的眼眸。

黄真下意识地瞥了瞥陈军，虽然是患难之交，雪中送炭，毕竟才半年的交情，比起姚远来还差了些。他和俞静枫之间的微妙情愫他就不想让陈军全盘了解。他回复俞静枫说：“我近来还好，你凡事别太委屈自己，公公婆婆太恶劣了，你也要适度反击一下。时代不同了，逆来顺受的苦媳妇换不来大团圆结局。”

关掉三个对话框，他吁了口气，过了片刻，才点开妹妹的 QQ 空间。几张很漂亮的照片，俏丽青春，即使摆着各种姿势拍照，也因为那是少女的爱娇，即使做作，也不讨厌。黄真想他这辈子倒与美女有缘，母亲是知性美，妹妹是现代美，俞静枫更是个古典韵味的绝色佳人。

在“日志”栏里，有一篇是《我的哥哥》。黄真嘴角微撇，带着点儿嘲讽的笑意，猜到她不会有什么好话。点开文章，他看下去：“哥哥是我以前最恨的人，现在最恨那个狐狸精、坏女人！现在哥哥是我第二恨的人。我忘不了小时候他怎么打我的，揪我的头发往墙上撞；忘不了我作业没做好他叫我罚站，冬天站到夜里十二点；忘不了爸爸妈妈离婚前后，他什么也不做，一点儿也不努力。我从来不写他，今天小韩问到哥哥，我忍不住要写下我哥哥的真面目！”

黄真关掉“日志”，仔细回想兄妹俩的恩恩怨怨。他打过她的，他一点儿也不后悔，一个家，总要有人唱红脸，有人唱白脸。“长兄如父”当然早就不作兴了，只不过父亲忙官场应酬，母亲忙科研攻关，外婆老了镇不住，他不得已出来做恶人，一做就做了十几年。他开过妹妹的“家长会”，在试卷上签过字，到后来连小学老师也知道，有关黄菊的问题，不用问她父母，只跟黄真说就行了。“兄代父职”的后果，不仅是黄菊恨她哥哥，也使黄真在频频管教中，在心理上愈来愈厌恶黄菊——开始还是一个姿态，时间长了，形成了心理惯性，他觉得妹妹确实有很多可挑剔处。不过他能肯定他没有揪着黄菊的头发朝墙上撞。有些女人常在潜意识里将自己想象成受虐待的、柔弱的一方，在回忆中不断地夸大事实，写小说一样添上许多细节，于是越来越逼真，越来越具体，到最后她自己也真假莫辨。那不是故意的撒谎，而是无意间设计出的虚构的真实。

黄真正在这里出神，网吧老板喊道："十二点了，散了啊！"陈军想原来这是个遵纪守法的好公民，这倒好，不用麻烦。黄真却看出老板言不由衷。果然一大半人没走，纷纷叫"包夜包夜"。老板笑道："包夜的到柜台重新登记交钱，一点钟我们有夜宵卖，可以预订。"黄真和陈军走向柜台，陈军悄声说："这些人瘾头真大，玩一夜，有觉不睡，不是傻吗？"

黄真有心放网吧老板一条路走，登记时又再问他："是包夜啊？"老板不大耐烦地说："写一下身份证号码！"黄真想这人活该倒霉，总不能明说是来抓他的。办好手续，回到座位，陈军说："刚才我差点儿说我们不包夜了，想想你回去没法交代，才咽住了没讲。"黄真笑笑，随意浏览了几个网站，等到十二点四十，网吧老板再也赖不掉了，才到洗手间里打电话。"市场管理处"的薛处长叫他先稳住，大部队十分钟后就到。黄真挂了机，到这时才显明地意识到他的处境，有点儿不知置身何处的荒诞感。他朝外面走，有意要显得镇定，步子却迈得那么不自然。他疑心别人会看出破绽，游目四顾，人人沉浸在各自的世界里，没人留意到他。

铁门外有人猛敲，室内一片骚动。陈军东张西望地找他。黄真紧走几步，抓住陈军肩头，掌心一阵潮湿，不知是热出来的还是紧张出来的。

门敲得越发响了，网吧老板意识到情形不对，跟老板娘焦急地商议。陈军还在犹豫，黄真已站起来说："走吧！"两人一先一后朝柜台那儿走，黄真为了气势上压倒对方，竭力压住心中不安，冷冷地不露丝毫表情。老板呆呆地望着他们走近，一时也不知如何是好。黄真隔着柜台盯住老板，低沉着嗓子说："开门!"老板娘在旁颤声问："你们是什么人哪?"其实她早已知道那个绝望的答案了。

黄真想起副局长事先叮嘱过他不要说出真实身份，因此只掏出"执法证"晃了一下："请你们开门!"他了解过，网吧困兽犹斗、行凶反抗的情况，几乎从来没出现过，但他可不想尝尝这"第一次"，创这么个纪录，因此每说一个字，每做一个动作都扣紧了分寸，既给对方压力，又避免过分刺激他们。

"咔嚓""咔嚓"，闪光灯闪了几闪，是有人拍照取证。黄真大喜，忙迎过去，见是薛处长到了。他奇怪地问："您是怎么进来的?"薛处长说："从后墙翻进来的。"转身向老板、老板娘声色俱厉地说，"最近三令五申，不准营业超过十二点，不准有未成年人，你们怎么还敢乱来?赚钱也不是这个赚法!"这些话是在黄真意料之中的，接下来的话就叫他意外了，"你们知道这两位是谁吗?"

黄真暗想：我是谁呀?来头很大?

薛处长面不改色地说："这两位是省厅的年轻领导，特地到我们市检查的!"老板两口子一副五雷轰顶的神气。

下面的事就顺理成章了，铁门打开了，同事们一拥而入，有的查看网吧的登记簿，有的四处补拍照片，以做日后罚款的铁证，有的护送黄真、陈军两位冒牌领导出去。

黄、陈二人上车歇息，喝着同事递来的冰水，都是如释重负。不一会儿薛处长训完了话也上车了，夸黄真"干得好"，又跟陈军握手："谢谢你对我们工作的支持!"陈军讷讷地谦虚。黄真问道："网吧会罚多少?"薛处长说："少则六七千，多就一万儿。"黄真"哦"了一声，觉得一股说不出的滋味。薛处长喝了一大口矿泉水说："不用同情!每年整治一次，前后就一个多月，风头过去了还不是一切照旧?还不是睁只眼闭只眼?非要财迷心窍，顶风作案，二三十天就把他亏死了。"黄真隔着车窗看那闪闪烁烁、红光流溢的“任我行网吧”的招牌，略想了想，微笑道：“薛处长，刚刚干吗说我们是省里的?”薛处长把空调页子调得正对自己，一面扇着衣领一面笑道：“前几年得罪过他们好几次了，对我们意见大得很。这回就哄他们说是省里带着咱们查的，他再怨也怨不到咱们头上。有本事到省会上访去。”众人啧啧称赞。

黄真与大家道别，仍旧坐着陈军的电动车回家。夜深了，璀璨灯火熄灭大半。月亮黄中透白，白中又透出清凉的银辉。行道树和草坪间是夏虫唧唧。熙攘繁华的城市，在这个时段竟显出几分乡村野趣。陈军沉默了半天才说：“真像拍电影一样啊!”

三

次日黎明，蝙蝠照例在角落里“扑啦啦”撞来撞去，黄真跟它们朝夕相处，也不曾日久生情，生理上起强烈的抵触。他开了灯，靠在床头，刚打开手机，就有一阵清越的铃声。接了，是办公室副主任：“知道你昨天晚上辛苦了，本来让你休息半天的，早上才收到通知，要开党员测评会，所以还是请你来一下。”副主任是个四十不到的美貌少妇，因是女性，说话相当委婉，但她做出的决定轻易却不容别人更改。

黄真满口答应，心中却不愿意。他打定了主意躲开这个会，因此只在床上看书，并不忙着起来。过了一会儿，果然薛处长来电话：“小黄，今天明天你就不用上班了，网吧的人会来办罚款手续，不能让他们看见你在单位。人身安全第一。”这是其一。其二呢，黄真号称是“省领导”，给人看到在市里上班，也有点儿说不过去。黄真装傻道：“有个党员测评会，说是不能缺席。”薛处长豪爽拍板：“我帮你请假，特殊情况特殊处理嘛!”

黄真起床洗漱，又翻箱倒柜地整理行李。他昨天算过了，两天假期加两天周末，连头带尾四天，足够回老家参加母亲生日了。他也是从小的“熏陶”，人情世故，动脑子还行，动起手来就很勉强了，一个箱子收了将近四十分钟。陈军有一次看他做事说“简直令人发指”。

上了车给家里打电话，燕平听说儿子要回来，喜上眉梢。她回头便叫：“妈，你外孙下午到家！”黄真的外婆卞鸿珍耳朵不好，从厨房小跑着过来直问：“还有什么要加？”她正在烧菜，以为燕平叫她加点儿糖还是盐。

黄菊正从房里出来，笑向燕平说：“外婆这耳朵怎么好呢！”燕平笑着把话重复了一遍，卞鸿珍顿时大为忙碌，换床单换被子，抹席子擦空调，把黄真的房间里里外外收拾得焕然一新。黄真在盛夏时也不直接睡凉席，而是铺一层床单，盖一床小被子，空调吹着才不会受凉。

燕平嘴上怪卞鸿珍“从小就是这样，什么都替他打点，惯得他三十出头了自理能力还这么差”，她自己却也忍不住到黄真房里又“视察”一下，把床角拉拉平，把书桌上的相框扶扶正。那相框是黄真生日时俞静枫送的，典雅的欧式，中间嵌着照片。照片上黄真居中，左边是姚远，右边是俞静枫和林小茇。四个人的合照，数姚远笑得最灿烂，嘴张得老大而不显得傻，倒有一股英爽不羁。旁边的黄真笑的幅度没那么大，但看得出来轻松愉快，四五年前的黄真比现在明朗得多。右边的俞静枫是燕平心中理想的儿媳人选，当今社会还有这样雅致的大家闺秀般的女孩子，第一次见她就眼前一亮。可惜阴差阳错，不知怎么，嫁到了省城，隐约听说婚后不大幸福。黄真半点儿也没吐露，但燕平猜到他是要强，不在人面前流露。最右边的林小茇也是家里的常客，快人快语，扎着松松的马尾辫，又像懒散，又很利落。

燕平打开空调出去，顺便关上房门。她这一点上是很看得开，有时近于奢侈。春节几天，客厅里的橘色大吊灯取代了日光灯，一亮就是八九个小时。卞鸿珍说七个灯泡开着太浪费，燕平说这样暖暖的光线才有过年的氛围。又比如现在，黄真在路上还有一个小时，她提前就把空调打到二十六度，只要儿子回来舒服。

日影从房间东边的衣橱移到了中间的书桌，桌上的照片微微反光，邻近却是一道斜斜的影子。闹钟嘀嗒嘀嗒走着，走到十二点多，门一响，黄真拎着箱子进来了。后面跟着问长问短的卞鸿珍。燕平在门口说：“今天车开得倒快。”黄真和卞鸿珍打开箱盖往外拾东西，一面和燕平说：“今天没绕路，也没停下来带人带货，比平时快了半个小时。”燕平叫来黄菊，存心让兄妹俩亲近亲近。黄菊笑道：“哥哥。”黄真想起他名列黄菊名单上的“第二根”，只笑了笑。

燕平怕冷气全走掉了，把大家都撵出去，老中青三代一块儿下厨，各显身手。黄菊不大情愿加入接风的队伍，但做菜对于她有种天然的吸引力，她经常发明出搭配极为古怪的新式菜肴，所以也进了厨房。三个女人的说话声，菜落进锅里的爆油声，锅铲相击声，从门缝里混杂着传来，使黄真渐渐地感到喜悦，平日的积郁便松动了，减轻了。也只有在老家还享受得到“众相瞩目”的感觉，在单位，除非叫他做事，否则他是有意无意就给忽略掉的。

饭后他在久违的床上好好补了一觉，平常这时候他是趴在办公桌上艰难地打盹，连做梦也是在郊外军训；下午他绕着城市自由自在地漫步，护城河、杨柳岸、水浒故事石刻，一一走到，平常这时候他是在办公室做记录、接电话、复印大把文件；晚上他和姚远、林小茇坐在“猫空”咖啡厅里喝茶打牌，平常这时候他是一个人孤独地上网。咖啡厅里乐声潺潺，还有个长发女孩现场在钢琴上弹了两支短短的曲子。要是在平时，他听到的只有蝙蝠摩擦翅膀的怪声。

三个人坐在“猫空”一角，左边是大落地窗，窗子是双层玻璃，中间夹着细细的水流，衬着翠竹图案，不下雨也是“烟雨江南”。黄真点了绿茶，茶叶细而尖，水色清冽；林小茇要了花茶，味道比薰衣草稍淡些；姚远点的介于饮料和酒之间，名字也独特，叫“放肆情人”，林小茇因此笑他不是好人。

姚远收起扑克牌笑道：“不打了，谈谈心。林小茇我问你，男人有几个不想有情人的？只不过有人光说不做，会在行动上约束自己，比如我；有的人光做不说，从外表上看不出来，比如你老公。”林小茇抓起银匙就要丢他。黄真笑阻道：“你们不小啦，林小茇你都结过婚了，还要孩子脾气。”林小芨笑道：“结婚怎么啦，我就假装淑女啦?”想了想又叹道，“不过到底不一样，公公婆婆面前就不敢太张扬。没有娘家自由。你看我跟你们两个男人来喝茶，以前才不当一回事呢，现在就怕那些七大姑八大姨嚼舌头。”黄真说：“那下次回来不敢找你了。”林小芨笑道：“下次是过年吧？到时静枫也回来，二男二女，同学聚会，就理直气壮了。”

姚远听了，想起来说：“静枫怎么样了？好久没她消息了。”林小芨瞧了瞧黄真说：“好像越来越恶化了。她老公太软，在老子娘面前完全没地位。静枫这两年看公婆的嘴脸也算看得够了。”姚远便把黄真一拍：“兄弟啊，还是你去解放她吧。”黄真笑了，不想把对俞静枫的心疼写在脸上：“外人插不上手，要靠她自救。”姚远做出受惊的表情：“你暗示她主动离婚?”黄真忙斥“胡说”，林小芨笑着说：“黄真的意思是，静枫应该强硬些，太贤惠了人家会得寸进尺。”姚远喝一口醉红色的“放肆情人”，舒口气说：“我就不明白，静枫漂亮文静识大体，两个老东西为什么冷淡她哪?”林小芨摇一摇她那玫瑰红的茶水，深知内情似的撇了撇嘴：“他们心可高呢，想让帅哥儿子攀上当地权贵，好比副市长的千金啦，或者财政局长的侄女啦，结果儿子和静枫在大学里一见钟情，打乱了人家的通盘计划。”黄真拨弄着茶杯垫子说：“他家本来已经很有钱了，不知道还想那些干吗。”姚远刚要讲话，林小芨抢着说：“你又呆了，那种浑身铜臭的小商人，一旦发了家，就特别介意‘只富不贵’，所以急着找个有权的亲家改变成分，往‘上流社会’里挤嘛!”看得出她对俞静枫的婆家一肚子意见，冷嘲热讽了半天还嫌不够。黄真对他们更加痛恨，只是生性温文，点到即止。

三人久别重逢，除了俞静枫，自然也说到别的。黄真就回忆起他到外地工作，在车站临出发前，林小芨和姚远他们竟没有哭。姚远笑道：“是我们错了，就算抹辣椒水也装模作样洒几滴子呀。”

林小芨笑道：“那时是夏天吧？太热了，眼泪都变成汗了。”姚远连连点头：“情绪同气温是有关系的，要不电视里送行怎么都在秋天呢。

你看，黄叶飘飘，多有情调！然后火车‘呜——’的一声冲过来了，多揪心哪！你要是在那种情况下上车，在窗口里朝我们挥手，别人我不敢保证，反正我和林小茇铁定是要哭死了。”黄、林笑得东倒西歪。黄真之歪，还是四十五度角；林小茇索性一百八十度地趴到沙发上去了。黄真咳了两声才说得出话来：“你干脆改行当DJ吧，到广播电台主持《娱乐乐翻天》。”姚远笑道：“被你说着了，我还真的改行了。”林小茇诧异道：“不是吧，你怎么没跟我汇报？”又向黄真叹道，“你走了，我们这五六个人的小团体就散了，平时都难得见面。”黄真笑道：“形散神不散。”林小茇说：“呸，你以为写散文啊——唉，从你走了以后，我们就聚得少了，本地的娱乐业遭到毁灭性的打击。”姚远招手叫了一桶“奶油酥香爆米花”来，林小茇边吃边说：“看在爆米花的分上，给你个将功补过的机会，快说你跳槽到哪边去了？”

黄真也挺关心。姚远个子高，形象好，优势同时也是局限，他做来做去都是餐饮服务业。先是舞厅侍者，后是KTV领班，后来是茶座的酒柜负责人，最近的一份工作是“黄海大酒店”的大堂经理。“黄海”待遇好，工作量也不大，如果没有更好的机会，暂时在“黄海”是个不错的选择。想不到三个月不到他又改了行。

姚远笑着说：“我是到……”

来不及等他报出新单位的名字，音响里换了音乐。此前都是钢琴、单簧管、小提琴之类，这时忽然换了首有人唱的歌曲，三个人同时留意到了。旋律极动听，唱得也动情，叫人急着想听下一句，又怕下一句来得太快，一会儿就唱完了。黄真听到有共鸣的歌，总难免有种寒毛竖竖的感觉，凛凛的，麻酥酥的，通了电一样。

“没有花，蝶儿不知归路；不见月，星光也模糊。世间事，笼罩层层迷雾；恍惚间，听见有人哭……”

林小茇说：“不是周杰伦吧？”

“吐词太清晰了，不像！”姚远望了望林小茇，神态傲慢得仿佛不屑多说似的。

林小茇说“找死”，探过桌子作势要掐。姚远连忙求饶，又告诉她说：“这是周华健的歌，他那个带鼻音的唱腔与众不同。”黄真说：“我想起来了，叫《飞越迷雾》，不像周华健别的歌那么大红大紫。上中学时听过的。那时没有 VCD，还是磁带呢，当时没觉得这么好听！”

林小茇手机响了，彩铃用的是蔡依林的《日不落》。她“嗯嗯”几声挂了，起身拎包笑道：“老公催我，说再不回家太阳都出来了。开车到门口了。”黄真笑道：“结了婚到底不同。”

在这一瞬间，他和姚远同时感到一阵不可理喻的妒意。要说他俩对她有什么绮念，是没有的事，但异性朋友间就有这一层微妙：当对方有了真命天子，他们虽不喜欢她，仍然会有轻微的失落。只是这失落融化在为她高兴的欣慰当中，稀释得若有若无，最终成了略含杂质的坦荡。

林小茇走后，姚远便坐到黄真对面，叫服务员撤走了林小茇的茶具。黄真看他那样子似乎还要再坐一会儿，但他头一天到家，和好朋友叙过旧，也想回去陪陪母亲和外婆，便看了下表说：“坐一坐就走吧，也不早了。”姚远说：“我就是想问问你，你和你妹妹怎么样了?”黄真笑笑说：“还算敷衍得过去。”姚远点点头：“那就好，我上次让你看她的日志，过后想想真有点儿后悔，像挑拨你们的关系了。”黄真忙摇头说不会，又加上句“咱俩还计较这个?”姚远放心了，顿时就轻快一些：“你们到底是亲兄妹，你就让让她呗，一年也见不到几回。”黄真却认真地强调：“是同母异父，不完全亲。”他固执起来，是老人说的“九头牛拉不回来”，姚远也不敢同他死犟，就转到别的话题上去了。

四

第二天，除了到小舅舅家晃一下，黄真整天都在家里。他之前特地从网上订了一套正版的《大国崛起》，这时就陪着燕平在家看碟。燕平非常喜欢这一类型的节目，何况还有如画的欧美风光。娘儿俩边看边品评，黄菊在房里练瑜伽——非常不正宗的那种。不过燕平说“比她在外头闯祸好”，所以也随她去。

午饭和晚饭前，黄真就陪卞鸿珍在厨房里聊天儿。黄真如今难得回来一趟，猜着卞鸿珍会有无数的知心话要和他讲。他搬了小板凳坐在厨房门口，卞鸿珍边忙菜边说个不停。这情形倒像他童年那会儿了，看着外婆把蔬菜、鱼肉做成那么可口又好看的花样，简直近于崇拜。

卞鸿珍问他的工作，问他的生活，吃什么、穿什么，水果要用温水洗干净了再吃，苹果皮别削，有维生素，天冷天热要及时加减衣服。问他怎么还不找女朋友，趁着她还带得动，赶快生个重孙子在家里。黄真想起俞静枫，心里微痛，然而他还是一贯的作风，不想说绝对不说。他发现卞鸿珍最感兴趣的倒还是黄维江再婚后的情形。

黄维江是黄真的继父，在黄真上小学时和燕平结的婚。十八年来父慈子孝，万不料黄维江官越做越大，人也越做越不安分，终于和一个年轻女人有了婚外情。那女人比黄真还小两岁。照说这也不稀奇，但凡有钱有权的男人，家里红旗不倒，外面彩旗飘飘，很多人视为理所当然。稀奇的是黄维江人到中年竟动了真格儿的，那年轻女人也似乎颇有手腕，结果是黄家分崩离析。不管是燕平的大度包容，还是黄菊的大闹特闹，都挽不回黄维江的心。黄菊气极生事，叫上一帮小姐妹趁黄维江不在，跑去把那女人狠揍了一顿。黄维江大怒赶来，要打黄菊。燕平、卞鸿珍作好作歹地拦住，黄菊反把头一扬说："你打，打呀，打死了跟那个小婊子再生一个！"燕平呵斥她说："你说的是什么话?！像不像我们家的人说的?"黄菊急怒攻心，冲出门去，在楼梯口尖叫："黄局长打人啦！黄局长打人啦！"一面拿头猛撞防盗门。她撒泼到如此地步，豁出性命不要，黄维江无可奈何，含恨而退。黄菊还跟在后面叫："你叫那个烂货小心点儿，见她一次打她一次！"

黄维江走了，黄菊当夜就割腕自杀，幸亏发现及时，送到医院抢救，弄得人仰马翻。黄维江自愧于心，常到医院探视，一应开支都算他的。但真正的护理和种种麻烦还是燕平和黄真来承受。卞鸿珍年纪大了，急归急，只能帮着送送饭。黄菊毫不感激，倒把脸色给燕平看，说她软弱。燕平就是在这段日子显出惊人的韧性。

她照常上班，照常工作，照常在全国得奖，还升了科研所的常务副所长。她对黄维江淡淡的，却和黄维江的父母、弟弟保持着良好关系，经常看望他们。她在全市的“先进个人”和“优秀党员”评比上击败了黄维江，也更当心容貌，定期美容，人前人后风姿绰约。黄真在内心深处，本来也不无怪她的意思。在他看来，二女争夫，正义又在自己一边，还牵涉两个孩子，就该不择手段，狠狠反击，无所不用其极。燕平太君子风度，太心高气傲，拱手送掉了黄维江。可是后来，他不得不佩服母亲失败后的坚忍。燕平私下里跟他说：“你爸爸心在哪边，我比你们清楚。死缠烂打没有用，骂他恨他徒然伤了自己。我能做的就是接受现实，”顿了一顿又说，“让你们也接受现实。”

这当然是一项艰巨的工作。第一先要说服卞鸿珍，让她不要成天念叨“从前”，不要一提“黄维江”就老泪纵横。哄好了她，又有黄真配合，逐渐营造出了家常的氛围。黄真和燕平就像燕子垒窝，一口一口地衔泥，一块一块拼出一个残缺的安稳。黄菊却隔三岔五地就要闹一次。黄维江为新夫人买了新车，黄菊心里不平衡，绝食两天；黄维江和那女人生了个女儿，黄菊哭到晕厥；黄维江在那边留了个房间给她，黄菊听从燕平劝告去住了一次，半夜披头散发地闯回来，说闻到狐狸精的骚味她想呕，说完真就吐了一地。有一次黄真刚好不在家，卞鸿珍与蛮不讲理的邻居发生纠纷，黄菊又触动前情，揪着头发说：“如果爸爸不走，这些狗一样的东西怎么敢欺负我们？”有时候，根本什么事也没发生，看电视看得好好的，她又倒在沙发哀哀欲绝，说：“客厅里少了个人，到别人家里去了。”饶是燕平镇静，也被她弄了个焦头烂额。

黄真涵养再好，也禁不住要训斥她：“为什么妈妈外婆快要忘了你就偏要提？为什么你只顾自己难过不想想别人？你三天两头地发神经，那女人又不少块皮又不少块肉！你要跟我一起安慰妈妈，不是让我和妈妈一起安慰你！”那是他最后一次动手打她，那一刻他恨黄菊胜过恨那个女人。亏得燕平调解得当，兄妹俩从打冷战到偶尔说说话，大体上总算说得过去。到最后燕平担心的反而是黄真了。黄菊的性格激烈偏执，可像疾风骤雨，来得快去得也快，经过心理医生几个月的疏导，加上燕平的不断劝说，她已经与黄维江恢复了来往，只是始终不搭理那个第三者。她毕竟年轻，注意力容易转移，新近又谈了男朋友，一切都有个新的开始。黄真却绝口不提婚变的事，燕平发觉他不是豁达，而是想制造旧日的空气，假装什么也没发生。他又不大和人交心，日积月累，真怕他憋出病来。

心态最好的是卞鸿珍，人老了，经过的事多，看得开，她都不需要像燕平那样努力振奋，努力宽容，就从心底做到了平和。好比这会儿，她能像议论亲戚那样把黄维江的事当笑话说。黄真在小板凳上坐着，"哧啦啦"的油烟中，看卞鸿珍一边炒菜一边津津有味地叙述："前天在街上碰见你爸爸，衣服也改成洋气的了，剃了个'马桶盖子头'，要有多丑！就为了在那个女人面前不显老。我就发笑。他看见我也不喊我，尽在那儿笑，我也朝他笑，我还告诉他你又得奖了。他夸你从小聪明，像你妈。"黄真听得哭笑不得。卞鸿珍又说："最好玩是那个女人，周末总要打电话来请你妹妹过去吃饭。我倒不是有意的，我耳朵不好你晓得的，我就没听出来是她。她说找黄菊，我顺口问她'你是她朋友啊'，她说不是。我问'那你是她什么人啊'，她想了半天说：'我也不知道我是她什么人。'"她呵呵呵地笑了。这事她逢人就说，已经说了五六遍，每一次都笑得咳嗽。黄真忙站起来替她捶，同时问了一个他筹思之久的问题："他明天去不去？"卞鸿珍拍拍心口，把菜盛到蓝瓷盘子里说："你妈妈五十五，逢'五'字，不是整生日也是大生日，他好意思不去？不过那个女人管他管得紧，他大概偷偷地去，不能准时到。"她关掉煤气灶，洗手擦干，进行她的推理："你想啊，她自己抢了人家的男人，她也怕有个'第四者'从她手上抢人，是不是？而且又知道我们跟你爸爸家的人处得好，怕你爸妈复合，她当然像看囚犯那么看着他啦。"

卞鸿珍有些话并不怎么在乎别人回应，人老怕寂寞，她只是要有人听。尤其黄真是她看着长大的，她更乐意跟他讲。黄真也明白这个道理，很耐心地听她说上一箩筐的话。沙里淘金，顺便也淘到一些有价值的信息。他一度犹豫要不要回来参加生日宴，就是不想和黄菊、黄维江在一张桌上吃饭。只要找个“临时加班”的借口，燕平绝不会责怪他。然而他还是回来了，这么多年母亲难得过个生日，终究不忍让她失望。

第二天晚上，全家到“千家月”饭庄庆生。黄真定做了一个六层巨型蛋糕，盖子揭开的一瞬间，众人齐声惊呼。黄菊对着奶油上各种颜色的水果垂涎欲滴。燕平知道她馋，自己切了一块在纸盘里，招呼大家都吃。黄菊作为“大家”之一，笑嘻嘻地切了一大块去。寿星吃了第一块，众人也就不再客气，纷纷步黄菊后尘，转眼消灭了两层。

“千家月”是市内有名的大饭庄，布置精洁，场面豪华。黄真的小舅舅今晚做东，有心让姐姐燕平过个开心的生日。光凭着这一点，黄真就对他充满感激。那“千家月”除了一个极长极大的大厅，还有二十几个包厢，每一间的门上都画着月亮，有的是一弯月牙儿，纤细如眉；有的是橘子瓣形状，有一条润泽的弧度；有的是矩形的“月块”，显得挺抽象；有的比圆形缺了一小角，憨态可掬。唯有那间最大最华丽的包厢，门上疏疏画着两朵薄云，托出一轮圆月，皎洁端庄，玉宇澄清，象征尊贵的圆满。黄真的小舅舅就定了这一间。

里头有全套海蓝色长沙发，有摇椅，有卡拉 OK，有牌桌，墙上挂着壁画，地下垫着猩红撒花的地毯，自然还有两张铺了海蓝桌布的大圆桌。两张桌子都坐满了人，在低低的乐声中笑语喧哗。右边一桌是燕平的同事朋友，左边一桌则是亲戚家人。有一张椅子空着，是留给黄维江的。

燕平暗里嘱咐黄菊给黄真敬酒，黄菊别别扭扭地延挨着，燕平笑着摸摸女儿的头：“听话，哥哥不会说你的。”黄菊兀自迟疑，这些年来，在黄真积威之下她向来对他有几分畏惧，凡事有黄真在场，她也稍存顾忌。燕平给她出主意说：“你叫小韩跟你一块儿敬。”小韩是黄菊的男朋友，他和黄真初次见面，黄真肯定会客客气气的。黄菊一想不错，这才和小韩一同敬酒。黄真礼貌地笑着和他们碰了杯，不着痕迹地打量了一下“妹夫”，穿得很精神也很朴素，听卞鸿珍说是在一家事业单位。照黄真看，那工作相当美好而没多少前途，是个“养老型单位”，但至少不会在经济上拖累燕平，也就罢了。

有人敲门，一旁侍立的服务员忙开门，来的正是黄维江。他笑着道歉说来迟了，自愿罚酒。罚酒之前，先敬燕平。燕平偏头看了一下说：“你头发染过了吧？一根白的也没有了吗。”黄维江略有些发窘，随即自我解嘲：“明天还去拉皮做脸呢，哈哈。”就混过去了。燕平因为看见他换了发型又染发，取悦那女人，心里不舒服，所以小小地惩戒他一下；这时不再多说，举杯和他遥干了一杯。黄菊眼珠子一转，脆生生地笑道：“这个不算，要杯子碰杯子才算。”黄维江禁不起女儿软求硬磨，只得又补了一杯。黄真带笑看着，第一次发觉妹妹其实心底里是孝顺母亲的，当她的理智能驾驭冲动时，活泼娇俏，不失可爱。

黄维江三杯酒下肚，自动落座。燕平悄声让他先吃点儿东西垫一垫，不容易醉。黄维江答应了，心中酸酸的。这个女人让他知道了什么叫识大体、顾大局。他的政敌多少次怂恿燕平到市委告状，写人民来信，到新夫人的单位去闹，燕平全都委婉谢绝。她还约束一儿一女不得在外人面前说他半句坏话。为了回报，他找公安局的人威吓那些蠢蠢欲动的黑社会，警告他们别以为燕平家不比当年了就好敲诈。他暗地里给她打发掉三四起人，以至公安局的朋友半开玩笑地说：“你们感情这么好，干脆复婚算了。”他补贴了燕平一笔钱，黄菊每个月的生活费也由他出，而他最歉疚的是养子黄真。两人没有血缘关系，家一散，他们成了理论上毫不相干的人，也就不方便再照顾黄真。可在心里，他当黄真是亲生儿子无异。黄真的态度却莫测高深，使他摸不清。

想到这里，他朝埋头吃菜的黄真看了一眼。燕平捕捉到他的目光，跟黄菊说悄悄话，叫她告诉哥哥，“给爸爸敬杯酒”。黄菊依言跟黄真说了，黄真微点了下头。燕平的苦心他很清楚，既要改善父子关系，又通过传话改善黄真黄菊的兄妹关系。他觉得这顿饭有点儿吃力，但不愿拂逆燕平之意，便站起来敬了黄维江一杯。黄维江非常高兴，又叮嘱他在单位“低调做人，高调做事”。这是经验之谈，黄真的小舅舅也深以为然。为了燕平，他曾经跟黄维江弄得很僵，专在公共场合拆黄维江的台。燕平劝了他几次，说：“不知道的还以为我指使你呢。大家都几十岁的人了，彼此省省心算了。”

黄菊和小韩请服务员换了《祝你生日快乐》的曲子。卞鸿珍说：“刚才光顾吃蛋糕了。”小韩笑道：“趁着还没有消化，赶快补唱。”两桌人都笑了。大家鼓掌唱《生日歌》，黄菊尤其卖力。之后燕平率领黄真、黄菊、小韩到另一桌敬酒：“没有你们，就没有我们家的今天。”黄维江虽然一心要脱略形迹，毕竟今时不同往日，不便与前妻一起敬客，颇有点儿今昔之感。

黄维江的手机响了。他脸色一变，匆匆接了，起身与众人道别。黄真猜到是“黄夫人”听到风声，催他立刻返家。老夫少妻向来是小的那个撒痴撒娇，老的那个由爱生宠，由宠纵容，终于演变成“惧内”。黄维江正要出门，黄真坐着说：“爸，你还没敬外婆。”

这是离婚后他第一次叫“爸”，黄维江的反应不是欣喜，而是鼻酸。黄真知道当着人叫他一声，可以趁此请求他做任何事。这样的场合，主角自是燕平，卞鸿珍却也绝不能被冷落。他看出黄维江一直对前丈母娘躲躲闪闪的，决定索性单刀直入地提一下。

黄维江转过头来倒酒，手有些抖。他之前喝了不少，这时心情激动，更是把持不定。他伸长了手臂向卞鸿珍说：“寿比南山，年年陪着燕平过生日。”这是同时祝福母女二人了。亲戚中有俏皮的便笑着插嘴：“你就叫老太太一声‘妈’，又怎么样呢？连个主语也不讲。”黄维江还没怎样，卞鸿珍先老脸通红：“算了算了，喝过就算了。”众人起哄声中，黄维江不得不含笑叫了声：“妈。”卞鸿珍笑眯眯的，嗓子却哽了，吩咐他：“你以后少喝点儿酒啊，你有脂肪肝。”她蓦然间体会到，她对黄维江仍有一份深切的关怀。黄维江不敢与她对视，轻声应了一声。黄菊把头靠到小韩肩上，眼泪“扑簌簌”全落到小韩衣服上了。燕平红着眼眶劝卞鸿珍，话风里也捎着黄维江："今晚我最大，你们听我的，欢欢喜喜喝了这杯酒，维江就早点儿回去，省得又惹气。"黄维江敬完就出去了。

外面传来一片争吵声，语音尖锐，愈逼愈近，盖过了室内的音乐和欢笑。燕平辨出是那个女人的声音，故意不说破。黄真微微变色，黄菊霍地站起，燕平一把拉住她："你干吗？"黄菊冷笑道："再去打她一顿！"

众人已猜到是那女人知道黄维江来燕平这里，大吃其醋，按捺不住，存心搅局。燕平向弟弟丢了个眼色，黄真的小舅舅就往门外面去。谁知他才走了几步，外面一个青年接口道："请你出去发疯，别妨碍我们做生意！"黄真觉得这声音好熟，不及细想，又是一阵女人的叫骂、质问和抗议，又是青年的怒吼、黄维江的赔话。乱纷纷三般话音中忽然又插进另一个女人清亮的话音。这人语速极快，一句接着一句，噼噼啪啪像打机关机一样，话讲得密不透风。"黄夫人"说："是谁叫你跟长辈这么说话的？你没有爹娘教的？"那女人就说："你是狗屁的长辈？你跟黄菊差不多大，你老公才是你长辈哪！"竟是连黄维江也不给丝毫面子。"黄夫人"嗓门高她更高，两个女人对撼，一浪高过一浪。末了"黄夫人"嗓门越来越小，最后叽叽咕咕，伴着黄维江的解释安慰，渐去渐远。

黄真的小舅舅笑道："让我看看是哪两个大英雄。"不等他开门，一男一女笑吟吟地开门进来了。黄真一看，是姚远和林小茇。二人与大家招呼过了，又抢着在黄真面前自我表扬。姚远笑道："我上个月跳槽到'千家月'工作，一来就发挥作用。"林小茇笑道："早就看她不爽了，正好逮住机会教训教训她！"姚远眉飞色舞地说："她想往这里闯，我就公事公办把她往外直推，说不准骚扰客人，我们经理也不好说我不对！"林小茇神采飞扬地说："比吵架，我还真没怕过谁。她会骂人我更会，我都结婚了，也不怕嫁不出去，荤的素的我比她还敢说呢！"众人哈哈大笑。

黄真叫加两张座位，姚远说不用了，今天他当班，来敬个酒就走。林小茇却说："我坐黄真旁边，反正你……"朝黄真一指，"没带女朋友，我陪你给阿姨敬酒，当黄菊的临时嫂子。"众人又一阵笑，都说"现在的孩子不得了，比我们老的还会闹"。姚远笑着叫人把黄维江的空椅子挪到黄真旁边，撤去餐具，另上了一套干净的。

林小茇笑向燕平道歉："阿姨你别怪我们讲话不上规矩，我是心里高兴。"燕平笑着说："哪儿能呢，你和姚远都是黄真的好朋友，兄弟姐妹一样，在阿姨眼里，你们都是家里的孩子。"她斟了杯酒笑道："让阿姨先敬你们一杯，治安维持得好。"难得她轻轻松松地开玩笑，姚、林忙各举杯，一饮而尽。随后二人回敬了燕平，祝她生日快乐，又在黄真的提议下一起敬卞鸿珍。黄真微笑道："卞奶奶，感谢你培养出燕平这么优秀的女儿，你好福气。"卞鸿章和燕平笑弯了腰。小韩又叫黄菊和他一块儿敬黄真、林小茇，直喊"哥哥嫂子"。姚远强烈要求"赞助"——带上他喝。小韩响亮地说："好！敬哥哥嫂子和你……一家三口。"姚远说："啊？你个缺了德的！"黄菊笑出了眼泪，众人有的互相扶着笑，有的趴在桌上，有的捂着嘴靠在椅子背上，黄真的小舅舅一口汤呛到了，笑得直拍桌子。

五

当天散了席，黄菊和小韩还有节目，约会去了。卞鸿珍年老犯困，也上床睡了。燕平泡了两杯好茶，到黄真房里闲谈。黄真虽然没说什么，看得出来还很兴奋。燕平含蓄地取笑"黄夫人"，黄真也笑说："今晚她很受伤。"

母子二人闲聊片刻，燕平帮黄真收拾箱子，叮嘱明天早上在家别吃油腻，长途车上闹肚子不是玩的。黄真答应了，看燕平三下两下把行李拾得整整齐齐，简直神奇。燕平"啪"合上箱子盖儿，拍拍手，手捧茶杯："你爸爸说的'低调做人，高调做事'，你用心记着，在单位注意人际关系。”黄真点头道：“这意思是不是让我为人处世谦和、不嚣张，但是干的工作却要让别人看见、知道？”燕平满意儿子的悟性：“对了。不然你默默无闻做老黄牛，人家还以为你游手好闲，做得再多也不落好。群众舆论一形成就很难改了。”她吹吹茶烟，啜了一口说：“你爸爸上周跟我说，等你结婚，他贴你五万块钱。”黄真说：“那女人不杀了他才怪。”燕平说：“他外面有‘小金库’，她哪儿知道——也许她自以为知道。”黄真笑了笑说：“当年他可能也背着你有‘小金库’。”燕平说：“不是可能，是一定。不过男人都是这样，不甘心什么都捏在女人手里，将来你就晓得了。”黄真却极认真地说：“不，我全交给老婆。男人有钱就变坏，我不给自己犯错的机会……我不想像爸爸那样。”

燕平听了这话，竟是有几分感动，停了停才说：“你爸爸走前留给我三十万，加上我历年的积蓄，我打算在那边给你买套新房子。”黄真心里“咯噔”一下，本能地感到如此一来，他就和老家真的“再见”了。燕平说：“你不乐意？当初辞职去外地是你自己的意思，妈妈没有干涉。你这么大了，应该知道要对自己的选择负责。你再看人家多少年轻人都是自己还房贷，父母只帮他付首付。我给你一次性付清，还有什么不满足的？”黄真叹了口气说：“我只是觉得，买了新房子，迁了新户口，再换了身份证，我就是个没有过去的‘新人’，再也不属于这里了。”许是喝了点儿酒，又也许是刚才的晚宴太忘形了，情绪还没刹得住车，今晚他破例想跟母亲说说心事。

燕平在他肩上捡掉一根白线头：“你看林小芨也成家了，姚远也换了工作，你妹妹也有男朋友了，街上拆了好多旧房子，起了好多新商厦。连那个在夜里沿街叫卖香干臭干的老太婆也死了。很多东西会变，不是你想留就留得住。”她想到了黄维江，有些感慨，有些黯然。黄真坐到床上说：“我还是喜欢以前的空气。家里很好，朋友们也都单身，生活简单，也蛮快乐。”他说得十分平淡，可神色间不由得露出无限怀念。燕平说：“还是那句话，接受现实，往前看。”扫了一眼闹钟，出门去了，临走又说，“你看窗帘用了十几年了，颜色早就不鲜了，不换洗怎么行呢？”

次日一早，黄真吃过早饭就打车去车站，中午时才到了。他拖着大箱子等公交车，箱子里满满地填着好吃的。

此地连公交车站都建成古代驿站的模样，站牌是木质，与城市的风格十分协调。上了车，拣个空位坐下，汽车缓缓开动，跑得顺畅从容，不像有些地方，司机喜欢猛然加速，猛然刹车，一车子人不是前跌就是后仰，像在跳舞。

黄真是很欣赏这里，即使他认为自己只是个“外人”。透过擦得晶亮的玻璃窗看出去，河边垂柳，岸上花圃，黄绿交错，远望如雾，掩映成一股怡人的静美。沿途的新建筑高大、现代、前卫，却因在屋顶、边缘处巧妙点缀，与古韵盎然的老建筑打成了一片。

如此灵秀的名城，属于他的也只是租的那套房。下午睡了一会儿，上上网，为明天上班做准备。晚上阵军一回来就说：“不声不响就跑了。”黄真说：“不是发消息告诉你了吗？”

夜色中，听着头顶蝙蝠飞来飞去的扑打声，想想这三天的经历，像做了一场梦。他后来真的做了个梦，也是在坐车，不过是在郊外，天蓝得让人心碎。那车是双层的，视野特别开阔，油菜花整块整块，一路伴随；没有车顶，头上就是那蓝莹莹的天，风徐徐地吹着，春意醉人。却没有发动机，是靠脚踩。驾驶员手打方向盘，左右脚轮流踩着踏轮，车就不慌不忙地往前开。驾驶员回头招招手，叫黄真过去帮忙。黄真左右瞧瞧，车上没别人，确实是叫自己，只得去和驾驶员一起踩那踏轮。生了锈似的，一下一下，踩得异常吃力。风景再美也没心思看了。

到了终点站，他下来，走过一片金色的麦田，麦浪起伏，白衬衫都映成了金色。他走到镇上，看见供销社，简陋的，暗暗的，像在一幅白纸上挖了个窟窿。刚才在车上像是暮春，下车又是一派秋天的景象，这时一阵燠热，却成了夏天的午后。一条街都睡着了，连供销社的营业员都趴在柜台上打盹。远远地有两声狗吠。黄真站在小街中央，太阳煌煌地晒着，左右两边寂无人声，一种钻入骨髓的荒凉。

飞机掠过天空，如一只银色大鸟，高远渺茫，让人胸口发空。黄真捂住眼，从手指缝里去看。飞机低一些，又低一些，庞大的阴影慢慢移了过来。黄真有种不祥的预感，慢慢倒退着朝后躲。飞机陡然俯冲过来，迅捷得像一道闪电。黄真转身就跑。机翼猛地一斜，“啪”的一声，狠狠拍在他额上，他惊叫，醒了。

是蝙蝠的翅膀触到他的脸。他忽地坐起，胡乱抽了件外衣左右狂甩。蝙蝠被他赶得四处乱窜，无处可去，钻回角落里。他双拳紧握，呼呼喘气，心中只有一个念头：“我只要从前！我只要从前!! 我只要从前!!!”

第二天一上班就要开会，偏遇见工作以来绝无仅有的大雾，能见度极低。他倒是不开电瓶车，可保不定开电瓶车的不撞到他。两个轮子的又不比四个的，索赔难度和额度都不一样。他大可不必去检验这一点。他尽量挨着右边的护栏极慢地往前衬着走，盼望能尽快走到公交车站，转而想到公交车的速度也快不到哪里去，索性不着急了。这样的异象，属于不可抗力，也不是他一个人受影响。

他在雾里摸索，前面只有隐隐约约的影子。那感觉像在电影里，更像在梦里。奇怪，上次的梦境没有雾，这次的迷雾倒像梦，归根结底，什么是幻，什么是真？他小时候最喜欢下雾，忽而就把熟悉的世界变得陌生、新鲜、神秘起来，充满了不可言说的乐趣。今天他不这么想了，本来就有事等着，又走了半天闯不出去，有种潮叽叽的窒息，像被人用湿毛巾捂住了口鼻。他甚至呼吸都有些迫促起来。他本能地想要求助，才发现周围没有一个摸得着、靠得住的人，别人也跟他一样困在迷雾里。要出去，还得指望他自己。

他深吸了口气，稳住心神，调节情绪，同时脚下稍微加快了步伐，继续挨着护栏。这样行了一程，雾散了些，公交车站的轮廓就在眼前。

他在车上耽误了好一会儿才到单位。会议时间早过了，参加会议的人还没到一半，大约也都耗在路上。不过别人仅仅是开会，他得负责烧水，这件杂务还是不能不做。以前是在办公室烧好了拎上去，这次他索性连电水壶一并拿到会议室里现烧，一壶不够还能紧接着再烧。正在这里看水，办公室副主任进来了。她一见便说了声“哟”，三脚两步过来拔掉了插头，把电水壶放到地上，一面笑道：“你呀，在家里肯定是个油瓶子倒了都不扶的大少爷，烧水哪能放到玻璃茶几上啊？把玻璃还烫裂了哪！”笑归笑，话里的责备意味是再明显不过了。黄真忙笑说：“生活中处处是学问啊。”自我解嘲，同时恭维一下副主任。谁知隔了几天，主任叫黄真烧瓶水，话就不大好听：“放在地上烧。”

黄真先没反应过来，想想才明白是遭了副主任的暗算，顿时脸涨得通红。多半是副主任借谈公事的机会，在主任面前轻轻一提，说他连烧水也不会，甚至说他“不把公家的东西当东西”也不稀奇。

黄真回思自己对副主任一向尊重，从来不曾得罪过她，她对自己的态度却一直是面子上热情，实质上疏离。以前有过几次类似的小事，他以为是她摆摆官威，调教下属，也不放在心上，这时细细一想，满不是那么回事。他这才想通了，原来她是把他当成威胁！

黄真年轻，硕士学历，专业对口，文秘又精通，本来由副主任写的一部分文件就转到了他手上。他不觉得那是什么光荣愉快的任务，在副主任眼里却颇值得妒羡。这样一分析，他不由得大起警惕。固然年轻就是资本，可年长也是资历。他处于上升期，她却也还远远没到走下坡路的时候。假如她就此盯准了他这个假想敌，处处使绊子，时时设陷阱，他的前途该有多凶险呢？

一整天他都默默沉思，桌上摊着文件，以便发呆发得名正言顺。副主任让他复印东西，他跟平时一样，恭而敬之地照办，只是心境两样了。“文印室”在走廊另一头，单独一间，没装空调，冬冷夏暖，不只人吃不消，连复印机也吃不消，一天到晚地卡纸，尤其旁路送纸，A3纸根本走不动，需要黄真一张一张地往里推。吃进纸去的一刹那，机器会发出“嘎吱——”一声痛苦不堪的哀鸣，粗粝刺耳。哪天机器彻底坏了，副主任会不会又说他保养得不够经心？

室内一股墨粉味，据说闻多了会致癌。他每次都尽量憋着气，不然就好像看见成千上万的粉尘微粒，电脑特技似的“哗”地扑进他口鼻。放着几个实习生不用，专派他这个活儿，无非是方便占用他的创作时间，或是在他奋笔疾书的当儿突然派他复印，打断他的思路。复印的材料有公有私，私人求他的，他不答应就是得罪人，答应了又怕领导知道，说他拿着单位的资源做好人。把他置于这局面的是谁？答案不言而喻。他设想着如果黄维江或者燕平处于这种境地会怎么处理。

燕平，她会占住道理，立定脚步，柔中带刚。黄真当天便打了份申请，说复印机急需养护，首要的是让“文印室”保持恒温，“为了日常事务的顺利运转”，希望能装空调。他把申请递给副主任，她明显愣了一下。黄真并不想和她搞得不可开交，因此详细耐心地解说，说一年修复印机的钱都可以买台空调了。他奇怪他居然到这时才想到写申请。这下好了，机器再坏就是副主任的责任，因为他早已有言在先；复印效果差也不关他事，谁让领导不嘉纳忠言、安装空调呢？

隔天主任要黄真拖地，黄真见副主任不在，灵机一动说道：“董主任说三四天拖一次就行了。”仿佛引述什么至理名言。主任便有些不高兴：“那不脏死了？”黄真赔笑道：“董主任说这两天阴湿，拖了有股水霉味。”主任“哼”了一声不言语了。这些话确实是姓董的副主任讲的，倒不是黄真生安白造，然而在这个时候，以这种口气说出来，主任却有点儿不是滋味。

副主任比较年轻，对仕途很热衷，与主任之间看起来一团和气，你说我衣服漂亮，我夸你发型靓丽；你说我儿子出息，我赞你女儿懂事。称姐道妹，要好得不行，骨子里却貌合神离。主任对副主任的不放心，就像副主任对黄真的不放心一样。黄真今天让主任亲眼见识了副主任在下属中的威信，相信她对副主任的戒心会更深更重，“副主任要分神去应付主任的压制，大概就会减少跟我的纠缠了吧？”虽然不免被主任视为副主任一党，但来日方长，他将来总有机会打消她的疑虑。这是他学自黄维江的借力打力。

六

他并不觉得有多少成就感，只觉得迫于形势，在人事方面动脑筋，很是厌烦。他一路把情绪带回宿舍。九点多钟，陈军下夜班了，问他干吗拉着脸："都变成长方形了，看起来像麻将。"黄真给他说得一笑。陈军是在陌生人面前和在较为重大的场合，一句完整的话也说不出来，和熟悉的朋友一块儿却时有妙语。

陈军问他去不去省城参加大学同学的婚礼。红底烫金的请柬是早就收到了，决定却迟迟未下，这时被陈军一问，他忽然想起俞静枫也在省城，可以借此机会见她。从她结婚以后，他们很少见面，不如两番功夫一番做，去探望她一下。前一阵脑子被燕平的生日给占住了，就没想到别的。

他在手机边才咳了一声，俞静枫就听出来是他，听说他周末要来，很快地说"有空"。在哪里见呢？她说在她家里。黄真怔了怔才说："出来坐坐不好吗？"静枫默然，过了半晌才说："我哪儿都不想去——我离婚了。"黄真错愕难言。静枫倒善解人意地替他解围，说"星期天你来了再说吧"。

周六是一个宜于出行的好天气，出了火车站，就见碧蓝的天空下，一片浩荡阔朗的湖水。湖面虽广，却不显得空荡荡，反透出几许明媚。那份刚柔相济的端凝之美，恰似是对千年古都的提纲挈领。

黄真和陈军打了车往大学去。玄武湖、新街口、鼓楼，一一掠过。黄真神思飘忽，恍惚间想到以前上学时，来去都是黄维江派车接送。黄维江的手下抢着献勤儿，四五个人帮黄真拎行李，请他吃饭，再妥妥当当、舒舒服服地把他带回家。大学四年，他就没买过票，长途车站的大门朝南朝北他都不知道。好日子一朝终结，黄维江那些下属一下子就变了脸，人情冷暖，他不用活到七老八十就感受到了。他对现在的"黄夫人"如此厌恶，对黄维江的走如此难以释怀，一方面固然因为失去父亲，心疼母亲；一方面也因为失去了现实的种种便利，失去了众星拱月的风光。他自己当然不情愿朝这个方向细想，否则那份纯粹的伤痛似乎打了折扣。面对外在的现实固然需要勇气，面对自己的内心更要具有大勇。他赶紧转移思绪想别的去了。

黄真与陈军一路闲聊，手机“嘟”地一响，是黄菊发的消息。他们兄妹平时从不联系，互相存着号码只为安慰妈妈，这时看见黄菊的消息，七分意外，三分好奇。黄菊说：“哥哥，上次妈妈打电话找爸爸，商量我工作的事，那个贱女人无理取闹，说妈妈故意接近爸爸。还有好多难听的话。我回骂了她，但是不解恨，你帮我想办法打击打击她行不行？”上次燕平生日，她胆敢来捣蛋，黄真当时就想收拾她了，何况有这样现成的机会。黄菊会问计于他，倒难得她对他的格外抬举，他猜多半是她男朋友小韩的主意。那小伙子黄真虽只见过一面，却看得出是个灵透人，若不是小韩发挥作用，黄菊估计不会弯弯绕绕地向他求教。他对黄菊有看法是一回事，同仇敌忾又是另一回事。他稍一思索，回了消息过去：“你每周到爸爸那边住一两天，每次都带七八个同学去玩，开party到深更半夜。”黄菊回道：“好吧，也不知行不行。再联系。”

怎么会不行呢？每星期都和三朋四友去闹两个晚上，分明就是不让那女人清静。管吧，她又怕人家说后母苛待前妻的女儿；不管吧，家里又弄得像个酒吧。进退两难，零零碎碎给她气受，看她能忍多久。

外来车辆照例进不了学校，黄真付了“的士”的钱，和陈军一道往里走。校门阔大厚重，林荫道绿影重重。南大楼一带是蓝灰砖块为主的民国建筑群，威仪整肃，配上大片大片鲜绿的草地，俯仰之间，极是有味。

他看到有人在那里发呆，身形很有几分眼熟，靠近一瞧，却是《展望》杂志的编辑冯涛。单位和他们有点儿业务往来，有一阵还是他们固定的广告合作伙伴，这一摊对外联络落在黄真身上，因此二人要算熟人。他叫了声“冯涛”，冯涛微惊，转过头来，笑了一下算是招呼，黄真一眼看出那是苦笑。他看了下时间还早，就陪冯涛走了走，问他余波的现状。他本来想说“你女朋友余波”，猛想起余波出事时二人是分了手的，这个前缀还是不加也罢。冯涛脸色沉郁，说到现在还是昏迷未醒，医生也说不好什么时候，或是能不能清醒。他比谈恋爱时瘦了一圈下来。黄真对他也真颇有几分同情。照理说男女处不合适分手也属正常，他们这一对却似乎格外兜兜转转，末了余波竟又在离开他的第一天就被一块大广告牌子砸伤，近乎植物人。冯涛告诉他："我已经决定辞职了，哪怕在杂志社有编制。"不管出于何种理由，冯涛觉着这是他唯一正确的选择。

作别冯涛时，黄真仍觉得余波的遭遇甚为离奇，离奇得颇有些象征意义似的。她若不醒，冯涛大概一生抹不平心上的伤痕。这么一想，他对他自己的感情何去何从也生出茫然，人站在开头，猜不到结尾，正如同他父母，谁也没想过会有缘尽的一天。

从东面上斜坡，绕过小纪念碑，擦过游泳馆，往北一折，就是约定的"怀旧地点"了。那里有个凉亭，四周牵丝挂藤，花树缤纷。男生女生向来爱在这里约会，今天被黄真他们的大部队惊走了。

夏天常有一阵子突如其来的急雨，"哗啦啦"砸到地上，腾起一层白烟。一群旧时同学困在凉亭里，被身后的风雨驱使着，不自觉地朝中间挤，围炉夜话似的，倒更增了几分亲热。众人喝饮料，叙离情，淡忘的是社会身份，突显的是同窗情谊，谈了一个多小时，禁不起新娘子三请四催，一个电话接着一个电话，威胁说"你们再不来我就去了"，才冒雨动身。十几个人挤在七把五颜六色的伞下，这个说"滴到我脖子里了"，那个说"你自己有雨衣，来凑什么热闹？"一下子全都小了十几岁，叽叽呱呱笑着。黄真身在其中，心里是不无感伤的快乐。

从"赛珍珠故居"那里经过，雨一下子小了。走到古色古香的图书馆边，遥见一个女人打着深绿绸子的伞，身上穿的是淡绿裙子，周身像笼在一层绿雾当中。黄真胸口"突"地一跳，听陈军在旁赞叹："终于明白什么叫'亭亭玉立'了。"他一时忘形，未免太高声了一点儿，那女人侧过头来一望，一边就走了过来。陈军等人大为诧异。黄真有些窘，又不自禁地有些得意，众目睽睽下迎了上去说："静枫。"俞静枫白皙的脸上浮起红晕，像搽了一层淡淡的胭脂。

她微笑着说："你同学啊?"其实也是找不到话说，明知故问。黄真倒是真的有话有问："你怎么会在这里?"

俞静枫目光掠过众人，黄真顿时醒悟：她是特地在这里守着他的，不方便当着外人详说。他跟她提过他的行踪，在出租车上也给她发过一条消息。她就提前在这条必经之路上悄然等待，典型的"静枫式"守候。

众人在陈军的暗示下，纷纷知趣走开——即使陈军不使眼色、挑眉毛、作怪相，也都晓得应该怎么做，于是跟黄真约好了在举办婚礼的"青鸟"大酒店碰头。黄真、俞静枫并肩看他们离去的背影。树枝斜伸过他们上方，雨水润得每一根枝丫都黑亮亮的。

俞静枫把伞交给黄真，黄真很有默契地接过。那伞带着薄薄的微卷的花边，黄真觉得太女性化了，好在谁都看得出来他是在为身旁的女士效劳，也就不为已甚。俞静枫稍微在前面一些，黄真在后缓缓跟随，手臂前探，不让她脱出伞的范围。雨伞像一片大荷叶，在他们顶上飘飘摇摇。俞静枫轻柔地笑着说："原来讲好在家里等你，越是快见面了，越坐不住，我想在家里数着秒针真傻气，不如先过来了。"她的笑和一般人不同，是极少的一点儿笑意，均匀地荡开去，荡开去，最后整张脸都生动起来。黄真不禁有点儿失神，从前就是这样的，现在依然如此，而这"不变"之间实已经历了多少大起大落的巨变。

他笑了笑说："你以前可不是急性子。"俞静枫笑笑，伸手拨弄着伞沿的小绿缎子："是因为有好多话要说。"黄真看看周围，试探地问："是就在学校说，还是到你家坐?"俞静枫至此才流露出内心的积郁，长叹了一声，幽幽地道："有什么区别呢?"

是的，离了婚，对她是天塌地裂的不幸，其余琐碎，都算不得什么，在家在外，都是一样。她的萧索让黄真很不好受，七分是怜惜，三分是妒忌，那个懦弱的男人实在不配消受她深挚的情意。

他们还是到她家里去了。因为黄真推说旅途劳顿，想有个安适的环境歇歇。好在她家离他学校也就是半条街的路。路上她顺口问问他的近况，他简略地说了。她发现他对老家的依恋很不寻常，好像不是普通的“乡愁”，而是对过去岁月美化了之后的全身心的追怀。当然她不打算说出来。他在她面前不怎么掩饰自己，这是拿她当作真正的知音。作为回报，她要“难得糊涂”。

两人边走边回忆，通常是黄真说而俞静枫听。黄真在大多数场合惜言如金，唯有在俞静枫面前，如果不被打断，他会一直饶有兴味地讲下去。他说小时候大人吃的药叫“土霉素”，学生野餐的地方叫“打靶厂”，经常听的歌是《童年》《外婆的澎湖湾》，看的录像是《云海争奇》《蛇鹤丹心震九州》，动画片是《九色鹿》《雪孩子》，电视流行的是《神探亨特》和《恐龙特急克塞号》。他甚至说起一套冷僻的功夫片，是三部曲，叫《亡命少主》《鬼面忍者》《少主复仇》，问俞静枫记不记得。俞静枫只得摇手，笑说他偏在这些地方特别留心。

开了门，换了鞋，黄真左右打量。这是他第一次到她的新家。三室一厅，组合式家具，欧式地毯，还有一个装饰性的壁炉。俞静枫试了一下电子打火，“轰”地升起一团“火焰”，确切地说，是一团类似火焰的红光。俞静枫说：“冬天在壁炉旁边待着，虽然不是真火，感觉上也暖和些。”她有许多奇怪的创意，而且往往会付诸实施。

黄真随着她参观了一圈，惊讶地看到阳台上修了两个相对的秋千架，扶手上缠着塑料的树叶。静枫邀他同坐，自己先坐了朝西的一个，脚一蹬，轻轻摇晃，秋千架细细的“吱吱”声很有一分居家的温馨。联想到她现在孤身一人，又分外显得凄恻。黄真小心地在朝东的秋千上坐下：“不会断吧？”俞静枫说：“蛮结实的，你放心坐。你又不胖。我们几个人里，你要算瘦的。”黄真笑道：“把我分成两个，勉强算瘦。”俞静枫低头笑了，长发颤动，额前几缕发丝忽起忽落。她抬起头来说：“也只有你，这时候还能逗我发笑。”黄真喜欢她依赖他，可又不甘心总是处于朋友状态的依赖。他想他再努一下力，一切就有可能改变，于他，是柳暗花明；于她，是豁然开朗。

俞静枫先前提到“我们几个人”，自然是指姚远、林小芨他们，黄真以此为话头，说说老家朋友的近况，勾起她的谈兴。等她的兴致鼓起来了，他才巧妙地引到她离婚这件事上。他不是来陪她掩耳盗铃的，他要让她把委屈一次说个痛快，然后他给他所能给的，她拿她所能拿的。他甚至随身带着安全套，相机而行，想毕其功于一役，成全她和他本人，彻底把问题给解决了。他还有不到两小时就要去和陈军会合，时间并不是很宽裕的。

俞静枫果然说起她的心事：她丈夫对父母，一半是孝顺，一半是经济上靠他们贴补，因而说不响嘴，节节退让。结婚至今，因他父母拒不为儿子儿媳买房，他和她都是在外面租房子住。现在这新居还是她娘家帮着付了首付，她一个月一个月地还着贷款。今年三月份，她公公得知本区副区长的女儿喜欢她丈夫，于是威胁利诱，她婆婆更是以死相胁，以下跪相逼。她丈夫终于和她离婚，向父母投降。黄真一直瞧不起她丈夫，听了这一席话，设身处地想一想，他确实也有他的难处。但是黄真转而又想，就算全世界逼着自己和静枫分手，他也不会答应——假如静枫也爱他的话。

“我没敢跟我爸爸妈妈实说。前几天他们来看我，我还把结婚照又翻出来挂在客厅里，说他出差去了。”静枫笑得无奈。黄真瞄了眼手表，口中说：“拖着不是个事，还是说了的好。”再过四十分钟就要走了，他最渴盼的结果还没有半点儿端倪。

俞静枫把头倚在秋千扶手上，塑料树叶温柔地抚着她黑亮的发，像黄真的目光。她说：“我也知道拖不了多久，我是想等我找到了新的男朋友，再告诉爸妈。那时他们看我有了新开始，就不会太说我了。”黄真心跳得快起来了，他本能地觉得这是个机会。他站起身来，走到她那边去，在她身后轻推着秋千。俞静枫感动地瞧了他一眼，接下去说：“人家总以为我当初不顾家长反对，非要嫁到省城，是想嫁入豪门图他们家的钱……”黄真冷哼一声说：“什么豪门？土财主罢啦。”俞静枫笑着摇摇头，又说：“你是知道我的，我哪里是个见钱眼开的人？”黄真忍不住接口：“你是见情眼开。”他话一出口就后悔了，怕伤着她，谁知她温婉地点了点头，认真地说：“可不是吗？就为了学校里的浪漫，就在现实当中还抓着个梦不放，也不考虑未来，也不想想后果，所以……梦就碎了。”黄真用不轻不重的语气开导她，逻辑严密。她信服地望着他，眼波盈盈。黄真见到她的眼色，心口一热，全不顾事先的筹划，脱口而出：“不如我照顾你吧……永远的！”

他做事一向深思熟虑，这时突然说出这句关键的话，缺乏铺垫，不留后路，像凭空打了个霹雳，不仅她愣住了，连他自己也怔住了。他们相对发呆，几乎听得见彼此紧张的呼吸。那不是幸福来临前的甜蜜的失措，而是不知如何收场的难堪的惊惶。她没有怪他，可是眼神中孕着歉疚与柔情。就在那一瞬间，黄真清清楚楚知道他们是不可能的，一股冰凉的酸楚使他激灵灵地打了个冷战。她对他再亲密再信赖，再喜欢对他倾诉，也是知己好友的情分，由始至终与“爱”无涉。黄真陡然间发现，她的心意他并不是此刻才懂，而是一直拒绝去懂。他让自己抱着个假希望，好活得有点儿盼头，就像他不愿意接受父母离异，不愿接受他必得一个人落户异乡的事实，因而把买房子的事一拖再拖，似乎还有一线希望回到老家，回到从前似的。

黄真回过神来，怕俞静枫尴尬，笑着说他开玩笑的。俞静枫心细如发，当然就顺着他说下去。为了尽量抹平裂痕，他们把各种想得到的话题拿过来说着。黄真又看了一下表，刚才嫌它走得太快，这时却怕它走得太慢了。还好，差不多到了赴喜宴的时间。俞静枫送他到门口，他叫她别胡思乱想，有机会的话就找一个真心待她的男人。绿绸雨伞斜搁在鞋架子旁边，就在两小时前，它还是他憧憬的一部分，想着他也许是下一个为她遮风挡雨的人。

七

晚上的婚礼菜肴丰盛，他食而不知其味；下榻的宾馆整齐雅洁，是新娘订的，他和陈军一间，他也睡得懵懵懂懂。第二天他还是缓不过劲儿来，根本这一路上，他如何上的车，如何坐的公交，如何陈军上夜班而他独自回到宿舍，如何坐在电脑前面，他都不大明了。好在他平时就不是多话的人，陈军跟他说话，他也凭着本能去应付两句，所以从外表上，陈军并没有看出他的失常。

天黑下来，黄真不感到饿。卖盒饭的离这里不远，可是阵雨打消了他最后一丝买饭的念头。万籁俱寂中，他妹妹黄菊出乎意料地打了电话来，在那头兴高采烈地说："哥哥，你太伟大了！我照你教的方法，带同学到爸爸那去，一玩玩到深更半夜。那女人跟爸爸吵了几回，气得脸都变形了，爸爸反把她说了一顿。这可是有史以来头一回呀，哈哈！"

黄真不能不承认，在这一刻，他是喜欢听黄菊讲话的。她无形中为他排遣了寂寞，使他暂时把关注点转到别的上头。他听她一迭连声清脆地笑着说着，仿佛看见她眉飞色舞的模样。在她换口气的当儿，他突兀地告诉她说："小菊，我到你QQ空间看过的。小时候哥哥打你，是爸爸妈妈都忙，外婆又管不住你；后来爸爸要离开我们，你怪我袖手旁观，其实我给爸爸写过一封二十几页的信……不过没留得住他。"黄菊"哦"了一声，似乎不知所措。黄真心神激荡，继续说："我能做的就这么多。你能哭能闹能打那个女人，我只能写一封信，因为我跟爸没有血缘关系，没有资格做更多，哥哥只是他的养子！"黄菊的电话没挂，却换成了小韩来接："哥，小菊去删那篇QQ日记去了。她说她不应该写她恨你。还有，她要我跟你说，她昨天新写了一篇日记，你登录看看好吧？"

黄真上了QQ，点开黄菊的空间，里面新添了她和燕平的合照，她和小韩的合照，燕平生日时一桌子人共同举杯的照片。他正要点开日志，忽有几句歌声飘来，由弱到强，千回百转：

"不见爱，大海是串串泪珠；没有风，船儿谁来渡。世间人，夜来时阵阵孤独；黑暗中，你左盼右顾……"

黄真想起来这是周华健的《飞越迷雾》，曾和姚远、林小芨在咖啡厅里听过。没想到前卫时尚的黄菊，竟然能自甘"落伍"，听出这首歌的好处，还拿来做QQ的背景音乐。

他点开黄菊最新的一篇日志，读下去："我曾经恨过爸爸，可是妈妈今天告诉我一件事，我就彻底原谅他了。有天晚上，爸爸喝醉了，到我们家楼下打电话说：'燕平，开门，我回来了。'他喝得糊里糊涂，把那个女人忘了，把他离婚的事忘了，把哥哥一气辞职到外地的事也忘了。他以为还是从前，他喝多了，妈妈会在家里泡着茶等他，我和哥哥会拿热毛巾给他抹头。我听见这事就哭了，爸爸还是爱我们的啊！妈妈也哭了，她说那天她在电话里对爸爸说：‘维江，你走错地方了，你另外有家庭了。’爸爸还醉醺醺地困惑地说：‘我回我自己家，怎么就错了呢？’妈妈流着泪告诉他：‘维江，你迷路了。’”

走错的又岂止黄维江一人？主任和副主任算不算身在歧路，冯涛和余波又是不是走上迷途？关系远近，人品污浊，竟是谁也逃不脱行差踏错，走一段岔路！

周华健的歌声仍在黄真耳边回荡：“你迷了路，觉得人心不古，山高水低看不见来时路。你迷了路，爱恨悠悠忽忽，峰回路转走不出白云深处……”

黄真望着电脑屏幕，两行眼泪流下来。从父亲离家到妹妹自杀，到自己避来此地，生病时的咬牙硬扛，工作上的如履薄冰，直到俞静枫那歉疚的眼神、无言的拒绝……不论有多难，他从来不流一滴泪。挨了这么久，今晚才悲从中来。他总是下意识地想回到过去，回到俞静枫、林小芨没有结婚的时候，回到姚远还没工作的时候，回到黄维江还在家里做顶梁柱的时候，回到卞鸿珍还没白发满头的时候，回到燕平、黄菊没有伤心欲绝的时候……他还沉浸在和谐的人、和谐的关系、和谐的空气里的时候。旧时往日，点点滴滴，在如泣如诉的歌声中一一浮现，又转瞬即逝：“飞越迷雾，把生命看清楚，明明白白掌握你的路。经过跋涉之后你总能够，拨云见日，重回到最初。”

黄真坐在电脑前痛哭失声。这一条辛苦路跌跌撞撞走来，遍身风尘，许多相干和不相干的人落得伤痕累累。重回到最初是不敢指望了，是否真的会有拨云见日的一天呢？

调子一转，是下一段了。黄真抬起头来，若有所思。刚才那一阵发泄把他心中沉重的阴晦打开了一个缺口。歌还在唱，而他能较平静地想些事了。他坐了半个多小时，洗了把脸，掏出手机，给燕平发消息说：“妈，你说得对，过去的就过去了，再留恋也找不回来。不是我们的，想也没有用。我决定在这里买房子，找个好女孩结婚。你说你帮我付房子的钱，我将来会挣了还给你的。”他手指顿了一顿，才又打上一句话，“我不想再沉溺下去了。”

《迷雾》附评：

黄真的人生陷入了迷雾，他知道，旁人也知道。破碎的家庭、求而不得的爱情、离乡背井的打拼……但他总是下意识逃避，不肯面对，把一切的问题打包压缩在心灵一隅，不去触碰，任其酝酿成一座蠢蠢欲动的火山。不管他多小心翼翼，还是会在某些特定时刻，被冒出的火舌灼伤了心智与灵魂。

其实，不管黄真愿不愿意，生活的步子一直在向前。迷雾之障，走出来了，心就会跟上。心和身体的不同步，是出于自我保护，因为伤痛的不期而至，所以黄真本能地拒绝接受，把心留在伤痛来临前的那一刻。等到走得足够远了，远到能在伤害之上架起一座桥，他也就带领心灵飞越了内心的雾翳。

母亲燕平的直言不讳，让黄真无法再躺在“温情之家”的旧梦里不醒。黄真等待多年的表白，终不敌静枫一个无措的表情，瞬间破碎了他多年来，自欺欺人单方面的爱情。对故乡近乎病态的依恋，无从改善他的渐行渐远。倒是午夜掠过他脸上的蝙蝠之翼，扇醒了他心底最真切的渴求，也激发了他直面现实的勇气。比较反套路的一个设定，是黄真最终的飞越迷雾，所靠的都不是正向的劝慰，而几乎全是反向的刺激——果然要以毒攻毒才会产生奇效吗？

小说里有个很有意思的桥段，描写黄真在一场大雾中小心翼翼摸索着前行，试图抓住一个可以依靠的人带着他走出迷障，但发觉徒劳无功，因为每个人都在迷雾里摸索。反而是他坚定了独自走出雾障的决心后，很快迎来了雾散天朗。人，无论如何无助，最终能指望的，始终还是自己。（浅泠）

飞 虹

上部

一

蒋玫在梦中回到了家。门是半掩的。她推门进去，客厅里黑漆漆、闹哄哄的一片，隐约听见里面房间的箫声。她绕开她姐姐、她父亲、她爷爷，推开房门，一阵极亮的光线使她眯起了眼。她母亲正在吹箫。蒋玫说："妈，你怎么这么刺眼?"她母亲说："外面太黑了。"蒋玫还想问，但是已经醒了。

她醒在一个不认识的地方，四面是墙，冷飕飕的，冰窖子似的。她缩了缩腿，发现自己只穿一条薄薄的衬裤。她站起来，很诧异怎么在这个地方。曹晖在旁边问她："你冷吗?"她负气答道："你还知道关心我吗?"她急着要找门出去，摸来摸去找不着，急出一身汗来，就醒了——这次是真的醒了。

她睁大了眼睛在黑暗中想心事，顺手扯了扯被子把腿盖好。她这儿一动，曹晖立刻就醒过来了。他是容易被人干扰的人。他咳了一声说："怎么还不睡?"蒋玫说："做了个连环梦，就睡不着了。"曹晖笑了，说："什么叫连环梦?是不是做了一个梦，又做一个?"蒋玫听到他的笑声，胸口的郁塞就好了些，她说："不对，你说的是并列梦。我做的是连环梦。"曹晖的睡意烟消云散，翻过身来说："愿闻其详。"蒋玫忍不住也笑了，她喜欢这种雨过天晴的感觉，怕的是雨过天青——湿滴滴的云还蒙在天上，好像随时准备再下一阵子雨。她说："连环梦就是大梦里边套着小梦，一个还没正式做完，另一个又出来了，而且很有欺骗性的，叫你以为你是醒了，其实呢……"曹晖抢着说："你直接说醒了两次不就结了？你以为我也跟你一样笨。"

蒋玫在曹晖头上凿了一下。曹晖抓住她的手，柔声问道："不生气啦？"蒋玫顿时觉得她还有生气的理由，没好气地把手一抽说："这个应该我问你。"曹晖息事宁人地说："好了好了，又算我不对，行了吧？"顿了顿说，"你从小到大，有没有跟人家道过歉？"

"没有！"蒋玫很快地接口，速度之快，使人很难怀疑它的真实性。曹晖叹了口气说："你真觉得自己从来没做错过事吗？"这一次蒋玫没有马上回答，想了一下才说："有是有过，但都可以忽略不计，犯不着正经八百地道歉。"曹晖伸手揽住了她说："我对你爸妈蛮感兴趣的。"蒋玫至此，也不由得软化了，伸右手反抱曹晖，轻轻地说："为什么？"曹晖笑着说："能培养出你这样的女儿来，还不够叫人好奇的吗？"蒋玫在他腰上捏了一把。曹晖哈哈一笑，翻身压住了蒋玫。蒋玫捶了他一拳，只一会儿就心神不属。曹晖亲亲她的脸，喘息着说："只有这种时候你最可爱！"蒋玫"呸"了一声，不能不承认曹晖的身体和他脑子一样灵活。他在她耳根子那里断断续续说着话儿，她又想笑又想骂，但是已经开不了口了。

第二天是个星期天，因为星期六他们是在"冷战"当中虚度，所以决心要好好弥补一下。两人商量着要到哪里去玩。蒋玫提议去逛商场，曹晖最怕的就是陪女人没完没了地逛：进前门，出后门，进下一家商场的前门，又出后门，如此反复，直到精疲力竭。他看蒋玫一团高兴，也不敢直说不去，只是很委婉地说他脚疼。蒋玫看了他一眼，仿佛是用眼神告诉他，他的借口有多拙劣。曹晖微笑道："要不，把小赵、小沈也叫出来，咱们去烧烤。"蒋玫想了想便同意了。曹晖忙打电话给两个同事。

四人在“古林公园”门口见了面，彼此打过招呼，曹晖就掏钱买了四张票。小赵好像也有买票的意思，不过手虽然捏住了钱包里的钞票，抽出来却似乎分外艰难；嘴里说“我来，我来”，脚下却没有“来”的意思。曹晖向来不计较这些，领头就走。小沈假装没注意，说说笑笑地跟着。蒋玫却轻蔑地一笑，心想小赵这样的人也投胎成了男人，简直没天理。

这时还是冬天，除了松树和冬青，其余花草都显不出多少生机，枯的枯，黄的黄。但是在万里晴空之下，在上午九点钟的时候，在石阶上走着，还是心情舒畅。走了一程，队形发生了变化。蒋玫由最后一个跑到第二个，小沈却越走越慢，直等到小赵赶上来，与她并排。在窄窄的石阶上，一对将要成为恋人的男女挨挨挤挤，却非要并排走着，显得有点儿可笑，又有点儿讨喜。

曹晖仍然是领队，他不时拉蒋玫一把。蒋玫其实从小喜欢户外运动，有的是力气，但曹晖一伸手，她还是喜滋滋地拉着，觉得是一种待遇的体现。

爬到一座小山坡上，曹晖伸个懒腰，向蒋玫说：“待会儿我去排队等位子，你就陪他们玩玩。”蒋玫说：“人家要我陪吗？巴不得少一个人呢！”曹晖笑道：“热恋嘛，就是这样。”蒋玫笑了，说：“他们哪算热恋？顶多算是热身，连个名分还没定下来呢！”话音刚落，小沈小赵也爬上来了。曹晖马上笑道：“对，今天这天真好，最适合出来玩了。”仿佛他和蒋玫一直在讨论这个。

曹晖去排队了。蒋玫把事先买的一次性桌布铺在草地上，酸奶、雪饼都放在桌布上面。小赵喝了一瓶酸奶，到底过意不去，也陪曹晖排队去了。反正有蒋玫在这儿，和小沈也说不上话。蒋玫向小沈一笑说：“好事近了。”小沈很狡猾的天真，问：“什么好事？”蒋玫见她装傻，也就转口谈其他的，说在草地上野餐其实也很好，不像烧烤，还非要去等位子。小沈说：“你们带了什么来烤？”蒋玫说：“从超市里买了羊肉、牛肉、鸡圆、鱼圆。你们呢？”小沈说：“我没主意，都听小赵的。

小赵说，吃烧烤最容易口渴了，就买了点儿水果来。”蒋玫弦外有音地说：“他想得怪周到的。”水果当然比袋装的牛羊肉便宜，蒋玫说小赵“周到”，是说他精打细算。小沈抱定了宗旨，该不懂的坚决不懂，所以她还是一味地笑着，蒋玫也奈何她不得。

过了半个小时，曹晖喊他们一起烤。四人围着一个石桌子坐下。那桌子中间掏空，专放煤炭，上面一层“铁丝网”横铺，一串一串的肉串就搁在那里，发出“滋滋”的声音。

如果只有这一张桌子，今天将是愉快的一天。无奈前后左右还有好多张桌子，发出深深浅浅好多种“滋滋”声。黑烟一蓬一蓬升起来，吹得坐在下风的人眼睛都睁不开来。蒋玫正好是在下风，一开始忍着不说，后来实在挨不住了，眼泪都要下来。曹晖忙跟她掉换座位。他因为戴着眼镜，多少起一点儿缓冲作用，尽管也泪汪汪的，却还抵受得住。

蒋玫吃腻了肉，跟小沈要了个香蕉，连皮串在铁丝上烤。香蕉大概不习惯这种折磨，发出轻微的却很怪异的响声。小沈看得一愣一愣的。小赵笑道：“你可真想得出啊！”蒋玫一笑，拿回铁丝，抹下香蕉，把皮小心撕开，问小沈要不要尝尝，小沈连连摇头。蒋玫嘀咕了一句“那我自己吃”，就把甜甜软软并且热乎乎的香蕉一口一口吃净了。曹晖擦擦泪水，望着她笑。蒋玫说：“看什么看？又哭又笑不怕丑。”曹晖向小赵小沈诉苦说：“你们见过这么没良心的家伙没有？我跟她换了座位，熏得眼睛又胀又疼，她还笑我。”小赵小沈都笑。

曹晖说：“给你们讲个关于淌眼泪的故事。说有两个人上饭店，小姐调了一碗芥末膏在桌上。甲不知道是什么，拿勺子喝了一大口，顿时被芥末冲得泪流满面。乙说：‘咋啦，你咋哭啦？’甲说：‘我是想起了我那过世的爸爸。他苦了一辈子，没吃过这么香的东西。’乙信以为真，也舀了一大口喝了，也呛得泪流满面。甲说：‘咋啦大兄弟，你也哭啦？’乙说：‘我也想起了你爸爸。老爷子生前多好的人哪，怎么就生了你这么个王八蛋呢？’”

大家哈哈大笑。蒋玫正拿了半杯饮料，这一笑，幅度过大，全泼在火炭上了。火一熄，立时腾起一大股黑烟。四人纷纷躲避。蒋玫笑指曹晖说：“都是你害的!”

二

次日是星期一，对于蒋玫来说，这是个无比黑暗的日子。她总是用倒计时的方法来度过工作日的分分秒秒。星期五是充满了期待的快乐的，星期天就夕阳无限好了。曹晖说她归根结底还是懒，她觉得不是。她只是不喜欢电视台这样的工作。曹晖就问她：“那么在‘厚土杂志’干得好好的，又为什么要走呢?”她唯有傻笑。因为杂志社她也不喜欢。她见不得费康健的嘴脸，见不得盛总的假模假式，见不得老刘惊心动魄的俗气。总之，她见不得的事是太多了。照她的性子，又不能把蔑视掩饰得很好。合同期一过，杂志社肯定要请她走路。这是小赵打听了告诉她的。

蒋玫觉着与其给人家炒，不如先炒了人家。通过父亲的关系，就进了市电视台试用。可是不到半个月，剩下的又是抱怨。曹晖常以此取笑她，说她干一行骂一行，她也只能嘴硬心虚地驳他两句。说实话，离开“厚土”的时候，她还是有几分不舍的，毕竟是在这里才认识了曹晖。

蒋玫刚来的那个星期，曹晖出差不在。她听打字的小沈、司机小赵谈起“小曹”，顺口问问是谁。小赵笑嘻嘻地告诉她是个帅哥，还补充说“奇帅无比”。蒋玫听了倒有些好奇。即使小赵的形容失之夸张，打上几成折扣，依然是很可观的。小沈说曹晖跟蒋玫是一个大学毕业的，不过高了两届，蒋玫该叫人家“曹师兄”呢。

蒋玫在经过曹晖办公桌时曾经留意了一下。没有照片，没有任何显示性格的东西，除了一个大大的杯子说明主人的饮水量颇可惊人，就没别的了。

那天她下楼帮费康健倒纸篓子，走到二楼，碰到一个高高瘦瘦的男孩子。他戴着眼镜，拿着文件夹，正往上走。蒋玫不知为什么，直觉这个人就是曹晖。她打量他的目光过于直接，以至他本来没注意她的，也不禁回看了她一眼。她勉强笑了笑就低头下楼去了。

曹晖一面上楼一面感到稀奇。在蒋玫，那是知道两个人是同事，所以笑笑算是招呼；在曹晖，却还不知道他们已经一殿为臣，还以为纯粹是为了自己优越的外形。

曹晖虽然清瘦，却瘦得紧凑结实。肩膀够宽，双腿也够修长，随便什么衣服穿在身上都有模有样，是《金瓶梅》里说的“体态风流”。五官拆开来看固然没有哪一样特别出色，可是干吗要把他拆开来看呢？他可以同时跟五六个人说话，而使每一个人觉得他其实最想和自己交谈。因为长相和性格，他谈过许多女朋友；因为同样的原因，他记不住她们全体——他对她们的态度像历史学家撰史，只能拣最重要的记下来，其余的，要么四舍，要么五入——也是没办法的事。不管言谈举止还是眉眼神情，他是天生像个情窦初开的小伙子，因此他可以有过无数次经历而依然显得很纯情。

等到蒋玫拿着空纸篓进办公室，他才知道她是新来的同事。他向蒋玫点头微笑，自我介绍。蒋玫在心里忖度他的为人，也报以一笑。小赵在旁打趣说“叫师兄啊”，蒋玫也真的叫了声“曹师兄”。曹晖问了下她的师门，也就坦然受叫。

蒋玫跟小沈、小赵本来也只限于同事间的泛泛的交往，也是有了曹晖，才和大家熟络起来了。中午杂志社包一顿午饭，大家都不是傻子，当然谁也不回家了。连费康健、老刘这样家靠得很近的都不回去。午休时众人分为两组，费康健、老刘、盛总、盛总的女秘书四人打“八十分”。女秘书不在的时候居多，三个人就只好改玩“争上游”。蒋玫、曹晖、小沈、小赵就关起门来在“文印室”里打“斗地主”。蒋玫打得不好，向曹晖求助。曹晖会把头伸过来教她，有时候教得自己都输了。那时候两个人不可避免地挨得很近。蒋玫是装作没发现，曹晖是装作没发现蒋玫的“没发现”。这样的心照不宣有种静静的愉快，两个人沉浸其中，常常心不在牌局。偶尔，在小沈或者小赵做“地主”的时候，蒋曹二人还会偷偷地换牌。脸上自然不动声色，心中却是窃喜。换了之后，多了好几个“炸弹”，还故意皱眉抱怨手气差。通常这一类的表演是曹晖做得更好些。蒋玫太直，皱眉时眼里还在冒笑泡儿，不像曹晖，真是一副忧心忡忡的样子。

有一天曹晖正把一张“10”往蒋玫那儿塞，小沈忽然抓住他的手笑道：“好啊，你们耍赖！”小赵也说：“又不来钱，赖什么赖？”言下之意，似乎赌钱时偷牌是较可以原谅的。蒋玫只好红着脸笑。小赵叫她承认错误，她不肯，末了还是曹晖向小赵、小沈认了错。根据他的观察，即使再坚持半个小时，蒋玫也不会说句软话的。

曹晖赔过话，小赵还不屈不挠地说他们“开夫妻店，太淫荡了”。他是笑着说的，蒋玫却变了脸色。小沈忙叫小赵闭嘴，知道蒋玫是误会了。这里曹晖就向蒋玫解释：“那是小赵家乡的土话，包括好多意思。比如说你不像话，不够意思，不爽快，做事不上路子，都可以拿这个词儿来概括。不是……不是本来的意思。”蒋玫绷紧的面皮才松了下来，指着小赵说：“曹师兄都认了错了，你还穷追猛打，你太淫荡了。”曹晖大笑，小沈也笑笑。小赵也笑着说：“对了，这就对了，这个词就是这么用的。”

打了两局，曹晖突然听蒋玫咳嗽一声，目光灼灼，盯着小赵。他顺着看过去，原来小赵也在给小沈换牌。手脚一时不利索，给蒋玫抓到了。小沈到底是女孩子，一面不好意思地笑着，一面朝小赵望。她就这么不发一言地把难题推了过去。小赵只得硬着头皮向蒋玫道歉。蒋玫笑道：“好你个小赵，太淫荡了。刚刚当了警察，转眼又做小偷了。怎么罚你呢？你自己说吧。”曹晖见蒋玫高兴，也在旁边凑趣儿说：“小赵啊，你是皮皇帝的妈——皮太后（太厚）啊！”另三人都笑。蒋玫提议说：“除非下午你请我们吃鸭血粉丝汤。”小赵生平最怕请客，忙说：“下午要上班嘛，哪能出去吃东西？”压低了声音说，“万一给费康健知道了，又要给盛总打小报告。”这是一宗有力的理由，蒋玫想了半天才说：“你出钱，曹晖出人，用饭盒子装回来，我们躲在这儿吃，费老头不会知道的。”

小沈见小赵苦无对策，便插嘴说文印室里纸张多，鸭血粉丝汤拿过来，泼泼洒洒的，容易脏。蒋玫还想争辩，曹晖和稀泥说：“打牌吧打牌吧，再说下去都上班了。”小赵朝他投来感激的一瞥，他却向蒋玫使了个眼色，叫她不要太咄咄逼人。蒋玫不大服气，但因为这个眼色是属于曹晖的，他这样暗地里提醒她，显得他俩的关系要比别人亲近，一开心，也就不说什么了。

他们时刻忌惮的费康健是个五十来岁的男编辑，生得唇红齿白，眉清目秀。若是年轻三十岁，想必也是倜傥书生。可惜岁月无情，那一条一条皱纹使他清秀的轮廓变成了讽刺。他仗着资历深，与盛总私交较密，总不把一班小的放在眼里。有些话柄落在他手里，不出半天，盛总就知道了。

曹晖是无可无不可，不太拿他当回事；小赵小沈恨得咬碎牙关，表面上却还虚与委蛇；唯有蒋玫，寸步不让。曹晖屡次劝她，她也听不进去。

一天早上，蒋玫带了自己刚出的小说集到班上来，给曹晖他们一人一本，又送了盛总等人。老刘是负责发行，对文学不大懂，偏又要充内行，把那书翻来覆去地揉搓，看得蒋玫心里直发疼。老刘说：“嗯，不错，年轻人写成这样不容易了。老费你看看。”费康健正在那里翻着，这时便笑道：“还是阅历不够，全是小资情调。浅啊，还是肤浅。”蒋玫笑道：“所以请费老师批评呢，哎对了费老师，您的书，什么时候也给本给我们拜读呢。”费康健脸上一红，笑着说：“我没出过书——你这书也是自费出的吧?”蒋玫说：“不是啊，是我家乡的政府出一套丛书，觉得我虽然年纪小，还有点儿潜力，就收进去了。”费康健点头微笑：“嗯，嗯，那也跟自费出的差不多了。”蒋玫说：“我也不懂那些，好在手里除了‘豆腐块’，还有几个中篇，还凑得成一本书。不然，阅历再丰富，出版社再热情，没米下锅，也做不成饭。”费康健偏偏只有“豆腐块儿”，除了在报纸副刊上发过几篇散文，并没有很具分量的大作，听了这几句话，脸上的红更深了一层。

老刘感到味道不对，忙打圆场说：“呵呵，文章不在长短，只贵个‘精’字。费老师要多指点指点他们。”他这一番话倒是好意，蒋玫也打算看稿子去了，就没有再说。不料费康健忍耐不住，陡然说了句：“小蒋聪明得很，用不着咱们老的指点啦！”蒋玫抬头向费康健森然一望，凌厉地说：“我不明白费老师的意思！”费康健因为见到后辈出了几十万字的集子，相形之下，自己未免形秽，才想出几句话来要杀杀蒋玫的气焰。不想蒋玫竟敢针锋相对，不由得动了真怒，当下便说：“意思？小蒋啊，我倒是不懂你的意思了！你觉得我是什么意思？”蒋玫明知他是心理不平衡，但这话毕竟不能宣之于口，这点儿分寸她还是严守着，因此反给他问住了。刚巧曹晖从外面采访回来，进门就觉得气氛有异，便笑拉蒋玫出去。老刘趁机起哄说：“哎哎哎，拉哪儿去啊？什么私房话还背着我们？”曹晖笑而不答，一径儿把蒋玫拉出去了，到门口才说了句：“就是私房话，才不能让刘老师听啊！”

隔了几天，费康健借故撤下了一篇蒋玫的采访。蒋玫拿着稿子去请教何处不妥。费康健喝口茶，理理书，清清嗓子，蒋玫在旁边站着，急得火烧火燎。费康健笑了笑才说：“错呢，倒也不能算错。”蒋玫疑惑地问他：“那您……”费康健右手食指一竖，慢条斯理地说：“一个字，‘淡’啊！”蒋玫不语。费康健说：“缺乏可读性，看不下去。淡而无味的淡，平淡无奇的淡。”蒋玫冷冷地说：“那个字我认得。”费康健眉头一皱，想说什么，朝蒋玫瞧瞧，又咽了回去，半天才说：“拿回去改改。”结果改了四次才得通过。

这样的事情开始是一周一次，后来是两三天一次，再后来差不多天天都有。蒋、费不和，几乎成了公开的秘密。小赵小沈自己不敢出头，有人代他们出气，当然乐见其成；老刘事不关己，也不多问；盛总虽不多说，那话风里显然是偏着费康健的。蒋玫从小到大都不受人家的气，这段日子着实郁闷。这天晚上下班，她刚走出铁门，听有人叫她“等一下”。回头见是曹晖，便笑问道：“干吗啊师兄？请我吃饭啊？”曹晖笑道：“是啊，你怎么知道？”他本来是想陪她走一段，顺便劝劝她，临时变了主意，下意识地摸摸皮夹子。

蒋玫看到他的小动作，笑了笑说：“钱不够啊？”曹晖居然真的把皮夹子掏出来数钱，数了几张才说：“行了，只要你的食量正常，估计应该够了。”蒋玫笑打他一下说道：“什么话！”她这轻轻一打，只是象征性的，带着些娇柔的意味。曹晖看了，倒是心中一动。

他们找了家餐厅吃饭。两人找了张靠窗的桌子，点了套餐。曹晖给她把桌布拉拉平，把桌子中间的高颈墨蓝色花瓶挪到一边。音乐响了，室内有一种懒洋洋的舒适。

蒋玫吃了一口布丁，忽然觉得心情好起来。她向曹晖看了一眼，见他正在微笑，就也笑了。曹晖说：“还是头一次看你这么文文静静的。”蒋玫笑笑说：“我平时很凶啊？”曹晖说：“至少费老师是怕了你了。”蒋玫笑着说：“我知道，你今天请我，就是想跟我说这个的。”她顿了顿说，“你不用劝我，其实该怎么敷衍他我都知道，就是脾气不受控制，到那个时候就不吐不快。”曹晖笑道：“你这方面要学学我，我也受不了他对盛总那样巴结……”蒋玫顿时来了精神，接口说：“可不，盛总每回一进来，他就飞快地，不，是矫健地找杯子泡茶，还要强调：‘盛总，你看我这茶，碧清碧清的，真是好茶叶！’盛总虽然是领导，到底比他小十岁，他也不用那么卑躬屈膝的，还当着大家的面。太淫荡了！”她一边大声说着小赵的口头禅，一边直摇着头，显出一种稚气的鄙夷。曹晖笑道：“你看你，像个小孩子。”蒋玫朝旁边看看，吐吐舌头。邻桌是两个女孩子，其中短发的一个朝这边看了两回。蒋玫悄声说：“师兄，那女的不知怎么回事，老朝我们看——是不是看上你了？”曹晖故作糊涂：“是吗？”话没说完，那女孩子自己走过来了：“曹晖你好。”

蒋玫忍住笑，默默地吃饭。曹晖笑道：“哦，你呀，都没认出来。”女孩子说：“又有女朋友了，当然认不出来了。”她的女伴也走了过来，盯着蒋玫浅笑。蒋玫给她笑得发毛，只好指指旁边说：“要不要……一起吃？”短发那个便说：“谢谢，不用了，有的东西是不能分享的。”蒋玫佯作不解，找牙签戳了一块水果吃着。曹晖在对面似乎平静下来了，泰然自若地问道：“最近怎么样，忙不忙?”那女孩笑了一笑说：“不忙，就是觉得欠你一样东西还没还，心里不爽。”

曹晖笑道：“什么?”女孩笑着拿起桌上的水杯，猛地一泼，全泼在曹晖身上。蒋玫吓了一跳，两个女孩已经扬长而去。侍者拿了纸巾来，曹晖略带狼狈地说：“没关系，我自己来。”他低头擦水，不敢去看蒋玫的样子。好好一顿晚饭，会吃出这等飞来横祸，也是始料未及——何况还是在蒋玫面前丢了个人。等到他终于鼓起勇气抬头，却见蒋玫正笑吟吟地打量着他。

曹晖强笑道：“以前的朋友，大概有点儿误会。”蒋玫说：“哦，是误会呀?”曹晖被她一激，脸都有点儿烫了，讪讪地说：“什么意思啊你?”蒋玫边吃水果边说：“没有啊，我又没说什么。”

以后一有机会，她总会提醒他“有一桩美丽的误会”，叫他一次一次请客当“封口费”。到后来她叫他请客的动机就不是那么纯了，提“误会”的时候，自己也烦恼起来。最后她不准他提了，他倒是听习惯了。她心里知道她是渐渐在乎他的过去，而他的态度始终不甚明朗。她不是那种扭扭捏捏的女孩子，也不相信缘分可以白白等来，这天中午饭后便提议到附近师范大学的校园里走走。

两人一前一后走进“师大”的花园。太阳煌煌地照着，因为是十二点多钟，也并不感到有多冷。蒋玫心中七上八下，盼着他能先开口，哪怕是说一件无关紧要的事儿。曹晖那天却是特别的老实，有时咳一两声，大部分时间都不吭声。

大学里的花园本是恋人们的福地，要是春夏两季，芳草如茵，杂花星散，间以一株一株的碧树，很可悦人眼目。眼下却没有什么好看的。蒋玫耐不住，终于先问他说：“师兄，假如你得了诺贝尔奖，你会跟媒体说什么?”她这话离题万里，也是苦于找不到由头，只好先拣个双方都有兴趣的话题来说。曹晖见她憋了半天竟是问这个，不禁失笑，一边答她道：“很简单啊，我会……这样吧，你是记者，你采访我。”他这个方法果然奏效，蒋玫顿时轻松了好些，一手假作握话筒的模样，微笑道：“曹先生你好，很荣幸可以采访到你。我知道有很多报纸、电台要采访你，你都回绝了。”曹晖彬彬有礼地说：“是的，当年钟书先生说过，吃了蛋就行了，不要非去找那只鸡了。我是比较随性的，不适应万众瞩目的感觉。希望大家以后不要神化我，让我保有一颗平常心。”蒋玫说：“哦，是这样，相信您很快能适应的，由低调变高调屡见不鲜。你得了诺贝尔奖，打破了中国在该奖项上的零纪录，此刻一定很激动吧？有什么话想对全国人民说吗？”曹晖正了正脸色说：“其实我现在还是蛮平静的，我……”他正要说明他是如何平静，蒋玫忍不住，已经笑起来了，说：“你可真会臭美啊！”曹晖呵呵笑着说：“你叫我说的嘛！”

蒋玫刚想说话，曹晖却向不远处石凳上的两个学生一指：“看见了吗？”蒋玫说：“怎么了？”曹晖说：“等我考上了研究生……”蒋玫打断他说：“这跟研究生有什么关系？你要考研？”曹晖说：“你让我说呀！”蒋玫笑了：“好，你说……又不知捣什么鬼。”曹晖续道：“等我考上了研究生，到学校后勤部应征清洁工。硕士学历的清洁工，你见过吗？”蒋玫摇头：“还真没见过。”曹晖又说：“然后我就天天扫花园，扫啊扫啊，扫到七十几岁。有那么一天，我扫地时碰到两个学生——喏，就跟那两个小师弟差不多大——正在那儿谈诗论艺。我走过去扫地，他们就骂我：‘喂，臭老头，一边儿去，没看见我们在谈雪莱吗？雪莱是谁你知道吗？’我带着和蔼的笑容转身离去，随口说了一句：‘其实济慈的视觉想象更为华丽。’”蒋玫打手势叫他停住，她自己帮他往下接：“两个小伙子一听，大惊失色，一个扫地老人竟也有这么精辟的言辞！这才叫藏龙卧虎呢！特别是老人的风范，犹如《天龙八部》里那个老和尚，真是前辈高人……”曹晖抢着说：“等他们回过神来，我已经拖着大扫帚走远了。”蒋玫笑着说：“夕阳下，你的影子很长很长。”曹晖笑道：“他们东找西找，七查八查，搜遍校园，竟不可得。”他最后忽然掉文，与蒋玫面面相觑，刚巧那两个学生收拾了东西，从他们面前走过。蒋玫低声说："竟不可得。"二人同时发笑。两个学生被笑得莫名其妙，说了句"毛病"走了。

曹晖看了看手机。蒋玫问他："有人找?"曹晖说："不是，是看时间。待会儿要上班了。"蒋玫一阵焦躁，没想说的笑话说了不少，想说的话却一句也没说。电视上那些女主角可以那么勇敢，表达的方式可以那么机智，她怎么就不行呢？曹晖看她神色有异，想了想说："要不，我们先回去吧?"蒋玫心中不愿，嘴上却说："好啊。"顿了顿又加上句，"身体不大舒服。"曹晖便在前面慢慢地走，一边说道："受凉了吧?"

花园外不远是一涧弯弯的浅流，人工引来，水波清澈，照得见人影。曹晖瞥了一眼，仍往前去。蒋玫在边上站了一下。她看见她自己的脸，忐忑的，失望的，但依然美丽。曹晖见她一径儿对着水面发呆，并不催促，驻足止步，站在原地等她。她望着水，他望着她，三三两两的学生就望望他们俩。远远地，有琵琶声传来，响一声，弱一声。

蒋玫回过神来，看到曹晖立在阳光下等她。她忽然觉得满足了。他等过她，而且专心地、耐心地等她。他们在校园里散过步，开过玩笑，听过琵琶。这就够了。这一辈子，他也许注定了不属于她，但既有过了这一刻，也就有了只属于他们俩的凝定的风景。她已经印在脑子里了，他知不知道，似乎也不那么重要了。她打消了原有的念头。

蒋玫紧走几步赶上曹晖，二人并肩往前，闲适地走着。曹晖说："你刚才在想什么?"蒋玫掩饰地说："我看有没有鱼。"曹晖说："你听到琵琶声吗?"蒋玫点头。曹晖笑道："师范大学的学生，好像特别多才多艺。学钢琴的，学二胡的，学琵琶的，倒像个音乐学院了。"蒋玫笑了笑说："一方面是陶冶性情，一方面恐怕也是为了将来好做家教。"曹晖总结似的说："对的，纯为艺术活着的傻子是快绝种了。"

教学楼侧有一尊孔子的铜像，轻袍缓带，腰间还佩着一把宝剑。蒋玫过去摸了两下说："孔子会武功吗？带一把剑做什么?"曹晖解释说："古代有的知识分子就是这样，喜欢弄把剑挂着，不是防身，就只是为了装饰。记得是《西厢记》里的张生吧，上来没多久就说‘小生诗剑飘零’。你真叫他使两路剑法试试？只有在黄健中拍的《红娘》里才有那种奇观。”

走出校门，蒋玫不无留恋地回头看看。虽然她告诉自己她是满足了，但仍有一丝遗憾，蛛丝似的粘在心上。这个值得纪念的地方，在她心里会占一个奇特的位置。她轻轻叹了口气。

“为什么叹气？”曹晖说着握住了她的手。

她吃了一惊，通电似的遍身一阵发麻，脑子里一片空白。她本能地想要挣脱，结结巴巴地说：“你……师兄，干吗？”曹晖紧握她的手，认认真真地说：“不干吗，告诉你我喜欢你。”蒋玫脸上腾地热了起来，这才意识到害羞与惊惶，很快地说了一句：“太突然了！”曹晖牵着她的手往前走。她被动地跟在后面，有点儿跌跌撞撞的，然而透过羞涩的薄雾，喜悦正自一点儿一点儿地渗出来。曹晖说：“我们相处得也不短了，彼此也不算不了解，有什么突然的？”他侧头看她，颊上也有些红，眼神却是坚定而明亮。蒋玫与他目光一触，顷刻低下头去，感到自己的手又小又冷，而曹晖的却又大又暖。她看着脚尖走路，曹晖的黑皮鞋上，跳跳蹦蹦的，满是阳光。

三

星期一上午，蒋玫一边在剪辑室里“上字幕”，一边觉得痛苦——离周末还很遥远。她在心里算着几点钟可以下班，然后是下晚班，然后是周二的中班……依此类推。她用切牛排的技巧来切割时间，其实原理倒是一样的，一小块一小块的，比较容易吞咽。

给一档录好的节目配字幕是个累人的活儿，尤其是这种访谈类节目，主持人或是观众说的每一句话，她都得竖起耳朵来听，手上就忙着敲打键盘。哪一句没听清就得暂停、倒退、重来。

蒋玫刚来电视台的时候，安排的岗位是编导。但她那样的脾气，却是不大适合这个行当。刚巧配字幕的那人走了。制片人正在那里头疼，另一个实习生小蔡笑眯眯地献策道："小蒋蛮好的，打字飞快。"蒋玫知道这小蔡年纪虽小，志向却大，也知道通共就两个实习生，把自己赶去配字幕，就没有人同她竞争编导了，当下淡淡地说："你打字也很快的。"小蔡笑道："不能跟你比啊，手指头像飞一样。"蒋玫就不言语了。制片人权衡了一下，派蒋玫到剪辑室去了。这会儿蒋玫打字打得脖子也硬了，眼睛也酸了，不由得把小蔡的好处又拿出来回味一下。

她抓过桌上的眼药水，滴了两滴，还没来得及睁眼，听小蔡的声音响起来说："怎么了，累啦？"蒋玫明知小蔡喜欢搬嘴，自己只要一承认，难保她不去告诉制片人"小蒋在那儿喊累呢"，想了想才说："还好，肩膀疼。要不你帮我捏两下？"蒋玫猜她会找个什么理由推托：力气不够大？手腕子疼？小蔡款款地说："对不起啊，我手腕子疼。"

蒋玫睁开眼，笑着说道："你这个大忙人，怎么这么有空的，陪我在这儿闲磕牙？"小蔡笑道："不是的呀，头儿叫我来叫你啊。"蒋玫心里打了个突，被点名叫去，不是立了大功就是犯了过错，她不指望有挨表扬的运气。

两人一起走进办公室，制片人看见蒋玫，脸色不愉。因为有客人在这儿，也不便发作，淡然道："你们先坐一下。"蒋玫佯作镇定，在那里规规矩矩坐着。小蔡若无其事玩她的红指甲。

过了一会儿，客人要走。制片人起身送客，回来把门顺手关上了。蒋玫有点儿僵僵的，听他数落："小蒋你是怎么回事？上字幕这个东西，不是光快就行了，还要正确率高呢！台长说了，错一个字五块钱，要照你这样，大家都别吃饭了！"蒋玫当着小蔡，有些下不了台，便强笑着说："第一稿出来肯定有很多错误，那小蔡是校对……"她停了停又说，"本来就是负责改正的嘛。"她越说声音越低，好像自己也明白底气不足似的。小蔡愣了愣笑道："是啊，我工作没有做好。不过……"她向制片人看了一眼，"我又做见习编导，又做校对，也是真忙不过来。"制片人"哼"了一声说："各人管各人那块，谁出了娄子我就找谁。今后都用点儿心。”小蔡清脆地应了。蒋玫也答应了，音量却低。她把事情在脑子里过了一过。小蔡是个精细人儿，玲珑剔透。那么多的错别字，按说逃不过她的眼。这就只剩下一个解释：她是故意不改正的。想到这里，蒋玫不由得恨得牙根发痒。才来时看小蔡斯文谦逊，笑脸迎人，还拿她当个好人。朋友送了些购物券，还分了两张五十元的给她。早知道还不如扔进阴沟里去呢！

她暗暗地下了个决心，以后对小蔡再也不要讲客气了。叫她报复她，一来她没那份心机，二来也不合她做人的原则，然而以牙还牙，当面叫小蔡难堪，就像在“厚土”时对费康健那样，总是可以的吧？

蒋玫往剪辑室里走，小蔡在后面关切地叮嘱：“你累了就歇歇，不要用‘润洁’了，用‘珍珠滴眼液’吧，不刺激眼神经。”蒋玫站住了，回头笑道：“有你这么无微不至，我还怕什么刺激？”小蔡怔了下答道：“都是好姐妹嘛！”蒋玫咬着嘴唇笑道：“别折我的寿了，就凭我，哪儿配啊？”她嘴角上翘，半是嘲弄，半是俏皮，然而身上隐隐地有一层煞气。小蔡笑了笑，自己走了。

蒋玫满心要把一腔怒火向曹晖倾吐倾吐，不料曹晖发消息说晚上还有活动，是盛总出差回来，费康健发起为盛总接风。蒋玫见了，犹如火上加油，立时就打电话给曹晖说：“你傻不傻呀？凑这份热闹！你就是出了份子，好处也记在费老头身上，是他提议的嘛！”曹晖笑道：“但我要是不出份子，坏处就记在我身上了。”蒋玫明知他说得有理，一口气终是下不去，便愤愤地说：“随你吧随你吧，又不关我的事。”曹晖有些愠怒地说：“你怎么这样？”又缓了口气说，“我一吃过了就回去。”一个“去”字还没发出，那边已经挂了。

曹晖收起手机，深呼吸了几下，穿过走廊，走向饭厅。这饭店的包间以全球各大城市命名。费康健原是订了“纽约厅”的，盛总一看，嫌没文化，让换成“罗马厅”。费康健忙赔笑说：“这个好，这个有艺术气质。”盛总点头笑纳了他的恭维。曹晖刚来时叫他“盛社长”，又叫“盛总编”，经老刘点拨才知道该叫“盛总”。因为《厚土》原已接近停刊，是盛总私人投资让它起死回生。一个“总”字，突出了他是企业家而不是个文人。但有时候，他又喜欢打扮成有学问的“儒商”，曹晖觉得实在是很搞笑。

曹晖推开“罗马厅”那扇橘色的大门，到座位上坐下。小赵跟他邻座，悄声问道：“你蒋师妹查岗啊？”曹晖轻笑道：“是啊，就你机灵。”费康健说：“小曹忙啊，吃顿饭也里外跑。”他是笑着说的，曹晖宁愿理解成开玩笑，便不吭声。小沈拉拉小赵，一起举杯去敬盛总，就混过去了。曹晖暗忖：小沈到底心细，知道不着痕迹地为自己解围。换了蒋玫，只怕又要反唇相讥，图个一时痛快。

老刘坐在他右侧，这时便敲敲他的碟子，压低了声音，很体己地说：“那是乌骨鸡，补人的，快多夹两块吃吃。”他自己身先士卒，一连搛了三块，盘子里几乎放不下。曹晖想老刘也几十岁的人了，什么时候能脱尽这一身俗气，嘴上也只能“嗯嗯”着表示认可。

盛总笑呵呵地说：“怎么小赵小沈一起敬酒啊？”费康健忙说：“盛总啊，您不晓得啊，我们杂志社现在全是内部资源内部调剂，肥水不流外人田。小赵小沈这算慢的了，小蒋来了不到一年，跟小曹都好了几个月了。我们小曹英俊潇洒，小蒋也像朵鲜花，郎才女貌……”老刘接口道：“豺狼配虎豹。”盛总哈哈大笑。小赵小沈也忍不住笑。曹晖讪讪地笑着说：“两位老师拿我们小辈开心了。”老刘说得简单露骨，不像费康健那么咬文嚼字，不过两个人都觉得自己说得更巧妙，逗笑了盛总。

曹晖为了让他们打住，起身敬盛总的酒。盛总说：“半杯酒也敬我？满上满上。”小沈帮曹晖倒了酒，盛总才赏脸同他碰杯。

几杯下肚，盛总兴致上来了，开始给大家讲他那可歌可泣的创业史。如何碰壁，如何不屈，如何跌倒，如何奋起，当中少不得又穿插些儿女情长，显得他也是个性情中人。而许多无法验证的细节也让他的滔滔演说更加生动，更为雄辩。

小赵小沈勉强在那儿坐着，因为不是第一次听了，不免要分心花力气来忍住哈欠。曹晖盯着盛总，却在想蒋玫不知是不是还在生气。费康健执着地看着盛总，并且像最好的倾听者那样，不时插上一两个提问，听到酣处，更啧啧称奇。

满桌子上只有老刘是最敬业的食客。他瞄一瞄盛总，扫一扫鸡鸭；叹息两声，喝几口汤。尤其那道“特种乌骨鸡”使他刻骨铭心，难以自已。盛总讲完了，装鸡的大碗也见了底。

挨到回家的时候，已经过了十点。想到蒋玫一个人在家生气，曹晖便有点儿歉疚。他拐了个弯到“克莉丝汀”饼屋，面对上下二层花色多样、制作精工的点心挑花了眼，末了还是买了自己喜欢吃的“葡式蛋挞”。他喜欢的，相信她也喜欢。谁叫他们是“师兄师妹”呢？

他带笑地付了钱，拿上袋子。服务小姐好心提醒他“回去用微波炉加热一下”。他冲她笑笑说：“小姐，你的牌号是多少？”小姐笑问：“干什么？”曹晖笑道：“好写感谢信哪！人漂亮，态度又好，不做领班都可惜了。”他话一出口，就暗自失悔，想自己真是死性不改，好好的又招惹人家。再说下去，就是对不起蒋玫了，便正了正脸色。小姐站了几个小时，枯燥乏味，突然有个帅哥同她逗笑，她当然乐意，便微笑着说：“你是买给女朋友的吧？”曹晖纠正道：“买给老婆的。”小姐笑道：“模范先生啊。”待要再说，他已经挥手跟她“再见”了。

回到单身公寓，门一推，竟是漆黑一片。曹晖说：“这么早就睡啦？”一边开了节能灯。那灯光碧莹莹的，不像日光灯那么刺眼。蒋玫在床上翻了个身说：“不睡干吗？你在外面花天酒地，我一个人，出去做贼不成？”曹晖放下公文包，收拾着桌子说：“花天还可以，酒地恐怕没这个经济实力。”蒋玫“哧”地一笑，想想到底不服气，又硬硬地加上一句：“少来这一套！”曹晖把蛋挞放在微波炉里热着，说：“来哪一套？讲件事给你听听。记者问周华健，为什么他和妻子的感情这么稳定，不像别人，分手的分手，离婚的离婚。你知道周华健怎么说的？”蒋玫边猜边说：“我哪知道？”“叮”的一声，微波炉停止运行。曹晖打开炉门说道：“他说‘见台阶就下’。不要得理不饶人，没理的时候更不要不饶人。”

蒋玫说：“你教训我?”曹晖说：“我慰劳你。”说着把两个蛋挞拿过来了。蒋玫思想斗争了一下，终于披衣半坐，接过碟子。曹晖说：“当心点儿，慢慢吃。”蒋玫撇撇嘴说：“不会掉在床上的。”曹晖皱了眉说：“我是怕你噎到。你真的假的?”蒋玫就不作声了。

曹晖看着她吃，拿手轻轻掐住她的脖子说：“真是可爱又可恨！你说我要是用力一掐，会是什么后果?”蒋玫开了笑脸，说：“你正好再娶一个啊。”她吃完了，把碟子递给曹晖。曹晖接过来笑道：“我娶你了吗？还‘再’娶一个呢。”

他去门外洗了碟子回来，蒋玫还坐在被子里。曹晖说：“你不冷啊?快睡下。”蒋玫拍拍心口说：“怕发胖，在这儿消化消化。都怪你，存心想让我胖，睡觉前还逼着我吃东西。”曹晖关了灯，脱衣上床，笑着说：“这人简直非人类，这么没心没肝的话也说得出。”

蒋玫至此情绪大好，才能比较平静地把白天小蔡的种种劣迹一一诉说一遍，又说：“怎么跑到哪儿都有这些讨厌的人!”曹晖劝她说：“工作就是这样，哪能事事顺心？我就比你想得开些。”就把晚饭时费康健的话也复述了一下。蒋玫冷笑道：“幸亏我走了，不然今天逃不了又要看一回群丑图。”

四

星期二下午，蒋玫和栏目组的李姐、俞小丽等人到郊区去做推广。制片人向台里申请了一辆中巴——李姐是“李大姐”的简称，叫得惯了，这人的本名反倒没人叫了。

车子开得很快，蒋玫本来想看看风景，这一来只得打消了念头，闭目养神。小蔡跟着一个编导出去做节目了，蒋玫很高兴不用看她那张浓妆艳抹的脸。要是曹晖在这儿，蒋玫一定要跟他谈谈感想，但是像李姐、俞小丽他们，都被小蔡哄得很好，有些话她就不方便说了。这时候她就想起曹晖的好处来了。偌大一个城市，除了曹晖，也没有别的贴心人；除了他的单身公寓，她也没有另一个家。

阳光透过玻璃洒在蒋玫身上，是个温暖的午后，她却莫名地伤感起来。昨晚，她的脾气是太大了。单位的应酬是不好推的，尤其涉及领导，这个道理她其实懂。那么昨天她对曹晖的指责就近于苛求，不给他赔个不是就类乎固执。一刹那间，她甚至有种错觉，觉得又闻到了蛋挞的味道。

蒋玫不喜欢蛋挞。她亲眼见到父亲蒋宏生买蛋挞给一个女人吃，而那个女人却不是她母亲。他有司机，却偏要自己下车去买。那条街比较冷僻，蒋宏生大概以为不会有人看见，乐得献一回殷勤，但就在回身的一瞬间，他本能地向左右望了一望。蒋玫在不远处的墙角后面，看着他讨好的笑容、急促的步态和临上车时的慌张。她那时还不到十六岁，但已对那个女人深深地痛恨，对她父亲，则是深深地鄙视。她后来暗示过他，父亲竟是平静得出奇，几乎叫她怀疑起她自己来了。她的恍惚的十六岁，就是这样在猜测与不安中滑过去了。从此她恨屋及乌，对无辜的蛋挞也厌烦起来。但是曹晖买回来的，又不同了。他面向微波炉时，不知道背后，她眼睛里藏着多少感动。她喜欢跟他闹别扭，潜意识里也是知道他会哄她。她再讨厌的东西，吃在嘴里也甘之如饴。

“小蒋，醒醒。”李姐轻轻拍她的肩。她向李姐一笑说：“到啦？”李姐笑道：“快了，这么好睡啊？到底是年轻人。”蒋玫笑道：“你又不老，才三十一岁。”一边说一边却做起了对比。若是小蔡，巧舌如簧，这时候就一定会说：“什么年轻人啊？李姐你以为你老啊？走出去人家不定以为我们俩谁大呢。”前几天她就听见小蔡夸一位男编导越来越帅了。那人问她：“这么我说我从前很丑喽？”小蔡笑答：“哪儿啊，以前你是十分帅，现在变成十二分。”喜得编导当场便说：“蔡美眉是太会说话了！”这一类的话，蒋玫即使想到了，也没办法宣之于口，那一道心理障碍她克服不了。曹晖比她好些，不过也是五十步与百步之差。

车停了，男同志下车指挥装台，又摆桌子，放好问卷，排好奖品。

蒋玫翻了翻身后的奖品：四十个装 CD 的黄塑料盒，四十个足形收音机。那收音机做得跟人脚一样，五个脚指头一个是开关，一个是调台，一个是音量，一个管信号，一个什么都不是，其存在的意义仅仅在于说明人类的脚是五个趾头。

他们活动的地点是郊区的向阳小学，租了学校的大操场，喇叭里歌声震天，学校因此放假一天。

十来张课桌一字排开，台里的男男女女坐在板凳上，言笑可亲。看热闹的群众先是远远观望，随后三三两两地过来，看到有人填了问卷拿了奖，陡然“哄”的一声围上来一圈。

人愈来愈多，李姐大约是见惯了这种场面，口说手比，应付自如；俞小丽手脚麻利，一边回答着种种匪夷所思的询问还有工夫向蒋玫挤眼睛、扮鬼脸。蒋玫忙得气都喘不上来，有一阵子险些儿就要窒息。一个小伙子在那儿问她：“这卷子怎么填啊?”蒋玫复制了李姐的笑容，尽量耐心地解说：“都是选择题，填 ABC 就可以了。”小伙子说：“我没笔。”蒋玫说：“我有。”把圆珠笔递给他。他第一道题就挠头皮：“你看过《人在天涯》吗？我……我没看过啊!”蒋玫笑了，说：“那也没关系，以后多看啊。你就填看过了。”她看他老实巴交，倒有点儿好感，便教他：“第二题问节目几点钟开始，你选 B，8 点钟。第三题问我们是什么类型的节目，你选取 C，访谈类……”

俞小丽在那儿笑叫：“哇，你辅导他做家庭作业啊？这么长时间才一个人！我这儿都填了七八个了!”李姐微笑道：“都像你呢，人家小蒋是第一次。小蒋别急，慢慢来。”蒋玫向她们一笑，庆幸这两个同事都是与人为善的人，换了另一个，小报告又有得打了。

那小伙子一头汗地填完了问卷，蒋玫顺手拿了个 CD 盒子过来。小伙子有点儿不大想要的样子，蒋玫知道他嫌盒子不及收音机实惠，笑了一笑，换收音机给他。小伙子连说“谢谢谢谢”欢天喜地地去了。蒋玫看着他兴奋地往人堆外挤，心里也代他高兴。

纪念品送得差不多了，同事们便收好桌椅。在他们后面，忙了两个多小时的简易舞台也搭起来了。大家退入台后，一大批群众都变了观众。另一辆车半小时前也到了。演出人员下车、上台，主持人边走边对着小圆镜子补妆。

开场歌舞之后，相声、魔术、独唱、舞蹈……轮番上阵，每一个节目都费了九牛二虎之力，朝《人在天涯》上靠。实在搭不着边儿的，主持人就在中间穿插上台，有奖提问。有个做音效的，拿着无线话筒，在人群里传来递去，谁回答问题他就急急送上话筒，大冷的天，忙得他衣衫尽湿。答对了的观众有奖，奖品直接由台上扔下去——当然不是收音机，而是不怎么受欢迎的 CD 盒子。虽然家里没有 CD，但抢到了盒子依然开心。这倒符合中国人的传统，但凡不要钱的，不管有用没用，先拿回去再说。

蒋玫在台后冻得直抖。下午三点多钟，气温明显不如中午，郊区又不比城区，可以有高大建筑物挡风。蒋玫看李姐、俞小丽他们，一个个也是鼻子红通通的，萝卜似的。俞小丽搓手跺脚，蒋玫笑道："想起小学学过的一篇课文。"俞小丽问是哪一篇。蒋玫笑着说："《寒号鸟》。哆啰啰，哆啰啰，寒风冻死我，明天就垒窝。"说得俞小丽直笑。

两人正说话，忽然听见台下一阵乱。李姐忙走过去问人："怎么了怎么了？"问了半天才知道是有个粗心妈妈只顾着看节目，把儿子丢了。主持人也急了，临时做了回寻人启事，说："有位母亲丢了孩子，孩子五岁左右，穿蓝色毛外套，耳朵上有冻疮。"想想又说，"男孩，是个男孩！请大家帮忙找一找。"

蒋玫跳下台去找了一圈，也没找到，而且不知怎么回事，触目所及，都是扎辫子的小女孩。蒋玫正在替那位母亲着急，手机响了。一接，是小赵，听他在那边哇啦哇啦地说："是小蒋？不得了啦！你快回来，曹晖被车撞啦！"

蒋玫这一惊非同小可，一时竟说不出话来。小赵还在那头说着："买烟的，就撞了……血不多……闭过气去了……"蒋玫不暇多听，只问："在哪个医院？"小赵说了，蒋玫便忙去跟李姐商议，李姐是这次出来的带队人。

李姐听了，也很吃惊，可是表演才到一半，这么多人在这儿，又不能送蒋玫一个人回城，不禁踌躇。蒋玫急得无法可施，亏得俞小丽提醒了一句：“打车走吧，出门上了街就有！”

蒋玫不及谢她，皮包一拿就走。上了“的士”，她一个劲儿地催快，司机被她催得不耐烦，问她要不要另外换一辆。她不答言，却怔怔地掉下泪来。司机倒不好再说什么了。

她匆匆付了车钱，直奔医院，在急诊室里没有找到，又往住院部去，才到门诊大楼那儿，却见小沈正往这边来。小沈也看到了她，边说“没事了”边折回去带她到病房去。蒋玫听到“没事”，先放了一大半心，问到底怎么回事。小沈便说：“一开始是盛总要我买包烟，小赵小曹没事，也跟了来玩。哪知道才到街口，一辆小面包车就直冲过来。本来是小赵在前面的，小曹把他一把推开，自己就倒下去了。我……”她说到这里，顿了一顿，声音有点儿哽了，眼睛也渐渐地红起来。蒋玫明知曹晖无恙，见她这样，心里还是酸酸的觉得后怕。

他们四个人里，据蒋玫的看法，还数小沈城府深些。要不是曹晖对小赵有救命之恩，小沈绝不会当着外人这样激动。

二人说着话儿来到病房走廊的北头，小沈说：“那面包车倒是刹得挺快，可是我们一看小曹躺在地上，腿上又有血，就都慌了。小赵忙着打电话给你，我就绊住那个开车的不准他走，叫他把咱们都送进了医院。后来看曹晖没事，才放他走了。”

蒋玫跟着小沈走进 412 病房，看见三张床并列着，靠门的一张是个老人，中间空着，曹晖在最里面的床上。

小赵在笨手笨脚地削苹果，一见蒋玫，立刻站了起来，脸有愧色。蒋玫向小赵勉强一笑，表示不关他的事，在床头坐下，轻轻握住了曹晖的手。

小沈见了，招呼小赵“去买点儿营养品来”，就一起朝外走。曹晖面孔还是白白的没有血色，说话的口气倒还轻松，他说：“不要了，又不是外人，什么营养品，我又不是体虚。”小沈小赵装没听见，一起走了。

室内就剩下他们俩和那老人。老人在输液，盯着盐水瓶子发呆。窗外隐隐的有汽车声。阳光温柔，是个平安的下午。曹晖轻声道：“我没关系的，只是腿上擦伤了，还是跌倒的时候擦的。人家汽车根本就没撞到我。我叫那司机走了。”蒋玫伸手摸摸他的脸，摸摸他的胡楂子，笑了一笑，眼泪就直淌下来。曹晖抱住她，拍着她，她在他怀里哭得哽咽难言。照理应当是她安慰他的，但是这一刻，却变成了他安慰她。蒋玫这才发现，她早已不能没有曹晖了。曹晖成了她生命的一部分。如果没有他，她不知要怎么样才能在这里存活下去。那不是简单的痛苦，而是无边的惶恐与荒凉。

老人好奇地向他们望望。曹晖有些不好意思，便笑着说道：“再哭真把我哭死了！”蒋玫才止了声，打了他一下，擦着泪说：“还在瞎说！”曹晖又说：“其实我是个胆小鬼，看到那辆车越冲越近，脑子一乱，就昏过去了。”蒋玫把擦脸的纸巾扔到痰盂里，向着他微笑说道：“你才不是胆小鬼，你是大英雄，救了小赵一条命。他比你站得近，你不推他，他就给撞到了。”她的笑容在阳光里格外鲜丽，曹晖不由得有点儿失神，过了片刻才说：“你今天比哪一天都好看！”

盛总的女秘书走进来了。她是经常请着病假，高兴来就来，不想来就托病，前次为盛总接风，独缺她一人，她也只推心口疼。大家知道她跟盛总的关系，谁也不去说她。她突然找到这儿来，蒋玫很觉意外。

曹晖忙说：“哎，怎么还叫你跑一趟！”她皱了眉说：“怎么回事啊？好好的被车撞到。费康健他们一说，我就说我来瞧瞧。”她年纪跟曹晖蒋玫差不多大，却从来不叫费康健“费老师”，而是直呼其名。费康健背地里未尝没有怨言，当着人却不敢多说半句。她和蒋玫招呼过了，坐下来随手拿了一个小赵买的苹果吃着。蒋玫叫她洗一下，她撇撇嘴说：“懒得洗。”蒋玫和曹晖交换了一下眼色，陪着她有一搭没一搭地聊天。她又坐了一会儿，终于站起来说：“你什么时候出院？”曹晖答道："其实已经没事了，医院非叫观察一晚。"她想了想说："当心点儿是对的，要不你做个全身检查吧？杂志社可以帮你报一大半。"蒋玫心想等于是免费体检，忙答应了，又看她一眼，含糊其词地说："就怕……"她笑了笑说："你们放心，我去找盛总说。"也不说再见，很突兀地就走了。

那边床上的老人大概躺得实在无聊，毫无征兆地冒了一句话道："那是你们老板的婆娘啊?"蒋玫知道"婆娘"是苏北地区的方言，意思是妻子，暗想这老头子倒也有点儿眼力，同曹晖对视一眼，忽然一起笑了。

五

当天晚上，曹晖就住在医院里。蒋玫回去拿了洗漱用品，也留下来陪他。曹晖叫她回去睡，她说什么也不愿意。结果两个人在小床上挤了一晚，又因为同室的老头子，蒋玫连衣服也没大脱。

第二天早上，蒋玫打电话到电视台请假，是小蔡接的。蒋玫信不过她，说有点儿事要找李姐。小蔡笑道："什么事啊，跟我说不是一样的吗?"蒋玫心道："会一样才有鬼呢。"坚持要李姐接。不一会儿，李姐在那头"喂"了一声。蒋玫便说想请假一天，陪男朋友做身体检查。李姐关切地说："他不碍事吧?"蒋玫谢她关心，说没有大问题了，做检查只是求个心安。李姐就说："没关系，你放心，回头我跟头儿说去……等等，俞小丽叫向你男朋友问好。"蒋玫一笑说："也谢谢她。"俞小丽的大嗓门忽然响起来说："'也'谢谢啊，哈哈哈，算了，不跟你说了，大难不死必有后福，叫你老公保重。"蒋玫刚要分辩不是"老公"，那边已经挂了。蒋玫笑着嘀咕了句"这个大炮筒子"。

曹晖说："其实你用不着请假，真的。"蒋玫不依道："才不！今天说什么都要黏住你一天。"她昨天乍闻噩耗，心神大乱，只觉得能和曹晖再过一天也是好的，这时候风平浪静了，分外感到二人相守的可贵，明知曹晖没什么，也舍不得走。曹晖了解她这一层心理，也不勉强，只笑笑理了理她头发。

两人挨次刷牙洗脸，等着退床。蒋玫笑道："不知道是不是昨天睡得不舒服，夜里做了好多个梦。"曹晖说："是连环梦还是并列梦？"蒋玫笑着说："记不清了，只记得一个，别的都忘了。我梦见自己自杀——先是看着别人被杀，后来不知怎么的，变成我自己了。很壮烈的，像电影里的慢镜头，仰身，倒地，还发出'砰'的一声遥远的回响。"曹晖哈哈大笑："你当导演啊？"蒋玫想了想说："我觉得我这个梦是有意义的。"曹晖饶有兴味地说："哦？"蒋玫说："真的。我分析我自己，恐怕是害怕失去你，宁可是我死了，把你替换出来。你昨天不是也仰身倒地吗？"曹晖听得又是好笑，又是感动，一时倒噎住了，过了半晌才说："我知道。"蒋玫端详着他，笑了一笑。

手机响了，一接，是小赵。问他有什么事，他只神神秘秘地说："十五分钟后贵人驾到。"

一刻钟后，"贵人"，盛总的女秘书来了，是小赵开车送她过来的。小沈要打稿子，就没有来。女秘书也不寒暄，也不问候，只催着曹晖去做体检。曹晖还在犹豫，小赵笑接道："盛总说小曹是'厚土'的人，小曹的事就是单位的事。"于是去做体检。

蒋玫深知盛总的脾气，吝啬到极点，却又爱充大方。和大家签约时从来不肯提"医保"，提了就没得谈。要不是秘书施压，他绝没有这样慷慨。

曹晖陪秘书走在前面，蒋玫跟小赵稍微落后。蒋玫轻声说："费康健有没有说什么怪话？"小赵撇撇嘴说："你说呢？"蒋玫冷笑道："瞧他费老师一辈子没病没痛。"小赵轻轻地笑道："别生气啊，我问你啊，你说她……"他朝前面的秘书努了努嘴儿："是不是看上你的'曹师兄'啦，怎么这么关心的？"蒋玫吃了一惊，郑重地说："会不会啊？"小赵咴咴直笑，说："就知道你会紧张。放心吧，你师兄虽然帅，还勾引不到……那个人。"声音又低三分，鬼鬼祟祟地说，"人家是什么品位啊，要找都是中年人，又有钱有地位，又跟疼女儿似的疼她。”蒋玫这才放心。做完检查才两点多钟，有些结果不是当天能拿得到的，于是办了出院手续。秘书让小赵开车把他们送回家去才走。

两人先煮方便面吃了，又睡了一会儿午觉，起来洗过脸，坐下来，也不过四点钟。离晚饭还早，要上哪儿玩玩又太晚了。曹晖便提议说：“找个剧本来读读吧。”蒋玫“扑哧”一笑说：“又来了，这回又读谁的?”曹晖说：“沙叶新的，好不好?”蒋玫说：“好。”

两人找出《沙叶新剧作选》，挑了个《寻找男子汉》，曹晖随手翻出一段，站起来，深吸一口气，憋了半天，蹦出一句：“我读了啊。”蒋玫笑着推他。曹晖读道：“那天在婚姻介绍所，你好像漫不经心，有点儿无所谓的样子。”蒋玫忍着笑读：“我总觉得这种介绍对象的方式很好笑。”曹晖读：“好笑什么?”蒋玫做了个手势：“像人工嫁接。”曹晖向蒋玫踏上一步，朗声问道：“人工嫁接?可我还是要感谢婚姻介绍所，是那位包同志把你嫁接到我这棵树枝上了。”蒋玫也站起来，正色道：“请注意，还不一定成活!”拍拍曹晖的头说，“听到了没?不一定成活——假如你对我不好的话。”曹晖笑道：“这可不是台词，别瞎打岔啊。”他换了种“庄严”的表情，用那种相当抒情的调子，一手抚胸，表决心似的说：“一定能成活，而且能开花结果。那天我一见到你，就觉得你很有个性，很有思想，当然也很美……”蒋玫笑着说：“当然了，还用说吗?”曹晖不理她，继续读下去：“而且我坚信你是为我而存在的。”蒋玫说：“那可未必。”曹晖瞪了她一眼读：“通过这半个月的接触，我更加坚信你的心灵和容貌都是按我的要求塑造出来的。”蒋玫看着书说：“你这么自信。”曹晖说：“不自信，我就不可能提出来跟你约会。”蒋玫笑读：“我喜欢你的大胆。”曹晖读道：“为了使你更加喜欢，我还要再大胆一些。”蒋玫双手抱肩，夸张地念：“你要干什么?”曹晖重重地读道：“吻你!”蒋玫故作紧张：“不，不，我们才认识半个月……”曹晖说：“对我说来已经半个世纪!”

他们停下来，盯着剧本的下一句提示：“周强吻舒欢。”

曹晖笑道：“这个要不要表演?”蒋玫笑道：“不用，谢谢了。”曹晖说：“浮光掠影地演好不好?”蒋玫不懂，问他什么意思。曹晖迅速地亲她一下，笑嘻嘻地说：“就是这个意思。”蒋玫捶了他一拳说，“不读了。”

曹晖说笑着把书丢开，拿了本画册来翻。蒋玫问他：“看的什么?”曹晖把册子移过去，两人肩并肩地坐在床头，一页一页地翻着玩儿。蒋玫说：“这还是上回我到旧书店里淘的。”曹晖微笑道：“这么上档次的东西，当然是你买的了。”蒋玫一笑，望着《江帆楼阁图》《溪山春晓图》《梅竹双雀图》一幅一幅从曹晖手指下面滑过，说：“我买来往那一搁，还从来没认真看过。”曹晖说：“现代人嘛，都太忙了，还有几个人有心思去看这些?”

翻到一幅画于明代的《关羽擒将图》，人物高大，气势雄壮，红绿金粉，鲜艳夺目。曹晖喝彩说：“这个好！也不能老是渔翁啊，树啊，鸟啊，搞得古中国就像个植物园。”蒋玫说：“我不喜欢后面的泉水石头，没有必要。”曹晖说：“还好吧，那是南宋院体山水画的规矩，代代相传，不能缺的。”蒋玫说：“我讨厌规矩!”

看过了《芦雁图》《寒山图》，正要往清代部分再翻，蒋玫的手机响了。她接了足足有五分钟，脸色也阴沉下来。

曹晖说：“怎么啦?”蒋玫便说：“我们单位的小蔡，大概看我享了两天福，心里不痛快了，叫我晚上朝台里赶。”曹晖笑道：“她是领导吗，说了就要去?”蒋玫恨恨地竟骂了句粗话：“狗屁领导！就凭她?”说了又觉得不好意思，笑了笑说：“她说她打字慢，我要是不去，字幕来不及配，明天就赶不上审查了。制片人那里大家不好交差。”曹晖说：“那是摆明了威胁你。”蒋玫说：“可不是?”曹晖便说：“天不早了，再等吃过饭，再等加完班，你一个人回来我还不放心呢。要不我陪你去吧。”蒋玫想一想说：“不了，省得她又告诉人家：男朋友没病装病，小蒋请假是假，逃班是真。我可吃罪不起。”

两人匆匆吃了晚饭，蒋玫加班去了。曹晖也把杂志社一些稿子拿出来看。九点多钟蒋玫还没回来，他便打她手机。不料音乐声却从枕头那儿传了过来。原来她走得急了，手机竟忘了带。曹晖掐了电话，惘然若失。他摆弄着自己的手机，看存在里面的一个个名字。有些是真名，有些是笔名，有些是网名，有些是简称，什么“章”“小洁”之类。唯一的共同点是这些名字的主人都是女性。蒋玫不像他前几个女友，总爱查他的电话，偷看他的消息。她脾气不大好，性子比较急，做错了事从来不肯认错，可是单凭她对他隐私的尊重就使人有一种温暖的安全。他朋友的来信，有一次口没封好，她都能不看。对于他前任几位女友，几乎是不可想象的事。

曹晖调到一个号码，想了一下，终于没揌“拨打”，反而揌了“删除”。他清空了电话簿，也清空了全部历史。他坐在那里，像刚刚冲过澡，有种脱胎换骨般的清爽。

手机响了，不是他自己的。他坐到床边，拿起蒋玫的手机接了。那边是一个娇媚的女声，问“玫玫上哪儿去了?”听口气和蒋玫关系亲近。曹晖告诉她蒋玫加班，手机忘带。那边“咯咯咯”地一阵笑，银铃儿似的：“小玫玫还是这么丢三落四，对了，你是谁啊?”曹晖不知该如何答她，反客为主地说：“你是哪位啊?”她很随意地说：“我叫蒋莉，是她姐姐。下面轮到你告诉我啦!”

六

蒋玫一回来就知道姐姐来过电话了，神情之间，居然有几分慌张。曹晖实在难得看见她这样发慌的，不禁笑道：“干吗呀?”

蒋玫定了定神说：“她问你，你是怎么答的?”曹晖说：“我就模棱两可地说是你的同事。她以为是你电视台的同事，叫你听电话。我只好告诉她是‘厚土’的旧同事。我撒了个谎说我们几个人去吃火锅，你手机忘了带走，我帮你收起来，准备明天早上还给你。”蒋玫才松了口气，坐下来说：“那就好。”

曹晖想了想，若有所思："你家人不知道我吧？"蒋玫摇头："我们家管得很严，我爷爷是太上皇，妈妈虽然话不多，我和姐姐都怕她。这次还亏你机灵。对了，我姐姐声音甜美吧？"曹晖说："甜是甜，就是有点儿嗲。"蒋玫笑道："我姐姐人长得比声音还好，以前好多人追。后来不知怎么回事，喜欢我们县一个公司的保安。那男的长得不如你，不过也要算帅了。"曹晖笑说："嗬，拍马屁的功夫见长啊！"顿了顿说，"你爸不反对啊？"蒋玫说："我妈正在做我爸的工作呢，也不知怎么样了。我姐打电话来，肯定是要汇报战况的。"

次日上午，蒋玫才到办公室，蒋莉的电话又追过来了。蒋玫见小蔡不在，便掐了手机，拿座机回，蒋莉笑道："就知道你这小气鬼舍不得手机费了。"蒋玫也笑了，说："你老是拿爸爸的车公车私用，你不也是揩集体的油吗？"蒋莉便说："我是有两件事情告诉你。一是我和汪涵，爸爸开始松动了，有希望了；二是……"她卖了下关子才说，"爸爸帮舅舅调动工作，升了一把手。请客那一天，真叫高朋满座。"她说得兴头头的，蒋玫却说："一帮势利小人罢了。我以为什么事呢。不跟你说了，要工作了。"那边却一迭连声地"喂喂喂"。蒋玫笑问："还有什么事啊大小姐？"蒋莉说："昨天那同事，接你手机的那个男的，对你很有心啊，巴巴地一大早把个手机送给你，是不是有意思啊？"蒋玫怕姐姐口风不紧，万一给家里知道和曹晖同住，难免又生枝节，不如将来一起回家探望父母前再挑明了，因此矢口否认，还说："你多关心关心汪涵吧，我的事，可不用你操心。"门口人影一晃，她忙搁了电话。

进来的是制片人、导演、主持人和这一期节目的嘉宾。蒋玫站起来给大家倒茶，不一会儿，小蔡也摇摇晃晃地来了。看见制片人已经到了，不免有点儿窘迫，便也拿了一次性杯子跟蒋玫说："我帮你。"蒋玫说："不用了，你坐着吧，我顺便也倒杯给你。"她这话不软不硬，旁人也挑不出什么错来。小蔡听了，却有些讪讪的，自己过去坐了。

蒋玫给大家送茶，除制片人外，每个人都说了"谢谢"。她回去坐下，一边上网查找新闻，看可有什么人适合请来当嘉宾的；一边听导演他们说话。

那嘉宾王先生五十来岁年纪，头发半秃，肚子外凸，一脸酒色之气。从来都是看电视的，这回轮到自己上了，不免紧张。导演开导他说没关系的，要放松。主持人把蒋玫写的台本拿给他看，一一二二地念了一遍，告诉他大概会提什么问题，他哪些地方必须照本宣科，哪些地方可以自由发挥。王先生唯唯诺诺，畏畏缩缩，至少从表面上，不大能看出他是一个生意做得很大的成功人士。

制片人问灯光布景都弄好了没有，李姐说都联系好了，就是混音师有事不能来，已经找了另外一个，没有问题的。

蒋玫朝制片人看看，想他也算一方诸侯，这么多年苦心经营，打造了一个品牌栏目，体面风光也享尽了，钱也赚足了，苦也吃够了，所牺牲的却是最可宝贵的私人时间。她老是觉得，一寸光阴一寸金的说法给人误导，仿佛只有用金子才衬得出时光的价值。要照她的想法，该是万金难买寸光阴。在衣食无虞的前提下，尽可能闲适自在地活着才是真的。

她正在出神，小蔡过来笑说：“你又不用电脑，坐这儿发什么呆？让我查个东西好吧？”她还是一贯的政策，看似无心，其实话里有话。制片人向蒋玫掠了一眼，没吱声儿。蒋玫坐着不动，挑战似的狠狠瞪着小蔡。她不让，小蔡又不好走，两个人一坐一站僵了两分钟。李姐侧头看了她们几次。末了连制片人也对这奇特的对峙注意起来。小蔡愣在那儿，大约也没想到事情会激化到这个地步，过了一会儿才说：“让我查个资料，好不好？”她说得清清雅雅，带着些哀恳的调子，像是小心翼翼地吹灰尘似的。蒋玫心软了，就站起身来让了座。

她去翻当天的报纸，找一些名人专访，看看有没有能拉来做节目的。翻了半个小时，心思却岔远了。报纸上的字都活动起来，如同浮在水上，好像每一个字都为获得了独立的生命感到欣喜，有的舞手，有的跷脚，小孩子游水般可爱。蒋玫定了定神想这字也跟人一样的，本来是各管各的，现在却加上了种种规则，组合来组合去，把那份原始的神气都磨光了，只剩下一堆“意义”，弄得面目全非。

小蔡笑道：“醒醒了，干什么啊？做白日梦哪？”蒋玫向四周一看，制片人他们都不在，奇怪她这话说给谁听，便道：“没有，找资料。”小蔡笑着说：“你是不是连中缝的广告也要找啊，看这么长时间？”室内几位编导同时看了她们一眼，有的微笑，有的淡淡的。蒋玫笑道：“看广告稀什么奇？你上次在电脑上玩游戏，时间比我长得多呢！”她这回击，不像小蔡的攻击那么含蓄巧妙，温柔敦厚。李姐插口笑道：“小蒋你下去看看俞小丽在不在，在的话我要订盒饭了。”

蒋玫答应着出门，到二楼剪辑室里一看，俞小丽正在那里埋头剪辑。蒋玫打了她一下，她唬了一跳，回身一看笑了：“我知道，李姐要订中饭了。”蒋玫说：“下午要录节目，咱们快点儿上去吃了。”俞小丽说：“他录他的，我上一期的还没剪好，关我什么事？”话虽如此，两个人还是一起到四楼办公室来。

中午趴在桌子上打瞌睡，一晃也到了两点钟。来到一楼大演播厅，主持人衣着光鲜地站到灯下，导演不断挥手调度，制片人坐在一边，这一期的编导在跟嘉宾王先生做最后交流。蒋玫每逢这时候就觉得无措：事事都有人做，件件都用不着她插手，却又不能大大咧咧地坐在那里，老三老四的。小蔡忙得像赵树理写过的“小飞蛾”，满场扑腾，衣衫飘飘。蒋玫暗想这嘉宾也不用演了，就看小蔡这股子劲儿，也就是一台大戏了。她虽然不忙，也只得装作很忙的样子，进进出出了好几趟。

王先生记性很好，导演、编导事先教的，他能说个八九不离十。主持人问得轻松，制片人看得高兴，都暗叹孺子可教。不像有些嘉宾，木头似的，推一推，动一动，说了后句，忘了前句，不该发火的地方他骂人，该煽情的地方他哭不出来，叫人急出汗来。

七

次日上午，曹晖在办公室里接电话：“好的……好的……”说了几次还没完。费康健朝他看看，小赵小沈也有些诧异。又说了好几分钟，曹晖才吐出了那句千篇一律的结束语："就这样，好的，谢谢你的支持。"

他搁下电话，拿起大水杯喝了两大口水才说："这读者怕我们没收到他的稿子，我说收到了，他又怕我们不看。"费康健说："为什么?"曹晖笑道："他说他听人家说的，杂志社重视知名作家，没名气的作者要是寄个中长篇来，除非开头惊人骇目，否则编辑都懒得细看。"费康健说："话也不能这么说……"顿了顿，难得地说了句公道话，"不过他要是个小字辈，写那么长的东西……毕竟不能跟名家打比。我们时间也有限的。"

曹晖一边点头称是，一边拆信，突然"哟"了一声。大家问怎么了。曹晖说："这儿有个人说他得了绝症。这篇可能是他的遗作。"费康健笑道："骗子一个！他死他的，关咱们什么事？上回还有个内蒙古寄过来的，说随信附上一百元，购多少本《厚土》。我一找，信里根本没夹着钱。我过后想想，就是想哄我们寄几本杂志给他，不然，他干吗不汇款哪？他那封信还是打印的，只有具体杂志的名字是手写的，大概一式几百份，往全国的杂志社里乱寄。有一半人上当，就够他开个小图书室了。"曹晖"哦"了一声，想费康健到底是过来人，有些经验，不靠时间是无法得来的。

九点多钟，大家收拾收拾，一起往附近的师范大学里去。曹晖、小赵、老刘各抱着几个大麻袋。大学印刷厂机声隆隆，在门口就闻到一股浓烈的油墨味儿。几人找来桌子椅子，从麻袋里倒出信封，把新鲜出炉的这一期《厚土》往信封里装。小沈早就在信封上写好了地址，注明某处寄几份，曹晖他们照着做就行了。

这一类的活儿虽是坐着完成，一天几小时下来，也就跟《摩登时代》里的卓别林差不多了。盛总是《厚土》的投资人，当然享有劳动豁免权，他的女秘书更不会来。每次就只是曹晖等人过来。这次少了个蒋玫，进度又格外地慢些。

小赵偷偷跟小沈抱怨："就不能请印刷厂的小工代装，非要省这几个钱，把我们累得要死。”小沈正在出神，听了便说：“小赵。”小赵说：“啊？”小沈便说：“你说累死了，不是还没死呢吗？”小赵笑了，说小沈“调皮”，小沈却不笑，心事重重的样子。自从上次“撞车事件”以来，她总是郁郁寡欢。小赵问她，她也不说。

中午在学校食堂吃过饭，费康健和老刘下棋，小赵照例和小沈一块儿。曹晖眼看落单，好在预先有备，带了书来，便在桌子上看书。小沈走了两步，忽然叫了曹晖一声。曹晖说：“啊？”小沈笑着说：“一个人不无聊吗？我们三个走走吧？”小赵妇唱夫随道：“就是就是。”夺过书本，拉了曹晖就走。

三人散了会儿步，走到那条人工河边。曹晖不由得想到那一天，蒋玫向着河里发呆，他在旁边看她，伴着凄切的琵琶。

小沈说：“我口渴了。”曹晖说不远处有个小卖部，自告奋勇要去。小沈却说：“让小赵去吧。”小赵一听要他请客，脑中警钟大作，但一想曹晖对他有救命之恩，也不好说什么，只得磨磨蹭蹭去了，暗自奇怪小沈今天这么不懂事，竟不知道帮男朋友省钱。

小沈望着他的背影笑道：“这个小气鬼，又在心疼他的钱了。”曹晖有些吃惊，笑笑说：“喂，别这么说，那可是你的心上人。”小沈轻轻说道：“心上的是假象，心底下的才是真的。”曹晖强笑道：“你越来越深奥了。”小沈眼睛不朝他看，只眼角里带着点儿他的影子，淡淡地说：“我以前也觉得他人不错，有点儿精，但是个过日子的人。可惜……”她停了一停才说，“可惜上次没撞到他，倒撞醒了我。我才看出来，谁是真正的男人。”

曹晖心口“咚咚”跳着，渐渐明白了她的意思。小沈说：“我看到你把他一推，那一刹那你脸上的表情。你倒下去，我当时就吓哭了。小赵以为我是哭他呢。后来在医院里你和小蒋那种情深义重的样子，我看着就别扭。我就拉小赵出去，一面走一面打量他。我就奇怪，我怎么会喜欢他的。”

曹晖轻声地，然而坚定地说：“别说了！”他刚要往来路走，小赵回来了，手里是三瓶矿泉水——他能想得到的最便宜的饮料。小沈鄙夷地扫了一眼，开恩似的接过来喝。小赵笑道：“矿泉水有营养。”曹晖笑着说：“对的，我就不喜欢喝那些甜滋滋的东西。”小沈插嘴说：“不喝了！我要换可乐。”曹晖看小赵笑容一僵，忙说：“既然选好了，就不要再换了。”小沈微笑道：“假如我非要换呢？”三个都带笑地站在那里。曹晖是警告地笑，小沈是烦躁而故示悠闲地笑，小赵却是摸不着头脑地笑。

费康健过来，面带不满：“你们看看几点钟了，还不去装信封！盛总知道了，又埋怨我没带好你们了。”若是平时，他这副拿着鸡毛当令箭的派头难免人见人厌，今天曹晖对他却是十分感激，答应一声就走了。小沈不言语，也跟着走。小赵悄悄问小沈要不要把矿泉水换掉，小沈向前面看一眼说：“要换，不过不着急。”

桌上的空信封矮下去了，麻袋里，塞好杂志封好口的信封却多了起来。积满了一大袋子，曹晖就和小赵帮着抬到邮局的车上。小赵比曹晖胖些，可是力气不及曹晖大，两个人搭的时候，小赵连喘气都比曹晖响。老刘笑小赵中看不中用，费康健撇撇嘴说：“中看吗？哼哼。”小沈机械地糊着信封，脸上没什么表情。

第二天是周末，蒋玫生怕小蔡变出花样来叫她加班，谁知竟没有。她便高高兴兴拉着曹晖去珍珠泉风景区。曹晖说：“就我们俩吧？”蒋玫说：“是啊，你还想喊谁？”曹晖忙说：“不，我谁也不想喊。”蒋玫笑笑说：“你要嫌不热闹，叫上小赵小沈。”曹晖吓了一跳，说：“不要打扰他们二人世界，也不要他们打扰我们的二人世界。”蒋玫笑道：“随你，多个人少个人都没什么。”

珍珠泉是消夏盛地，冬天游人寥寥。蒋玫要的就是这份清静，枯树棵棵，空山寂寂，古朴的石阶，简陋的凉亭，处处透着凄清。曹晖走了这一程，略有点儿疲劳，精神上却松弛下来了。

翻过一座山，二人眼前一亮，那是一泓碧清的泉水。蒋玫笑着跑过去说：“你看它，怎么长得跟师范大学的那条河那么像呢？”曹晖说：

"是堂兄弟。"蒋玫笑道:"为什么不是亲兄弟?"曹晖指着河面说:"因为这个会冒泡。"

蒋玫留神细看,水面上果真冒出串串晶莹的珍珠般的水泡,圆头憨脑,光润可爱。她拿手试了一下说:"还是热的。"曹晖说:"这就是名字的由来了。"泉水东面,一块石碑上刻着三个朱红大字:珍珠泉。

动物园里有小鳄鱼,蒋玫见了直说"好丑"。曹晖携着她爬上山顶的城墙,从高处往下俯视,说不这么张望一下就不算来过了。临下去的时候,蒋玫却走不动了,曹晖只得陪她坐缆车。

高空缆车大多数时候是慢慢的,但是有一程却滑行得特别的快,从山上朝下疾冲。蒋玫开心得大声尖叫,就在她的叫声当中,响起了手机音乐,是《偏偏喜欢你》,曹晖的手机。

曹晖一接,脸色就变了。小沈那特有的、慢条斯理的话音在寒风中传来,在缆车的飞速滑行中传来,在脚下景物的一掠而过中传来,他整个人有种失重的感觉。小沈在那边心平气和地说:"我知道你对我没感觉,不过感觉是可以培养的。我以前对你不也没感觉吗?小蒋比我漂亮……"——蒋玫正在笑叫——"比我有才,不过我比她更懂进退,更通人情。你好好想想看。"曹晖文不对题地笑道:"是啊,在忙,跟女朋友,嗯,嗯。"小沈叹了口气说:"你怕她知道?怕她发脾气?一个总让你怕的女人,有什么好的?"曹晖依然笑着说:"是怕,不过怕老婆我心甘情愿。别人我不怕,嗯嗯,哈哈。"仿佛谁在跟他开玩笑似的。他深知蒋玫的性子,明快、聪明但受不得激。况且蒋玫知道他的"过去",亲眼见过他被别的女孩子泼水。也许她会相信他,但是他不敢冒这个险。

缆车到了,蒋玫笑望曹晖,见他苍白着一张脸,便愣了下说:"怎么了?"曹晖简单地说:"晕车。"

下　部

一

小城的交通局这一天格外兴奋。陆小川以为要发奖金，跑到财务科去一问，原来不是。同办公室的小龚见他怏怏而回，笑问他是不是跟女朋友分了手。陆小川以沉默表示此言的荒谬。小龚每逢这时候往往有点儿怵他，忙笑着说："你从工程上才回来，难怪不知道，局里要来个新同事。"陆小川说："那又怎么样？"小龚带三分神秘，压低了嗓子说："是个美女，这还不算，还是常务副县长的女儿。听说明年她老爸就升县长啦。"

陆小川一哂，没吭声。小龚讨了个没趣，捧起茶杯来喝茶，咂咂嘴说："人家马上都来报到了，你还跑到财务科去问奖金。"似乎为这句话的精妙所折服，他晃了晃他那颗全局最大的脑袋。

陆小川本来要看份材料，这一来也没心情了，只得找份晚报来浏览，心里猜度着县长千金的行事：骄横傲慢的？故作谦虚的？冷淡矜持的？正这么胡思乱想着，楼下车喇叭响。对门和隔壁同时一阵骚动，有人重申："这次是真来了！"

上来的却是个中年男子，秃顶，西服，满脸混着油汗的惶急。工程科科长迎上去问候，又说："怎么还不来？"秃顶男子说："我也在找呀！蒋县长叫我送她来，怕她自己一个人怯生，哪知道她不声不响地跑了，招呼也不打一个，这小姑娘……”

话音方落，听一个柔脆的女声说道：“严叔叔，害得你好找，对不起啊！”

“严叔叔”和工程科科长的对话早已引起众人的强烈兴趣，一听这话，知道正主儿来了，齐向走廊尽头楼梯拐角处望去。

说话的姑娘二十五六年纪，身形高挑丰满，一双吊梢眼，满溢着风情。她烫着大波浪的发式，嘴唇微红湿润，似乎上了点唇膏——高档的，所以不大显。

“严叔叔”是政府办公室主任，据说与蒋家还沾着点儿若有若无的亲，这时便向她笑道：“你什么时候又烫了头了？你舅舅请客那次还不是这个头型呢！”蒋小姐掠了掠头发笑道：“昨天才做的。”她走过来站定，目光从众人天灵盖上一扫，对着工程科科长脚旁的痰盂打招呼说：“程科长。”不等对方有何反应，顷刻掉头向严主任说：“她既然没来，我就先走了。同事约了我去看衣服。”严主任这才问她：“小蒋莉啊，你跑来干什么的？”蒋莉说：“瞧热闹的。玫玫越来越不像话，要是在街上给我逮着了，一定把她押过来。”手提袋一甩，转身去了。

严主任笑着说：“你瞧这孩子气。对了，柳局长呢？”工程科科长客气地答道：“上北京出差了。张局、刘局也都有事走了。”说时心虚得直笑，仿佛是他有意设了圈套，让正副三个局长全都缺席。严主任有些不悦地说：“第一天来，一个领导不在，真是不巧。”工程科科长赔笑解释，又有谁会无端地同副县长的女公子过不去呢？

他正在这里说着，陆小川在这边插了一句：“程科长，刘局来了。”刘副局长年轻有为，正职不在期间，就是他主持工作。严主任少不得又向他诉苦，刘局长恳切安慰。

好不容易严主任要走了，刘局长边送边说：“又不是小孩子了，怕给人拐了不成？这小蒋倒也有性格，人没到先把严主任你急杀了。严主任抽烟，平常货，你什么样的没见过，抽根玩玩。不瞒你说，我小时候也顽皮得很呢，擦了火柴往草堆上扔，大几岁就好了。小蒋一到我就给你打电话，还有什么不放心的？叫蒋县长也放心……”严主任上了车，又叫司机摇下车窗，向刘局长殷殷叮嘱。刘局长拍胸膛拍得要得心脏病，才把他打发走了。

他回来坐下，一脸不屑，心想：呸，又不是你女儿，要你唠叨得像个老妈子！这边小龚向陆小川说：“好戏看完了，我到政府拿文件了。你看家啊。”陆小川说：“你去吧，也让我耳朵歇歇。”

小龚走了，另外几人各做各的事，室内安静了好多。陆小川弯腰倒杯纯净水，忽觉门外有人进来。他一抬头，见是个身穿淡绿衫子的少女，秀发齐肩，臂挎小包，斯斯文文站着，脸上却是有些憔悴。她说：“你好，我找柳局长，请问他上哪儿去了？”陆小川捧着纯净水答她：“出差了，有事找刘局也行。在柳局隔壁。”他已经隐隐猜到了她的身份，笑着说：“你是贵姓蒋吧？”其他几人都抬起头来看她。她笑笑说：“不客气，我叫蒋玫。”

二

她走了，他却觉得她无处不在。当然从表面上，绝对看不出他有什么异常。他工作了也四五年了，不动声色的功夫是好的。

刘局长带着蒋玫走进来说：“你先坐在这里，新办公桌子买回来，你再搬到人秘股。这位是小陆，专业很精通的，有什么不清楚就问他。”陆小川连忙站起来说：“刘局又帮我说好话了。”他迟疑了一下，伸出手去。其实异性同事初次见面，主动跟人家握手，稍许有点儿唐突。蒋玫却不为已甚，轻轻跟他握了一握。

蒋玫暂时坐在小龚位子后面，陆小川的斜后方。刘局长亲自帮她布置桌面，工程科科长找了玻璃台板来。本来这一切早该准备，但一来三个局长都忙，二来事先做好了也许还不及当面做更让蒋玫印象深刻，这也是领导的一番苦心。陆小川是这么猜的，蒋玫却没朝这方面想。她看着玻璃台板，心里有一丝凄楚。她和她爱的人，竟没有一张照片好拿过来放的。假如当初他们是有结果的，现在就可以拍几张合照，骄傲地压在下面。玻璃台板上淡淡映出她的脸，倒像自己被压在那下面了，阴阴的，冷冷的。白娘子永镇雷峰塔，蒋玫也像个被镇在玻璃里的冤魂。

几个同事见刘局长走了，一起与蒋玫寒暄。蒋玫定了定神，目光离开桌面，满足他们大大小小的好奇。有个人告诉她："你姐姐和政府办的严主任来找你了。"她"哦"了声，没有多说。那人偏是刨根问底，问她："怎么不是跟严主任的车来的?"又一人笑道："这叫个性，你懂什么?"蒋玫不得已解释说："我不想第一天来就搞特殊化，有意躲着他们自己来的。"众人啧啧称赞。蒋玫注意到陆小川话比较少，相应地，他给她的压力也比较小。她以前选择到外地去工作，怕的就是顶着县长女儿的头衔，交不到几个朋友，反受到不必要的关注。她不像蒋莉，心安理得地享受着种种待遇，然而她还是回来了。受了伤的人，总觉得家里温暖倍增，她也不能免俗。她接受了父亲的一手安排，也就否定了从前的自己。这是不能不付出的代价。

有人在门口插话说："哟，好热闹啊!"陆小川说："这么快回来了? 文件拿回来啦?"小龚笑道："给刘局了。"他瞧了瞧蒋玫，笑着说："你好，你一定是蒋县长的女儿。"蒋玫一笑说："你好，我叫蒋玫。我是我，我爸爸是我爸爸。"小龚碰了个软钉子，忙带笑道歉，又自我介绍，又替陆小川他们吹嘘。

小龚平时蛮风趣的一个人，今天却力不从心的样子。因为竭力要使蒋玫觉得他的活跃，反而让幽默失了真，就像一个画惯了大写意的画手，突然改画工笔素描，越是着意越是失败。蒋玫跟他不熟悉，以为他平时也是这样，倒没想到他是拼命在她面前表现自己。

陆小川看出蒋玫不得不听的尴尬，便截断小龚说："你歇歇吧，一口茶没顾上喝，说得不停。"倒了两杯水，一杯递给小龚，一杯搁在蒋玫桌上。蒋玫一语双关地说："谢谢你。"——谢他让小龚闭了嘴。她想了想说："我带了钢笔，不过没带墨水，请你给我找一瓶好吧?"陆小川答应了，问要什么颜色。蒋玫说："蓝黑。纯蓝的太俗气，碳素墨水又太公事公办的样子。"同事们听了都笑。

晚上局里为蒋玫接风，饭店是刘局长选的，是交通局附近的"天河酒家"。张局长也赶到了，听说刘局长订了饭店，也不以为意，哈哈哈地笑着把大家往里让。蒋玫挑末席坐了。任凭两位局长怎么强烈要求，只管生了根似的不动。众人无奈，陆续坐了。先是在刘局长的倡议下一起喝了一杯，又按官职大小敬了蒋玫一轮。几个无官在身的办事员呢，谁年纪大些，资历老些，谁就先敬。一个"权"，一个"老"，在中国是忽视不得的。

蒋玫默记着众人敬酒的次序，吃了点儿菜后，一一还敬。她向来害怕这些应酬，这时也不得不打点起全副精神，用心应付。谁先敬她，她就先敬谁，大致就不会有错——只有一个例外，就是小龚和陆小川。小龚比陆小川大两岁，所以他先敬了蒋玫。蒋玫敬酒时，却先同陆小川碰了杯。陆小川有点儿意外，但也不好多说，一口干了。小龚颇为不忿，酒过三巡，化气愤为动力，逗着陆小川喝酒。陆小川向来很有节制，所以同事几年，谁也不知道他酒量极宏。他同小龚比拼，如同江湖一流高手跟二三流的过招，一方还行有余力，一方已大汗淋漓。张局长呵呵笑着说："没看出来，两个小年轻还都挺能喝的。"刘局长笑了笑说："小陆是海量。"小龚看出陆小川有意相让，只好就坡下驴，以尽量体面的态度偃旗息鼓。

工程科科长拍拍陆小川说："小陆深藏不露啊，以后那些监理、高工来了，你给我挡酒。"张局长笑道："你看看，本事是好露的吗？这就让人给瞄上了。"两人都会心地笑，工程科科长顺势敬了张局长一杯。刘局长嘴角上扬，似笑非笑。

蒋玫回到家里，已经十点多钟了。客厅里还有几个客人在跟蒋宏生说话，沙发上是客人带来的烟酒。蒋玫叫了声"爸爸"。蒋宏生招招手要蒋玫过来，向客人介绍："我二女儿蒋玫。"客人不免有一番夸赞，蒋宏生听得笑眯眯的。他是中等个子，可是偏胖，浑身都松垮垮的，连眼袋也垂下来了。蒋玫觉得形容她父亲只有一个词，就是“惨不忍睹”。蒋宏生自我感觉却还良好，放着个美人坯子的夫人在家，外面的女人就没断过。蒋宏生随口说：“玫玫，小区外面开了个糕点店，蛋糕、面包、蛋挞都有，你要吃的话……”蒋玫不等他说完便说：“我不吃蛋挞。”径自回房去了。

她不能忘记，在她十六岁的时候，是如何亲眼看见父亲买蛋挞给旁的女人。可是……她坐在床上想道：可是，曹晖也买来给我吃的。蛋挞本身没有罪，只看那是一份什么样的心意。那天晚上，曹晖用微波炉热蛋挞给她吃，她看着他的瘦瘦的背影，竟然想到了“相濡以沫”。那一刻，她真的相信他们可以有未来，可以共同老到一头银发，在夕阳下闪光。

房门一响，蒋莉回来了。两人聊了会儿天，听外面送客声、关门声、洗漱声和关房门的声音——蒋宏生睡下了。蒋莉说：“唉，什么时候我也有间自己的房间就好了。”蒋玫说：“那爷爷住哪儿呢？”她们俩合住着一间大房间，两张床，一张书桌，一架书橱，两个大壁橱，按说也足够了。不过在心理上，总不及单人间住得舒服。蒋家是三室两厅的套房，蒋宏生和文镜棠夫妇一间，蒋玫蒋莉姐儿俩一间，蒋宏生的父亲蒋毅住个小间。为了这，蒋莉背地里对爷爷发不完的牢骚，蒋玫也只是听着罢了。

蒋莉说：“你在外面的时候，我倒乐得自在。”蒋玫说：“那好吧，明天我还搬出去。”蒋莉“咯咯”笑着打了她一下说：“死样，姐要是嫌你就不说出来了。怪只怪老头子赖在家里不走，本来给他弄套小房子也不难，他又怕孤单，吵吵嚷嚷地不肯。”蒋玫说：“你也不要想了，你在家还能有几天？跟汪涵结了婚，你就单门独户地过了。”当下也就罢了。

到半夜里，蒋玫却做了个梦：在一个类似学生宿舍的地方，三对上下床，除了蒋玫以外并没有别人。恍惚间多了曹晖，蒋玫跟他说话，他不大搭理。不一会儿，他起身道别。蒋玫急得找不到借口留他，半天才说了句“你喝杯茶再走啊！”她拿大搪瓷茶缸给他倒茶，因为他在“厚土”就是用一个奇大的杯子喝水。蒋玫一转身，曹晖已经走了，门半开着，还在那里微微晃动。她捧着茶缸哭起来，边哭边说：“你喝杯水再走啊！”她就这么哭醒了。

她在黑暗中睁开眼，眼角都是湿的。回思梦中情形，不由一阵阵的心酸。

台灯亮了，蒋莉在对面床上问她：“怎么了，做梦啦？”蒋玫说：“嗯。”蒋莉沉默了一下又问：“你在外面，到底出了什么事？好好的就辞了电视台的实习工作，跑回家来，问你你又不说。你看你这几个月，瘦下一圈来了。”蒋玫吸吸鼻子说：“说来话长。”蒋莉在那边翻了个身，趴在枕上说：“我不怕长，你说吧，说出来比憋着强。”蒋玫想了一想才说：“我谈了个男朋友叫曹晖……”蒋莉快嘴接口：“我知道，有次打电话给你，是他接的。”蒋玫眼望天花板，轻轻说道：“他对我是很好的，那天还陪我去玩珍珠泉……”

他们从高空缆车上下来，曹晖就脸色发白。回到宿舍，他终于忍不住说：“问你件事。”蒋玫拿抹布半蹲着抹地上的污迹，问什么事。曹晖说：“如果我有我的苦衷，你会不会体谅我瞒了你一些事？”蒋玫笑说他问得奇怪，笑声未止，《偏偏喜欢你》的手机乐声又响起来了。曹晖一看号码就挂了。蒋玫看着他。又响了，又挂。蒋玫说：“这就是你的苦衷？”她本来在蹲着抹地，这时候抬头向上，不像责问，倒像哀求。她意识到这一点，马上站起身来，与他平视：“今天在缆车上，也是这个‘苦衷’打给你的吧？”

曹晖避无可避，和盘托出。蒋玫听说牵涉到小沈，很是吃惊。曹晖便把来电记录拿给她看。正像他所担心的，她几乎本能地把这件事与他以往的“风流史”联系起来了。他发誓赌咒，万般辩解，她才暂时咽下了这口气。

他们到附近的“小银河”里吃饭，曹晖虽然自问无愧，还是一味地低首下心，点的全是她喜欢的菜。蒋玫露了笑容，他孩子般地开心。

他又陪着她在厂区散步，说笑话逗她。她说："黄段子不听。"他说："你想得美。"

曹晖的单身公寓是属于"扬子石化"集团的，是他一个厂里的朋友帮他借住进去。水电便宜，卫生设施也干净，而且厂区里吃的用的色色齐全，宛然是一个独立的小世界。曹晖还没有能力置一栋房子，内心里总觉得委屈了蒋玫。蒋玫却认为厂区挺好，虽然两个人只住着一间，但是在家里，她和姐姐也是这么过了二十几年。只要跟曹晖住，她不感到有什么不便。他们那天逛到很晚，好在小沈没有再打过来。

然而阴影总是有了。蒋玫从此在心里添了根刺。曹晖回来得稍迟，她就要问他。如果是"厚土"那边的事，她更加紧张。有时候，工作得好好的，会突然心慌，跑到杂志社去看他。都以为她有什么事，一问，又没什么。小赵没心没肺的，还笑她和曹晖一会儿也分不开。小沈见了她略有些不自然，不过态度还好。事实上，小沈后来也放弃了本不该有的希望，死了心了。曹晖的拒绝已到了冷酷的地步。以她这样务实的人，在一个爱着她和她爱的人之间选择，她当然知道怎么选才是有利的。

可是从前的小沈化为幽灵，时时在蒋玫脑中浮现。她为自己制造了一个活灵活现的情敌。曹晖不在的时候，蒋玫甚至能逼真地想象出小沈和曹晖调情的情景。

曹晖的脸越来越青，脾气越来越躁，警告她不要再神经过敏，使得他也成天神经紧张。这反过来又加重了蒋玫的疑心。

有一天晚上，曹晖十一点钟还没到家。蒋玫做了很多好吃的等他，打他手机又总关机。蒋玫不由得动了疑。好不容易曹晖回来了，洗了脚倒头便睡。叫他吃东西他说太累不吃了，问他干吗关机说是没电了。为什么这么迟呢？因为盛总策划与两家报纸合办个"龙虾节"，借此为《厚土》扬名。答得无懈可击，她却疑虑重重。她要试一试他。

她脱衣上床，曹晖已经微微打鼾了。她推醒他，凑过去亲他。曹晖咕哝着说："今天不了，累死了。"蒋玫愣了一下，说了句致命的话：

“你是不是跟别人……跟别人……”话没讲完，声音已经哽了。曹晖打了个寒噤，睡意全消，不敢相信似的看她。蒋玫红着眼眶说：“你老实说，是不是刚才和小沈……”曹晖觉到深深的屈辱，说：“好好！你要做，咱们就做！”除去她的内衣，一边吻她，一边眼睛就潮了。蒋玫心中一疼，忙阻止他说：“不用了。”曹晖的手停在她的胸口上，过了几分钟才说：“这样下去有什么意思?”他帮她穿回衣服，坐起来发呆，半晌才哑着嗓子说：“我们分手吧！”

蒋玫当然不同意，二人冷战了几天，进进出出，不说一句话。蒋玫明白是自己的不对，却始终不松口。她对他伤害很大，但是假如她真诚道歉，或者他会原谅她，但她没有低头的习惯。这天晚上，曹晖率先开口，洗着衣服说道：“你觉得这样犟着有结果吗?”蒋玫负气说：“我已经不怀疑你了，还要怎么样呢？难道要我鞠躬你才满意?”曹晖却异常认真地说：“是。这个世界不是总能迁就你的，你错了，就要学会承认。即使没错，有时也要弯腰。鞠个躬很难为你吗?”他的手机响了，音乐换成了《绝口不提爱你》。蒋玫目光灼灼地看他。他说了几句话，挂了手机，淡淡地说：“是盛总，不是小沈。”那是他们最后一次对话。

分开的时候，连悲剧都算不上，倒像是一幕荒诞剧。也是等那一段哭笑不得的日子过去了，她才慢慢体会到思念的彻骨之痛。

“我以为他会再找我的。”蒋玫说了这一句话，伤起心来，“他在梦里都不喝我倒的茶。”她仍是仰望着天花板，泪水从颊上蜿蜒着淌下来。

蒋莉撕了面纸扔到妹妹床上，仗义地说：“要是我在那儿，一定要教训那个姓沈的小妖精。不过曹晖，我说句公道话，那可真怪不了人家。哪个男人吃得消你像特务一样盯他?”蒋玫不语。蒋莉又说：“你跟电视台的人是怎么讲的?”蒋玫拿面纸揩着脸说：“我说我适应不了那么快的节奏。我走那天，制片人发了两千块钱给我。另一个实习生小蔡还话里带刺说：‘我怎么不觉得节奏快?’我说加班太多，我宁可钱少些，时间多些。小蔡说：‘那加班也是我们加，你下班一向准时的嘛，能加几个班啊?’她是笑着说的。我对着她那张虚情假意的笑脸说:‘哦,原来你一直给我算着时间呢,怪不得一有空就把我晚上叫到台里来。’”蒋莉笑道:“这才像我们玫玫。对付这种小贱人,就不能弯弯绕,就得给她迎头痛击。”蒋玫笑了一笑说:“姐,我好久没说过这么多话了,现在心里好像没那么憋闷了。”蒋莉刚要说话,她母亲文镜棠在外面敲了敲门说:“几点了,还不睡觉?”蒋莉吐吐舌头,关了台灯。

三

第二天早上,蒋玫虽然很困,还是很早就起了床。蒋莉睡眼惺忪地说:“再睡会儿嘛!”蒋玫穿衣穿鞋,瞥了她一眼说:“再睡就迟到了。”蒋莉嘀咕了句“迟就迟呗”,面朝墙壁,又睡着了。

蒋玫自以为是最早的,谁知陆小川已经拖净了大半条走廊。蒋玫进去放好皮包,出来倚门而立,笑道:“你真早。”陆小川笑着说:“小时候起早惯了,一过六点钟,再也躺不住。”蒋玫到水池子里洗了备用的拖把,从走廊另一头开始拖地。陆小川说:“我来就行了。”蒋玫说:“不客气。”陆小川说:“像我们是穷人的孩子早当家——我老家是乡下的。你也这么早来,我就想不通了。”蒋玫笑笑说:“你戴有色眼镜看人。”

除了工程科,其他所有科室的门都关着。他们的声音散到空气当中,又被墙壁撞了回来,听来有种凛凛的刺激。

两个拖把碰到了一起,走廊拖完了。陆小川说:“好,会师了。”接过蒋玫手中的拖把去洗。蒋玫料不到他也会开玩笑,昨天看他话那样少。她想这个人就像他的酒量一样,一眼测不出深浅的。

同事们陆陆续续上班了。不久就有个三十来岁的女人过来跟小龚说笑,又赶着蒋玫叫“妹子”,说昨天正好请了假,“不然早赶了来了”,又夸蒋玫好人才,“怎么生的,水葱儿似的”,又说比她年轻时还俊俏了几分,仿佛她当年是个关于美人的甚高的标准,比她还美简直是不得了的事。蒋玫耐着性子听着。陆小川介绍说是工会的金主任。金主任又到陆小川那儿黏了好久，掉过头来又说她早打听清楚了，蒋玫不单是漂亮而已，还是个才女，出过书呢。小龚他们顿时起哄要书，蒋玫一边答应，一边直为自己的书难过。金主任告诉蒋玫，陆小川差点儿进不成交通局。蒋玫问："为什么呢?"金主任说，因为公务员面试时陆小川引起了男性评委的强烈妒忌，"他太帅啦!"但最后还是通过了面试，因为"有女评委的全力支持"，还是因为他帅，真是败也萧何成也萧何。蒋玫看出来这金主任是有几分垂涎于陆小川的，而且她相信陆小川也心里有数。每当金主任过去搭讪，陆小川总紧着叫"金大姐"，以名分来约束她。

金主任去后，刘局长、张局长先后派人来询问工作上有无要求。蒋玫说希望早点儿搬到人秘股去，她在工程科有些鹊巢鸠占的意思。她提出要走，陆小川和小龚同时看了她一眼。小龚那一眼没到她身前三尺就消失于无形，陆小川的眼神她却在脑中存下来了，有点儿亲切，有点儿感动。工程科科长送来一个笔筒子，是用整个的竹根刨的，古朴素雅；金主任一边埋怨自己的记性一边代表工会送了一沓办公用纸、一个小型折叠式带气温表的日历、一个介于可爱与性感之间的接吻的蓝瓷连体小人。

中午吃过饭，蒋莉陪蒋玫到邮局寄书。蒋玫算好了寄十个人，蒋莉却说："寄九本就行了。是寄给市电视台的吧？那个处处跟你作对的小蔡，你还寄啊?"蒋玫想想说："每个人都有书，就她没有，她会尴尬的。算了，走都走了，犯不着再给她难堪。"蒋莉气哼哼地唱起了任贤齐的歌："你总是心太软，心太软……"

十本书寄出去，蒋玫像了了件心事，颇感轻松。蒋莉搂着蒋玫说："玫玫，过去的事，就跟你的书一样，把它全寄走了。从今天开始，你只准朝前看，听到没?"曹晖的形象在眼前一闪而过，蒋玫叹了口气说："既然过去了，这些事你不要跟别人提，爸妈爷爷跟前，不要说漏了嘴。"

晚饭后二人散步到KTV。那KTV的霓虹大而灿烂，犹如漫天星斗，隔多远就看见它在那里闪闪烁烁。里面的装潢具有一种神话般的氛围：过道里不是地板，全是玻璃，踩上去都怕碎的；吊顶做成云朵的形状；墙壁是一色悦目的天蓝。壁灯雕成枝形，远望竟似烛台，一个一个小黄灯泡像微颤的蜡烛。右侧是假山“瀑布”，水流淙淙。进了包间，一个大投影电视，一套电脑点歌系统，一圈乳黄色沙发，大理石的茶几，四周还有大片大片雪白的帷幔垂挂飘摇。蒋玫向服务生说：“你们这儿的东西不是淡黄的，就是白的，不耐脏。”服务生笑着说：“我们隔两天就洗一回，还都是跟外地定做的。老板说的：做生意就不怕烦，最重要是有特色。”蒋玫点头。

蒋莉拿话筒试音，笑嘻嘻地说：“效果真不错。”蒋玫说：“是不错，连你的声音都不难听了。”蒋莉拿话筒打她。蒋玫边躲边说：“小心小心，坏了也是用你的嫁妆赔。”刚说到这里，蒋莉的男朋友汪涵走进来了。蒋莉嗔怪道：“这么迟才来啊？”汪涵赔笑道：“我不是最迟的吧？”蒋玫说：“姐姐老是欺负人。汪涵你别理她，来得早不如来得巧，我才说‘嫁妆’你就来了，正是时候。”汪涵摇头笑道：“又拿我开心啊。二位小姐喝什么？”蒋玫要了玫瑰香茶，蒋莉点了茉莉花茶。汪涵唱了首歌，服务生把茶水送上来了。汪涵自己要的是杯“苦丁”。

唱了一会儿，有人敲门，蒋莉以为是服务生，大咧咧地说：“进来。”来的却是陆小川、小龚、金主任和一个叫柳劲的同事。柳劲是交通局柳局长的亲侄子，沉默寡言到不可思议的地步，也是交通局里唯一一个至今没和蒋玫讲过话的人。

蒋玫见到他们很是意外，站起来把他们跟亲戚们互相介绍。金主任说：“还是小龚眼睛尖，打从门口这么一过，就看到蒋玫坐在里面。”小龚笑道：“我对美好的事物比较敏感。”蒋玫不好说什么，笑了一笑，和陆小川互看了一下。

蒋莉笑道：“要不大家一块儿唱吧？省得又开个包厢，还要花钱。”陆小川和柳劲推辞，金主任不置可否，小龚却答应得十分干脆。蒋玫实在不喜欢家庭联欢杂了外人。多个陆小川倒无所谓，反正谈得来，说是朋友也不为过，另外三人她却打心眼儿里不喜欢，只不过当此情形她不表态也不行，只好附和着蒋莉说："是啊！"她一说"是啊"，金主任立刻就脱外衣，挂皮包，显得她早有此意。汪涵叫茶叫水，敷衍得很好。

小龚说要欣赏蒋玫的歌声，蒋玫推不过，点了个《别问我是谁》，唱到"我并不像他们说的，那样多刺，难以安慰"，室内就静下来了。"别问我是谁，请与我相恋，我的心情没人能够体会……"她看的是电视屏幕，神思却渐渐飞到了打拼过的那座城市，飞到了单身公寓。她的唱功不够圆熟自如，并且今天还有点儿感冒，但借着稍微沙哑的嗓子，倒唱出了另一种缠绵的味道。第一段下来，金主任带头，众人鼓掌。蒋玫回过神来，感到喉咙发痒，直想咳嗽。这会儿掌声就成了压力。第二段才开了个头，就停下来咳了一声，又撑着唱了几句，咽喉那儿像无数蚂蚁在爬，还又骑虎难下。正在着急，一人伸手取过话筒，接唱了下去。蒋玫一看，竟是陆小川。

小龚、金主任都起哄说他怎么跟女孩子抢歌唱，他只当没听见。蒋玫喝了口水，掏出"草珊瑚"含了，听陆小川唱得难听，不禁想笑。其实除了五音不全之外，陆小川的音色倒是好的。蒋莉在蒋玫耳边说："英雄救美啊！"蒋玫充耳不闻。陆小川那荒腔走板的演唱，她听着只觉得温暖。

金主任接过话筒唱起来了。陆小川拿茶瓶给各人续水，走到蒋玫这边，蒋玫接过茶瓶来说："我自己来。"陆小川顺势在她身边坐下来。蒋玫笑道："你怎么跟他们一起来的？"陆小川低声笑道："被金主任抓壮丁的。她临下班一时兴起，要我请她吃饭。"蒋玫说："嗯，醉翁之意不在吃。她又是和上面关系很好的，不能得罪的大人物。你就拉了小龚陪绑。"他们之间，仿佛一下子拉得很近，说话比前两天随意得多。陆小川轻声说："小心人听见。"蒋玫说："你放心，这么大声的音乐，这么小声的谈话，他们一定听不见的。"陆小川说："会不会猜到在讲他们？"蒋玫说："最危险的地方最安全。"陆小川看着她笑了："你比我想象的活泼。”蒋玫微笑着岔开话题说：“晚饭是谁请的?”陆小川说：“是我。金主任又想唱歌，本来是叫小龚请的……”他停下来不说了。蒋玫回过味来，笑了笑说：“他一看见我，赶紧就进来了，省得他自己请客，是不是?”陆小川笑而不答。

金主任唱《美酒加咖啡》，唱《真的好想你》，唱《舞女泪》，技巧无可挑剔，歌曲本身却其俗在骨。等到她开始唱《路边的野花不要采》，蒋玫悄悄告诉陆小川说：“她真厉害，选的每一首都是我怕听的。”金主任唱到“路边的野花——你不要采”，汪涵、小龚就一齐跟叫“不采白不采呀，不采白不采!”只有那位刀枪不入的柳劲依然不动声色，陆小川实在一点儿也不惊讶。

蒋莉接唱了陈慧娴的两首歌，小龚唱《老鼠爱大米》，又唱《两只蝴蝶》，又唱刀郎，连网上出现不久的《刺激2005》他也会唱——虽然很难说唱得多好。

金主任经常得到同事领导的交口赞誉，因此极为自信。她绝对不能够相信她的歌声会给人家带来痛苦。她捏着嗓子唱那首甜甜腻腻的《粉红色的回忆》，也没人能说她唱得不像：“不能忘记你，哦，叫我心欢喜……留下一个粉红的回忆嘻嘻嘻嘻……”蒋莉终于走过去跟妹妹咬耳朵说：“这都二零零几年了？不是一九八几年了！再听这种陈年风骚我要疯了!”蒋玫笑着捣了她一下。

四

和往常一样，这天早上，还是蒋玫和陆小川到得最早。陆小川刚扫过地，这会儿端着个盆子在洒水。蒋玫在抹桌子，他们一边做事，一边聊着天。

陆小川问蒋玫什么时候能有正式编制。蒋玫说考察期三个月，到时没有问题就可以成为局里的正式成员。“考察”云云还是蒋宏生自己提出来的，意在表明他的公事公办，并无偏私。可是交通局正在郊区靠海的地方兴建一个中型商港，没有县政府的支持是干不成的，蒋宏生管的正是这一摊。所谓“考察”也就成了个不折不扣的姿态。

桌子抹完，开始上班，一小时不到，就被张局长率领着去参加摸奖。

巨大的氢气球在空中飘飘荡荡，因为脚下有线，胸中有气，上不去下不来，一副尴尬相；橙绿蓝紫的小旗子在风中猎猎作响；大喇叭里有人清唱《走进新时代》，不过是个男的；不大会儿，换成《说句心里话》，这回反而是女的了。左边，宽阔的水泥高台上排列着几十辆轿车，银灰或深黑的外壳在阳光下发出诱人的光泽；右边堆着几堆电视机，虽然躲在纸箱子里，凭想象也足以令人心动。“巨奖酬宾”的特大横幅气贯长虹，下面，轿车和电视的中间，夹着嘈杂、拥挤而狂热的人群。

金主任、工程科科长、小龚他们都在叽叽喳喳。陆小川也有几分手痒，只是控制得很好。柳劲不声不响坐在那里，不知在想什么。唯有蒋玫，从内心里对发横财不抱指望。

工程科科长笑道：“小陆你下去摸彩票，你又不打牌又不打麻将，手气比我们好。”众人齐声附和，纷纷掏出钱来给陆小川。张局长又加了一句：“一个人十张，你把有奖的号码抄下来，回车上开。”金主任叮嘱：“给柳局刘局也带十张。柳局出差快回来了。”张局长立即夸她细心，说就是这么办。刘局长其实并没有什么大事，但懒得跟下属混在一块儿，找个借口跑出去了。张局长却笑呵呵地说他倒想摸个汽车卖了请大家吃饭。

陆小川下了车，又回过头来说：“张局，找个人帮忙才好呢。我又要买彩票，又要抄号码，忙不过来。”张局长想也不想，随口便说：“小蒋去吧。”

陆、蒋二人汇入人海，好不容易挤到彩票购买处，前面还全是人头。蒋玫说：“我先到那边抄号码，你买好了到那边找我。”陆小川说：“哦，你小心点儿。”蒋玫笑道：“你这儿人气这么旺，你才要小心点儿呢！”

陆小川一身大汗，才买到足够数量的彩票，心想给希望工程捐款没见有这么多人。他找到蒋玫时，她的号码还没抄完。周围的人你推我搡，害得蒋玫站也站不稳，12345 也写得歪歪扭扭的。陆小川在她身后张开双臂挡住别人，她才完成任务。她一回身，见陆小川扎马步似的站在那里，两手伸开呈大鹏展翅状，不禁笑弯了腰。

回到车上，小龚接过彩票分给众人，笑着说："我预感我有一辆桑塔纳。"金主任说："你就吹吧。"刮开封皮兑奖，只有小龚、柳劲各得了一袋洗衣粉。蒋玫原不放在心上，余人虽觉失望，毕竟是万里挑一的事，也不怎么在意。正准备回去，大喇叭里的演唱忽然停了，有人"喂"了几声，郑重地请一位叫殷小琴的上台领奖。那殷小琴一嘴的方言，借着喇叭哇啦哇啦，想来是表示她的心潮澎湃。静了片刻，主持人说殷女士不要汽车，当场折成现金六万。交通局专车里顿时"哄"的一声，议论纷纷。有的夸姓殷的好命，有的酸溜溜地说又不是摸到劳斯莱斯，有的在计算她税后能剩多少，有的猜测她这笔飞来之财如何花法。金主任笑嘻嘻地说那笔钱殷小琴未必带得到家，半路上给抢匪闷了也保不定。

锣鼓喧天，早已候在一旁的鼓号队开始吹打。司机一支烟吸罢，请示说："张局，我们走吗？"张局长如梦初醒，说："走，走，柳局刘局的彩票要收好了，当心撕坏。"汽车发动了。蒋玫拿手机给陆小川发了个消息："终于走了，终于。"陆小川看了微笑。

一行人回到局里，惊讶地发现柳局长和人秘股股长出差回来了，正跟刘局长说话。张局长笑道："巧了，正买了彩票来。"柳局长笑道："我是没那个运气。"金主任笑说："您没运气，那么大的福可叫谁享啊？"小龚抢着把彩票和号码送给两位局长。柳局长先不看彩票，先跟蒋玫招呼了一下，又把蒋玫介绍给人秘股股长，说是"老程你的女兵"。又张罗着派人去把新办公桌运回来，叫蒋玫当天就搬到人秘股。陆小川朝蒋玫看了一眼，蒋玫的余光看见了，佯作没在意。

柳局长忙完了这一切，才把彩票兑了一下，笑着说："我就说我没那个命，你们非浪费钱给我买。”刘局长却把小龚叫到他办公室里数落了一顿说：“谁叫你们自作主张的？一机关的人开车子集体摸奖，像什么话？”小龚委委屈屈地说是张局长的意思。刘局长索性哼了一声说：“我知道，这种事回回是他带队。你也是的，没事搅在里头！”小龚暗喜，明白刘局长这样直白地发泄不满，实是将他视为心腹，所以只恨刘局骂得不够重。刘局长矜持地把彩票拿出来看，结果又是一袋洗衣粉。

外面一阵大说大笑。刘局长眉头一皱说：“这又是谁啊？”小龚连忙跑出去看，见是个打扮俗艳的女孩子，正跟陆小川讲话。陆小川见小龚来了，忙叫她小声。小龚笑呵呵地凑上去打招呼，那女人笑道：“我是王娴，小川跟你提过我的吧？”小龚笑道：“可不，哪天不挂在嘴上念你几遍。”陆小川朝人秘股看了一眼，把王娴拉到楼梯那里说：“你怎么回事，跑到单位来了？”王娴笑道：“电话里说不清楚嘛。你到底同不同意啊？”陆小川说：“不可能，无不无聊？”王娴顿时变色：“什么无聊？小芬他们都跟男朋友说好了，怎么就你这么疙瘩？”陆小川说：“我很忙，下午还要上工程，晚上不知几点才回城区。”好说歹说把王娴劝走了。

他一转身，正看见蒋玫，不禁一呆。蒋玫却直率地问他：“你女朋友？”陆小川咽了口口水答道：“是未婚妻。”又说，“是我爸给我选的，小时候是我家邻居。”蒋玫于这后半句话却并不多问，只笑着说：“我听见刘局在那儿不高兴呢，说交通局像菜市场了。她下次再来说话可不能这么响了。”陆小川说：“还有下次？我不会再让她来了。不过她嗓门儿大，也不能怪她。她在纱厂做工，车间里机器‘轰隆轰隆’，不大声旁边的人根本听不见。”蒋玫有点儿意外，想想才说：“怪可怜的。”

陆小川从心里感到蒋玫的善良，闷了一会儿才说：“我一直没告诉你我有个乡下未婚妻。”蒋玫笑笑说：“这是你的私事，用不着跟我交代啊。”陆小川说：“你不一样的。”他说这话时直视着蒋玫，眼睛像电影，剧情全由她自己来看。这是第一次，他表现得如此直接。蒋玫一慌，掉头就走，走了两步，又停下来说：“我真糊涂了，我找你是告诉你，张局长跟人秘股股长说了，叫你下午到工程上，带我一起去。我对那边还缺乏直观的感受。下次写材料也好写。”她走了。他站在那里，扶着楼梯扶手，用手掐一掐鼻梁。

蒋玫到家不久，蒋莉也回来了，进门就说：“阿姨，中午吃什么？饿死了！”阿姨是对那个六十多岁的王妈的尊称。其实蒋太太文镜棠闲在家里，大可负责家务。但是她坚持要请“阿姨”，即使洗衣服有洗衣机，做饭有煤气灶，清洁有吸尘器。蒋宏生对这位夫人由爱生畏，言听计从，当下就请了个麻利、干净的王妈来。

王妈应声而出说：“啊？”蒋莉说：“叫你快点儿做饭。”王妈笑说：“就好了。我正在弄山芋，吃点儿粗粮肠胃好。”蒋莉皱眉说：“那你弄干净点儿，山芋上有毛，一碰痒得要命。”王妈还没说话，蒋玫先笑起来了，说：“皮上有毛的是芋头，跟山芋不一样。”蒋莉有点儿不好意思地笑了，说：“谁知道那么多啊？对了，妈呢？”王妈指指房里说：“头疼，在里面睡觉。”蒋玫叹口气说：“她的头疼病都闹了几年了，中医西医都看不好，不知怎么回事。”蒋莉说：“可不是吗，要不怎么那么早就‘内退’回来了？咱们小点儿声，别吵醒她。”

防盗门“咔啦”一响，王妈下厨房去了，蒋莉笑道：“难得，县长大人中午也回家吃饭。”门一开，却是个不相识的老头子，手上大包小包五六个。蒋莉明白了几分，想这人空活了大把年纪，却既没有头脑，也没有阅历，哪有大中午来送东西的？便冷冷地说：“请问你找谁？”老头子看她一本正经，心里发慌，紧张得话也不会说了：“这是……蒋县长家……家吗？”蒋莉说：“是的，什么事？”老头说：“我……我……我听说蒋县长最肯帮人了，我……”对面大门一响，蒋莉知道是邻居出门，忙带了三分笑意说：“我看你是搞错了。蒋县长向来公事公办，该怎么样就怎么样，你这样只有叫我们为难。”

她关了门，向蒋玫说：“没见过这么蠢的，送礼送得大张旗鼓！别说他那点儿东西我们看不上，就是看上了也不敢收啊！”蒋玫说：“少缺德了，打发走了就罢了，别再讲人家了。”蒋莉不好跟妹妹争辩，向厨房怒喝：“阿姨，你真要饿死我啊！”文镜棠在房里咳嗽了两声，她才一把捂上了嘴。

下午蒋玫和陆小川坐了四十几分钟的车到工程上。陆小川先带她到指挥部坐了一下。蒋玫把人秘股股长叫她带来的两份材料给了驻扎在工程上的退休老局长吴亮。这建港第一线，就由吴亮亲自统领。其实也不是什么要紧材料，但是要是不送一份给吴亮，老人家会有被人忽视的愤怒。他性子烈，又是前辈，柳局、刘局也要让他三分的。陆小川业务精熟，吴亮真正看得起的，也就只有“小陆”一个。

吴亮早听说来了个县长女儿，人还没见，先有几分不喜。这时见蒋玫谦和知礼，对他又极为尊重，才没拿架子使她难堪，当下淡淡地说：“不是要看海吗？不去天要黑了。”陆小川忙笑着开车送蒋玫到大堤上去。

不是亲眼瞧见，蒋玫也想不到大堤会伸入海中这么远。前、左、右三面尽是苍茫大海。那颜色不是三亚一带那种赏心悦目的蓝，却是混沌、沉郁的鸭蛋青，近于莫高窟里魏晋雕像的主色调。蒋玫和陆小川下了车，徒步往前走着。陆小川来到这里，好似回到了家，指东指西，讲解不绝。蒋玫本来因为王娴的出现，对他心存芥蒂，此刻海风浩浩，长天一碧，顿时觉得那些鸡虫之争甚是无味，反是陆小川喜滋滋地介绍，她听着有趣。

陆小川说：“引堤施工的时候，因为是在潮间带作业，一遇到大潮，马上就前功尽弃。后来老局长——就是刚才你看到的吴局长，找了几个顾问来，四次踏勘，才想出个法子：用泥浆泵吹灌沙袋，垒筑挡浪堤，吹填堤身。这就改变了一字坡单一段面的老面孔，而是多级变坡，提高防冲刷能力。”蒋玫听得似懂非懂，云里雾里的，不知为什么，却还是爱听。她笑着说：“你以前是不是在这儿住过的？”陆小川点头说：“住在指挥部。那时候可真是苦。逢到值班，夏天没处洗澡，就拿桶冷水一浇；冬天冻得要命，被子上压满了衣服也没用。”他忽然略带轻蔑地说，“像小龚他们，恐怕一天也挨不下去。”他难得这样骄傲，蒋玫看着倒觉得他更是个有血有肉的真人。以前的陆小川沉稳有余，似乎少了些什么似的。

再走一程，来时坐的汽车已经成了个小黑点。摆脱了它的“视线”，蒋玫更感到一派轻松。潮起潮落，海鸥翻飞。陆小川说：“导堤一期工程完成了两千三百米，二期又是两千米，单靠一个县的力量弄起来的，你想想看。”他出了下神说，“将来还有办公大楼、灯塔、厂房，还有港，还有船。”蒋玫打手势叫他停住，他愣了下，掩饰着失望笑道：“烦啦？”蒋玫笑着说：“不是，你把腰弯下来。”陆小川真的弯下腰去。蒋玫从包里找出纸和笔来，拿他的背脊当桌子，写下一小段话。笔尖触到肌肤，隔着纸，隔着衣服，还是有点儿痒痒的，痒到陆小川心里去。

陆小川笑问：“好了没？”蒋玫说：“好了。”陆小川站起身来活动活动筋骨。蒋玫把手上的纸片给他。他拿过来看：“十几年前海边还是无人问津的荒凉。随后专家来了，技术人员来了，工作人员来了。仪器、测量、笔记、会议，反反复复，不厌其烦；进进出出，周到细致。也热闹过，也沉寂过，有支持的，有不理解的。惊涛拍着岸。大规模的围垦，引堤的延伸，栈桥像一条龙，龙是天生和海在一起的。道路、绿化、水厂、电线杆、办公大楼，灯塔的强光照亮了夜空。寒风中等待的脸，暴雨里护堤的人，年三十思家的年轻的叹息，灯光下闪耀的沧桑的白发。踌躇和果断，犹豫与坚毅，机器轰鸣压倒了浪声。码头‘生长’起来，厂房‘膨胀’开来，又一艘船进港了。汽笛声声，伴着后方现代化的、换了容颜的海边小城——画外的音乐是大段大段的贝多芬，有时也插上《如歌的行板》——一连串急促的闪回，夹着特写，然后定格，接着淡出，浮起了四个遒劲而飘逸的大字：未完，待续——”

陆小川看完了，呆了一下，把纸片对折，珍而重之地藏到皮夹子里。他咳了一声说：“送给我吧，给我做纪念。”蒋玫颇为得意，笑道：“好不好？”陆小川说：“好！你能写厚厚一本书，难怪也能写这么好的一段话！”蒋玫说：“我来了这些天，看了不少背景资料，不过不亲身来体验一下，一定写不出来。”她在风中笑着说着，一边用力摁住飞动的长发。

陆小川古怪地沉默，又突兀地提问："订婚没有法律效力的吧？"蒋玫一怔，立时就明白了他的意思，竭力装出平淡的样子笑道："不知道——好像没有吧。"然而她的脸渐渐地飞红了。

过了几天，陆小川请她吃饭；又过了两天，请她喝茶。蒋玫也知道陆小川那种性子，叫他在茶座里耗上两个小时是挺难为他的。他愿意这样牺牲，表示得也很明显了——只差没说出来。

他们在"迪欧"咖啡厅里吃套餐，又点了水果茶喝。茶壶里面内容丰富，苹果、菠萝，应有尽有，泡在乳红色的汁液里，愈见可爱。茶壶下面是水晶托盘，盘底中空，恰好填得下一截小白蜡烛。火苗舔着壶底，既增色，又保温。陆小川笑说幸亏是晚上，如果白天要了这茶，岂不是也得傻乎乎地点起蜡烛来？蒋玫笑说那叫情趣，不像局里的大怪人柳劲，木头人儿似的。他陪她下五子棋、斗兽棋，甚至小孩子玩的飞行棋，又教她打扑克。张局长他们都以为陆小川不会扑克麻将，其实他不但会，而且精，只是锋芒不露。蒋玫越跟他相处得久，越觉得他像江南的园林，乍一看平平无奇，其实后面一层一进，九曲回环，步移景异，风光无限。

五

这天在单位里，陆小川发消息给蒋玫，说晚上有话要跟她说。

旁边有人的时候，他们就用手机互发消息，一看即删，这已经成了他们的习惯。当天是星期三，局里组织学习，蒋玫想着陆小川的话，很是心不在焉。陆小川却安安静静坐着，听柳局读县政府的文件。笔记本上，是工工整整的一行一行。

小龚出去了一下，回来时手捧红塑料袋，笑容可掬地说："趁热吃趁热吃，楼底下现买的。柳局您先尝一个。"打开袋口，原来是热腾腾黄澄澄的蛋饼。柳局长笑着接了一个说："会开得好好的，你来打岔。"

小龚见两位副局长都在座，按理是先给刘局长，但张局长成天弥勒佛似的，也委实叫人莫测高深。小龚灵机一动，先把蛋饼给金主任，笑呵呵地说：“金大姐，我先贿赂你。你上次答应帮我介绍女朋友，说了要算数的。”顺势连袋子塞到金主任手上说：“我去洗个手就来。”快步出去了。金主任先请刘局长挑了一块，又依次拿给众人。

柳局长又读了几句文件，听室内“吧嗒吧嗒”响个不休，干脆放下文件笑道：“今天学习，你们挺有收获的啊，等吃完了再讲吧！”他一贯的好脾气，而且越是临近退休越好脾气。

工程科科长见局长开了口，就插说了两件闲事；刘局长痛斥现在学费收得离谱，说工资光交女儿的学杂费就去了一半，在机关还不如下海滋润；张局长说他有个长辈，当年参过军打过仗，儿子是政协委员，孙子是小混混，所以那位长辈是老革命，其子不革命，其孙是“反革命”，真是一代不如一代。笑了一阵，言归正传，把市里的文件精神传达完毕。陆小川、蒋玫等正要起身，吴亮忽然健步走进，说“听说市里下达了文件，我想听一听是什么精神”。柳局无奈，拣些重要段落重读了一遍。吴亮摇头叹息：“不实在！不知道小陆、小龚、小蒋你们觉得怎么样。”小龚笑道：“老局长，我们听得热血沸腾呢！”吴亮叹道：“我是老油子了，不好同你们这些纯得像水的小青年打比，油的沸腾点跟水的沸腾点是不大一样！”说着感慨而去。

吴亮一走，众人顿时一哄而散。金主任笑着告诉人秘股股长：“来了像盆火似的，临走又说怪话，生怕人忘了他的老资格。”人秘股股长说：“下雨天打孩子——闲着也是闲着。”

蒋玫和陆小川一起下班。蒋玫不想陆小川多花钱，找了个小吃店吃饭。陆小川体察到她的心思，微微一笑。等菜的当儿，蒋玫笑道：“现在大饭店只重排场，小饭店也不像从前了，短斤少两的。”陆小川向来不大在这些事情上留心，问道：“是吗？”蒋玫说：“可不，鱼香肉丝只有鱼香没有肉丝，宫保鸡丁只有宫保没有鸡丁，糖醋排骨只有糖醋没有排骨。”陆小川笑了，说：“当心人家听见。”蒋玫笑道：“我姐姐有次问我，是西红柿贵还是鸡蛋贵。我说不一定的，只要点个西红柿炒蛋，看看鸡蛋多呢，就是西红柿贵；西红柿多呢，就是鸡蛋贵。这叫此消彼长。”听得陆小川直笑。

吃过饭出来，两个人各自推着车，却谁也不骑，仿佛就这么走着也有一种趣味。蒋玫看看天空，低下头，似乎很随意地说：“你说有话要跟我说的。”陆小川“嗯”了一声，从容地说：“我是想说，王娴不适合我，或者反过来讲，我不适合她。”蒋玫暗道：“一点儿也不浪漫！”转而又想，既然接受了这个人，只好接受他的全部，他本来就不以风花雪月见长的，便笑道：“为什么呢？”陆小川说：“比如上次，她们厂里几个女工打赌，看谁的男朋友最帅，还叫我也参加。我靠……”他陡然骂了句粗话，蒋玫忍了半天才忍住了没笑。陆小川苦笑道：“大男人一个，跑去让他们品头论足，搞不好要打个九点几几分呢，又不是选美。”蒋玫笑道：“也是对你的外形有信心才叫你去。”陆小川说：“是虚荣心吧我看。要不要因为我爸，我不会跟她订婚。我跟王娴，本质上就是两路人。”蒋玫沉思着说：“我跟你也是不一样的。”陆小川说：“我们俩是不一样的，却是可以在一起的。”他终于说出来了，蒋玫想到了“尘埃落定”。

她停下不走了，他也停下来。他一手扶车，伸右手盖住了蒋玫扶着笼头的左手。蒋玫看着车铃上的自己，变形了，却是喜悦的。不像和曹晖时那么不能自已，但是也有幽幽的愉快。

她回到家里，眉梢眼角都是笑意。电视坏了，她在房里听收音机也是笑微微的。其实收音机里要么讲护肝，要么讲增高，要么是男性性功能，并没有什么好听的。蒋莉说明天打电话给严主任，叫他找个人来修电视。蒋玫笑着说：“找个家电维修好了，也别什么事都麻烦严叔叔。”蒋莉说：“他平时沾咱们家的光，这点儿小事还不做啊？不是爸爸，他就坐得到今天这个位子了？”蒋玫也不嫌她啰唆，笑着出神。蒋莉见了就要她招供，说她“有问题”。蒋玫大大方方认了，不料蒋莉说道：“你别忙着偷笑，知道他是图你的人还是图你的家世？”蒋玫忙说：“怎么这么说他？我相信他的为人。”蒋莉笑道：“傻妹妹，你要是看得穿人心，你也不是我妹妹了。你没听说吗？供电局副局长的女儿也是迷上了单位的男同事。那同事跟她结了婚，提了干，她老子前脚退休，那人后脚在外面乱搞，回家还倚疯作邪地装醉骂人，把老丈人气个倒仰。”蒋玫气道：“你怎么拿那种人跟陆小川比？一个是家猫，一个是金钱豹！”蒋莉“哧”地一笑说：“你倒比得好！你那头金钱豹叫什么来着？对了，陆小川，就算他本人很好，摊上一大帮穷亲戚，以后有得你受呢！”蒋玫不服道：“那汪涵也家境平平，你怎么非他不嫁呢？爷爷爸爸不同意，你还寻死觅活的。”蒋莉忙说：“那怎么同啊？汪涵一家都在县城，不富也不穷，素质也好……”蒋玫笑道：“总之，你找的就是宝，我看上的就是草。”蒋莉说：“不是啊……”蒋玫快刀斩乱麻般地说：“反正我下决心了，下个月我带他回来见家长。”她倒头就睡，拿被子盖住了头，表示不想再谈。蒋莉一口气无处发泄，找碴子把王妈训了一顿。

蒋玫说到做到，她依次告诉了母亲文镜棠、父亲蒋宏生、爷爷蒋毅。文镜棠对女儿的事甚少干涉；蒋宏生在外面一呼百应，在家里却听夫人的，他不大乐意，又怕文镜棠生气，请蒋毅出面反对。蒋毅同意了孙女儿带人上门的请求，有些“鸿门宴”的意思，磨刀霍霍的。陆小川进蒋家也就平添了“高考”式的紧张气氛。

他自己也知道初次露面非同寻常，所以精心理了发，衣裤领带都是配好了的，另外还备了几份礼物。

蒋玫开了门，迎面一阵清丽的乐声，顿时尘意尽消。陆小川轻手轻脚换了鞋，关上门，随蒋玫在客厅坐下。王妈倒了茶来。蒋玫悄声笑道：“紧张的话就捏茶杯。”陆小川笑道：“不至于吧，是谁在弹琵琶？”蒋玫听到“琵琶”，心中一荡，忙又笑着遮掩说：“是我妈在练古筝。她每天下午要弹一会儿的。”

蒋家有个“乐房”，专给文镜棠弹古筝、吹箫自娱。乐房与客厅之间仅隔着一扇屏风，比客厅的地板高出一层，铺了软垫，夏天再加一层竹垫。蒋玫很想让陆小川参观，又怕母亲见怪。恰好文镜棠说：“玫玫，你们来了？”她说“你们”，显然把陆小川也算在内。蒋玫答应着拉了陆小川过去，绕过屏风，脱了拖鞋，走到文镜棠身边。文镜棠手上不停，却抬起眼来一瞥，说：“给客人倒茶了吗？”蒋玫说：“他不是客，不过茶倒了。”

陆小川这才看清，文镜棠竟是个极美的女人，除了眼角有不易察觉的碎纹，模样、身材都显得年轻。蒋玫、蒋莉是人见人赞的姐妹花，可也及不上她们的母亲端凝雅致，有林下之风。只是她皮肤太过苍白，像是长年不见阳光，猛一看却有些吓人。

蒋玫最喜欢奏乐时的母亲，只见她按吟揉滑，勾挑抹托。中颤像老者发怒，龙王抖须；小颤如少妇闺怨，委婉哀伤。《汉宫秋月》中的“大连音花指”更是运用得娴熟自如。蒋玫怕陆小川不懂——事实上他也确实不懂，她就极轻地说给他听。

“这是《渔舟唱晚》，悠然驾舟，欢唱渔歌，满载而归，听出来没？”

“这是《春江花月夜》，人生代代无穷已，江月年年只相似。”

“这是《阳关三叠》，这个不用解释了。”

上滑音像山洞幽深，下滑音如日色凄切，蒋玫听过多少遍，还是深有所感，蒋莉就与此无缘。

陆小川看那古筝头上刻着短诗：“泠泠七弦上，静听松风寒。古调虽自爱，今人不多弹。”黄底绿字，绿得像松针。他不知这是唐代刘长卿写的，也不敢问，怕被文镜棠看不起。

挂钟响了六下，文镜棠卸下手上的护指，站起来走向客厅。蒋玫和陆小川也跟着去。王妈来问：“菜能不能烧了？”文镜棠说：“也差不多了。你烧鱼少放点儿盐，不然爸爸要讲的。”王妈去了。陆小川送上礼物，文镜棠微笑道：“来玩玩的，还这么客气。这一定是玫玫的主意。”蒋玫心虚地叫屈。

蒋莉和蒋宏生一起进来，倒叫大家有点儿意外。蒋莉说是在楼下碰到的。陆小川忙站起来叫："蒋县长。"蒋宏生跟他招呼了一下，大概第一印象还不坏，问女儿有没有给人家倒杯水。刚才文镜棠也是这样问，陆小川仿佛是专门来抗旱的，其实茶杯好好地放在茶几上。

蒋莉问爷爷上哪去了。文镜棠说下午到老干部活动中心，还没回来。蒋宏生这样的大忙人都及时到家了，蒋毅却直拖到饭菜上桌才现身。陆小川偷眼看他，发现是个很肥胖的老人。人说"千金难买老来瘦"，蒋毅胖成这样，陆小川很有几分为他担心。好在他中气十足，声若洪钟，气色也好。

六个人在桌上吃饭，王妈在厨房"哧啦哧啦"地忙菜，陆小川觉得怪别扭。蒋玫知道他想什么，怄他说话。陆小川本性是开朗稳重兼备，放松了也就容易惹人好感。蒋莉原是头一个反对他的，现在又是第一个阵前倒戈，问长问短，给他表现的机会。

蒋毅是负有"使命"的，所以几乎不和陆小川接谈。陆小川问一句他答几个字，答得陆小川也不好再同他搭讪。文镜棠搛了一块红烧肉给蒋毅。蒋宏生说："爸爸有高血压，别给他吃这个。"文镜棠说："半肥半瘦，吃一点儿没关系。"蒋毅说："是啊，一块半块，有什么关系。"但是陆小川看出他非常喜欢吃肉，心想要是我爸有高血压，我就尽量不做这些菜，省得他嘴馋。蒋毅吃了一大块五花肉，冷不丁地冒出一句："你父母在乡下？"蒋玫神经一紧，听陆小川不卑不亢地说："是的，我爸妈以前种地，现在改种经济作物。"蒋莉笑道："这两年倒是风调雨顺。"陆小川笑道："收成还好。我爸下个月要在镇上开间小店。他手很巧，手工艺品做得很漂亮。"蒋玫说："那田呢？"陆小川说："租给人家种。我妈也做不动了，我也不想她再吃苦。"蒋宏生和蒋毅对视了一眼。

饭后蒋宏生让陆小川"随便一点儿"，让他抽烟。陆小川说不抽。蒋宏生问他喝不喝酒，文镜棠笑笑说："刚才不说，这都收拾干净了才说？"蒋宏生笑。陆小川笑着说："酒还能喝几两——大概八九两。"蒋玫诧异他今天何以这样的不谦虚，她不知陆小川早就打听到蒋县长好酒。他这么答法已经给自己加了不少分了。

将近九点钟蒋毅吵着要睡觉，分明是逐客了。他在家里的地位介于大家长与老顽童之间，谁都不好违拗他的。陆小川就笑着告辞，蒋宏生让蒋玫送。陆小川说不用了，外面黑，蒋玫下楼了待会儿还要回来。他下了两级楼梯，文镜棠说楼道的灯坏了两盏，下去存点心。陆小川说他的手机是白屏的，特别亮，好当手电筒使。蒋玫问他手机多少钱买的。陆小川说一千多。蒋玫说："一千多块买个手电筒，也算高级了。"说得大家都笑了。蒋莉在门里还叮咛"来玩啊"。

陆小川晚上给蒋玫发消息问"面试如何"。蒋玫笑回"八十分，爸爸刚才还提到你，说看来酒量可以。"陆小川松了口气。

这以后就有些半公开的趋势。陆小川又去过蒋家两次，陪蒋宏生喝过一回酒。蒋宏生暗中叹息说命中活该没有个门当户对的女婿，不是汪涵就是陆小川。文镜棠也不理他。蒋莉笑说："你可以把他培养成门当户对的嘛!"蒋毅听说是公务员，又能吃苦，儿子不坚持，他也懒得问了。他只提了一个要求，就是将来有了孩子，不问男女，都得姓蒋，说蒋家总得有个人继承香火。他没有遇到预料中的抵抗，陆小川对这些看得很开，不像汪涵，丁是丁卯是卯，死都不肯在孩子的姓氏问题上让步。

陆小川暂时瞒着王娴，但跟父母都说过了。他那坚决的口吻，说是商量，其实近于通知。他母亲陈翠莲喜欢王娴伶俐，又是从小看着长大的。他父亲陆同怕担上嫌贫爱富的名声，两个人都不乐意。但陆小川并不太放在心上，蒋玫又不是嫁给陆家全家。

他后来带了蒋玫回去，老两口很吃了一惊。蒋玫带了人参蜂王浆和紫云英蜂蜜，再加一条烟、一瓶酒，她自己的一本小说集。陆同只得杀鸡买肉招待他们。

陈翠莲在厨房烧锅，一边跟陆同商议。陆同说："做了陈世美，以后还抬得起头来吗？最怕是孩子不姓陆，跟娘家姓蒋。还有这种道理？不是仗势欺人吗？咱们陆家不是要断子绝孙了？"陆小川进来拿碗，正好听到这句话，脸色微变，说："姓名只是个代号，干吗这么认真？我要是不姓陆，就不是你们生的啦？"陆同气往上冲，大骂他忤逆不孝，没脸见祖宗。幸亏在当地，正房和厨房是分开来砌的，中间隔着天井，蒋玫在那边听不见这边的争执。

吃饭时陈翠莲提了几次王娴，说这是王娴喜欢吃的，那个菜要是王娴来弄就更好了。她内心里承认蒋玫生得美，家世又好，只是王娴从小没了母亲，一向拿她当亲妈那么孝顺，她有这个义务维护"媳妇"。然而她同时也感到失去蒋玫是桩可惜的事，因此一边说王娴，一边暗中难受。陆同黑着一张脸，气哼哼，吃得很急，筷子点得饭碗一片声响。蒋玫看他"穷凶极恶"的吃相简直像她爷爷蒋毅。

他们夫妻俩给她甩脸子，她当然憋闷。她的性子一向是遇硬则硬、遇软则软的。不过这一次是未来公公婆婆，她也不好当真发作。何况陆小川心存歉意，对她格外的和颜悦色，细致体贴。

出发之前，陈翠莲以一种阿姨而不是婆婆的方式跟蒋玫道别。蒋玫看着有气，偏是以准媳妇的方式跟她拉手再见，亲热备至，恶作剧似的，着实让陈翠莲无所适从。陆同乘机悄悄向儿子重申"孙子不跟爷爷姓，除非我死了！"他真正耿耿于怀的，倒还是这一件事。

蒋玫去过陆家，虽然不如意料中的顺利，她自己单方面认定"大事定矣"。至亲之间，就不避忌了。这天她带陆小川到远房亲戚家去玩。路上二人在"碗碗香粥店"喝了两碗粥。蒋玫是杏仁糯米粥，陆小川要了皮蛋瘦肉粥。蒋玫本来就吃的是甜粥，见咸菜和拌黄瓜其貌不扬，就没有碰小菜。

到了亲戚家，发现多了一对年轻人，蒋玫笑道："呀，黄真，你跟表嫂几时回来的？"黄真且不答这话，先笑迎上来说："肯带出来见人了？"二人互相取笑一番。蒋玫觉得黄真自从结婚以后，比从前开朗了许多，心里暗暗替这个血缘上很远而感情颇不错的表哥高兴。黄真微笑道："我们是早上临时起意，想回来看看我妈，说实话，也有点儿想老家的土菜了。"听到"菜"字，蒋玫便说起在外面吃过了来的，叫不要为她和陆小川忙饭。黄真的爱人笑说："你又作怪了，说了来玩，又不在这儿吃饭，知道的说你有性格，不知道的还当我妈小气呢！"她说着笑看婆婆。黄真的母亲笑得一脸幸福，看得出是一对罕见的关系融洽的婆媳。蒋玫笑道："成天鸡鸭鱼肉、牛奶面包，有时候还逼着我吃海鲜，我今天就想喝点儿粥清清肠子。"才寒暄了两句，黄真目光敏锐，第一个发现不对，向陆小川说："你脸色怎么有点儿难看？"蒋玫一看，"啊呀"一声叫了出来。

陆小川跑到镜子面前。镜中人脸上发青，嘴唇发紫，两只眼睛却病态地炯炯发亮，像个现了形的妖怪。他同时也就感到肚腹之间一阵胀痛。蒋玫乱着要他上医院，黄真母亲推测说是"食物中毒"。蒋玫扶住陆小川说："难道是吃粥吃的？为什么我没事呢？"陆小川头上冒着汗说："各人体质不同，我可能……容易感染。"黄真的爱人"嘘"了一声，指指电视，正在播本地新闻。"碗碗香"的老板气急败坏地要所有中毒者都赶紧去医院就诊，医药费由他来付。原来他店里有个厨师把腌菜的亚硝酸盐当成食盐拌小菜了。蒋玫恍然道："怪不得。我只喝粥，没吃菜，所以没事。"

她和黄真架着陆小川下楼，打车，奔医院。略一诊断，就到急诊室的输液间里挂水，约有一刻钟的样子，蒋玫看陆小川脸上渐渐变回来了，就催黄真回去睡觉。黄真确认这个首次见面的"表妹夫"平安了才走。蒋玫打了电话回家，说因为如此这般，要迟一点儿到家。蒋宏生和蒋莉都很关心。

陆小川看蒋玫发困，叫她也去休息，蒋玫无论如何不肯。她看着那倒垂的盐水瓶子和透明的管子，恨不得也变成一滴滴药汁，钻到他的筋脉、血液里跟病毒奋力拼杀。

陆小川只得跟她聊天解困，问她们家和黄真家的关系。蒋玫叹道："他家说起来也是一本书了，三天三夜讲不完的。我爷爷和我爸爸都不准我多和他家走动，说夫妻离婚，兄妹翻脸，这种家庭沾了没的晦气。我可不管那一套，表姨和表哥他们人好，我私下里同他们照常往来。何况人家现在也恢复了元气，家成业复，有什么理由用老眼光看人?”陆小川宠溺地笑道：“你就是个小叛逆。”

输液间陆陆续续又有人来，一问，全是吃了粥的，同病相怜，比他乡遇故知还要亲切。十一点多，夜凉如水，在医院那种特殊的氛围里面，更觉得一丝寒意。陆小川问蒋玫冷不冷，蒋玫摇头。陆小川想脱外衣给她，但右手插着针，只能脱下一半，他就把蒋玫包进左半边的衣服里。蒋玫嘴上叫他别乱动，小心碰了针头，心中却是一片温柔的安稳。别的病友看了，唯有称羡。

六

蒋莉和汪涵要结婚了，婚礼设在“星汉大酒店”。一楼所有地方都包下来了，还临时搭了两个台子，一个是嘉宾表演区，一个是乐队伴奏区。墙上贴了汪涵蒋莉的名字、大红喜字，天花板上全是彩纸和气球。县广播电视局的三个摄像也请来全程录制，日后好做成光碟纪念。

蒋家汪家占了一桌，叫作“主桌”，蒋毅是理所当然的“桌长”。蒋氏的至亲坐一桌，包括蒋玫的舅舅舅妈他们，外加陆小川。其他都是“外人”了。像汪涵的朋友、同事——他现在不做保安了，在岳父的关照下在一个大型企业做副经理；像蒋莉的朋友、蒋宏生方方面面的朋友、蒋毅的老哥儿几个……盘根错节，纷繁复杂。

蒋莉一亮相，艳惊全场。男客中响起一片“啧啧”声。旁边的伴娘是蒋玫，她为了不抢姐姐的风头，特地穿得很简单，然而一样的清丽水秀。汪涵号称“衣裳架子”，穿什么都有模有样，今天新娘在手，西装加身，越发神采飞扬。

主持人让他们汇报恋爱经过，怂恿小孩子跑上台去拉响炮、撒纸屑。全城的鲜花店倾巢出动，派了嗓音甜美的礼仪小姐来代某人“送上缤纷的鲜花和温馨的祝福”，可惜内容大同小异，不外举案齐眉、同偕白首一类。偶尔“在这令人难忘的时刻，我荣幸地受某某所托”就要算是有创意的发挥了。蒋毅开玩笑说还不如叫小学生献词队过来搞个诗朗诵。

主持人发号施令“请大家斟满美酒，共饮一杯，祝贺英俊的新郎和美丽的新娘”。无数只手举起无数个杯子，把酒倒进无数张嘴里，不但声势浩大，简直触目惊心。

终于开始吃菜了。各桌的“桌长”负责劝酒、搞笑、造气氛，成员们却并不听话——大家的肚子早都饿了。但是菜上五道，酒过三巡，各人的差异就逐渐显现出来。有人是满腔热诚地吃，有人是敷衍了事地吃，有人却似世外高人，超然地、毫无感情地大吃。敬酒的和推挡的进行辛苦的拉锯，双方都一头大汗，仿佛不如此就愧对了良辰美景。有两个人交头接耳地议论，一个说：“事先没听说啊，怎么突然就结婚了?”另一个做出有经验的样子说：“怕是奉子成婚吧?”先一个笑了，说：“这就应了日本女人的名字了。”另一个虚心求教：“日本女人?”先一个小声笑说：“先是‘松下裤带子’，后是‘未婚先有子’。”另一个笑得见牙不见眼：“对，对，一对旧人终于变成了新人。”

以私人名义、单位名义送的花篮川流不息，已有“乱花渐欲迷人眼”之势。酒店小姐忙把一些身份不太重要的花篮请下去，好空了地方来容纳新的。蒋宏生面上有光，大是得意。蒋毅一高兴，对汪家亲眷也不那么趾高气扬的了。

很多热情极高、水准不高的亲朋跑上去唱歌助兴，人人谦虚“唱得不好”，听完了觉得也不算是谦虚。

陆小川不时分心去看蒋玫。蒋玫和那个汪涵请来的伴郎老在一起，他有点儿微微的醋意。他到“主桌”敬了一圈，有客人来时，蒋宏生就吩咐陆小川代他喝点儿。陆小川觉得这是被接纳的标志。可是有人问蒋宏生“这小家伙是谁”，蒋宏生又说是近亲，看来暂时还想“雪藏”他一段时间。他刚要敬蒋玫，蒋玫手机响了。他只好先回去坐下，也不知是喜是忧。

蒋玫往外穿过三道走廊，才听清打电话的竟是“厚土杂志”的小赵。小赵在那边嘻里哈啦地笑，说他已经结婚了。蒋玫道：“这么巧，我姐姐今天结婚。”小赵笑道：“恭喜恭喜。”蒋玫也说：“恭喜恭喜。”又说，“你太淫荡了，结婚也不带我去吃喜酒。”小赵笑着说：“是小沈说的，不要麻烦你。你们那儿过来还有一段距离呢！”蒋玫说：“哦，你是跟……小沈结婚的呀？”小赵笑道：“傻啦你，不跟她跟谁？”蒋玫心想你一定不知道小沈曾经倒追过曹晖。一想到曹晖，她就一股说不出的滋味，当下微笑道：“那……其他人去了没有？”小赵说：“除了曹晖，全都来了。曹晖辞职了，不在‘厚土’干了。对了小蒋，我一直想问你，你们好好的，为什么分掉了哪？”蒋玫笑了一声说：“有缘无分吧。”小赵说：“是是是，不过塞翁失马，你跟他分了也不一定是坏事。他现在在外面到处留情，玩得可疯了。我结婚请他来，他都说没空。我问他是不是泡妞太忙，他说他忙着被妞泡。”

大厅里杯酒谈笑，音乐鼓掌，阵阵传来。蒋玫却有一种莫名的凄哀。她分明感到，曹晖这样自暴自弃，她有脱不了的干系。蒋玫轻咳一声说：“你有空劝劝他呢！”小赵说：“我？他不知怎么搞的，死都不见我和小沈的面，你说我怎么劝？”

蒋玫收好手机往回慢慢地走。有一个短促的信息提示音，她忽然有种神秘的直觉，觉得好像是曹晖发的消息。她深呼吸一下，摁了“读取”，原来是陆小川。“在哪儿？没事吗？”虽然只是六个字，自有一份平易的关怀。她决定不胡思乱想了，紧走几步回到大厅。

主持人正在介绍双方父母。四个人并排站在厅正中的台上。蒋县长在本地新闻上时时露面，汪涵的父母来宾不感兴趣。但是文镜棠引起众人的一致关注。好多人风闻蒋副县长的夫人是个美人，可是文镜棠深居简出，几乎从不出来应酬，亲眼见过她的人寥寥无几。现在她一身素雅，静静地站在蒋宏生旁边，灯光遮掩了她的苍白，只觉风姿端丽，难描难画。来客为她的风采所慑，喧哗之声减至最低，甚至于不敢夸赞。

汪涵对着蒋宏生和文镜棠叫“爸、妈”；蒋莉也叫了汪涵的父母，拿了个红包，叫作“改口费”——这是女方才有的。

接下来渐入高潮。汪涵和他父亲拿一顶假轿子“抬”着蒋莉绕场一周——其实是蒋莉自己在走。放的音乐是火风的《大花轿》。然后公公、儿媳对唱《心雨》，当蒋莉唱到“因为明天我将成为别人的新娘”，又与公公合唱“让我最后一次想你”，满场笑到爆棚。“咣啷”“咣啷”两声，有人笑得忘形，碰掉了两个碟子。一个中年女人忙说：“岁岁（碎碎）平安，岁岁（碎碎）平安！”

汪涵的母亲被人戴上一架眼镜，左眼是玻璃，右眼是墨镜，这叫“睁一只眼闭一只眼”；汪涵把一个纸扎的钥匙给他爸爸，这叫“出差期间，请爸爸照顾老婆”；他爸被逼扛上一个木头的耙子，谐音“扒灰”，与儿媳私通的意思，身上斜挎着一匹红绸，上书“尽忠职守”，蒋莉身上也给披上一块红绸，写着“一心为公”——为她的公公。就靠这些招数引得宾客们笑得喷饭，人仰马翻。

七

这天舅舅舅妈家出了点儿事，文镜棠赶去安慰他们，蒋莉嫁出去了，蒋玫在家找不到一个可说话的人。

她走到阳台上，见王妈正在侍弄那盆“长寿花”。蒋毅跑来一看，怒道：“不是叫镜棠弄吗？你又不会养花！”王妈脸上一阵红一阵白，窘得下不来台。蒋玫笑道：“等会儿妈就回来了。”蒋毅说：“你妈也懒了，就会弹弹筝，吹吹箫，叫她做点儿事她就推给人。”蒋玫拉拉王妈说：“阿姨，我肚子饿了，下碗馄饨给我吃吧。”王妈感激地瞧她一眼，进屋去了。蒋毅兀自嘟嘟囔囔。

王妈在煮菜肉大馄饨，蒋玫一个人无聊，打电话到蒋莉的新房子去。蒋莉叫蒋玫去吃晚饭，蒋玫就发消息约了陆小川一块儿去。王妈追在后面喊：“馄饨就好啦！”蒋玫说：“你问爷爷吃不吃，不吃你吃了吧。”

蒋玫和陆小川走进蒋莉的新家。陆小川这还是第一次来，便由汪涵领着四处参观。客厅、卧室，甚至婴儿间都装潢得异常精洁。陆小川赞不绝口，汪涵很是得意。陆小川却又和汪涵商议房子哪些地方还要改进，汪涵不服气问他还有什么美中不足。陆小川说：“灯光是很重要的，像你们主卧间用红灯，搞得像‘红灯照’。虽然喜气，但是不利于睡眠。”蒋莉笑道：“哎哟，玫玫，你男朋友都研究过啦，将来你们装修不用费神了。”陆小川笑道：“我是杂学旁收，除了文艺，什么都懂一点儿。”汪涵拍拍他说：“又骄傲又谦虚啊。”蒋玫说：“好吧，考考你。如果是你，你会在灯光方面怎么改法?”陆小川侃侃而谈：“黄光令人愉快，在客厅是对的。橙色的光线促进食欲，饭厅的就要改了。卧室的反正不用红的，蓝色好些，蓝光镇定情绪。要是以后搞间书房，就用绿的做背景，爽心爽目。”蒋莉拍手笑道：“服了你了。”

姐姐姐夫新婚，不好待得太晚，八点半一过，蒋玫和陆小川就走了。汪涵叫蒋莉帮着洗碗，蒋莉要看韩剧《大长今》，汪涵只好自己洗。

他拿拖把拖地，叫蒋莉抬抬脚，蒋莉说烦死了。汪涵说：“我没怕烦，你诉什么苦啊?”蒋莉看电视正看到紧要关头，暗想：脾气倒不小，房子还是我家买的呢！汪涵心道：才结婚就这么懒，什么都是我做！可是他的工作、他的家，都是蒋宏生一手操办，不服归不服，却硬不起腰来说话。

他心里不痛快，胡乱洗了上床，把一沓汽车杂志拿出来乱翻。蒋莉换了睡衣，趿着双拖鞋，袅袅婷婷走进来，在大穿衣镜前理头发。镜中的人星眼微饧，香腮带赤，一头长发凌乱地披着。汪涵看看杂志，瞄一眼蒋莉，不一会儿又瞄一眼。蒋莉对着镜子转了一圈，做了个身段，娇媚万状。她一只手按在镜面上，低低地笑道：“干吗在后面偷看？贼兮兮的。”

她身子一轻，已被汪涵横抱在臂弯里了。汪涵虎着脸看她，忽然亲了她一口，又亲一口。蒋莉扭着腰肢，笑得花枝乱颤。他把她扔到席梦思上，略带点儿鲁莽地压住了她，把她双手推向头后，半开玩笑地说：

“投降！”蒋莉挣不过他，却只是笑。他一手忙碌，一手拧熄了台灯。在她婉转呻吟的那一刻，他突然悲哀地想到，好像只能在这一点上，他才有些残余的自尊。

同一时间，蒋玫在劝她爷爷消气，蒋毅说了文镜棠半天。文镜棠不便回嘴，只说：“爸爸你血压高，不要动气。”蒋宏生正为有些“举报信”之类的事烦心，此时更加不悦，说：“镜棠，以后那些花花草草还是你来照料吧。阿姨粗手粗脚的，不怪爸爸生气。”蒋玫却有点儿动了怒，说：“人家阿姨挺能干的嘛！当初找她也是爷爷看过了，点了头，才叫她来的，又说人家粗手粗脚。”她这样远兜远转地为母亲解围，蒋毅倒笑起来了，说：“偏是这个鬼丫头记性好。”他对两个孙女很疼爱，蒋宏生若是说她们几句，他反而要替她们出头，理由也很简单，因为她俩姓蒋。

第二天一到班上，就听说工程科副科长的后备人选已经圈定，一是小龚，一是陆小川。蒋玫觉得小龚能成为候选，简直就是个笑话。上级要求党员干部年轻化，让交通局提一个三十岁以下的中层干部。此风一露，众人各显神通。送礼的，请客的，写匿名信的，甚至还有三十一岁、三十岁的人改身份证的。一班小年轻中，除了柳局的侄子柳劲那个最沉默的同事，其余每个人心中都有点儿活动。陆小川知道凭能力、凭专业，谁都不能和他抗衡。可是小龚上层路线走得好，和刘局长固然亲厚，和柳局长也很不坏，这一来形势就扑朔迷离了。

蒋玫倒是颇为佩服柳劲。从前，她觉得他言语无味——不，不仅是无味，根本是无语，呆呆笨笨，像个化石。她曾经私下告诉陆小川，她给柳劲起了个诨号叫“植物”，说他像棵会移动的树。但是日子长了，她发现他言语朴素，做事踏实，对名利又十分淡泊。陆小川笑着“警告”：“不准再夸他了，要吃醋了。”

吴亮坚决要求提升陆小川。毕竟不在其位，没有实权，刘局长不敢当面顶撞他，偏向小龚的程度却越来越厉害。蒋玫和陆小川商量说：“要不要请爸爸帮忙？你这么有实力，也不算以权谋私，顶多是以私对私。”陆小川说：“我们俩在单位还没公开，你姐姐结婚，蒋县长还说我是你们家亲戚，说明他还没有百分之百接受我，他用什么名义为我出面呢?”蒋玫很不高兴，陆小川却豁达地说：“顺其自然吧，该是我的就是我的，非分的东西，想了也没用。”

这天下午，蒋玫有点儿发烧。人秘股股长叫她回家休息。金主任、工程科科长、小龚也都一一慰问。陆小川也只得混在一片黏糊糊的关心里面。蒋玫不肯走，说有个文件要写。张局长恰好经过，听了便叫金主任他们买点儿水果回来，“小蒋吃吃降降火，我们健康的人也沾沾光”。金主任忙张罗人去买东西。蒋玫被人这样坚决地体贴着，推又推不掉，只能逆来顺受。文件才写了个开头，听外面大叫大嚷，又有陆小川的劝解、金主任的探问、张局长的关怀。蒋玫出去一看，竟是王娴。王娴在那里连哭带说，痛陈陆小川负心薄幸。工程科科长、人秘股股长面面相觑，小龚在旁边半劝半讽。刘局长上回就嫌这女人把机关“弄得像菜市场”，这次历史重演，不由得恶向胆边生。王娴不认识蒋玫，却没一句话不带到她，哭诉说就是这个县长的女儿，利用家庭条件的优势，抢了她的未婚夫。“陆小川今天打电话说要跟我分哪！我们订婚是摆了酒的，家家邻居都请到了，叫我以后怎么做人哪!”

金主任和另几个有力气的女人一半拖，一半劝，把她带走了。张局长看看陆小川，看看蒋玫。刘局长叫陆小川进去谈了很长时间的话。

过了一个多月，政府任命下来了，竟是陆小川升了副科长。工程科科长暗暗开心。小龚和刘局长走得太近，要是做了副手，把自己夹在中间，是很难相处的。不像陆小川，技术又好，又随和，又没什么野心。如今天从人愿，世上快事，无逾于此了。

陆小川问张局长要不要请大家吃饭，不请就失礼，请了又太张扬。张局长笑道：“你这么个灵透人，还要我教啊——你把老局长抬出来，就行了嘛!”陆小川想了一想，多谢张局长的指点。陆小川可以算是吴亮的得意门生，以吴亮的名义为弟子祝贺，别人就说不出什么来了。至于请客的钱，事后再给吴亮好了。陆小川不能不佩服张局长的滴水不漏。

请客的正日到了，最开心的是蒋玫，说“老天有眼”；最失意的是小龚，还要强作欢颜，似乎本来就没指望的样子。金主任来找小龚聊天，瞅着室内无人，便向他笑道：“看在你小子嘴甜，‘姐’前‘姐’后的，我就跟你说句掏心窝子的话。”把手半掩住嘴，轻轻说道：“他外柔内刚，心计厉害，你呀，哪是人家的对手？”金主任在陆小川那儿始终得不着颜色，小龚却把她哄得很好，她在感情也就倾向小龚多些。

小龚被她说得昏头涨脑，一脸茫然。金主任把椅子往前挪了挪说：“陆小川打电话给王娴要分手，王娴那性子，自然是要跑过来闹的。她这一闹，三个局长全都知道了陆小川和蒋玫在谈恋爱，知道了他是未来的县长女婿。你倒想想，你还有什么机会？”小龚张大了嘴半天合不拢。金主任把他一推，他才说道：“金大姐，你说陆……他是故意拿王娴当棋子用？”金主任笑道：“那是你说的，我什么都没说过。”

陆小川推门进来，跟二人打招呼。金主任笑道：“陆科长，晚上在哪儿请啊？”陆小川笑着说：“金主任又拿我们开心。什么科长，每个月多拿点儿钱是真的。”蒋玫过来找他，金主任笑嘻嘻地说：“去吧去吧，别在小龚面前卿卿我我。他还没谈女朋友呢，你这不是馋人家吗？”小龚讪讪地笑。

自从上次王娴一闹，交通局上下都知道了二人的关系。蒋玫和陆小川索性同来同去，也不瞒人了。

二人走出门去，陆小川在盘算晚上请客的事，随口问：“什么事？”蒋玫神色不安，说：“我晚上不能去了，我家里出了点儿事。”陆小川这才注意到她眼角似有泪痕，忙说：“怎么了？”蒋玫着急地说：“汪涵啊！这家伙，在浴城里找小姐，正碰上公安局扫黄。我爸爸自己都不好意思保他，叫舅舅把他弄出来了。姐姐气得闹离婚，爷爷到新房子看姐姐，跟汪涵吵了一架，爷爷他……中风了！”陆小川吃了一惊，没想到事情急转直下，到了这个地步，定了定神才劝：“你回去吧。你妈又不是管事的人，你陪陪你爸和你姐姐。”蒋玫说：“我跟三个局长、跟人秘股股长请了假了，也没好提汪涵的事，只说爷爷身体不好。我以为你会不开心呢！”陆小川说：“傻瓜，今天有老局长帮我打理呢，你放心回去。”蒋玫低头说道：“我就是觉得，今天对你是个重要的日子，我不能去，我……”陆小川微笑道：“看着我。”蒋玫看他。陆小川说：“我像不高兴吗？”蒋玫说：“不像。”陆小川说：“我没那么小气，事情也有个轻重缓急。”蒋玫这才收拾一下皮包，急匆匆地走了。

她赶到蒋莉家里。蒋莉哭哭啼啼地说：“爷爷还在医院抢救，这可怎么好？”蒋玫心里也很难过，说：“姐夫呢？”蒋莉尖声骂道：“缩在房里呢！他还有脸出来啊？”

房门“咔嗒”一响，汪涵拎了箱子走出来。蒋莉有些心惊，嘴上却分外强硬：“你做这个样子吓谁啊？”汪涵没精打采地说：“不吓谁，我先搬回家去。是分居还是离婚，我们等几天再谈。”蒋玫忙说：“姐夫，你别冲动啊！”汪涵苦笑道：“我不是冲动。”他走到门口，蒋莉霍地从沙发上弹起来，拦在门边：“你搞清楚啊，是你先玩女人，又气病了爷爷，不要弄得我们欠了你似的！爸爸对你那么好，你对得起蒋家吗？”汪涵说：“是，都是我的错，我对不起你们。工作是蒋县长调的，新房是蒋县长买的，你不就是想说这些吗？你们全家老老少少念念不忘的不就是这些吗？你爷爷下午扇我耳光，骂我父母，你帮我说过一句话吗？你是我老婆啊！他病了，我又多一条罪状；找小姐，也是一条。我倒要问你了蒋莉：正常男人，不是一口气憋着，有结婚一个月就出去嫖的吗？”蒋莉“啪”地打了他个嘴巴。

蒋玫在旁都觉得震了一震。她陡然间有一种奇异的感想：这一场争吵，绝不能给陆小川辗转听到。他和汪涵的地位不是差不多吗？自己和姐姐是不一样，可保得定他不兔死狐悲吗？

汪涵摸摸脸笑道：“你们蒋家的人，是不是都这么手快？是不是打人有瘾啊？你爷爷打左脸，你打右脸。”他把蒋莉往旁一扯，暴喝：“让开！”蒋莉竟不敢再拦。

汪涵走了，蒋莉一脚蹬在沙发上，哭得呜呜咽咽的。蒋玫说：“打个电话问问爸爸情况。”蒋莉忍泪含悲，打给蒋宏生。蒋宏生说：“暂时没有生命危险，转到病房去了。我跟你妈已经回来了。你叫玫玫早点儿回家。”蒋莉想到要一个人独守长夜，一阵心慌，说：“汪涵他发神经回自己家了。我跟玫玫一块儿回去。”

姐妹二人到家，少不得又听了蒋宏生一顿大骂，说汪涵不是东西，恩将仇报，生在福中不知福。晚上睡觉的时候，蒋玫主动说：“我先住爷爷房里，姐姐睡我房间。”她和蒋莉不约而同地想起，当初蒋莉嫌房间不够的话来。现在够了，因为少了一位暴躁的老人。

蒋玫没有想到，家里的人会一少再少。一星期后的一天，蒋宏生没回来吃饭。这原是司空见惯的事，可是他彻夜不归，却引起了女儿和妻子的疑虑。就在第二天，整个小城传遍了一个惊人的消息：蒋县长被“双规”了。

文镜棠不懂这些，托弟弟去纪委探探风声。他去了，觉得纪委的人神情不善，有个小年轻还老朝着他笑，笑得他发毛。半个月后，他也“双规”起来了。蒋宏生则因证据确凿，案子由纪委移送检察院，正式逮捕。

八

文镜棠捧着一盆花来看蒋毅。护士也知道蒋家败了，便不似前几次那么殷勤。文镜棠问她蒋毅还有没有复原的希望，她不大耐烦地说“很渺茫”。

文镜棠走进病房，推上门，看见蒋毅躺在床上，连头也不能动。文镜棠把那盆长寿花放在他眼前看得见的地方，轻轻地说：“爸爸，我来看你了。”她说了这一句话，对着墙上的挂钟出神。秒针“嘀嗒嘀嗒”走着，透出凄清的寂静。隔了好一会儿，她才缓缓说道：“你年纪大了，又有高血压，还发这么大的火。现在你躺下了，宏生又坐了牢，蒋家靠谁来撑呢？”蒋毅眼中显出焦灼和疑问。

文镜棠说："你儿子贪污受贿，数额很大，给抓起来了，还连累了我弟弟，也被'双规'。"她顿了一顿说，"爸爸，你这次中风，医生说不全是气的，跟你平时喜欢吃肉有关系。特别是肥肉，更是高血压者的大忌。我老叫王妈做红烧肉，你从来也不怀疑的吗？是的，你老了，以前你有很多点子，现在可是粗心得很了。我每天练古筝的时候，总是在猜，你的身子还能再熬多久。这几天不猜了，目的达到了，就不用老是费神了，你说是不是？"

蒋毅目光中现出痛恨至极的意思。文镜棠笑了一笑说："爸爸博古通今，一定听过'妻贤夫祸少，子孝父心宽'。你儿子是很孝顺的，你儿媳妇却不大贤惠。宏生刚当县长那会儿，胆子是挺小的。可是我不出声儿地鼓励他，他收礼收得越多，心越黑，我越对他体贴。他在外面拈花惹草，买金送银，我也不去管他。他这么招摇，我知道他早晚要出事的，可没想到来得这么快。你也没想到吧？"她叹了口气，继续说，"这两年，我变着法子也积下了一点儿私房，下半辈子养老是够用了。蒋莉蒋玫还年轻，有的是前途和机会，再说，她们也是姓蒋的，我好像犯不着跟蒋家的人客气。"

她掏出一把小剪刀来，比一比，看一看，拿过那盆花来说："爸爸，你最喜欢长寿花了，为这盆花，我和王妈没少挨你的骂。你和花的感情是很深的。你看，我代你养得多好。"长寿花叶子苍绿，花朵黄艳艳的，像小型的向日葵。文镜棠把剪子夹着花朵，淡淡地说："我闻见那股花肥的味道就想呕，不是爸爸下了令，我是不想养的。这把剪子我磨了很久了，那么作呕的味道，我也不用再闻了！"

"咔嚓"一声，她剪掉了一朵花；"咔嚓"一声，又是一朵。两朵残花落在蒋毅的鼻子底下，蒋毅头上渗出了汗珠。

文镜棠拿手帕给他擦着汗说："你怎么了？你很热啊？宏生不在身边，我就是你的亲人。要我做什么，你只管开口。哦，对了，你开不了口了，那么你自己要保重身体才好。有一件事，我早就想问你了。是1984年6月23号吧，宏生把我骗去你家，借酒盖脸，玷污了我。你当时就在隔壁，为什么不哼一声？这个主意是不是你出的？其实宏生追我的时候，我已经快和俊辉结婚了。我和俊辉一个弹筝，一个吹箫，学的都是乐器。人家说琴瑟和谐，又说琴箫和鸣，我们俩呀，却自己编了个曲子，把筝和箫融起来了。二十出头的人，有这份才华，也算个不大不小的奇迹，对不对？可是宏生插进来了。我不理他，你就帮他想了个生米煮成熟饭的好办法！他一向不是那么胆气壮的人，要不是爸爸给他做军师，他不敢这样胡来的。你看，你默认了，我早知道是你。你大概不明白这事对一个少女来说意味着什么！足足有半年时间，我晚晚发噩梦，半夜里总梦见有人站在我床边，一下一下地咽口水，要醒又醒不过来。为这事我还落了个头疼的毛病，这么多年也没看好。”

她想了想又说：“当年我失了身，一时糊涂，把有些东西看得太重；真正重要的我反倒放弃了。我看着俊辉娶了别的女人，伤心得几个月睡不着觉。你知道失眠的感觉吗？俊辉出国了，听说活得很好。我就一辈子留在小城做个无所事事的官太太？不，我当然不愿意。爸爸，说也奇怪，你那时那么看得起我，帮你儿子处心积虑，真正到我嫁了来，你又不拿我当回事。我爸爸是个酒鬼，妈妈懦弱，弟弟只会沾姐夫的光。你见到他们的时候，多得意啊！多么居高临下！你是家长，你永远正确，你说一不二，你就是蒋家的天——可惜天塌了！你成了一个废人！哦？你不乐意了？没有了宏生，你要脾气给谁看呢？没有了钱，你这单门独户的高级病房还能住几天呢？”

她慢条斯理地喝了杯水，轻轻一夹，剪下了长寿花仅剩的一个含苞待放的花骨朵，然后凑上去，几乎和蒋毅脸贴着脸：“我要走啦，祝爸爸像这花儿一样，健——康——长——寿!”

她把那盆花横着在床头柜上一放，泥土洒了一地。她走了，料想待会儿护士进来的时候，看到病房这么脏，又会迁怒于蒋毅的。

文镜棠拿走了她认为属于她的一切，只留了一封短信，简要说明来龙去脉，叫两个女儿自己照顾好自己。对蒋玫、蒋莉来说，无异于雪上加霜。蒋莉骇得连哭也不会了，只是干号着说：“这可怎么好呢？这怎么好呢？”蒋玫也自垂泪，四分悲痛，六分震惊。原来家族尚有这样一段复杂的前情！她对于人世的感受短短几天间多了些什么，又少了些什么，究竟是什么她说不清，总之一切都不同了。

王妈下了两袋方便面，打了两个蛋端给她们，想劝，又不知该怎么说。在这种情形之下，任何安慰都显得太无力了。蒋玫吃了半碗面，揩揩泪说：“阿姨，你另外看看有没有人家要雇人的，我们家用不起了。”她拿出一个装着钱的信封推过去说：“这是这个月的工资，不要嫌少，多我也拿不出了。”王妈挓挲着两只手，愣了一会儿才说：“不了不了！”蒋玫没懂她的意思，望着她。王妈把信封塞回蒋玫手里说：“我在你们家这些年，蒋县长在钱上从没有扣过我的。你和你姐姐穿不了的衣服，还送我拿回去给孙女儿穿。我不是个没良心的，这钱你们自己买东西吃。”蒋玫说：“阿姨……”王妈温厚地笑了，说：“是真的，再有什么事，也不能把身体弄坏了，你们要当心点儿。”蒋莉也不嫌王妈土了，也不怕她油腻腻的“围腰子”了，抓住她哭得泪花四溅。

蒋玫想了想，打电话给政府办公室的严主任。这人和蒋宏生有点儿远亲，向来又极得蒋宏生的眷顾。蒋玫第一天到交通局，他还想专门送她去的，只是她不愿意前呼后拥才没送成。电话通了，她刚说了声“严叔叔”，严主任立即说道：“是玫玫啊？唉，唉，你说说，蒋县长那么好的人，怎么就中了人家的暗算？有人整他的黑材料啊！”蒋玫心里一热，说：“那您……能不能想想办法？哪怕让他在里面少吃点儿苦也是好的。”严主任慌慌张张地说：“玫玫啊，不是我不帮忙，实在是我自身难保。你舅舅也在‘双规’，我跟你爸、你舅舅都是朋友，我自己还怕被人家诬陷，还在悬着心哪！”蒋玫叹道：“那严叔叔，我只求您一件小事。我家里有个老阿姨，煮饭、做家务都没得说的，要不是现在这样，我们也不放她走的。您看能不能……”她话未说完，严主任便说：“我家里是不能收容她的，怕人家闲言闲语。我看能不能推荐到别人家去。”蒋玫将信将疑地说：“那谢谢叔叔了。”她还想告诉他王妈的联系方式，电话里已是一阵忙音。

王妈见蒋玫发怔，叹了口气说：“不用给我操心了，大不了回乡下去，我儿子家里，也不短我一碗饭吃。”

门铃响了。王妈疑惑地说：“这两天没一个人上门，不是又有什么事吧？”蒋莉蒋玫也都惊疑不定。

进来的却是汪涵。他向蒋玫点了点头，勉强笑了一下，目光却扫着蒋莉。王妈去给他倒茶，蒋莉料到没有好事，索性直话直说：“是来离婚的吗？”汪涵愣了下说：“什么离婚？你想离婚？”蒋莉说：“那你来干什么？”汪涵嗫嗫嚅嚅地说：“接你……接你回家。”蒋莉先惊后喜，听汪涵说道：“这房子，我看是保不住了。爸爸贪……贪污数额巨……数额不小，房子要卖了填亏空。你和蒋玫不如先住我家去吧。”蒋玫感动地叫声：“姐夫！”蒋莉拉住他的手说：“咱们自己有房子，你忘了啊？玫玫过去住，地方也足够了。”汪涵摇头说：“我打听过了，纪委和检察院的人都说，赃款还得越多，悔改态度越好，判刑越轻。那房子，我们还是卖了，帮爸爸减刑吧。”蒋玫蒋莉连连点头。

王妈倒了茶来，还像以前那样叫他“汪经理”。汪涵惨笑了一下说：“我这个副经理，也不知当不当得成了。不过我有手有脚，总不会饿死的。”蒋莉又是抹泪又是笑，王妈欣慰地看着他们，蒋玫却极想见见陆小川。陆小川就是她的汪涵。

她发消息给陆小川，要他陪她吃顿饭。文镜棠走了，是谁也想不到的事。汪涵肯回来，更是想不到的。她有那么多的话想找他倾诉，以至于都急不可耐了。陆小川回消息给她，却使她更添焦虑。他说他父亲陆同知道他和王娴提分手，打电话来劈头大骂，当晚就闹自杀，是陈翠莲死劝住了。他已经跟领导请了假回家，这时候正在车上。他叫她不要忧心，一切等他回来再说。

陆小川下了车，往家里走。他的步调永远不急不缓，坚定有力。发生了泼天大事，他也难得在脸上流露出来。

他在县里有单身宿舍，除了上次带蒋玫来见父母，他已经很少回老家了。小城这两年公路铺得很好，四通八达。从县里到他家，也不过一个小时的路程。也不知是忙还是别的缘故，这一点路就阻住了他探亲的脚步。

上次有蒋玫在，又是带着“任务”来的，他只顾了走路。不像今天，可以静静地、较为闲适地左顾右盼，边走边想。

前面是一座拱形的小石桥，过了桥就该到了。他记得儿时常和邻居家的小孩钻在桥洞里捉迷藏。有一次，说好了别人找他。他在桥洞里藏了一会儿就回家睡觉去了，害得另一个小朋友满村子瞎找，找了他半夜。他觉得很好笑，陆同却打了他一顿。他至今想起来还忍不住要笑。

他跨进家门，陈翠莲“咦”了一声说：“怎么回来了？”陆同也诧异地瞧他。他笑了笑说：“不回来又怪我不回来，回来了又怪我没预约。”陈翠莲不等他坐下，就问蒋家的事，说“新闻播了”，蒋宏生逮起来了。陆小川并不避讳，坦然称是。陆同就说：“你打算怎么着？”陆小川说：“我就是回来问问你们。”陆同冷笑道：“当初你不是很有主意的吗？现在知道问我们啦？”陆小川不言语。陈翠莲拉拉陆同衣角，笑着打圆场说：“回来就好。”她忙着去摊蛋皮、割韭菜。儿子最爱吃韭菜炒蛋皮，对她来说，没有比这更重要的事了。

陆同、陆小川相对无言。陆同清了清嗓子才说：“你要真是问我，我就告诉你了。”陆小川点头。陆同说：“蒋玫长得好，有学问，素质也不错。她爷爷病了，爸爸蹲了牢，她以后更不会有小姐脾气，养了孩子也不会要姓蒋了。我看就是她了。”陆小川刚要开口，陆同又止住了他说：“你别担心你妈，她偏心王娴，可是也欢喜蒋玫。我又做了主，她不是个不懂礼的人。蒋家有了难，你好好照应蒋玫。旁人说你们这个那个你就当他们放屁。蒋玫是陆家的人了，不要叫人欺负了她。你听真了？”陆小川微笑道：“小蒋知道了一定高兴。”

过了两天，他回到单位。蒋玫容色憔悴，但一见他，就舒展了些。

蒋玫这几天在局里处境非常艰难。因为众人先是观望，至此方才确定蒋县长大势已去，对蒋玫就都有些微妙的调整。原来很热络的，如今变得客气；原来客气的就变成冷淡疏离。蒋玫偏又格外敏感，他们的每一分转变她都痛苦地感到。他们拿她当笑话儿，或幸灾乐祸，或施舍一些同情，她也都一清二楚。所以陆小川的去而复回，对她便是非同寻常的慰藉。

他约她晚上吃饭，她提出还是在小吃店里。他却径自把她带到他们曾经去过的“迪欧”咖啡厅。她几乎顾不上吃饭，迫不及待地把她的委屈、迷茫、愤懑一一地说给他听，说了四十几分钟。末了点了一份“梓排饭”，静下来了。邻座有人抽烟，陆小川叫服务小姐点了一根蜡烛，就不会那么呛。他望着她的脸，隔着摇曳的烛光，她的眉眼很娇脆，鼻子和嘴很小巧，神色安宁、悲哀。

陆小川说：“我回去是劝爸爸的。”蒋玫“哦”了一声。陆小川说：“我爸爸太强硬了，立逼着我跟王娴结婚。我当然不答应，他就说跟我断绝父子关系。”蒋玫拿着勺子的手有点儿抖。陆小川续道：“他自杀也为了这事。他说你是吃不了苦的，跟着我，只会成为我的拖累。蒋县长……的事，他也知道了。他看了新闻。”蒋玫忽然斩截地问：“你想说什么？”她眼神清亮凌厉，仿佛洞彻了他的心思。陆小川稍微有些狼狈，但还是硬着心肠与她对视，平静地说：“我不怕人家说三道四，也不在乎当科长局长，可没想过为了你，让父母三天两头地喝农药。”他用的是不容更改的口吻，听得出是深思熟虑的结果。

蒋玫陡然觉得面前这个人很陌生。她其实已经明白了，却还不敢相信。小龚成天说他厉害，她还怪小龚中伤。一刹那间，她脑子无比清明，心却慢慢、慢慢地往下沉，沉到脚下。不是她的脚，是他的脚。他践踏了她的心意，也配不上她的情意。她多坐一分钟就多受一分钟的侮辱。她甚至不屑于去质问他、驳斥他。她留下“梓排饭”的饭钱，表示今天是 AA 制，各付各的。她绝不再沾他的恩惠，站起来就走了。

陆小川一个人坐在那里，无表情地看那蜡烛。他佩服蒋玫的自尊和傲气，不像王娴，至今还在对他死缠烂打。他不会娶王娴的，但更不会娶蒋玫。想看他落魄的人，他要叫他们失望。他也是骄傲的，只是和蒋玫的指向不同。他内心里未尝没有歉疚和伤感，可是与事业相比，那些情绪他都能够克制。况且他自始至终没和蒋玫上过床，假如他要求，他相信蒋玫不会太抗拒的。他想至少在这方面，他没有负她。

从第二天开始，他们不再一起下班了，上班也很少说话。金主任他们都看出来了，不过谁也不会笨到去问他们。一个月后，蒋玫在交通局三个月的“考察期”满了，是去是留，就看三位局长的意思了。蒋宏生倒了，似乎不必给蒋玫什么面子，让她占一个事业编制——多少人盯着呢。想是这么想的，但柳局长不表态；刘局长说小蒋是人秘股的人，人秘股股长最有发言权了。人秘股股长万般无奈，去向张局长讨主意。张局长说：“谁说小蒋不行，谁就担个落井下石的名声——蒋县长这才关进去几天啊？刘局这是把你往风口浪尖上推哩!”说着笑了。人秘股股长急得搓手，张局长笑道：“他往你身上推，你往大家身上推嘛!”人秘股股长豁然醒悟，去向刘局长汇报，说现在都讲民主，咱们局机关全体人员无记名投票吧，群众的眼睛是雪亮的。刘局长满意了，不管结果如何，都可以宣称是反对留下蒋玫的人多，横竖又不会有人来查票。那么蒋玫通不过考察，就是大家的公议了。他去请示柳局长。柳局长沉吟片刻说：“就按你们说的办吧!”

这个投票方案一公布，陆小川就知道蒋玫是留不住了。既然是不计名的，他就大胆投了赞成票——赞成蒋玫留在局里。他怕万一全体反对，蒋玫走也走得不光彩了。统计结果，三票赞成，其余都是反对。陆小川暗暗奇怪，除了自己，还有谁这么仗义。

如果零赞成，未免有弄假的嫌疑。局长们觉得这样正好，更像那么回事。

蒋玫收拾着自己的东西，又把笔筒子、小瓷人归还单位。小龚过来神神秘秘地说：“我投了赞成，我觉得你文件写得挺好的。”那口气仿佛是想得到她的感激。他从前一直隐藏着的欲望也以一种轻薄的姿态表现无遗。蒋玫只笑了一笑，就把他吓退了。她那感觉，似乎是准备找人拼命的，如果有人在这时候惹她的话。

小龚走了。陆小川想帮她收拾，她回绝了。

众人各忙各的，有的来拿东西，实在避不过了，就没话找话寒暄两句，说“以后常来玩啊”。蒋玫倔强地不露悲愤，反而笑容满面。她知道，现在她像病菌，谁都害怕沾染。既然这样，她就偏要在临走前作弄他们。她一个办公室一个办公室地道别，感谢他们对她的“关心”，见到任何人都笑着说：“我知道，你一定投的是赞成票。”她谢了人秘股股长，又谢工程科科长，又格外谢了金主任，谢得金主任脸都紫了。她又挨着个儿去感谢张局长、刘局长、柳局长，说他们人好，厚道，代蒋宏生谢谢他们。饶是三位局长多历风雨，也不由得有点儿红头涨脑。她独独放过了陆小川，没跟他多说什么就走了。

然而柳劲叫了她一声，她很意外。这个柳局长的侄子，被蒋玫讥为“植物”的老实人，在众目睽睽之下，陪她走完了那条长长的走廊，把她送到楼下。她笑着说：“我知道，你也投了一票赞成票。”她想向他道歉，为她以前对他的轻视和刻薄，想想又觉得矫情。她奇怪她竟会有这个念头。若在从前，她是想也不会想的，即使她再怎么感动。柳劲笑了，对蒋玫的话不置可否，只挥了挥手。蒋玫本来没奢望会有人送她走的。

她不想骑车，就推车回家。经过“出发点”理发店，经过“石头记”玉石坊，她的影子擦过它们的门面，她的人却不与它们发生联系。她仰头看看天空。云朵是稀释了的蓝黑墨水的颜色，也有几片零星的墨蓝的云片，像是没掺什么水分，像浓浓的人情。她以前说纯蓝墨水俗气，此刻却感到漫天寒意里的一丝温暖。

九

蒋玫走后，很快又来了一个大学生，坐的就是蒋玫那张桌子。日子一长，大家都习惯了，好像那桌子一向就是那大学生坐的。

陆小川好久以后才露了口风，说蒋玫为了他，主动和他分手。他求过她许多次，她却那么执着。金主任他们倒着实为蒋玫的牺牲精神唏嘘了一番。陆小川向陆同、陈翠莲也是这么解释。陈翠莲一阵心酸，“我们又没有嫌她”，说着眼泪就淌下来了。

蒋毅在一天深夜去世了。丧事办得极其寒素，除了黄真一家，吊唁的极少。蒋毅那一帮老棋友、老牌友只来了四五个，灵堂那儿门可罗雀。有个老头偷偷告诉同伴：“蒋毅有生前富贵，倒没有死后哀荣。他要是早走半年，那时蒋县长还在位，怕不风光大葬，轰动全城？没福气啊！”同伴就说：“你又呆了。参加葬礼的人，三成是为了跟死人的交情，七成是为了跟活人拉交情。这都想不通啊？”

蒋家的房子卖了，蒋莉自己的房子也卖了。她住在汪涵家里，学会了烧饭洗衣服。从前她分不清山芋和芋头，现在不会闹这种笑话了。汪涵非常能干，副经理的职务也保住了。蒋玫在姐姐家暂住了一阵，便说她要到曾经实习过的市里去，大家都觉得突然。蒋莉说：“住得好好的，干吗要跑出去找罪受？”汪涵也说：“这边就没个饭碗啊？”蒋玫说：“也不是，主要是想换一下环境。我联系了一家报社，先去当见习记者。以后的事，再说吧。”蒋莉说：“就算出去，也该到大城市去。”蒋玫往椅背上一靠说：“大城市我完全陌生，不像那边，到底似曾相识，也还有几个朋友，几个师长，离家也近一点儿。”汪涵笑道：“你倒真要常回家看看，你的姨侄子快要来了。”蒋玫怔了下朝姐姐叫道：“你怀孕啦？”蒋莉笑着点头。蒋玫摸摸她的肚子，沉默了一下才说：“爸爸妈妈知道了该多高兴。”汪涵说：“爸爸那是没得说了，你妈可真是莫名其妙。按理我们做晚辈的不该说——心太狠了！”蒋莉蒋玫默然。她们和王妈还有起码的联系，和文镜棠反而没有。另外，见到姐姐姐夫这么幸福，又使蒋玫想到陆小川，他曾经的好和最后那冠冕堂皇又不攻自破的借口。

那天起先是个阴天，从上了车开始不停地下小雨，下得她心烦。她跟一个朋友约好了，下午六点钟到那里，开头几天先住在她那儿，再慢慢地找房子。

走出车站时，雨已停了。阳光淡淡地照着马路上的水印子。小贩叫卖声、车喇叭声、建筑工地上的起重机声响成一片。她想打车，摸摸皮夹子，还是决定坐公交车。公交车站稍稍有点儿远，她提着大箱子拖泥带水地朝前走。走了一截子路，手臂酸麻，汗都要出来了。她停下来歇脚，余光觉得有人在盯着她看。她左右张望，并没有人对她特别注意。她偶一转头，发现街对面站着一个小伙子，定睛细看，却是曹晖。就是他在看她，好像看了有一会儿了。他也不来同她说话，就那么傻傻地立着。他本来就偏瘦，现在好像更瘦了。

蒋玫先是一阵绝对的沉静，随后耳朵里“轰”的一声，箱子歪在地上；竭力想保持镇定，却剧烈地发起抖来。幸亏不是近距离地站着，不然恐怕她的话音都是抖的。她为自己不可理喻的激动大吃一惊！有那么多相干不相干的回忆忽地掠过她的心头，也掠过他的心头。他望着她，想起他们一起看画册、念剧本、游珍珠泉。打牌的时候他偷牌给她；住院的时候她为他流泪；怕她挨饿，他为她买蛋挞。他喜欢她叫他“师兄”，喜欢她欲言又止地约他到师范大学的小花园。他拉住她的手，她全身发抖，就像她现在这样。她的毛病是不道歉，他气急了，甚至逼着要她鞠躬。

曹晖僵在原地，动弹不得，思想却脱了缰似的疯跑。忽然，他看见她在街对面，向着他弯下腰来，深深地，深深地鞠了一躬。她后面幻出一道横跨全城的巨大的彩虹。

蒋玫向着曹晖，向着他前面的车海人流、世间百态，向着他身后的摩天大厦、红尘万丈，深深地低下头去。

曹晖怔怔地看着，又是伤痛，又是疼惜。他不知道她经过多少挫折，然而她懂得了谦卑。他迈步向她走去，近一点儿，再近一点儿。他清清楚楚看见了她眼中的泪光。只要再踏上一步，他就到了她身边。他要替她理发丝，为她拭泪痕，听她诉委屈，直到她在满足的疲惫中绽开笑颜。

《飞虹》附评：

蒋玫初时像一只有着锐利爪牙的小兽，亦如其名，像一朵带着刺儿的“玫”瑰。她勇敢无畏又可爱率真，撞破父亲权势织就的网，直面周遭密布的荆棘，与虎狼环伺的环境针锋相对。别的方面赢没赢不好说，在爱情上却输给了自己的不安和傲气，从而输掉了异地谋生的勇气。她在曹晖那里没有来得及学会的宽恕，最终在故乡、在母亲亲手导演的家变中，在人情冷暖、世态炎凉的变迁中，在陆小川的别有用心里，一一学会。

蒋玫是得天独厚的，生长在一个畸形的家庭里却与姐姐一道长成身心健康的绝丽双姝；有个可怕的母亲，却只承继了她的文艺天赋与美丽容颜。蒋玫也是不幸的，很有点儿“有命无运”的意思。一系列苦难仿佛是她必须历经的劫。与曹晖在车站的重聚，不是她的逃离，而是她历经千帆后的抵达。她的鞠躬既是她对曹晖迟来的歉意，更是她对世界彻底的懂得，以及和解。

蒋玫面对丛生的坎坷，磨去了尖利，在此过程中，她救赎的恰恰是她自己。母亲文镜棠选择在心里种上毒草、豢养毒蛇。而蒋玫在千般挫败万种险恶中，最终收获的却是谦卑和宽容。

《飞虹》的整个文本冷酷逼人，对陆小川、文镜棠两人的形象塑造下笔之狠，触目惊心，但蕴于文本内里的主题却是治愈。从笔法上，这般以冷写暖，与《微光》的以暖写冷形成对比；从内核上，本篇的“成长”主题又和《迷雾》有比衬之意，只不过蒋玫的成长偏于外因狂风暴雨的打击，黄真的成熟更有赖于内心的领悟和突围。（浅泠）

晚　　风

一

眼前是夕阳下的一片废墟，断壁残垣，了无生气。却有一个白发苍苍的老年人站在那里，怔怔地发呆。过往行人觉得奇怪，然而并没有人多问——远离闲事也就远离了是非，出了身周的小圈子，伸伸小指头儿都怕骨折。

手机响了，是汪旭。老年人点开视频，冲着手机微笑：“怎么，按捺不住了？”汪旭在屏幕里笑得打破了数学上两条平行线永不相交的定律，满脸皱纹全挤在一起：“老晏，顾芸还没到吗？”

那被称作“老晏”的老人年近八旬，名叫晏琦，高高瘦瘦，精神尚好。儿孙们当着面恭维他“千金难买老来瘦”，私底下不是没有怨言的：“倒也能活呢，怪道说小病不断，大病不害。”晏琦明白他赫赫成就积累下来的财富，正是离间他和孩子们感情的刽子手，可他揣着明白装糊涂，只把注意力放到真正感兴趣的事情上去，比如每十年一次的初中同学聚会。

他昨晚就提前到了。放眼故乡，人事全非，当年的学校成了废墟，当年热热闹闹的同学们更大半凋零。余下的，或因身体不好，出不了门，比如汪旭；或因心境改变，自动放弃，比如王宇。这一次愿意亲身回到小城的，索性只剩下他和顾芸两个了。

汪旭人不能至，心向往之，早几天就一直提醒晏琦，正日子要用视频带他重游故地，重“走”校园。晏琦白天在街巷漫步，到故居凭吊，也真的一路开着视频。这时汪旭便笑道：“都傍晚了，女主角还不到？”晏琦笑道：“特意等她一起来学校的，结果到现在还是独角戏。”汪旭因说：“顾芸从来不迟到的。”晏琦笑了笑说：“发消息问过了，要我再等一等，神神秘秘，不知什么情况。横竖有你陪着，我也不无聊。”

晏琦问了问汪旭的近况，又问他究竟是什么病，查来查去不得要领。汪旭叹道：“什么病？老病。”

这两个字一出口，视频两端，两个垂暮之人同时感到一阵阴风掠过后脊背。汪旭忙转了话头说："侯靖泽的孙子，你还在帮他张罗？"晏琦说是。汪旭叹了口气："现在像你这么重情重义的，真不多了。照顾他的儿子，照应他的孙子，关键你和老侯还不是什么割头换颈的兄弟。"晏琦顿了顿才说："不是老兄弟，可是老同学。"汪旭点头，没留意晏琦的眼神闪过一丝凄然。

一辆老旧的公交车停下了，吐出几个男女，又吞进去几个，摇摇晃晃，开了过去。晏琦暗想：死神在人间做的事，不也是如此吗?

他凝视着那辆车，看着看着，那车倒退了回来，反射出阳光，像刷了一层新漆。他的人也小了几十岁，是四十来岁的时候。那阵他短暂地有点儿发福，但身边的一帮男同学多数都比他胖，他在汪旭、侯靖泽等人的众星拱月之下，身材还是显得鹤立鸡群。因为生活规律，他的样貌也比他们年轻。

面前的废墟铺上了一层平整的水泥，升起了幢幢小楼，是一家私人企业。他们聚集在门口，且说且笑，鱼贯上车，那是他们中年时最盛大的一次相聚。

二

晏琦清点了一下人数，便叫司机发车。汪旭笑道："倒像初中吴老师组织我们郊游，晏琦也是这么点人数来着。"他与晏琦交情不同，只有他不叫"班长"，而敢直呼其名。

车开动了。这是租来的大巴，为期一天半，全程跟着他们跑。有些人原是开了车来的，邵珊珊却说最好不要分散用车，等张三，找李四，一拖就浪费几个小时，回头晚上还吃不吃饭了。她是在旅游团里做惯了的，最有经验，大家便从善如流，坐了大巴。

汪旭笑道："刚刚在校门口，恨不得立刻进去看看。"丁鹏笑道："现在可不是学校，是公司了。你放心，我这边都联系好了，回头等人家下班了，有得你进去逛的。”侯靖泽也说：“还是先去野鹿荡要紧，统一行动效率高。”

车开了一路，众人笑了一路，都是儿女比自己高半个头的人了，社会上有头有脸，一到了老家，见了同窗，还是如从前那般言笑不禁。唯有顾芸安安静静坐着，偶尔和晏琦、侯靖泽说两句话；接过汪旭递来的矿泉水，说声“谢谢”，对长相英俊的丁鹏却爱搭不理，对邵珊珊也相当敷衍。晏琦不禁想道：三十年了，她还是不能释怀，难不成要记一辈子仇吗？

汪旭给晏琦矿泉水，晏琦让侯靖泽先喝。汪旭笑着打趣道：“哎，晏大班长，你能不能再偏心点儿啊？要不是你结了婚生了儿子，我简直怀疑你突破了性别的极限，暗恋侯靖泽。”说得侯靖泽要揪他的嘴。晏琦镇定自若，倚到靠背上笑说：“看你这醋劲儿，我还怀疑你性取向有问题呢。”汪旭笑骂：“你是学坏了，和以前两回事了！”

小城到底不大，不过一个小时，目的地就到了。众人下了车，三三两两进去。丁鹏不忘炫耀：“这是我托人找了领导，不然是不对外开放的。”晏琦边走边看，他和大多数同学还是第一次来，这时便奇道：“辛辛苦苦建了个新景点，为什么不开放？”丁鹏引着他们经过古拙的木门、粗粝的地标石和饶有情致的竹屋说：“游客太作了，没几年就破坏了生态平衡，好多候鸟都吓跑了。关了好几年，才又慢慢地恢复起来。”晏琦便说：“世上最作的生物就是人。”

他们信步走到古长江的北入海口，虽已沧海桑田，却还依稀感到远古的雄浑与苍茫。丁鹏说一万年前，此地是长江入海之处，晏琦神驰想象，逸兴顿生，同时却也在“一万年”面前露了怯，想人是何等渺小的动物，苦乐顺逆一辈子，不过几十年，说人生一世草木一秋还是客气的，草枯了还能再绿，人死了又岂能复生？

有人轻轻推了推他，他先猜到了是谁，目光掉转过去，证实了自己的推测。顾芸微笑着说：“发什么呆？”晏琦笑说脑子空空，什么也没想。他借说话打量她，她倒是没有像邵珊珊似的胖若两人，但看出风风雨雨经了不少，原来清秀润泽的五官稍有点儿蒙尘，两道法令纹更极深地切过脸颊。假如当初他跨出了那一步，会不会对她、对他都有所不同呢？

走到一扇宽宽大大的门前——上覆茅草，下撑竹枝，两侧还有题字，中间夹着一条小路——就算是正式进入景区。往里走了一程，人烟越来越稀少，树木花草越来越繁茂，那层层叠叠、深深浅浅、明明暗暗的绿把右边的河水映得碧清。水中有鱼，有水鸟，水上有白鹭，有白鹤。有只鹤双翅一展，一声鸣叫，划了一个漂亮的圈子，滑翔而去，引得众人齐声喝彩。丁鹏便说这里是野生麋鹿的天然行宫，这世界级珍稀保护动物还就在这一片活得最自在。侯靖泽疑惑："我怎么一只麋鹿没看见？"

话音刚落，似乎专为证明他的错误，一群麋鹿走了过来：脸像马，角像鹿，蹄子像牛，尾像驴。隔着弯弯曲曲的河道，它们看着人，人也看着它。晏琦瞧着这"四不像"想，一边是活了二百万年依然单纯，一边不过五千年却极尽复杂。如他和顾芸、侯靖泽等人，在这世上才区区四十来年，竟也有那么多恩怨悲欢。

有女同学在那边大惊小怪地叫起来，一问，是被一只不知什么东西碰了下脚。她当时正拿手机四处拍照，无巧不巧地把那东西拍了下来。汪旭、侯靖泽因画面模糊，研究了半天不得要领。晏琦悄问顾芸："认得吧？"顾芸摇了摇头。丁鹏笑道："不就是个獐子吗？你们一个个儿的，究竟是老眼昏花，还是不接地气？比我这样留守家乡的农民可差远了啊。"邵珊珊笑道："你不是做浴缸、洗脸池子、地砖生意吗，怎么又成了农民伯伯的发言人了？"丁鹏笑道："给点儿面子好不好？"邵珊珊笑道："说起来我们初三（3）班还真是干什么的都有。有老班长那样报业集团的老总，有丁鹏这样卖马桶的（丁鹏抗议，'喂，不带这么损人的'），有汪旭那样种茶叶供人装高雅的（汪旭抗议，'怎么说话呢'）。"其实还有个人她没好意思提，她初中同桌王宇。这一路王宇甚少说话，不知与他特殊的工作有没有关系。没想到王宇自己接口笑道：

“还有我呢，烧死人的。”

假如这当口可以在众人头上发一个动画表情，想必会整齐划一地出现几十个流汗的头像。王宇在殡仪馆工作七八年了，据说还辗转找了人的，那里待遇好。

晏琦咳嗽一声，手指前方说：“那个木台子做什么用的？”丁鹏心领神会，忙转移话题说是方便大家高处俯瞰。顾芸头一个走过去，以行动表示对晏琦的支持。大家上了木阶梯，换了个视角回看来时路，果然大不相同。晏琦心道：等我们老了，再看今天，一定也会另有一番感触，正像今天看中学时代一样。

众人拍照的拍照，发朋友圈的发朋友圈，有几个女同学还做出了中年女人摆拍的经典动作，一手扬起红纱巾，一手拉着垂下的树枝，双脚跳芭蕾般地微微交叉，脸侧四十五度，再浮现一个莫名喜感的甜笑。独有顾芸什么都不做，一径儿伏在木头护栏上，上身稍稍倾出，瞧着脚下。

一时兴尽，丁鹏打电话叫了两辆游览车来，分两次把大家带回，陆续参观了北上海作家村、展厅、九船渡、大板盐场旧址等等，才浩浩荡荡移师餐厅。

那餐厅建得颇有年代感，又有几分少数民族风，名字也特别，叫“本场人厨房”。门口且有一副“对联”，右边是“吃本场人饭菜”，左边是“喝本场人烧酒”，质朴中含着豪迈。“本场人”意思为“本地人”，此处曾是盐场，故用“本场”代替“本地”，别有意趣。

“本场人厨房”确是名副其实，一桌子家常菜，全是本地风光，又多野味。几桌子中年人除丁鹏外常年皆在外地，难得游子归来，尝到儿时风味，均是大快朵颐。男同学喝酒，邵珊珊和另两个女同学作为女生代表也一饮而尽，一副不让须眉的派头。

酒至半酣，邵珊珊边在手机上给自拍照美颜，边信口哼起《容易受伤的女人》。王宇夹了块野鸡腿子肉说：“这就进入状态啦？怀旧金曲哼起来了嘛。”邵珊珊说：“还是老歌好听，老电影好看。我初中最迷王祖贤，想人家怎么就那么美的呢？她的《画中仙》《追日》我不知道看了多少遍。”汪旭便说起他当年崇拜李连杰，侯靖泽喜欢成龙，两个人争得面红耳赤。侯靖泽正想抽烟，忽然意识到室内有女同胞，收起烟来笑道：“我对成龙的热情已经过去了。”汪旭却说：“我对李连杰崇拜至今。电影频道放《新少林五祖》《精武英雄》我抓着儿子跟我一块儿看。”就有女同学笑道：“我还喜欢《中南海保镖》呢，你们看打打杀杀，我们看浪漫爱情。”另一女同学也捂嘴笑说：“这话对的，郭富城、关之琳演的《夏日情未了》和黎明、吴倩莲演的《都市情缘》是我的爱情启蒙片。”顾芸听到“爱情启蒙”，心中微微一动。侯靖泽朝她与晏琦偷偷瞄了一眼。

大家热烈讨论着，吃毕饭，重又上车。丁鹏问大家对这次聚会的安排满不满意。众人纷纷说：“给你点赞！”“野鹿荡好地方！”“空气比风景还好！”顾芸只看窗外，正眼也不瞧丁鹏一下。邵珊珊暗叹：“这个妹子，也是过于放不下，我们就算错了，也不至于三十年都磨不平你的恨意……”幸喜丁鹏没注意，向众人笑道：“可惜咱们要赶回城区休息，晚上还有一顿大餐，不然安排你们在船屋住一晚才好呢。那边晚上美极了，星空那叫一个震撼！星星、星空、星座看得清清楚楚，被评上了中国第三家‘中华暗夜星空保护地’。你们想想夜里在这样的星空下散个步，谈个心，是什么概念？”说得大家悠然神往。

三

车回到出发地，一大半“乘客”要回宾馆睡午觉。丁鹏笑说这也是人到中年的标志性习惯之一。汪旭问他“之二”是什么。王宇冷不丁接口：“出门带保温杯。”众人哈哈一乐。

当下一车子人兵分两路，一路去宾馆午休，丁鹏刻意把住处订在学校旧址附近，也是方便同学们两处往来的一番苦心。另一路人马只有晏琦、汪旭、丁鹏、侯靖泽、王宇五个男人，外加顾芸、邵珊珊两位女士。七人在回来的途中打了盹，又比其他人更急于一睹当年中学如今的模样。

这时是中午时分，企业暂时停摆。丁鹏和这一家的经理是生意场上的熟人，事先打好了招呼，很轻易地就得到门卫放行。丁鹏还潇洒地给他发了根好烟。

这企业是在昔日中学的基础上翻修，变动不可谓不大，大体轮廓却还在。花园还是那个花园，假山还是那两座假山，大礼堂改成了职工之家，车棚变了车间，教学楼变成厂房。从前校长室所在的那一幢全校最好的办公楼，顺理成章作为企业高层的办公场所。也有两幢新修的大楼，不知发挥什么作用，外表看来，十分气派。

逛到篮球场，晏琦很敏感地问了一句："这是我们以前的操场吧?"

除丁鹏外，另五人都有些怔忡。在他们的印象中操场比这一块大得多。他们不约而同向丁鹏投去询问的目光。丁鹏点头说："是操场，不过被一分为三，又建仓库又建绿化带，只留下三分之一不到做了篮球场。"汪旭笑道："我说呢，还不至于中年痴呆到这个地步。"

他们环视左右，"操场"上有呐喊与掌声，有愤怒与欢笑，有汗水与泪水，有无数当时哭笑不得事后无比珍重的回忆。他们的班级也就在最靠近操场的那幢楼三楼。

七人四散走开，看看摸摸，想着这里是双杠，那里是沙坑。晏琦走到绿化带与仓库之间站住，眼中分明蠢动着一点儿回忆。

仓库的墙是暗灰色，他极慢地走过它，像布景前的演员。走着走着，那墙就由厚变薄，变成一层淡淡的灰片再归于透明。墙消失了，操场回来了，他成了初三（3）班的班长，那个总穿着白衬衫、双眼泛着聪慧神采、身形修长的少年。

他站在队伍中间，参加队列训练。操场广大，像少年人的心空。风有些热，但对于十六七岁的学生，流一身大汗根本不算一回事。东南两侧，镶着一条细细弯弯柳叶眉似的小河，翠生生的，还是黛眉。

他前面隔着七八个人，为首的是汪旭，并不是他在哪一项竞技项目上有过人之处，排第一纯粹因为他矮。侯靖泽、王宇也排在晏琦前头，身高上比晏琦更有优势的只有丁鹏。他是发育得很早的那种男孩子，五官、肌肉早早地便长开了，足球、长跑上颇能出些风头，是公认的“班草”，不幸被外班的狂野少女焦小玲捷足先登，采撷而去，这是（3）班女生们深以为憾的。

顾芸、邵珊珊她们在另一队，邵珊珊小小年纪，出落得就有几分艳丽，不像顾芸，她那种味道，小火慢炖，历经岁月，三十出头才真正修成正果，偏又不久就萎谢了，因之她的鼎盛年华比她们哪一个都来得短。此刻她穿着规规矩矩的运动服，梳着平平常常的发式，除了偶尔瞥一眼丁鹏，是那么的不起眼。

体育老师叫大家安静，这一类的命令通常都会起反效果。他一面呵斥，队伍中间侯靖泽和一个男生越发议论得如火如荼。晏琦仔细听了一下，是在说昨晚电视里看到的《超级学校霸王》。侯靖泽兴奋地说：“……四大天王来了三个，三个啊！”那男生频频附和：“还有郑伊健、张卫健、任达华！”至于杨采妮和邱淑贞哪个美的问题，二人相持不下。体育老师眼看训斥无效，换了招数，指指旁边的鞍马：“今天测跳马。一个个跳，每个人三次，要计分的。”

他让到一边，拿出记分簿，做出“随你们便”的样子。大家的注意力被吸引过去了，凡事涉及“分数”，再天真的孩子也会变得世故。

汪旭是第一个，首当其冲。不巧这天他穿了件紧身裤——过于紧的，只见他双手一按，双腿一分，“嗞”，人倒是跳过鞍马那边去了，裤腿之间却撕破了一条缝。丁鹏等几个调皮的男生先就笑了出来。

汪旭红头涨脑地回到队尾，等待第二轮出丑。随着他标准的空中劈叉，“嗞”，那条缝顿时扩大了一倍，成为一个峡谷似的大口子。这下一大半男生哄笑，女生们苦苦忍耐，装看不见。汪旭很想向体育老师求情而说不出口，体育老师大约是觉得这一班的男生太皮，之前不听他的约束，有意要出出他们的洋相，对汪旭的窘态视若无睹。

晏琦正想帮汪旭给体育老师提出免跳申请，一个循环过去了，汪旭又一次来到了鞍马前。几十道视线集中在他身上，确切地说，是集中在他下半身上。他夹着腿往前踱了几步，在体育老师无声的催促下，悲壮地、万般无奈地飞身而起，两腿一开。“呲——”这一次裤子破裂的哀号竟有几分回音，几乎连内裤都露出来了。全班同学前仰后合，你扶我的背，我拍你的肩，丁鹏、邵珊珊甚至坐到了地上，王宇直擦眼泪，连与人为善的晏琦、顾芸也忍俊不禁。

体育老师也“扑哧”一声笑了出来。汪旭颤声请求回家换条裤子，说家就在学校旁边。体育老师恩准，叫同学们下半节课自由活动。

汪旭的家在河那边的小区，与晏琦家是邻居。晏琦问要不要他陪着，汪旭红着脸说“不用”。却有人自告奋勇地要陪，汪旭就猜到他们是别有用心。丁鹏笑道：“我看了电视报，这个点无线台在放《乱世伏魔》。反正是体育老师准你回家的，我们一起去，动作快的话能看半个小时！”这一下说得汪旭怦然心动，邵珊珊她们也跃跃欲试。

当下四五人议了片刻，搜集了些大的砖头、石块，丢到操场东侧浅浅的河水里，再左摇右晃踩梅花桩似的踩过河去。抄近道节约了至少一刻钟，看电视的时间不就更充裕了吗？

晏琦明明看见，却没有阻止。汪旭那漏了风的裤子是必须要换的，丁鹏等几个爱取笑人的，只要进汪旭家看了电视，新刺激就覆盖了旧耻辱，汪旭的惊艳三跳就容易被淡忘了。

他把一切想得很周全，唯独没想到他们看电视看入了迷，会到下一堂班主任的课上到一半才急匆匆赶回来。吴老师大怒，叫几人到讲台旁边罚站，厉声喝问：“谁挑的头？”事情因汪旭而起，逃课的主意却不是他出的，以他的胆色，也不可能在风口浪尖上枉担这个虚名。吴老师又问了一遍：“谁先叫去的？”几人你看看我，我看看你，最后还是丁鹏站出来说全是他的错，他挑唆大家去的。侯靖泽等暗暗在心里对丁鹏的义气竖大拇指。

吴老师快刀斩乱麻，叫丁鹏把学生守则抄一百遍，邵珊珊五十遍；汪旭换裤子情有可原，十遍；晏琦身为班长督查不力，象征性地罚抄一遍。吴老师自以为对晏琦的偏袒做得天衣无缝，而许多同学都看得很清楚。晏琦尴尬地想：大人老拿我们当什么都不懂的细伢子，其实我们什么不明白？

四

回到家，他母亲已经做好了饭等他。他父亲十顿饭只有四五顿在家里吃，少个人他也不以为意。饭后母亲收拾着餐桌，催他去做作业。他忽发奇想说："妈，你上初中的时候是什么样子？学校好玩吗？"母亲倒给他问愣了，过了会儿才笑说："孩子话，上学嘛，有什么好玩，为着学知识学文化去的。你们这一代运气好，少受多少苦，哪像我们……"她想到动荡的年月，出身不好，被拒于校门之外，晚上打着电筒躲在被子里看书，被家人发现了大骂她浪费电池。她是个顶普通的贤妻良母，可儿子今天这一问，颇让她有些一言难尽。

晏琦很懂事，见母亲沉默，猜想多半不是愉快的回忆，也就不再问。进了小房间，关上门，他在灯下铺开作业本，一道一道演算，字迹工整端丽，答得顺风顺水，唯有最后一题，他不是特别有把握，打开课本，找到例题，比对了一下，才又计算起来。

正在这儿做着，对面另一幢的小房间里有人喊他，位置就在他窗子的对面。那是汪旭。他们各自开窗，拿着作业本，趴到窗台上，一题一题地对答案。汪旭每天来这么一出，才放心把作业交上去。说到最后一题，汪旭问"是不是53？"晏琦说他算出来是56。汪旭想也不想就说："那肯定是我错了，再去算一遍。"

两家大人在厨房里洗碗，听到小哥儿俩大声交流，都觉得好笑。汪旭的父母感到儿子可爱谦虚，晏琦的母亲觉得儿子出类拔萃，两边都看自家的顺眼。

汪旭缩回去了，晏琦便拉上百叶窗，在房门口听了听，确定母亲回房了，才偷偷拿出从书店租的《笑傲江湖》，读得如痴如醉而又提心吊胆。他耳朵竖得高高，听大门一响，飞速合上小说，塞进一堆辅导教材，打开早已备好的地理课本。

父亲进来，他兀自心跳得厉害，做贼心虚地只盯着书上那两句形容新疆的谚语："早穿棉袄午穿纱，抱着火炉吃西瓜。"父亲同他说了几句话，他随口敷衍。父亲今晚喝了点儿酒，话比平时更多些，好不容易说完了，还又把头伸进来笑眯眯地说："小琦长大了，越来越像爸爸。"晏琦紧张的情绪此时已然平复，被父亲看得不好意思——亲人间表达起感情，反比任何外人还要羞涩——因之只笑道："我明明长得像妈。"父亲笑微微地说："像谁都好，都是我晏家的好儿子。你看你这么优秀，对面汪旭家估计羡慕死了。"看他那志得意满的薄醉之态，晏琦忍不住发笑："你声音再大点儿吧，让汪叔叔听到最好。"父亲嘿嘿笑了两声退出去了。

晏琦知道自己一直是父母的骄傲，往常他感到得意，今晚不知怎么，有些心酸。他头一次觉得父亲爱他爱到这样深挚。等他到了父亲的年纪，也会这般疼爱自己的孩子吧？世人就是这么一代代过下去的吧？

在他这年纪，感触总是转瞬即逝，他很快地又拿过小说来看，更进而自己试着写了一章武侠小说。

次日上午第一节课上到一半，他把昨晚写的武侠小说给了前后关系亲近的人看。大家一看就着了迷，又传给更多的人。晏琦本意只给五六个同学读读，引为一乐，但全班反响之热烈，远超他的意料。上午整整前三节课，百分之八十的同学有幸拜读了这本"奇书"的开篇。另外那百分之二十是绝对不能够透露的，因为这小说把班上许多同学写了进去，有的是大侠，有的是邪派，等而下之，晏琦看不起的就只能"扮演"阴微卑贱的龙套，比如王宇。晏琦原是写着玩儿，既然这么受欢迎，同学们一片痴心，岂能辜负，他决定认认真真写下去——写不写得完是顺其自然。

下课铃响了，离第四节课有十来分钟的间隙，丁鹏浑身挥霍不完的精力，这桌凑凑，那桌谈谈。他走过顾芸旁边，又退了回来，看她摆弄小本子。那是一本粉色的小册子，每一页贴着一张明星的贴纸，下面是手抄的该明星的歌曲代表作。比如小虎队三人贴纸上头靠着头，下方就抄着《青苹果乐园》的歌词。顾芸见丁鹏来了，不觉失措，手脚没处放似的。丁鹏见她这女儿娇态，越发心痒痒的，于是同她攀谈，说她喜欢的明星他也喜欢，她的字真好看等等。他半个身子俯伏在她桌上，头与她挨得很近。顾芸眼中闪着欣悦的光，眼睛不敢与他直接相接，尽在前后左右地躲闪，然而这躲闪不是惊惧的，不是反感的，是希望被锁定的躲闪、希望被捕捉的遁逃。刚开始全是丁鹏一个人滔滔不绝，后来他说五六句她接一句，声音细细的，笑意浅浅的，笑容甜甜的。丁鹏观察着她，第一次觉得这个女生也蛮有味道，与焦小玲的活泼热辣是两种截然不同的风韵。

他只顾享受撩拨和进攻的快乐，不承想都落在邵珊珊眼中。她和焦小玲性子相近，脾气相投，姐妹相称，时时替姐姐监督着这个心性不定的帅气"姐夫"。她的同桌王宇莫名有些紧张，他经常挨她欺负，胳膊肘过了粉笔画的"三八线"一点点，立刻就被她重重一个肘锤打回。这种待遇来得多了，他对于邵珊珊何时生气，何时发飙，比练习题还熟。此刻他就察觉到该同桌又要火山爆发，循着她的视线，他明白了谁是她怒火的来源和去向。他往旁边让了让，但求别殃及池鱼。

在少年时光中的某一个阶段，常常有些女生比男生厉害，反过来占了他们的上风。他们一半是真怕，一半是容让，往往弄假成真，变成弱势群体，打不还手，骂不还口，还直赔笑。成年后回想，也别是一种趣味。

邵珊珊可没心思管王宇的闲事，她径直大步走过去，把丁鹏朝后一拽，眼光锐利，声音尖亮："谈什么呢？带我一个！"

丁鹏吃了一惊，马上知道这是个什么局面，忙笑着说："随便聊聊。"就扬长而去。这里邵珊珊声势汹汹，盯着顾芸直截了当质问："你知道他有女朋友吧？知道他女朋友是我姐姐吧？"顾芸嗫嗫嚅嚅地说："跟我有什么关系……"邵珊珊哼了一声说："没关系最好。不是我吓你，焦小玲不是好惹的，真要有什么话传到她那边，就不是说你两句这么简单了！”

她逼视着顾芸足有一分多钟。顾芸只是指甲划着课桌，发出怪怪的响声，避免朝她看。对峙片刻，她回座位上去了，顾芸才吁了口气。红晕渐渐褪去了，她抬起头来准备上课，那表情毋宁说是倔强。晏琦倒没想到，她还有柔中带刚的一面，却也不由得有种不祥的预感：这事怕不是这么好了结的！身为班长，他心里那根弦已经提前绷紧了。

五

周四早上，晏琦和汪旭迎着朝阳，沐着晨风向学校骑去。汪旭提议比比车速，晏琦淡然摇头。他认为没意义的事，谁也拗不过他。汪旭笑他装矜持，不知道多年以后会有一个更合适的词汇可堪形容，叫作“高冷”。

他们的家离学校不远，基本上是划一个大大的弧形。但就在这么短的时间里，天色也发生着可喜的变化：刚出发时还有点儿暗沉沉、昏蒙蒙的，阳光半亮不亮，像打在一层油布纸上；骑过了红旗桥，眼看着那云朵就被橘黄色的光浸透，映得东方天际蓝色愈少，金色愈深；骑到学校门口下了车，已是一个亮堂堂、光灿灿、像模像样的清晨。中年晏琦后来追忆起来，似乎初中绝大多数时候都是晴天。那不是自然天象的实录，而是心灵晴雨的映射。在那意气风发、朝气蓬勃的时段，他在心理上就觉着一片晴好。对着朝阳骑车的振奋和清新柔软的晨风抚过的感动，几十年后还历历如新。

这天第四课上的是“生理卫生”，当男老师讲到女生种种，女生们一个咬牙窃笑，活似耳朵失去了贞操，就连邵珊珊那样撒得开的也羞红了脸；而当老师讲到男生梦遗，内裤不宜过紧，要把注意力放到学习上时，不单男生们彼此挤眉弄眼，老师自己也加快了讲课的语速。他原提议另找一个女老师，给同学们按性别分开上课。分管副校长思想前卫，说孩子们半大不大，这些常识你不在课堂上讲，他未必不从别的渠道去获取，反不如老师引导，“跟大禹治水一个道理，宜疏不宜堵嘛”。说到男女分课，他更来了气：“这是什么年代？不是退回到民国去了，还搞男校女校？让他们对异性有所了解不是坏事，越搞得神秘他反而越想研究，说开了不就这么回事吗？”

教室里暗流涌动，讲台上尴尬难言，好不容易撑到下课，老师脚下生风，一眨眼消失。学生们才“哗啦”一下发出阵阵议论和取笑。他们并不是不感兴趣，却格外关注着其他人是否更感兴趣。晏琦收拾书包，泰然自若，这些东西他父亲早跟他说过，犯不着少见多怪。他催汪旭快走，却发现他的邻居给男生们包围了。

他忙走过去问怎么了。丁鹏等人笑得不怀好意，手往汪旭大腿那儿乱指。晏琦扫了一眼，心下了然，事不是大事，却能在班上酝酿成风暴。汪旭捂着下体，满脸绝望。晏琦也奇怪怎么上个课，看个课本就能起强烈的生理反应，这自控力未免太差。可他同时也懂得，汪旭越是紧张，这反应就越是不能消退。

汪旭在圈子中央，宛如漩涡里的一根孤木，被抛上抛下，给嘲笑的声浪掀得头昏脑涨眼发花。这下他变成流氓了吧？他恨自己看了插图就想入非非，恨他们当众拆穿，令他无地自容。他从一圈男生的包围中望出去，邵珊珊等几个大胆的女生在捂嘴交流，小声说大声笑，瞧着他的目光充满了调侃和鄙夷，似乎他是个怪物。他急得快要哭了，一下子触到了晏琦的目光。他该不会也厌弃他吧？幸好，晏琦像平时一样喊着他的名字，肩膀微微用力，挤开人群，一手把他扯了出来。晏琦扯他时特别用力，指甲在他右臂上狠掐了一把。他痛苦地吸一口凉气，下身的感觉奇迹般地消失了。

他跌跌撞撞随晏琦出去，犹自听到丁鹏在后面笑叫：“给你找个女朋友吧？你快憋不住了。”立时又引发一阵哄笑。

晏琦道：“别理他们。”他把汪旭一路拉到了车棚。确定摆脱了众人的视线，汪旭才长出了一口气，背上凉凉的全是冷汗。打从出生以来，他就没这么丢脸过。这阵子不知走什么霉运，先是裤子开裆，今天又添了这档子破事，接二连三，弄得脸面全失。

晏琦一边找车一边说："明天别穿紧身裤了。"顿了顿又说，"内裤穿个四脚平边，面料硬的。"汪旭满面羞惭。

他俩都没想到，事情远未结束。隔天汪旭去厕所，跟过来四五个男生，要看他的下体是什么材料做的，吓得汪旭紧急捂住。一来二去，汪旭对和同学一起上厕所竟有了障碍，他宁可少喝水，憋着。这是个饮鸩止渴的法子，他越回避，人家越关注，他也不知怎么就失去了坦坦然然去厕所的权利。男生们对和他来往也有某种禁忌，嘴上不说，集体活动尽量甩开他。他除了晏琦，找不到一个伙伴。

王宇犹恐孤立得不够彻底，私下里劝晏琦"离那个变态远一点儿"。他居然有话题可以和班长单独商讨，真是与有荣焉。谁料晏琦看了他半晌，直把他看得发毛，才淡淡地反问："谁说他是变态？"王宇吐了吐舌头走了。

这局面一旦形成，纵然晏琦我行我素，也改变不了汪旭在班上的处境。他从此走路躲着人，说话变低声，厕所不敢去，有一次甚至对晏琦说："我们还是分开上学放学吧？我不想连累你。"晏琦怒道："你有毛病啊？"汪旭才不吭声了。

这一难堪就难堪了很久，晏琦想着要怎样打破僵局。刚好这周他父母双双到南京吃亲戚的喜酒，家里有一个晚上没大人。他便约了汪旭、丁鹏、侯靖泽等人去玩，"干脆住我家"。丁鹏犹豫了一下拒绝了，跟晏琦说："不好意思班长，我懂你意思，但现在哥儿几个都不跟他玩，我要跟他们同进同退。"晏琦一笑说："我跟汪旭从小是好兄弟，我也要跟他同进同退，你们以后对他可不可以不要那么……明显？"他临时把"过分"换了个中性词，以免显得咄咄逼人。是他父亲平时教的："解决问题的时候不要产生新问题。"丁鹏向来有几分忌惮晏琦——文科理科科科全优，又是班长，深得吴老师信任，做人也公道大度能服人——因此勉强答允了。

侯靖泽平素在丁鹏小团体里是个不起眼的角色，唯其分量轻，他不能像丁鹏那样婉拒。他想来想去，最后还是决定去。丁鹏也支持，说“这样也好，不然我们一个不去，倒像和班长过不去”。王宇听说了很想去，晏琦简单回复他“床不够睡”。

到了那天晚上，晏、汪、侯三人一道骑车离校。汪旭轻问晏琦：“有什么用?”晏琦看了他一眼说：“一个个争取啊，拿住一个是一个。”

他们到育红路吃晚饭，想进饭店而又纠结。老板看是三个半大孩子，料想点不了几个菜，也懒得招呼他们，自行在门口剔牙。晏琦就说不如到馄饨店吃，汪旭、侯靖泽立即赞成，同时觉得这才是他们该来的地方，饭店到底是太成人化了。

晏琦叫汪旭到旁边包子店买了六个包子，三个菜的三个肉的。他又点了六碗馄饨，一人两碗，骨头汤的也有，鱼汤的也有，鸡汤的也有，每人又加一个茶叶蛋。

馄饨在锅里咕嘟咕嘟煮着，外面渐渐下起了雨。侯靖泽说：“没带伞，待会儿怎么回去?”晏琦微笑道：“跑回去。”他好像很憧憬雨中短跑的光景。侯靖泽想想也就释然。

馄饨还没出锅，包子和鸡蛋已被风卷残云。晏琦忽然注意到有个小冰柜里有汽水，做主一人要了一瓶。一打开，泡沫直冒，沿瓶身流下了一长条，侯靖泽忙凑过去舔个干净。汪旭笑道：“像我家小狗的吃相。”侯靖泽笑道：“你家养狗?”两人聊了一会儿，便把坚冰打破了，晏琦私下感到很满意。

他尝了尝，有些疑惑地问店主：“是汽水吗?”店主笑答：“是汽酒，水果味。”晏琦嘀咕：“我就说嘛，怎么有点儿酒精味。”汪旭笑道：“我还是第一次喝‘酒’。”侯靖泽说：“我是第一次住同学家。”晏琦笑说：“我第一次正式请朋友吃饭。”

对于这个创造历史的夜晚，三个人都觉得兴奋。吃着馄饨，喝着汽酒，谈着电视剧，他们真切地感到自己在长大。

屋外淅淅沥沥，缠绵不断，门口一盏半明不灭的小白灯下，是乱纷纷的雨线。屋内弥漫着煤气味和馄饨香，饭桌边是三张满是胶原蛋白的笑脸。“当”，杯子碰到一起，他们又多了个“第一次”。

侯靖泽谈兴上来，透露了一则重要讯息：丁鹏笃定顾芸在暗恋他，他要对顾芸搞个恶作剧。晏琦听了暗忖：这个丁鹏，又要玩火了！

三人聊了会儿丁鹏的花边新闻。晏琦看那雨没有要停的意思，就付了钱，叫汪旭、侯靖泽同他跑回家。雨本来不大，但在奔跑中雨点撞得人脸上生疼。额头上滚滚流下的分不清是汗还是雨。就在这着急慌忙的奔跑中，三人感到一种乐趣。雨在前，风在耳畔，脚步的回响在后，有种凛凛的快乐。很多年后晏琦告诉汪旭，那个场景该叫“追风少年”。

六

周一中午放学后，顾芸收好书包，正要出门，被别的班几个女生堵在门口。有眼尖的认出领头那位是丁鹏的女朋友焦小玲。见势头来得不好，胆小的从后门出去了，好事的则在后排看戏。

顾芸又是紧张，又是恼火：“你们是什么人？想干吗？”焦小玲冷冷一笑：“我想干吗，是你想干吗吧？”不等顾芸再问，从身后点了丁鹏出来：“他给你一张他的照片，你就敢在后面写字，胆儿肥啊！”

顾芸吃了一惊，看向丁鹏，神色里是无言的疑问。丁鹏半低了头，咳了一声说：“我就是跟你开个玩笑……”他是要她的？明知道她喜欢他，他还选择作弄她？她不说话了，也确实无话可说。

焦小玲冷冽一笑：“没话说啦？之前勾搭丁鹏时不是蛮会卖弄风骚的？”顾芸不接她的话，只定定看向丁鹏：“也是你告诉她的？”丁鹏急忙摇头：“不不不，没没没，你把照片写了字还我以后不小心被她看……”一个“见”字被焦小玲凌厉的目光逼了回去。

“跟她啰唆什么？”焦小玲后面的女生上来先抽了顾芸一记耳光。顾芸整个人蒙了，血全往头上涌去。她再也想不到，众目睽睽之下，会当众给人羞辱。她本能地想还手，可看到对方有七八个人，邵珊珊也在其内，她就知道抵抗只能换来更残酷的打击，何况她的白马王子根本对她无意，将她少女的心意踩在脚下，她也就加了一层自暴自弃的念头。

第二个女生“啪”地打了她另一边的脸颊，异常响亮。丁鹏浑身震了一下。他想阻止，碍于女朋友，外带心虚，跨出了一步，又退回去。又一个女生上来揪住顾芸的头发，一时拉向左边，一时拉向右边。顾芸起先觉得头皮剧痛，后来只是眩晕，像汽车从山坡上俯冲下去的感觉，晕乎乎的，心一提一放，人一紧一松，天旋地转的。她始终不还手，反而慢慢把头发梳理了一下，仿佛那才是当务之急。她用她的镇定明示她们，她不害怕，她眼光里的怯意全然变成了藐视。

她这奇异的态度刺痛了焦小玲。她本来想出口气就算了，此刻忍不住有腔怒火腾地直蹿到脸上来，烧得双颊热辣辣的，好像被打耳光的不是顾芸而是她。她上前一推，把顾芸推倒，欺身过去就是一顿拳打脚踢。另几个女生团团围上，你一拳她一掌，比焦小玲还要愤怒，只有邵珊珊念着同班之谊没有动手。

顾芸尽量护着头部，偶尔露出一对眼睛，亮晶晶地斜仰着望向她们，像两柄寒光闪闪的利剑。

到此地步，事情已然骑虎难下。她是不会认输的了，她们总不能一直打下去。邵珊珊出来劝阻说：“教训教训就够了。”还有半句没说，谁都猜得到：“闹大了惊动老师不好。”她对顾芸看似威胁实则维护地说了一句：“以后还痴心妄想吧？你服个软，焦姐就饶了你了。”她背着焦小玲朝顾芸使了个眼色，虽然平时她很不喜欢她。

顾芸艰难地爬起来，脸上又是灰又是伤，嘴角一缕血痕触目惊心。班上同学也有点儿看不下去了。却见她扶着讲台，颤颤巍巍，一语不发，面色惨白，只把一对清炯炯的眸子盯着焦小玲。

这是明显向她宣战！焦小玲两年多来也算横行校园，从未有人这样对她挑衅过。她觉得尊严受到了极大的损害。她上前一扬手，拍向对方两点火苗似的眼睛。

一只手抓住了她的手，她疼得叫起来。来人手一甩，她向后跌了几步，被邵珊珊眼明手快，一把扶住。她这才看清，进来多管闲事的是个白白净净、高高瘦瘦的男孩子。她道："你是谁？"丁鹏忙过来说："我们班长。"焦小玲揉着手腕，嗤之以鼻："班长？好大的官啊！"晏琦说："比你大。"焦小玲更怒，一指顾芸："我动她关你什么事？她是你马子？"晏琦知道"马子"是"女友"的意思，香港电影里常这么称呼，他淡淡地说："她是我班上的一份子。"说着扫了一眼后面看好戏的几位，看得他们都心虚地避开了他的视线。

焦小玲想从侧面绕过晏琦打顾芸，晏琦一拦。她一拳捣过去，又给晏琦拿住。丁鹏不得不为焦小玲出头，半劝半攻，一只手就伸了过去。没想到晏琦摔开焦小玲，抓住了丁鹏的手臂。两人较了下劲，丁鹏惊诧至极，他竟然有点儿招架不住。晏琦暗中感谢他父亲从小训练他的体能，有意让他参加各种训练，做个能文能武的男子汉。他平时不显摆他这方面的实力，关键时刻就格外使人震惊。

丁鹏松开手，勉强一笑："还当真啊？一个班的……"晏琦说："顾芸跟我们也是一个班的。"丁鹏不敢朝顾芸看上一眼，只能尴尬地笑笑。

焦小玲和几个女生瞪着晏琦，虎虎地，还不甘心。晏琦只朝丁鹏发话："外班的人到我们班上，我只能一管到底。你现在带她们走，保证没有下一次，我还能给你个面子；不然我这就到教务处！"焦小玲锐声道："别拿教务处吓唬人！"晏琦厉声道："你试试看我是不是吓唬人！"停了停又高声说，"这么多人欺负一个，不要脸！"

丁鹏深知晏琦的性子，轻易不发火，发火难轻易，他是老师的宠儿、教务主任的爱将、年级的骄傲，何况今天的事本就是己方理亏，万万不能和他硬碰。他连拉带劝，半哄半求把一众女生弄走了。

顾芸捡起书包，拉好拉链，缓步出门，并不道谢。晏琦想忍没忍住，追到门口说："你没错！喜欢别人有什么错！"顾芸从头到尾没流一滴泪，听了这话，比心里掏出来的还要恳切，两行泪水夺眶而出。她哽咽着跑了。

焦小玲没有再找顾芸的麻烦，顾芸回家不知怎么说的，她的家长也没来找焦小玲的麻烦。丁鹏直到半个多月后才把一颗悬着的心放下。此后他跟晏琦说话格外小心。晏琦行若无事，对他既不比以前好，也不比以前坏。

当天那一幕，本班留下来目睹的只有五六人，晏琦惊雷闪电一番发作，使他们着实羞愧。坐视班上女同学被打，自己面上有什么光彩？一个个皆以为耻，也就谁也不提。除了顾芸的伤痕，这风波似乎什么也不曾留下。

晏琦仍然以每天一章的速度更新他的武侠小说，现在丁鹏在小说里无可挽回地沦为反派，顾芸却在剧情中异军突起，成了个类似《绝代双骄》中邀月宫主那样的因爱生恨、发奋练武的大高手。每天一上课，同学们就很有默契地传阅着新的章节。丁鹏见自己的光辉形象一落千丈，自认倒霉；顾芸见了晏琦对她“命运”的全新安排，表面上亦没什么表示。

晏琦的小说原来只对百分之八十的同学“开放”，但纸包不住火，随着小说在班上的热度越来越高，讨论者越来越多，终于还是泄露给了另外百分之二十的人，当中就有王宇一个。

他一看自己在武侠世界里是个三四流跑龙套的角色，獐眉鼠目，又是抢钱，又强抢民女，猥琐至极还武功低微，动不动被正反双方的大人物打得鼻青脸肿，不禁恶向胆边生。他找个机会跟风纪委员和吴老师汇报，班长如此如此，这般这般。他这行为在当时是被允许而且肯定的，不叫打小报告，而叫“举报”。风纪委员手里有一本厚厚的本子，专记哪年哪月谁因何事被“举报”了。

吴老师得讯很是意外，先做了调查，发现王宇所言非虚。一班之长，分心写“武打小说”，破坏上课纪律，丑化同学形象，条条都是罪状。总算一向对晏琦偏爱，她在班会课上不点名地批评了一下晏琦，但人人听得出来话锋是朝着谁的。班长也会挨批，世界哪里还缺奇迹？

下了课，邵珊珊踱到晏琦旁边。晏琦问：“有事？”邵珊珊“嗯”了一声说：“我知道是谁暗算你的。”晏琦并不好奇，反说“不重要”。

邵珊珊捺按不住她那急性子道："是王宇！昨天才看见他鬼头鬼脑找过老师！"晏琦笑道："你怎么这么肯定？"邵珊珊一口气说道："我那个同桌是什么操行我还不知道？有人把你小说给他看了，他不报复你他也不是王宇了。看我干吗？想不通我干吗给你通风报信？你是帮顾芸，我帮焦小玲，不是一边的，可不管是哪一边，背后算计人就是卑鄙无耻！要来就来明的，后面捅刀算哪门子英雄好汉？别说我了，就是焦小玲知道她也会告诉你的。一码归一码……咦，你笑什么？莫名其妙的！"

晏琦笑着摇摇头说："我笑人性的复杂。"他老气横秋说出这话，倒把邵珊珊逗笑了。她掠着头发笑说："班长好深奥啊！"晏琦笑道："难道不是吗？动手打人的是你们，仗义执言也是你；以多欺少有你一份，光明磊落也是你。"一席话说得邵珊珊没了言语，片刻后才说："我那天其实挺后悔的……还有点儿后怕。幸亏你及时赶到，不然真不敢想。"她顿一顿，悄悄瞄了顾芸一眼说："先也没想到她脾气那么犟。"晏琦点点头说："我也没想到。"他起身要走，邵珊珊问他："打算怎么收拾王宇？要帮忙吗？"晏琦失笑："帮什么忙？你以为我会跟他一般见识？他是谁，我是谁？"他的清高霎时流露得淋漓尽致。邵珊珊不知说什么好，听晏琦又道："别今天收拾这个，明天教训那个，不是女生该说的话——我这也说错了，就不是学生该说的话。最好的'收拾'是不屑，最大的'教训'是你比他优秀、厉害，明白不？"邵珊珊由衷地说："班长，你活该当班长，真的！"说得晏琦也笑了。

七

天气一天热似一天，教室没空调没风扇，学生们拿着作业本扇风，扇得"哗啦啦"一片声响。化学老师只当没看见，她自己都恨不能扇上几下。

讲得告一段落，写个化学方程式，叫学生上来"配平"。她一点点到顾芸的名字，再点点了晏琦。

顾芸这一阵心神恍惚，经常走神，这时手握粉笔朝着黑板发呆，思想完全不能集中。那数字和字母大大小小，探头探脑，像在嘲笑她的无能。越想镇静越是迷糊，拈着粉笔的手迟迟落不下第一笔。

那边晏琦已经计算出答案，只待下笔，一瞥间见顾芸僵在那里，自己要是下笔如有神，岂不是更衬出她的失败？她可禁不起新一波的刺激。晏琦盘算了一会儿便说："对不起老师，我算不出来。"

化学老师难以置信："还有你算不出来的题目？"看他的样子不像开玩笑，这道题有这么难吗？她和顾芸同时浮起这个疑问。

晏琦很坦然，似乎是真的马失前蹄；顾芸却陡然心中一热。她又看了看晏琦，咬着嘴唇，低下头去。这样护她脸面，唯恐她受伤害的男孩子，令她心里一阵柔柔的悸动，霎时间好像卸下了什么，又多出点儿什么，几分酸楚，又有一线甜意。

"下去吧。"化学老师不悦地说，"下午放学前算出来给我。"

晏琦答应着走了，他个子高，坐在中间偏后的位置。顾芸身形娇小，坐在前排。她缓缓走向位子的一瞬，正看见他从容走向后方。他的影子掠过半拢的苹果绿的窗帘，掠过洒满阳光微有破损的玻璃窗，掠过受了潮的半旧的侧墙。影子和人一起坐定，微风拂过他的前刘海。顾芸蓦然感到丝丝缕缕的喜悦，百转千回，伴着无声的音乐，她也坐下了。在视觉上，晏琦脱出了她的视线，但刚才那个短短的瞬间，仍在脑海里载浮载沉。

晏琦当晚把他的大作写完了最后一章。关于顾芸的结局他反复推敲了好久，是让她大破反派，一统江湖，还是为了侠侣，为爱牺牲？他在小房间发愣。

书桌紧贴着前面的墙壁，右边是百叶窗，左边是书橱和房门，身后是舒服惬意的单人床。他在这宁静窝心的小环境里搅动武林风云，最后终于灵感突发，让顾芸与爱人因误会大打出手，又在决战时刻放了爱人一马，自身身受重伤。他全没想到这是在克隆《东方不败》，倒觉得于顾芸的性格天造地设。他相信她一定钟意。

小说原是用铅笔写的，传阅的人太多，字迹磨得模糊不清。他兢兢业业用圆珠笔一个字一个字描红似的描了一遍，这下子这部“不朽之作”可以保存久远了吧？

次日在课堂上，他将小说给同学们看，一个看完传给另一个，击鼓传花一般传到了邵珊珊那里。邵珊珊用右臂拦住王宇的目光，如饥似渴地读起来。王宇有过“举报”的前科，她对他加意提防，寸步留心。王宇黑着脸——他平时就脸黑，心情不好时尤甚——心想：神气什么？我还懒得看呢！

再传了几个，中午第三节课上总算到了顾芸手里。她看着“自己”与心上人刀剑相向，死得凄美，不禁柔肠寸断。若是生在小说里，她或许真会那么选择。看完最后一行，舍不得传给下一位，她合上封面，怔怔地出神。隔着第二、第三小组，晏琦在靠南墙的第一小组把她的神态尽收眼底。

放了学，顾芸一个人回家。车坏了，夏日的黄昏清凉美好，她乐得安步当车。她回想小说结尾，忽然冒出个荒诞的念头：会不会跟班长偶遇？电视和小说里经常有这样的桥段，小城能有多大，也许没出校门就邂逅了？也许在校门外遇到，互相打一个心照不宣的招呼？

事实证明小说还是小说，她的确偶遇了同学，却不是晏琦，而是侯靖泽。

她发现侯靖泽正在跳格子，松树下，一个颇隐蔽的角落。两人一个照面，双方窘迫。不说话显得古怪，顾芸便问他在干吗。他答“跳格子”。一问一答大可省略，却也打破了僵局。顾芸又说：“是你画的？”她指地上的格子，红色的，大约是用碎砖块的一角绘制而成。侯靖泽摸摸头说：“不知道谁画的，我看见了，过来玩会儿。”顾芸这才问到真正想问的：“不回家吗？作业很多的。”

侯靖泽顿了顿才说：“不想回去！”顾芸听出来了，是跟家里闹了意见，典型青春叛逆期的作风。至于她自己也在青春期，她却想不到。这一时段的少年，倾向于认为自己是独特而成熟的，思想深刻远胜同龄人，比起父母辈也不遑多让。这也就是为什么，父母的意见格外听不进去的缘故。

有女生在旁，侯靖泽不好意思再跳，拎起书包要走。顾芸和他并无深交，当下也准备掉头。侯靖泽却叫住她说："你跟爸妈吵过架吗？"顾芸道："我不吵架，但他们说得不对，我就不听。"侯靖泽点点头："也是个办法。"

他看向西边的天空，夕阳在地平线上掩脸沉没。平常这会儿他早就到家了，父母多半开始担心了吧？他叹了口气，又坐到树下花坛边："我越来越不想跟我爸妈说话了，自以为是，不理解我，什么都问，什么都管，又管不到点子上。"

顾芸侧头思忖片刻才说："你总不能一夜在外面吧？反正你也让他们着过急了，他们应该能和你好好谈谈了。"不回家，心不安；要回去，心不甘。进退两难的当儿，顾芸的话让他找到了台阶："你说他们很着急，也后悔吗？"顾芸说是。侯靖泽向着看不见的"敌方"展现了胜利者的大度："那就回去吧，把心里的想法跟他们说说。"顾芸忍住笑说："对的。"

他们离开花坛，跨过铁锈红的格子，作别那棵状貌威严的大松树，一起出发。侯靖泽回头看看说："松树像我爸，远看挺好，近看全是戳人的松针，树皮还蹭得手疼。"顾芸被他新奇的比喻逗得咯咯而笑。侯靖泽惊觉自己竟能说出让女孩子佩服的话来，信心倍增，越发口若悬河。顾芸懂他的优点，光是这一点就值得他赴汤蹈火。他觉得才半个小时他们已经是很多年的好伙伴，于是大胆问她："你是不是……有点儿喜欢班长？"

顾芸傻了，讷讷地，不敢承认，更不愿否认。侯靖泽拍手笑道："一猜就中！别问我怎么晓得的，上次班长英雄救美，后来又有意不做化学题陪你挂黑板……"顾芸顾不得女儿家的羞涩追问："你说他是有意的？"侯靖泽笑道："别人看不出，我还看不出吗？后来他回座位，你一直看到他坐下来你才下讲台的。"顾芸顿时急了："其他人会不会也……看出来了？”

她对他居然毫无隐瞒，这令他十分感动，他拍胸口保证没有别人注意：“我这么聪明的有几个啊？”他向来是丁鹏的小跟班，学习平平，才艺平平，体育平平，平生第一次，在异性面前发觉自己的智慧与重要，感觉妙到无可言喻。他最后甚至说要帮顾芸和晏琦撮合。顾芸大惊失色，说等中考毕业后再说啊，又说女生怎么能先找人表白，又说晏琦对她可能只是单纯的帮助弱小。她所有的理由在侯靖泽那儿统统不成立，原因无他，就是他想证明自己：“班长还请我和汪旭到他家住过，不是吃饭啊，是住了一整晚！我们有交情的。”他把和父母闹别扭的事忘到了九霄云外。

侯靖泽说干就干，要是在学习上这么雷厉风行，他的成绩早已突飞猛进。顾芸阻止不了——或是半心半意，潜意识里没想认真阻止——只能任由事态往前发展。侯靖泽上课给晏琦传纸条，说下课冷饮店见，有要事相商。晏琦不明白这话为什么还要跨越小组特意传个纸条。下了课，二人在一楼楼梯凹槽处的冷饮店碰头，侯靖泽请班长吃香蕉冰激凌，当时相当高级的一种冷饮。他自己喝汽水作陪。晏琦问他究竟什么事，侯靖泽拉晏琦出门到右侧人少处磕磕巴巴发表了一通糟糕的演讲。他边说边恨着自己，明明昨晚打了通宵的腹稿，激动得一夜没睡踏实，立志要促成好事，让晏琦刮目相看，让顾芸钦佩感激。事到临头，竟表达得如此拙劣。他一面说一面感到绝望，嘴上不时问着：“是吧？是吧？”心里却喊：“完了！完了！”

他说完眼巴巴等晏琦的回复，盼望能出现奇迹。晏琦只说了句“无聊”，把香蕉冰激凌的五彩包装纸朝垃圾桶里一扔，走了。侯靖泽挫败得几乎滴下泪来。

他想不到他这番话不是白说的。晏琦回家做作业，竟有些心不在焉，是侯靖泽大包大揽，还是顾芸授意他做的，还是他从顾芸那里听说了什么，部分得到了顾芸的默许？一想到侯靖泽能和顾芸分享这样的秘密，晏琦心中便有一丝不快。

他来到客房，灯也不开，坐在沙发上，双手托着腮。前面是张四四方方的玻璃小桌子，桌上放着靛蓝的天鹅颈般修长弯曲的花瓶。有几本浅显的科普读物，是他那热爱阅读和文化的妈妈闲来翻看的。因为他家客厅较小，事实上只当餐厅用，这间客房无形中顶替了客厅，有客人来，往往就朝这里带。沙发漂亮，壁画也不俗，只是右侧靠阳台门那里一架落地大穿衣镜和两个木头箱子有些煞风景，但看惯了就也还顺眼。他对顾芸可会也是看多了才顺眼了？他不能确定他对她的心思。

他给汪旭打了个电话，叫他到阳台上来。两家挨得极近，只不过汪家是2幢的右户，他家是3幢的左户。他问知汪旭父母都在另一间屋，才放心把侯靖泽的话告诉汪旭。汪旭反问："你喜不喜欢顾芸呢？春心动了？"他本能地否认。汪旭便说："那你烦个什么？拒绝了完事。"他说得这么斩钉截铁，却又有违晏琦的心愿："也不是说一点点都不喜欢。"汪旭先是大感兴味，随后表示被晏琦弄糊涂了。喜欢就是喜欢，没感觉呢就是没感觉，不喜欢而又不是一点点都不喜欢，好像说三角形是最稳定但又不太稳定的图形，不是自相矛盾吗？

楼下在放音乐，是唱到街知巷闻的《来生缘》。二胡声如泣如诉，歌声缠绵悱恻，把两个少年的密谈染上了一层凄哀。天空中一轮明月，大而清亮，是晏琦的，也是汪旭的，是从茫茫人海里升上来的，也是超尘拔俗、俯视人间的。虽没经过什么生离死别，这一刻，晏、汪二人还是不约而同觉得伤感。浮云朵朵，素月生辉，乐声潺潺，就在这样的情境下，晏琦说出了他的真心话："我跟她不可能——因为她最先喜欢的不是我！"

他是介意顾芸之前倾心于丁鹏。他的极度骄傲与自尊使他过不了这个坎儿。汪旭明白了，然而无能为力，他不能像周星驰在《上海滩赌圣》里那样穿越到过去改变历史。他和晏琦同时又听到了楼下飘来的娓娓歌声。

八

这天下午，一次紧张的小测验刚刚结束。题量大，难度高，老师还看得特别严。奈何上有政策，下有对策，任他物理老师如何眼观六路，仍然防不住众学生暗度陈仓。邵珊珊与王宇这对互相看不顺眼的老冤家暂时搁置争议，你看看我的填空，我看看你的单项选择。能对的答案都对光了，到后面的大题目只能尽量扫一下对方的解题步骤。逐字照搬，势所不能。

丁鹏趁老师背过身去，一把拽过身后同学的卷子一顿狂抄，待老师走到尽头将要折返，再闪电般把卷子归还。兵行险招，考验的是胆量和定力。有些心理素质不佳的，曾抢过人家的试卷，还错了自己的卷子。这种乾坤大挪移的低级错误丁鹏是绝不会犯的。

晏琦从来不作弊，但会不动声色地让人家作他的弊，比如把试卷往左边推推，自己专心致志检查右半张卷子，让同桌饱览左半张的风光。有时他也照顾到后边的同学，做完了，身子让开一点儿，让后座同学的目光穿过他的胳膊弯，像某些人的做事风格一样，曲曲折折到达目的地。

侯靖泽、顾芸这类成绩一般的，通过互相帮助，能有效提高分数，堪称合作愉快的典范；也有个别运气不好的，前后左右同学的成绩都同他一样差，张三李四不抄王二麻子，只得丢硬币的丢硬币，扔橡皮的扔橡皮——四面刻了 ABCD——一切交给上天，真是既有道家乐天知命的豁达，又像失恋者万念俱灰的放弃。

坚持不抄人家也不给人抄的只有汪旭，在这一点上同学们说他像灭绝师太一样固执。这也部分地解释了为什么他一出洋相，全班跟着起哄。台面上的理由只是现象，台面下的理由才是理由，颇有几分办公室政治的味道了。

物理考完了，老师刚走，数学老师又抱着上次小测验的试卷来到。

他是个火气很盛的年轻人，衣衫不整，常有一圈蓝色内裤露在外面，仿佛年少时的谢霆锋。丁鹏曾经研究过他为什么一年四季穿蓝的，还说颜色酷似五水硫酸铜，充分说明了某些他感兴趣的知识点还是记得住的，尽管在实验室里他束手无策。

数学老师摊开试卷，音调铿锵地报分数：“刘涛100第一名，晏琦99.5第二名，季艳萍98第三名，朱涛97第四名，石露95第五名……”报了七八个以后，到了中等偏上的汪旭：“88第十四名……”点兵点将，顺流而下，到了二十几名的顾芸、三十名的侯靖泽、四十多名的邵珊珊、四十大几名的丁鹏、五十三名的王宇——刚好倒数第三。

报罢分数，数学老师说：“这次的卷子要家长签字。某些考得差的同学不要自作聪明，不敢给家里看你的分数，就随便找邻居还是熟人瞎签。邻居是你爸爸？熟人是你妈妈？还要个脸吗？”丁鹏心道：“我就找疼我的亲戚代签，就不让爸妈知道，我认干爹，你管得着吗？”

数学老师把最后三张试卷翻了翻，不提倒数第一第二，只叫王宇站起来。王宇黑着脸起身，一脸晦气。数学老师抽出他的试卷大步流星走来，直接把卷子摔到他脸上：“你这个几何题错得很有创造性啊，还知道装模作样画一条辅助线，还注明：这是对角线，也是中线，也是中位线，然后一步到位，由此可得，直接就证出来了！”

大家一阵开心的笑。数学老师又道：“这个世界上要是有这么一条线存在，我还出这道给你做什么东西？”大家又是一阵没心没肺的大笑。难得丁鹏心态好，五十步笑百步，笑得全班最响。

劈头盖脸一顿训斥后开始讲卷子，王宇恨恨地瞪了丁鹏一眼，心想：你我大哥二哥别说麻子哥，你笑个屁啊？下回叫你知道我的厉害！他的厉害就是“举报”，而要抓丁鹏的小辫子实在是件太容易的事，像有位智者说的：“小辫子比新疆姑娘的还多。”

数学老师心情不好，讲个不停，拖堂了很久。他一宣布下课，男生们一哄而出，奔向厕所。汪旭假装淡定，摸摸书本，摸摸文具盒，收收圆规、三角尺，直等该走的都走了，他才鬼鬼祟祟掩出教室，扶墙摸壁绕到后边，转弯抹角溜进高中部的厕所。这里没人认识他，没人打趣他，没人嘻嘻哈哈瞄他据说不寻常的下体。

饶是如此，他还是落下了心理阴影。旁边如有个人并排，他就紧张得尿不出来，越急越尿不出，好几次身边的高中生奇怪地看他。保持着小便的姿势一分多钟还撒不出，也难怪人家诧异。今天还好，错开了高峰期，厕所没人。他一边畅快地排泄，一边苦恼地想：什么时候才毕业啊！

等他回到教室，政治老师已经在了，险些要算迟到。他回到座位上，喘了口气，听老师说："请同学们把练习册拿出来。"

一阵窸窸窣窣拿书的声音，汪旭等都拿了出来。顾芸却面露难色，一双手在抽屉里捞来捞去，徒劳无功，显然是没带。汪旭向晏琦使个眼色，晏琦正想找个法子给她遮掩一下，侯靖泽遥遥地一抛，把他的练习册不偏不倚抛到她桌上。她呆了一呆，忙看老师，老师正低头翻点名簿；她又看侯靖泽，神色间在问："你怎么办？"侯靖泽扮了个可爱的鬼脸。

晏琦没料到侯靖泽为了顾芸还有自我牺牲精神，不由五味杂陈。

政治老师拿着书下来领读，边走边巡视，走到侯靖泽那里，不满地看了他一眼。侯靖泽乖顺地站起来，说"忘带了"。念在他面有愧色，知耻近乎勇，老师淡淡地说："坐下吧。"侯靖泽坐下，把头伸到同桌那里共看同一本。

顾芸心里充满了不忍，汪旭心里充满了不解，晏琦心中则充满了不快。

九

隔了一个周末，同学们重返教室，各自说得眉飞色舞。有的说在录像厅连看了《鹿鼎记》《神龙教》上下集，有的说在有线电视里看了《太子传说》《明月照尖东》姊妹篇，有的说跟家长去了黄海湿地看麋鹿、丹顶鹤，有的索性去了邻市走亲戚，别提多快活了。幸福的是占少数，大部分同学被强制待在家里看书复习，就算家长不在家，也会在电视、音响上做记号，只要儿女越雷池一步，就会留下痕迹，付出代价。

众人正在这里说着，丁鹏进来了。众人一见他的新发型，个个忍俊不禁。那是模仿台湾歌手黄安剪的，却剪得不伦不类，沦为不折不扣的低配版：前额半边垂着发，右边一条剃得光光的“走廊”直通耳朵。侯靖泽、王宇等直言“简直丑疯了”。侯靖泽原是丁鹏的小兄弟，现在他站在顾芸一边，话就来得直接了。晏琦微微一笑，与汪旭交换了一下不屑的眼神。

福无双至，祸不单行，顶着这样一个奇异的发型，受了老师、同学一上午的冷嘲热讽，班主任吴老师甚至叫他“不如剃个光头”，气得他心里直叫她的外号“后妈”。临到中午，他却又承受了一个新的打击。

邵珊珊叫住他，面如寒霜，把一个大塑料袋往他怀里一塞：“喏，焦小玲退给你的。”丁鹏愣了，半天才说：“干吗把我送她的礼物还我？”邵珊珊冷冷地说：“问你自己呀！你自己花心，在外面勾三搭四，她为你吵了多少架打了多少人伤了多少次心啊？要是玩玩的还罢了，这回你跟‘二中’那个校花胡阅寒是来真的吧？”

胡阅寒三个字一出口，丁鹏立知大事不妙。他抱着一大袋附载着美丽回忆的礼物，讪讪地笑着，掩饰内心的慌乱：“她不会真要分手吧？”

“她会！你连专一都做不到，谈什么恋爱？你哪点配得上焦姐？”邵珊珊掉头就走。她的决绝折射的是焦小玲的寒心。丁鹏生平第一次想到“责任”之类的词汇。他把她哄回来太多次，而这次怕是再难挽回了。

他消沉了许久，久得令晏琦感到奇怪，原来此人和那张牙舞爪的女土匪之间居然有真感情。他原以为他们是逢场作戏来的。

世事变幻，出人意表者多。就在丁鹏惨遭分手后十几天，语文老师出了车祸，幸而性命无忧，但中考以前都不能指望来上课了。代课老师是个小伙子，脸嫩得出奇，胆小得只敢看讲义夹子，哪一分钟讲哪个小笑话都标注出来了——所以一点儿不好笑。

他在黑板上画了个谁也不认识的东西，问“同学们这是什么?”谁也答不上来。他奓着胆子抬头横扫大家一眼，失望地低下头去，鼓起勇气说：“这是一辆纺车。”汪旭小声说：“还以为是辆摩托。”老师振作了一下说：“下面我们就进入到第四单元的第一课《记一辆纺车》。”汪旭等这才知道他画这个又像摩托车又像牛车的图案的深意。侯靖泽“扑哧”一声笑了。这笑声会传染，一桌传一组，一组传一室，明仗着才来的老师好欺负，笑得无比嚣张。语文老师涨红了脸，站了半天，把书一摔，惨叫一声：“太恶劣了!”跑出去了。这里王宇还在学他说“太恶劣了”。

半小时后晏琦按照吴老师早前的通知，组织大家到大礼堂参加联欢会。五个班的学生济济一堂，各据一大方阵。丁鹏见到焦小玲和她的姐妹们，像丧权辱国的奸臣见到洋人，笑得又谄媚又心虚。焦小玲对他视而不见，既下了决心，就不走回头路，这是她的爽利干脆处。早知如此，倒不用那么大阵仗去打顾芸了。想到这里，她在人堆子里找顾芸，觉着她们同是丁鹏的受害者。顾芸的视线遇上她的，本能一缩，随即冷冰冰地看了回去，仍是沉默的抗议。焦小玲叹了口气，心想要不是丁鹏这王八蛋，她和她倒也许能做朋友。

演出开始，因有五个班在座，难免带些攀比。五个班主任在第一排说说笑笑，内心却在较劲。第一排最边上坐着新来的实习老师，“太恶劣了”那位。后来听说就因为在（3）班首次亮相失败，导致教务处和几个副校长对他印象不好，班主任们也不待见他，他没能转正留下，被灰头土脸原封退了回去。很多年后晏琦和顾芸、侯靖泽三方视频时说起这事儿，依然觉得刺心。

（3）班各科成绩遥遥领先，其中晏琦更是尖子中的尖子，四门主课、三门副课总分年级第一，可说到文艺人才，就不如（1）班（2）班了。只见人家川流不息地上去唱歌、劲舞、打快板、变魔术，（3）班只有汪旭、侯靖泽出了一个双人诗朗诵：“我是你河边上破旧的老水车，数百年来纺着疲惫的歌……”赢得了颇多掌声，为吴老师挽回了些许颜面。邵珊珊反串演唱的梁朝伟的《一天一点爱恋》石沉大海，除焦小玲等几人捧场，并无反响。

真正绝地反击的还是顾芸。她报名参加演出这一举动本身就够出乎意料的了，压根儿没人知道她会唱歌。如今她站到舞台中央，深情地唱起《风中有朵雨做的云》，声音是不像孟庭苇，可节奏、音准、音色、气息却都无可挑剔。她明显有备而来，从衣服就看得出来：穿着水蓝色长裙，在灯光下愈显亭亭玉立。谁也想不到她的台风、唱功这么出色。晏琦、侯靖泽都听得出了神，丁鹏、邵珊珊、焦小玲等瞠目结舌。这是那个被打倒在地，又是灰又是血染了半张脸的女孩子吗？他们几乎不敢相信自己的眼睛。

顾芸唱完后，在同学们的热情鼓舞中“返场”补了一首《谁的眼泪在飞》。这首她没准备伴奏，手拿话筒清唱，就这样她仍然唱得如怨如慕、荡气回肠，丝丝入扣地诠释出原唱的忧伤、浪漫与空灵。（1）班班主任叹道：“这孩子像专业的一样！”吴老师得意地谦虚：“哪啊，是你们鼓励她。”

毫无悬念地，顾芸拔得头筹，斩获冠军。那是初三（3）班毕业前最后一次联欢。

顾芸这惊艳一唱令她在班上扬眉吐气，连带的整个人也自信了不少。这天学校放“忙假”——给家在农村、郊区的同学时间，帮着大人收割稻谷，一年两熟，正是夏忙时——倒让市区的学生跟着沾光，享受了两天假期。顾芸听汪旭说晏琦几天没来上课是生病了，便约了侯靖泽去看晏琦。主动约一个男生去看另一个，在她，是极稀罕的事，还是因为唱歌大获成功，让她找回了自己，做起想做的事来就比较有底气。

晏琦的母亲引他们到房间，一人倒了杯果汁。晏琦倒不是想象中病骨支离的样子，只是气色有些委顿。他半躺在父母的床上，脑后垫了大软垫，半睡半醒地看着日本动画片《圣斗士星矢》。儿时的《米老鼠和唐老鸭》、初一时的《猫和老鼠》、初二时的《机器猫》现在都嫌幼稚了。《圣斗志星矢》想象奇幻，格局雄大，剧情热血，不走低幼路线，正适合他这样半大不小的年龄段。

他本来听说有同学来，还在奇怪，汪旭昨天来过，其他还有谁有这个登门探望的交情？见到顾芸，心中一喜，再见到后面的侯靖泽，不由得大失所望。他招呼他俩一起看动画片，回答他们的关心询问，不失礼貌，同时也缺乏感情。侯靖泽是个粗线条的，还只管问：“圣斗士打完黄道十二宫了吗？雅典娜得救了吗？”顾芸却敏感地觉到晏琦的疏远与冷淡。她不知道他们做错了什么，半是惶恐，半是委屈，也就没什么话。

侯靖泽问怎么不看有线电视。晏琦拿遥控器换了一轮。一台在放《日月神剑》，二台放的是《新白娘子传奇》，三台播的是《蜀山奇侠》的续集《仙侣奇缘》，都精彩，倒造成了侯靖泽的选择焦虑。这幸福的烦恼没有持续多久，顾芸又调回了《圣斗士星矢》，说“生病的人最大”。

侯靖泽说他早就不看动画片了，他最喜欢成龙，特别是《警察故事》。晏琦便带些反击的味道说那为什么好多人比如汪旭最崇拜李连杰呢？侯靖泽心无城府，笑向顾芸说：“上回在班长家我和汪旭争了好一会儿呢。”他问晏琦的偶像是谁，晏琦半开玩笑地说是他自己：“我不追偶像，我将来要当别人的偶像。”说得侯靖泽和顾芸不敢吭气儿。这等雄心，他俩可从来没有过。

侯靖泽上次来印象最深的是CD机，他便带些优越感地叫初来乍到的顾芸来看机子上的碟片。晏琦的父亲是个乐盲，为了迁就儿子的口味，却买了不少流行金曲的光碟。看着碟片的封面，顾芸仿佛听见了张国荣的魅惑、梅艳芳的沧桑、周华健的练达。

顾芸伸手拨了一下音碟笑道：“还有唱戏的碟片？”晏琦简洁地说：“我妈听的。”顾芸念着那些陌生的名字道：“淮剧《牙痕记》，锡剧《珍珠塔》，扬剧《百岁挂帅》。”侯靖泽笑问晏琦：“你喜欢听吗？”晏琦笑笑说：“起码到目前为止不喜欢。”他的语调始终不咸不淡。

晏琦的母亲叫两个同学留下来吃中饭，顾、侯二人都推辞，晏琦母亲苦留，还把他们带到厨房让他们看她摆开的阵势：菜椒、胡萝卜、生菜、鱼、虾、排骨，绝不止一家三口的菜量。侯靖泽便有些动心，只看顾芸。顾芸犹自迟疑，晏琦母亲一边用筷子在碗里当当当地搅着鸡蛋一边笑道："听阿姨的，就在这儿吃，回头给你们家长打个电话说下。"顾芸见她留得诚恳，只得应了。她观察着厨房，小小的，长条形的，往右过门就进了洗手间，洗脸池和浴缸都是乳黄色。厨房、洗手间呈一条直线的户型，她还是首次见到。是晏琦家的陈设，她都觉得好。

二人参观了晏琦的小房间，床头墙上干干净净的，不像一般男生贴许多明星、球星的巨照。书桌上秩序井然，左上角有个小地球仪。侯靖泽以过来人的身份向她介绍："窗子对面就是汪旭房间。"顾芸惊叹："这么近啊？"

又到客房转了转。晏琦母亲叫他们"随意"，两个孩子也真的挺随意。沙发右侧堆着两个大木头箱子，上层的箱子铺着旧的《戏剧电影报》以防落灰。报纸上压着针线盒、盛牛奶糖的透明塑料盘子。晏琦母亲常在这里就着阳台门口的光做针线，给爷儿俩缝缝补补。顾芸暗暗地羡慕阿姨。

再到客厅看看，就是一张餐桌、一个华意·阿里斯顿的冰箱、一个落地嫩绿叶片的电扇，冰箱上搁着电话。顾芸、侯靖泽各往家打了个电话，顾芸的母亲答应得很痛快，侯靖泽家长却好一番盘问，生怕儿子撒谎，到哪里野去了。当着顾芸，侯靖泽脸上格外下不来，不耐烦地说："好了好了！""扑通"一声挂断了。

回到主卧的床边坐下，三人有一搭没一搭地聊天。侯靖泽忽笑道："为了来看你，错过一场决斗。"晏琦说："什么决斗？"侯靖泽笑道："王宇举报丁鹏，被丁鹏知道了，约王宇今天中午到学校操场单挑。放'忙假'前你就生病了，所以不晓得。"晏琦笑笑说："理王宇干吗？不值得。"顾芸微笑道："丁鹏不这么想啊。"晏琦点头。侯靖泽兴高采烈地说："好多同学约了看呢！"又若有所失地叹息，"不知道打得怎么样了。"

晏琦含笑听着侯靖泽的抱怨，眼睛还是望着电视里的动画。“不死鸟”一辉与第六宫黄金圣斗士沙加正在激斗。操场上，丁鹏与王宇也扭打到了一起。动画里，圣斗士的交手光芒四射，惊天动地；现实中，丁、王的决斗却非常具有人间特色，在地上滚来滚去，一会儿这个翻在上面，一会儿那个又翻了过来，抓头发撕裤子抡拳头，毫无美感。电视里，沙加使出了绝招“六道轮回”，气势惊人，功法诡异；现实中，丁鹏也使出了他的绝招，一脚踹中王宇的膝盖。电视里一辉反败为胜，绝地求生；现实中王宇却未能逆袭，从头到脚挨了一顿暴捶。从此以后，王宇再没“举报”任何人，这鼓励打小报告、互相揭发的风习也在未来几年逐渐式微，直至退出了历史舞台。

晏琦母亲过来通知饭马上好了，估摸着晏琦父亲也快回来了。晏琦说好的。母亲向顾、侯二人笑道：“这孩子有什么都跟他爸爸说，跟我不亲。”晏琦笑道：“放在心里亲。”说得顾芸、侯靖泽齐笑。母亲伸手待要在他头上打个爆栗，却终于只是温柔地摸了摸他的脑袋，把前额的发丝顺了顺。她边扶他起来边对顾芸说：“等下吃饭，把你们上课的情形说给阿姨听听。”顾芸说：“班长不说给您听吗？”晏琦扶着母亲下床说：“她听不够的。”数十年后，顾芸还记得晏琦母亲接下来说的那句话：“就羡慕你们有十几年时间好好念书，我们那一代，多少人被耽误了。”她是笑着说的，话里的沉痛却要他们也人到中年后方才能够体会。

十

晏琦的感冒拖拖拉拉的总算是好了。初三了，即使学霸如他，也不敢掉太多的课。他父亲心疼他，不叫他骑车，自己开着摩托把他往学校送，一路风驰电掣。开车的当然比坐车的危险一点儿，父亲却执意把头盔给晏琦戴。他路上问问班上的同学，顺口问到儿子有没有女朋友，晏琦急忙否认，说全班只有丁鹏有女朋友，还是隔壁班的，不过已经分手啦。父亲大笑，说“闪电般的早恋哪”。这些话，晏琦同母亲不会讲的，是“男人间的话题”。

到了校外，晏琦跳下车。父亲伸手待要拿回头盔，晏琦却自己伸手取下，帮父亲戴上，系好下巴上的扣子，一丝不苟。父亲想要说什么，终究什么也没说，大手掌摸摸儿子的头，掉转车头走了。

晏琦人是来了，却还带着些咳嗽。顾芸很想问候一下，碍于众人的耳目和晏琦上次的态度，纠结了一节课还是没说。晏琦看她怏怏的，也猜到她的心思，但也不好反过来去亲近她。

他无意中一瞥，看到汪旭痛苦变形的脸，吓了一跳。汪旭忍了又忍，嘴唇都失了血色。只因这一堂是班主任吴老师的英语课，她惯常严厉，不容违拗，在她的课上，从来没人敢举手请假。

吴老师在讲语法，主谓宾是容易懂的，及物动词和不及物动词就要在脑子里稍微多过一过。晏琦一面这么想着，一面又分心关注汪旭。看样子对汪旭来说分分秒秒都是煎熬。

天幸走廊上跑来一个学生，说副校长请吴老师去有紧急的事。紧急到要中断上课，一定不是小事。吴老师人已经出去，不忘回转身来吩咐：“要去厕所的去一下，其他人自习。”汪旭如逢大赦，箭一般射了出去，险些儿撞到还没走远的吴老师身上。吴老师懒得理他，径自下楼。晏琦暗暗发笑，汪旭一副病魔附体的表情，原来是拉肚子。但他转念想到一个新问题：汪旭情急之下，肯定是去了附近初中部的卫生间，班上男生会不会……

答案是会。丁鹏他们使个眼色，一股脑儿跑了过去。晏琦也跟过去随机应变，以防他们欺人太甚。

他赶到那里的时候，汪旭已经提着裤子站了起来。丁鹏他们因答应过晏琦对汪旭不能太过分，因此没什么大的动作，但你看看我，我瞅瞅你，眉毛眼睛官司打得热闹。无形的压力不见得更容易承受。汪旭急急慌慌系腰带，越急越系不好。一男生胳膊肘碰碰另一个，忍笑不言，另一个跟丁鹏耳语。

在这诡异的状态中，晏琦突然做了一个大胆的决定，他走过去对汪旭说："陪我小个便。"汪旭愕然："我现在挤不出来。"晏琦笑道："试试看。"汪旭与他眼神一对，蓦然明白了他的意思。他是要一劳永逸，根除症结。汪旭犹疑，晏琦笑道："还得我帮你？"

汪旭在晏琦的注视下，几分钟后，硬着头皮解开腰带。晏琦立刻站到他身边，二人并排。丁鹏他们哈哈笑着凑上来看，又失望地发现并没有什么稀奇。晏琦笑向他们说道："他的人体构造跟你们没区别吧？"一男生说："那他为什么不上厕所？"晏琦笑笑说："你说呢？换你你能无所谓？"那男生语塞。

汪旭在众人"关注"之下先是紧张得无法小便，后来稍许适应了，又听到身边的对答，又发觉大家看自己与他们并无差别，不那么看外星人似的看他，突然间就能顺畅撒尿了。他惊喜地看看晏琦，仿佛在说："看，成功了！"晏琦也笑吟吟的。

待二人都系好腰带，晏琦说："以后汪旭天天陪我来几趟，欢迎参观啊。"丁鹏等笑说："又不是特别大，又不是没长毛，有什么好看？"众人纷纷摇头表示没兴趣看了。

汪旭跟在晏琦后头走出卫生间，有个男生经过他旁边，信手在他肩上拍了拍。这寻常的友爱的举动是久违了，他浑身一震，陡然号哭起来。

这是一场迟来的哭泣，是一场暴风雨般的发泄，是压抑已久后的彻底释放。他就直挺挺立在那里，眼泪鼻涕、毫无形象地大哭。同学在他也不管，陌生人经过他也不理，天塌地陷不能阻止他这奇突凶猛的一哭。

丁鹏他们都傻眼了。他们压根儿没想过，那些零零碎碎的玩笑、点点滴滴的猜测、若有若无的孤立会把一个快上高中的男孩子逼到这个程度。他们在汪旭痛彻心扉的哭声里领悟了一些什么。尽管此刻还是模模糊糊的，种子是种下了。在往后的岁月中，他们因这哭泣少说了许多伤人的言语，多留了许多做人的余地，汪旭一个人使他们一群人得到了成长。

这场哭像夏天的急雨，来得迅猛，去得迅速，下过雨就是艳阳天。男生们重新接纳了汪旭，他再不是那个只能跟晏琦、侯靖泽玩儿的倒霉鬼。他们一起学习，一起游戏，一起分析“女生”这个近在咫尺又万分神秘的物种。

这天大扫除，汪旭、侯靖泽一边扫一边在那儿唱《戏梦》：“他们说人生一场梦又何必太计较，青春正年少我应该大声笑。岁月如飞刀它刀刀催人老，再回首天荒地老……”连打扫的节奏都随着歌曲的拍子，扫得灰尘四起，唱得兴致盎然，不惜大口大口地吃灰。丁鹏他们笑说林志颖的歌不够劲，在另一边吼起了《星星点灯》，唱完了又是《水手》。两边对唱对叫对笑，都要把对方压下去，晏琦微笑着自己擦窗子。

文斗不过瘾，开始“武斗”。他们用扫帚、拖把做武器，用水桶做防御，更把粉笔互射了一地。丁鹏双手合十，大叫：“大威天龙，世尊地藏，波若诸佛，波若嘛嘛哄！还不现形？”他料不到三十年后电影《青蛇》里的这些片段会剪成鬼畜视频风靡全国。汪旭大吼：“孽畜，你偷天换日，鱼目混珠，我一眼就看出你不是人！”

当下以丁鹏和两个男生一方，汪旭、侯靖泽另一方，绕室追逐，蹿高伏低。晏琦索性停手观战，等他们闹完了再收拾。

双方厮杀到白热化时分，粉笔头暴射如雨。猛听侯靖泽叫声“哎哟”，弯下腰去。众人上前一瞧，左眼已经肿了，眼角膜也在充血。丁鹏惊道：“没事吧？”又骂两个小弟兄，“谁扔的粉笔，没轻没重的?!”

连晏琦那样素来镇定的人，也在侯靖泽的哀号中变了脸色。他和汪旭一边一个架起侯靖泽就往校医务室跑。丁鹏忙命令：“把教室打扫好了，粉笔头扫干净丢掉，别找事了，不然‘后妈’又骂！”

两个男生惊魂初定，诺诺连声，快手快脚地清扫起来。丁鹏望着晏、汪、侯三人的背影，脸上满是焦虑。

校医略一检视，匆匆处理，就让送医院眼科，竟是个好大的症候。晏琦叫汪旭找吴老师汇报，他联系侯靖泽的父母再护送侯靖泽去人民医院。好不容易在眼科挂上了加急号，已经忙得T恤里外湿透。

侯靖泽进去检查了，他的父亲先以为晏琦是始作俑者，脸色难看，后来问明情由才不作声。他母亲则一直在哭。侯父终究是有些感激的，他让晏琦先回去，他们守在这里就行。晏琦这才筋疲力尽地回了家。隔了两三天，侯靖泽笑嘻嘻地回校了，左眼蒙着纱布。吴老师有一次在晏琦去汇报班费统计结果时提到这回事，罕见地露出了女老师的柔情："糊涂孩子，不知道厉害，还笑呢！我听他家长说，他左眼怕是消肿以后也好不了了，一辈子弱视，唉——"把晏琦听得目瞪口呆。

吴老师的柔情昙花一现，随着中考脚步的逼近，她对大家的监管也空前严厉起来。这天下午她走进教室，开宗明义便说："剩下来这段时间，你们就别指望好过了，都给我收收心。这回不是期中、期末考试，你们在成绩报告单上弄鬼，改个分数改个名次糊弄家长，临到开学再改回来还以为把我蒙在鼓里。这次是上战场，是打仗，是玩命，真刀真枪，那套小把戏用不上！不怕告诉你们，我刚当选年级组长，有权不用，过期作废，我已经把全年级实力最强、最严格的各科老师全集中到我们班上来了！还有，音乐、美术、体育、手工、体育活动课，全部取消；兴趣小组解散！班长，我不在的时候你全权监督，谁不听你的你直接处罚！"晏琦忙起身答应。吴老师目光灼灼盯着他说："要是你自己徇私，那不是帮人，是害人，我只能把你撤掉换更铁面无私的班干部上来！"晏琦当众承诺："我不会的！"

"好！"吴老师满意地点点头，"还有件事，可能有的同学听说了：前几天有个社会上的小痞子，趁我一个人抢我的包，我包里没有现金支票可有你们模拟考试的材料，我能让他抢去吗？我跟他打了半条街！"

众人一看，吴老师右脸果然有擦伤，只是头发放下来了，不注意看不清。教室里"嗡"的一声，掀起一片小小的议论的浪。吴老师双手虚按，大家立时噤若寒蝉，听她继续说："派出所来学校找我了解过情况了，就是上次我上课上到一半被校长喊去那次。小痞子被抓起来关了两天，罚了款，我估计他不会服气。我看人还是很准的。他找我报复我不怕，但是要防止他找你们的麻烦。从今天起，女生晚上放学一律通知家长来接；男生三个以上一起走，走大路，别抄小道；白天发现可疑人员，立刻报告班长或我。中考之前，绝不允许任何人添乱！”

众人唯唯应允。丁鹏几度欲言又止，吴老师鹰一般的眼睛锁定了他：“丁鹏，什么事？”丁鹏站起来，憋了会儿才说：“他打你了是吧？”吴老师一怔，笑说：“那还有客气的？我也抽他了，怎么了？”丁鹏亢声道：“知不知道他叫什么，混哪里的？”吴老师看着他说：“你想干吗？”丁鹏脱口而出：“他们敢打你，我就找人打他个婊子养的！”

他爆出这句石破天惊的粗口，激动得嗓子破音。他可以抱怨吴老师，可以喊“后妈”，可以私底下和兄弟们骂她，但外人不可以！更别提动手了！他恨得胸口都要炸裂。

吴老师倒愣了一下。看来这一届她劈头盖脸骂了三年的学生对她不是没有感情，相反，她是他们心中的“后妈”——后妈也是妈。她看着男生们一个个气得铁青的脸，忽然感到眼眶有点儿湿了。她为了护住他们的复习资料，可以跟歹徒拼命；他们也能为了她，不惜豁出命去。教书几十年，有这么一刻，还有什么不满足的呢？然而再过一个月他们就要走了，高中、中专，总之与她无关了，她多想告诉他们，这个后妈她还没有当够。

她站在那里稳了稳心神：“坐下，以后不准说脏话。”她如此平和地了结了一段小插曲，丁鹏意外，晏琦却又一次从老师的神态里窥见温柔。吴老师是舍不得我们吧？他想。

他以为此事就此打住，事实证明还是吴老师料得更准。那个抢包的青年竟有胆子翻墙摸进学校里来寻仇。

仅仅三天后，吴老师正叫大家做阅读完形、练听力，抢包的青年来了。他抱着双手，在教室外面晃啊晃的，口出不逊之言，要吴老师“有本事出去”。吴老师是姜桂之性，老而弥辣，侧目斜睨，冷冷地说：“你是还想再进一次派出所？”

那人怒了，大放厥词，还朝着门里吐唾沫。同学们都看吴老师。对方哪怕到她家门口去堵她，她也不会这么愤怒。他竟敢打断她上课！教室神圣，容得下他撒野？她把教棒一摔，喝道："男生，抓住他，送护校队去！"

护校队相当于保卫处，外来人士行径恶劣，严重干扰教学秩序，往往就扭送到那里，再联系派出所民警来拿人。

这一声令下，全班四十几个男生像开闸的洪水，轰的一声冲了出去。那青年一见，气为之夺；再看为首几个咬牙切齿，眼睛都红了，这哪里是打架，明明是要他的命来着。刚才挑衅时的一腔胆气顿时丢到了爪哇国。

他撒腿就跑，学生们奋起直追。眼看着人流滚滚下楼，吴老师理智回来了，跑到护栏上朝下喊："不要分散跑，不许出校门！"丁鹏豪迈大笑："收到！"领着人继续追击。

晏琦混在众人当中奔跑，开始还有个目的，后来纯粹是为跑而跑。他一边脚下生风，一边忍不住想笑。这支队伍里高矮胖瘦，一应俱全；男生以外，还有邵珊珊等性情刚烈的两三女生；成绩好的，一般的，"后进生"，界限消失了；人缘好的，一般的，被嫌弃的，全成了战友；丁鹏、王宇那样才决斗过的也捐弃前嫌，一致对外。这追跑简直有点儿欢乐，有了某种仪式感。

晏琦毕竟才生过病，追了两个大圈子，不禁停下来喘息，旁边是邵珊珊和另两个戴着眼镜体力不支的男生。一抬头，他发现无巧不巧的，他们又跑回起点来了，就在教室所在的那幢楼下。

那时是下午三四点钟，校园里很安静，偶尔会响起哪个班的集体朗读。阳光洒在每一寸学校的土地上，树木花草都镀上了一层金属的质感，美得不像真的。天空那么朗阔，下方的教学楼半新不旧，却旧得那样亲切。再下方，三楼走廊上，吴老师和顾芸等女生向下俯视，与其说是焦急，不如说是茫然。规律的日子出了个错，楼上楼下，男生女生全体在这个越轨的下午失了措。时间仿佛盹着了，让人暖洋洋、懒洋洋，又没着没落，无依无傍。在那仿佛定格的一瞬间，晏琦忽然感到他真爱他的学校，爱这群人，爱这一段时光。他愿意永生永世把它们镌刻在心上！

十一

晏琦在那堵墙边站了好久，汪旭他们催他快走他才回过神来。是啊，毕业三十周年聚会，上午去过了“野鹿荡”，晚上还有聚餐。他们先回到宾馆，各自睡了一会儿。

晏琦看看手机，五点十分，差不多了，便穿衣起身。他这间房是宾馆订给众人以后多出来的一间，新婚主题，伉俪味十足，墙上叮叮当当挂了不少营造气氛的装饰，整体色调偏于粉红，双人床更是咕叽咕叽颤动的水床。他一个结婚多年的中年男人，独个人住在这样的房间，不协调得可笑。偏昨晚还有个娇滴滴的女声打电话来，问可要“泰氏按摩全套服务”。晏琦踌躇了一下拒绝了。他为他有短暂的犹豫感到羞惭，其实也是因为夫妻关系一直不好，琴瑟不谐的缘故。

冲了个澡，来到一楼大堂看着报纸等候。故乡这样相对偏远的小城，竟也有他们报业集团旗下的报纸。网络的力量日渐强大，纸媒日渐萎缩，他倒有本事逆潮流而上，使销量不降反增。

人陆续到了，排着一个松散的队伍走到停车场。大巴再次吞了他们全体，运送到光阴大酒店。

那酒店上下三层，一楼是大厅，总服务台，雅致的一格格的小卡座，合起来宛然便是个咖啡厅。钢琴曲奏着《光阴的故事》，喷泉哗哗在灯光下错彩镂金。也有七八个包间在另一头，门闭着，瞧不见内里风光。

二楼三楼都是中大型的厅堂，承接规模较大的宴席，只是二楼多了个舞厅。晏琦等人的聚会就在二楼最中间的“白驹厅”，取时光匆匆，如白驹过隙之意。

此刻众人早已到齐，靠近小舞台的主桌上，除班主任吴老师因病缺席，各科老师尽皆就座。晏琦和当年的学习班委、风纪委员陪座。别的同学满满当当坐了四张桌子，真是济济一堂，毕业以来空前繁盛的一次相聚。

晏琦看人都到了，便朝丁鹏打个手势。丁鹏示意服务员打开大屏，一段精心制作的沙画视频显了出来，中间时不时从沙画背景中凸起一幅幅旧照片——事先跟同学们私下征集来的——有学校大门，有教学楼，有操场、花园，有教室，引得众人一片唏嘘。音乐风格一变，抒情转为俏皮，同学们当年的模样呈现了出来。有毕业照，有集体郊游照，有运动会上的英姿，有毕业时各自找人写毕业留言的情景，有丁鹏号称“丑疯了”的发型，有晏琦捧着奖杯，有顾芸在联欢会上倾情演唱，有邵珊珊等几个女生笑得一片烂漫……惊呼声此起彼伏，啧啧叹息一分钟没有停过。倒数第二张是有人抓拍了汪旭、侯靖泽在咬耳朵，大约是去过晏家以后，二人刚刚缓和关系；最末一张，则定格在顾芸贴满了小虎队等明星贴纸和抄满了歌词的小本子上。

灯亮，屏暗，响起一阵百感交集的掌声。晏琦趁着这段怀旧的情绪，组织大家到一楼列队合影，站位顺序跟毕业照一模一样，换言之，当年你第几排还站第几排，当年前后左右是谁就还是谁，若有哪个同学没来，就把他的位置空一个，将来印出来注明此处缺某某。

正面照照过，丁鹏、邵珊珊等“筹备委员会”成员又吩咐放出模型飞机，在半空中航拍，所有人抬头向天，露出牙齿。汪旭笑道：“这笑容好可怕。”被大家骂他话多。

拍照已毕，摄影师退去，众人说说笑笑上楼重新坐定。晏琦请数学老师代吴老师简短发言，数学老师说不是班主任，发言的待遇受之有愧，要大家吃好、喝好、玩好，常回来看看，人不能来，心也常到。众人报以一阵掌声。晏琦宣布开席。

这一次每个人交了五百元，四十多个同学足有两万多活动经费，扣除大小开销仍是绰绰有余。前两次聚会都是多退少补，这次丁鹏征得晏琦同意，开了个账户，多下来的钱存在里面，以供下次聚会使用，如十年内有小范围的相聚，也一样可向丁鹏支取。邵珊珊私下里问晏琦：

“丁鹏靠谱吗?”言下颇质疑丁鹏的品行。晏琦微笑道：“人家现是老板，生意不大，也不至于这么眼皮子浅，要刮这点儿小钱。”邵珊珊不好反驳，心中却想：怕也不见得。自从焦小玲与丁鹏分手，邵珊珊对他的印象就没怎么好过——当然表面上是谈笑风生。

席间有人提到汪旭跳鞍马三次，活生生把裤子撕成了开裆裤，恨得汪旭拿酒灌他。王宇笑道：“你急什么？那时上个生理卫生课你都能勃起，你的逸事多着哪!”汪旭笑骂：“你是忘了跟丁鹏单挑了吧？脸肿得像猪头，裤带子都扯断半根。”王宇笑说：“滚滚滚!”

大家纷纷开启忆旧模式。侯靖泽说，有一天同桌过来他猛地一推凳子，当场把她小腿撞出瘀血，同桌的姑妈专程写信来说：“再有下次，我就去找你家长!”丁鹏说美术课上不想画画，拿橡皮沾上唾沫，把课本封面的“美术”二字各擦掉了几笔，变成“王八”，被美术老师骂了个臭死。

邵珊珊趁着酒酣耳热，满斟了一杯，泼泼洒洒走到顾芸这边，笑着敬她：“初中不懂事，做了浑蛋事，一直梗在心里。”顾芸知道她在说什么，时过境迁，她能够比较平和地审视这段过往了。她记得邵珊珊自始至终不曾动手，还试图劝阻焦小玲，更背向焦小玲用眼色暗示自己服个软免得吃苦。她用了三十年消化这段伤痛，终于在第三次聚会中原谅了邵珊珊。前两次聚会，她推说不胜酒力，当面婉拒了对方。

她端起酒杯来说：“都不在我心里了，怎么还在你心里?”

邵珊珊大喜，与她杯子一碰说：“我干了，你随意!”一仰脖子喝得涓滴不存。

丁鹏忙也倒了酒来敬，顾芸一笑。丁鹏笑道：“给点儿面子啊!”侯靖泽与顾芸交好，心道：“面子是人给的，脸是自己丢的。”打从与顾芸做了好朋友，昔日的大哥跟他借个量角器都借不到。

顾芸开了椰子汁，倒在杯里，微微一笑：“刚喝了一杯，不能再喝，就是这样意思一下吧。”这话一语双关，表示他和她可别奢望和解，不过是意思一下而已。丁鹏是生意人，自然善于听他人的弦外之音，当下讪讪地敬了酒，讪讪地回了座。

顾芸三十年来历经坎坷，越发磨炼得性子坚毅，凭是什么事，一旦拿定了主意，威胁恐吓不能令她退缩，苦苦哀求不能使她回心。晏琦想几时要再劝一劝她。

他关注顾芸，别人却在关注着他。侯靖泽见了他的神色，还以为他记起了和顾芸间的种种情愫，无端地倒有些惘然。他曾费心费力撮合过他们，结局是徒然。现在他们各有各的生活，尤其晏琦，做到报业集团的正厅级老总，全国著名报人，有妻有子，有身份有地位，自己唯有祝福他俩一别两宽，各自安好。

菜过五味，不能免俗地进入卡拉OK阶段。众人起哄要“歌后”顾芸唱开场歌。顾芸也不推辞，从容上去笑道：“我还是唱我的孟庭苇吧。”点了《你究竟有几个好妹妹》。不用说唱得是极好，只是丁鹏总疑心生暗鬼，想那么多歌不选，偏选了这首，是不是故意讽刺他的花心？

顾芸一首老歌奠定了整晚的基调，有同学对唱《明明白白我的心》，邵珊珊王宇老同桌献上了《我悄悄地蒙上你的眼睛》——在王宇的强烈要求下。两人都发了胖，下面有人说是“合肥组合”。汪旭点了《十七岁的雨季》，有同学臭他：“怎么好意思的，十七岁？你乘以二还拐弯，还装小鲜肉。”汪旭笑道：“那我唱两遍半可以了吧？”

他不是初三那个被孤立、很自卑、见人开玩笑就绕着走的少年了。如今他变得自信、坦然，原先性子里的真纯被岁月酿成了宽厚，他可以笑着接受和化解任何形式的打趣。

顾芸夹了筷鸡丝笋片吃了，笑向侯靖泽说：“你不上去献歌一首？”侯靖泽笑道：“不是我的强项。”顾芸笑道：“差点儿忘了，你是诗人，擅写不擅唱的。”侯靖泽会成为小有名气的诗人，出乎许多人意料，连晏琦都没想到。唯有顾芸感到原该如此。她分明记得侯靖泽把他爸爸比作松树：“……远看挺好，近看全是戳人的松针，树皮还蹭得手疼。”也记得只有他看出了她对晏琦的心意。他既有灵活的想象，复有敏锐的观察，成为一个诗人，不是水到渠成吗？可惜毕业前误伤了左眼，使他创作时只能靠右眼支撑，要付出比一般作者加倍的艰辛。

当下侯靖泽笑道："说到诗，我想起首歌，似乎最俗，却很有诗意；明明是新歌，却充满了我们这一代人才能领会的沧桑。"顾芸给他说得起了好奇心，催他上台。侯靖泽等台上的同学下来，才上台用点歌器点歌。

前奏响起，大屏上显出"粉丝记事本"五个大字。老师、同学们都有点儿奇怪，亦不无新鲜之感。唱了一晚上老歌，终于有人点当代的流行歌曲了。才唱了几句，亲切感油然而生，大家这才明白，怀旧的巅峰藏在这里。

"那一年迷上了郭富城，于是梳了一个和他一样的头发；不明白刘德华和关之琳，为什么就不是情侣啊。直到赵雅芝和周润发，一个变了白蛇一个白了胡茬；当初蹦蹦跳跳的小虎队，围着那格格们陪着皇阿玛……"

随着歌声，大屏上放出 MTV 的画面，那一个个从前的明星，一一闪现在众人面前。他们从前在电影和演唱会上的绝代风华，与当下难以尽掩的疲态，对比得分外残酷。

"当我抱着吉他再唱起黄家驹，如今的孩子已不知陈百强。我的未来没梦见张雨生，世上已不再有梅艳芳。我永远记得最好的张国荣，和最初的梁朝伟。感谢周星驰陪着我的年少，我欠你一张电影票。"

一句句歌词都是大白话，绝无雕饰。昔日的学生们却恍如重回自己的青春。老师们则记起这群孩子是怎样淘气、偷懒、不听话，连眼保健操都不好好做，好像他们是为老师做的。当时恨得只待拿教棒敲过去，拿黑板擦丢过去，现在心里酸酸的，眼眶湿湿的，嗓子梗梗的。

侯靖泽得到了全场最高的赞美，却把氛围拖到了最低沉。为了让大家重整旗鼓，开心起来，晏琦上台即兴表演了个节目。老班长的确是个人才，从小优秀到大，典型"别人家的孩子"，伤仲永的故事在他这儿是反着来的，以至四十多岁就入选全国有突出贡献中青年专家，当选去年“十大报人”，享受政府津贴，可是出色归出色，似乎没听说他有什么才艺。看他的样子不像唱歌，总不会是说快板吧？

晏琦笑道：“我这个节目说简单也简单，说难呢也有难度：说白了就是我问你答，我说台词你猜电影。谁答对一题，赠送我们全年报纸一套，外加开放集团内部阅读网免费浏览一年资讯。”这后半句吸引力着实不小，大家顿时精神一振。汪旭笑道：“别卖关子了，快说！”丁鹏不像汪旭与晏琦那么亲厚随意，对晏琦的赫赫成就颇有些敬畏，便笑道：“是啊，老班长，快开始吧。”

晏琦想了想说：“听这段：‘我等了三年，就是想等一个机会，我要争一口气，不是想证明我了不起，只是要证明我失去的东西，我一定要夺回来！’出自哪部老电影？”丁鹏叫道：“《英雄本色》！”晏琦笑着说是，请顾芸把答对的一一记下。顾芸笑着说：“这是直接取消了我抢答的机会啊。”然而她心里很乐意。晏琦不指使别人单提她，无论如何是视她与别个不同。

晏琦笑着说：“第二题：‘以小民之见，我们不只要练武强身，以抗外敌，最重要的，还是广开民智，智武合一，那才是国富民强之道。区区一个牌子，能否改变国运，还请李大人三思。’出自哪里？”王宇跳起来就喊：“《狮王争霸》！《黄飞鸿3：狮王争霸》！”邵珊珊略有些鄙夷地笑道：“要不要这么激动啊？”心想从初中黑面神到中年神经男，这家伙半辈子上不得台面。不料王宇叹道：“主要是那时候太美好啊！”邵珊珊笑问好在何处，王宇说：“其实吧也没什么特别美好的，但在那么个岁数，后来又一直平平淡淡的，不美好也美好了。”邵珊珊听了，倒对他生出了一丝怜悯。

晏琦一连说了几题，电影越来越冷门，众人苦苦思索的过程也越来越长。有人抗议说这脑细胞死得堪比中考了，求老班长别出送命题，改出送分题。晏琦笑着说道：“听了！‘我祖宗没眼光，让我好学问，让我著书传世。谁知道写游记他们说我泄露国家机密；写历史说我借古讽今；注解兵法又说我策动谋反；写神怪故事吧，又说我导人迷信；最后，改写名人传记，结果这个名人失势，被定为乱党，我跟他一块儿判了个终身监禁。’这部电影不冷僻吧？”众人搜索枯肠，愣是想不出来。侯靖泽上头上脸地笑道：“要不，给点儿提示？”晏琦一口应允，笑道：“记不记得那节体育课上，你们踩着砖头从小河里跑到对面，到汪旭家看什么片子来着？”不等众人回答，汪旭笑道：“《乱世伏魔》！你要说不对我就跟你拼了！”

晏琦笑着说：“对是对了，只是不准确。当时我们看到的香港电影大多不是买了版权从正规途径来的，所以常常有意把名字改了蒙混过关。《倩女幽魂》三部曲其实是《妖魔道》《人间道》《道道道》，到咱们这儿就变成了《神剑斩妖》《乱世伏魔》《金佛喋血》。所以《乱世伏魔》应该叫《人间道》才对。”众人七嘴八舌笑道：“斩妖，喋血，真够土的！”晏琦又笑道：“游戏做完了，最后插播个小花絮吧。录像厅时代的片子，一般有两种配音，王晶的电影像《赌神》《九品芝麻官》用的是台湾班底，比较甜腻；徐克的电影像《东方不败》《新龙门客栈》用的是香港班底，比较老辣。”台下谁不是在录像厅里泡过几年的？听了这话，仔细想想，果然如此，侯靖泽罕见地带头领着大家敬了晏琦一杯，说“长知识了”。

晏琦回到座位，先前的伤感已被淡忘，新一轮拼酒、K歌、说笑话又掀起了高潮，气氛被他不着痕迹地托起来了。顾芸把获奖同学的名单从微信上发给他，问他怎么记台词记这么清楚。晏琦回微信说：“以前那么多单词、课文、例题都背得下来，记几遍台词算什么——重看那么多遍，从来没陌生过。”

十二

八点半钟，宴席结束，同学们分了一拨到隔壁的舞厅跳舞，比如邵珊珊；又一拨到酒店后面的亭台楼阁、花草林木间寻幽探胜、散步消食，比如王宇；晏琦、汪旭、顾芸、丁鹏、侯靖泽等人和几位老师们则下到一楼，分几级在卡座里坐下喝咖啡聊天。化学老师问这边最迟开到几点，丁鹏笑道："您只管玩，我打好招呼了，聊通宵都行。"数学老师问全程是不是都录了像啊，晏琦说是，回头让人压缩文件发给吴老师，让班主任在医院里打发寂寞。数学老师点头。

老师们说他们的，这里晏琦五人说自己的，因为一桌只有四个座位，侯靖泽从邻桌拖了张椅子过来，挤在桌角那边。汪旭、丁鹏没在意，晏琦、顾芸均有些过意不去。

点了茶水，服务员问要不要零食拼盘，汪旭说不要，才吃过，都顶到喉咙口了。服务员只得去了。五个人里因顾、丁互有心病，因此也谈不到什么知心话，只是随意闲聊。先是晏琦说到《百家讲坛》，声称最喜欢王立群，说他有些话媲美格言警句。另四人问他端详。他道："王立群说一个人事业上成不成功要看四个条件：第一你自己得行，第二得有人说你行，第三说你行的那个人得行，第四你身体得行。你们细品。"丁鹏道："我靠，金句啊！"他也想起一桩《百家讲坛》的趣事，说："有一天跟着我爸看了一集，忘了主讲人叫什么，单记得他说某某皇帝相当……他说到'相当'俩字打了个磕巴，我极其明显地感到他本来想说'牛逼'，总算悬崖勒马，紧急改口说'相当精明'，真是辛苦他了。"大家都笑起来了。只有侯靖泽暗忖：王立群在《中国诗词大会》当评委时还说过：过错是一时，错过却是一世。他对晏、顾之未能携手终究是耿耿于心。

扯了会儿闲篇，五杯茶一起上来，汪旭鼻子嗅了嗅就如数家珍，一一报出茶叶的名色。服务员惊异："先生这么厉害！"晏琦笑道："他是开茶场的，这是基本功。"服务员拿着空托盘微笑走开，汪旭把经营茶场的心得与同学们分享，说就喜欢那样的与世无争，逍遥散淡。晏琦笑道："那是因为有工人替你打理，叫你自个儿上山下田采摘炮制你试试呢。"汪旭笑着称是。侯靖泽问起顾芸在教育局的情况，她笑了笑说："是打算继承吴老师衣钵的，没想到被调到局里。"她刚升了德体卫艺科科长，但提也不提。相比那些一升了官就在朋友圈里发任命文件，还配文字“新的开始，戒骄戒躁”的衮衮诸公，真是难得的一股清流。她做老师的初衷就是陶冶学生性情，严防焦小玲与自己的不堪往事历史重演；而今在德体卫艺科，她最狠抓的仍是品德，有时不惜顶撞分管副局长，偏偏副局长就欣赏她这样的脾性、心地，让她得以放手开展工作。

由教育局说到教育，说到负面典型，侯靖泽便提到焦小玲吸毒被抓，戒了又吸，现在已是“三进宫”。丁鹏不方便对“前女友”发表评论，只是埋头喝茶。顾芸冷冰冰地一言不发。晏琦给她发微信说：“别这样，焦是个浑人，但不是坏人。”顾芸回了条信息说：“她活着就是对我的冒犯。”晏琦回了个表示惊恐的微信表情。

汪旭笑道：“管人家的闲事干吗，过好自己的日子是真的。”晏琦懂他岔开众人心思的苦心，接口说：“可不是？人到中年，还是健康顶重要。我上半年连续二十几天疑似发烧，一夜要醒四次，人瘦了七八斤，可量体温永远正常。西医说我没病，最后还是看了中医，判定是阴虚火旺，吃了整三个月的中药，才解决了问题。”顾芸看着他说：“难怪气色不太好。”晏琦安慰她说：“没事，好彻底了。”

他反过来安慰她，看来完全不合理，两个当事人却视作理所当然。侯靖泽带笑旁观，心里只为他们没能牵手而可惜。他知道大学毕业后顾芸曾经向晏琦表白过，不知为什么晏琦婉拒了。汪旭却深知内情。顾芸大学时尝试谈过一个男朋友，心中还是忘不了晏琦，但正因她先有了男朋友，晏琦才不可能再接受她。说到底，他介意得跟初中并无二致：当年是“她最先喜欢的不是我”，后来是“她最开始的恋人不是我”。以他的骄傲，他不仅要是女人的唯一，还天经地义地该是第一。他最后如愿找了个白纸一张的妻子，结果却……

吊灯灭了，每一桌上的小射灯开了。灯光洒下来，像淋浴的莲蓬头，千点万点，把人聚拢到中间。众人不由自主以桌子为圆心向内坐了坐，像怕冷的人围着火堆取暖。晏琦发现原来外在的因素对谈话的气氛和亲密度有相当微妙的影响。先前，在煌煌的大吊灯下，他们说着放之四海皆能说的套话，如今只是灯光稍许改变，五个人聊天的内容立即就深入了几分。

笼罩在光柱中的几人开始感慨起来。汪旭说到前年父亲去世，好久都走不出阴影，为了母亲，又不能不尽量坚强。丁鹏说起第二次婚姻又告破裂，儿子的抚养权至今拿不过来，每周日才能带孩子玩一天，这父子感情哪里好得起来？他二婚较迟，二儿子比除顾芸以外所有同学的孩子都小一截。顾芸是直拖到三十多岁才结的婚。侯靖泽听丁鹏说到子女，便说他和老婆吃够了叛逆期孩子的苦，他现在才体会到为什么有人管儿女叫“小讨债的”。顾芸不禁开了个玩笑：“当初你自己也叛逆，也没少给你爸妈添堵，你说是不是一报还一报呢?”侯靖泽唯有苦笑。

每一桌脚下有根发着莹莹黄光的小灯管，造成一片矩形的灯影。它与头上的射灯遥遥呼应，撩拨着中间这一群中年人的谈兴，也抚慰着他们千疮百孔的身心。

再后来，十点多了，有些同学打车先走，数学老师等也熬不住困，与晏琦等招呼了一下，先回家了。晏琦他们暂时都还不想归去。喷泉停了，热闹的哗哗背景声忽然消失，潺潺的音乐显得如此孤零。丁鹏打电话叫大巴司机先走，明早到宾馆接大家到“玉米人”吃一顿早饭就跟他结账。司机开着空车走了，车头灯在某一个瞬间扫过较暗的室内，从晏琦他们每个人脸上都掠了一下。那是过于明显的中年人的脸，男士们头发程度不同的稀疏，唯一的女士细碎的纹路再高明的化妆术也遮盖不住。相同的是他们的眼神，少年时灵动的水一样的清澈混浊了，沉下若干岁月的泥沙——谁说眼里揉不下沙子？

晏琦问侯靖泽左眼做过微创手术，效果如何。侯靖泽说没大变化，写诗还是主要靠右眼。“好在我看世界不是用眼而是用心。”他还能调侃，说明心态不坏，顾芸多少有点儿放心。丁鹏笑道：“你新出的诗集我帮你找几个老板销了一些，企业里还真有几个文学青年。”汪旭说：“几个？”丁鹏笑道：“几个你还嫌少?”他不敢告诉侯靖泽他亲眼看到有家合资企业的销售科长拿侯靖泽的心血垫桌子。侯靖泽拿起水壶给各人茶杯里续水，一面笑道："有几个就挺好，真正的知己，哪怕只有一个呢。"

其他客人陆续走光了，大厅里只剩他们一桌。服务员忍着哈欠频频朝他们看，叫他加壶热水也丧声歪气的。汪旭有点儿生气，笑道："十年一聚，坐到十点，不过分吧？"服务员脸色越发难看。丁鹏笑着掏钱付了小费，说"辛苦啦"，服务员才转怒为喜，殷勤地添茶添水送瓜子。

侯靖泽问晏琦报刊下一期会策划什么专题，前两期社会上都很轰动的。晏琦说："我丢给责编了，做多了，也疲了。"侯靖泽说："怎么会？你可是被誉为'新闻界良心''道德楷模'，专为公义发声的。"

晏琦叹道："有些事不足为外人道。比方说，有一期我们派人采访了残疾女孩，她上初一了，行动不方便，还天天用尿不湿，上下楼全靠同学和老师背。当时感动了很多人，可没人想过以后呢？这样的孩子怎么考大学，怎么谋生，怎么嫁人，谁背她一辈子？我提过这些问题，领导也为难，最后只能叫为她多募集捐款，后续情况就不要讨论了。"众人默然。

晏琦又说："再比方说，评选省'书香家庭'，我是终审评委。有一家户主叫曹晖，女的叫蒋玫，女儿才十几岁，三口人个个爱读书，家里最大的房间做了书房，书籍又多又有品位。提供的材料看得出来条件比较艰苦，我有心想让他们入选，拿个第一，奖金丰厚，多少能帮他们一点儿。谁知这个领导打招呼，那个朋友托关系，硬是把一个八竿子打不着的没什么文化的家庭送上了榜首。我当时就发了火，说这一家如果不能上榜，下一届不要找我当评委，姓曹那家才勉勉强强进了前十。第四到第十的奖励比前三可就差得远了。就这样还有人在背后说我跟这家有特殊关系，冲冠一怒为熟人。"侯靖泽感叹人心不古。

汪旭笑道："不是还有一件事吗？在卡拉 OK 里边……"晏琦想想笑道："对的。有位刚当上公安的小伙子，有次穿着便服和朋友去卡拉OK，见到有人殴打一个青年，他就挺身而出，亮出证件，将那帮歹徒吓退。那帮人回头就把事情捅上网，说民警出入娱乐场所还无故与百姓起冲突。天知道那是个节假日，小伙子又没穿警服，也完全是主持正义。结果网上吵翻了天，我们经过很多次采访得到真相，愣是不敢公开，生怕人说我们罔顾媒体人的操守，一味偏帮‘公家人’。我当时脑子一热，自作主张，火力全开，为那小伙子澄清事实，给单位带来的舆论压力足足持续了半年有余，给上级批评得厉害，我也就没再跟进了。”顾芸道：“你做得对！为了道义，就得做出取舍！”晏琦涩然一笑说：“所以说，我这个什么‘良心’‘楷模’的称号，也水得很。”

音乐停了。二楼跳舞的同学也下来道别离开。丁鹏看看手机说：“散了吧，明天起个早，吃个早饭，就各奔东西了。”他说到“各奔东西”，侯、汪二人均有恋恋之色，顾芸却眼皮儿不抬一下。晏琦想着如何为她打开这个心结，便笑着说：“你们可能不知道，我这两年迷上了戏曲，手机里收藏了好多折子戏。当年我妈就爱听戏，潜移默化这个东西，看来还是有的。”汪旭道：“想起来了，你家那时还有不少唱戏的光碟。”侯靖泽笑道：“老班长是票友，想不到。”晏琦笑道：“票友会唱，我顶多算个听友。给你们放一段我喜欢的小越剧，听完了就回宾馆吧。”说着把手机往桌上一放，点了“收藏”。

另四人一起把头往前伸了伸，边听边看手机视频里的字幕。一阵悠扬的前奏，随即有一女声唱道：

滔滔江流不复还，
起落浮沉应等闲。
人生就像一艘船，
伤痕累累到彼岸。
悲欢皆是缘，
宽恕在心间。
行到水穷处，
往事如云烟。
从今后，

我要放下过去，放开心怀，
找回柔软，找回良善，
珍惜亲友，珍爱世界，
活出洒脱，活出境界，
活一个看淡恩怨无拘碍，
长空一碧艳阳天。

众人都明白了晏琦的用意，谁也不说破。丁鹏暗暗感动，顾芸却有些神思不属。她试着分析她自己，这么多年究竟在恨些什么。她对丁鹏早就没绮思了，因爱生恨就完全谈不上。那么他年少时的荒唐为什么这么难以谅解？那一天他并没有主动炫耀，而是不小心把把柄落在了焦小玲手里。她深为不齿的是他事前的轻薄试探糟践了她的真心——生命中第一次喜欢一个异性——以及事发时怯懦地不敢阻止别人对她施暴。是该气，可真值得记恨这么久，屡次三番让他没脸吗？

她沉浸在自己的思绪里，随晏琦等走出酒店。侯靖泽有意要给晏、顾二人一个独处的“机会”，找了相当蹩脚的借口叫丁鹏、汪旭跟他打车先走。丁鹏乖乖听话，拦了车，汪旭却不肯上车，直接把丁、侯两位塞进车里打发了，气得侯靖泽暗骂汪旭不通人情。汪旭却猜到晏琦此刻未必愿意与顾芸单独相处，他向来是个谨慎的人，既怕外人闲言碎语，也或许担心顾芸感情不能自控。最好的办法是表面上三人行，实则汪旭稍稍落后，让他们二人在前，该说什么说什么，那就既能交流又没有旁的顾虑。晏琦心想：那么多年邻居不是白做的。这份默契，正像当年每天晚上到了点就打开窗子对作业。

三人二前一后朝宾馆——也是朝学校旧址的方向散步，汪旭偶尔上来与他们并肩，说说从前的事，尤其是那阵不敢上厕所，有了晏琦的鼓励他才能打破心魔，从此社会上什么冷漠、孤立、轻慢他都不害怕了。顾芸笑道：“你也是的，当着女人的面说上厕所。”汪旭笑道：“少了俩字，‘已婚’女人。”顾芸笑着啐了一口。在如银的月色下，在听了优雅的越剧唱段后，她变得柔和起来。

汪旭笑着掉在后面几步，假装玩手机，与他们若即若离。顾芸说："你那段戏，是放给我听的吧？"晏琦微笑。顾芸笑笑说："我也想放下，只是很难。"晏琦说："你放不下，伤害的主要不是他，是你自己。要学会与过去和解。"顾芸叹道："说得简单。"晏琦笑笑说："看看佛经呢？咱们的传统文化博大精深，中年了，该是精神上回家的时候了。"顾芸沉默半晌才说："我试试。"

晏琦大喜。他深知顾芸的性子，不下决心绝不轻易许诺，一旦承诺就是一诺千金。顾芸望着月光下喜形于色的男人，含着笑说："还好，你还不油腻。"晏琦笑道："承蒙你夸奖了。"顾芸一径儿看着他，走得很慢，过了片刻，忽然眼里盈盈地生出泪来。也不是真的哭，没有颗颗泪珠，就是一时感触，凝起一层莹润的泪膜。晏琦心中难受，却擅于自控，向后扫了一眼汪旭，又看一眼顾芸。她懂他的提醒，还有第三者在场。她仿佛从来没有和他独处过。他为她解围，一次是有焦小玲他们，一次是化学课的讲台上。她到他家探病，也有侯靖泽和他母亲。十年一聚，佳期如梦，却并不能胜却人间无数，每每有那么多双眼睛在四周闪动。连这一点儿凄凉的满足她也没有。她忍住了泪意，鼻子却更酸了。

走到从前的学校门口，那家企业的大铁门早已上锁，只有传达室远远地还亮着灯。从这里到宾馆，不过四五分钟路，三个人却都不忍再走。小城人睡得早，不到十一点街上已经没什么人。三人索性在大门口的台阶上坐了下来。汪旭有意找话陪他们聊，使他们不致太过冷场。顾芸忽道："你就不嫌累吗？"汪旭一怔，笑道："说实话，有点儿累。"顾芸给他逗笑了，似乎很随意地擦了擦眼角："我知道你在担心什么。"汪旭笑道："不可说，不可说。"

顾芸知道汪旭是晏琦最好的朋友，也曾经微信问过汪旭晏琦为什么不接受她。那是她一次难得喝醉以后。汪旭也不绕圈子，把实情坦诚相告。顾芸当时对晏琦有多怨怼，此刻对他这个人就有多怜惜。事已至此，多说无益，她关心起别的事来："你刚才劝我要能放下，与过去和解，我想想也要劝你。”晏琦讶然：“劝我?”顾芸笑了笑说：“是……也不是特指一件事。”晏琦“嗯”了一声。顾芸柔声说：“我是真不愿看你再这么下去……”她向来是生硬的时候多，唯独对他保有温柔的一面。即使如此，也少有这时那又像姐妹又像爱人的似水柔情。她的关切快从眼中溢出来了。

就在晏琦想着如何对答时，她站了起来：“我先回去睡了，你们哥儿俩再聊聊吧。”她踏着路灯下树叶的影子走了。仍然是苗条的少女似的背影，可不知是步态还是手势，泄露了她的真实年岁。她消失在街角，晏琦却毫无征兆地一声长叹。他和汪旭一起看着天上明月，像三十年前的晚上，曾在两个阳台上做的那样。《来生缘》的最后一句歌词，仿佛又在他们耳畔浮现出来：“只好等在来生里，再踏上彼此故事的开始。”

十三

白发苍苍的晏琦在废墟里走着，微信视频开着，相当于对汪旭现场直播。汪旭腿脚不便，心肺功能退化，毛病一堆，不良于行，连下个楼都是壮举。要想践十年之约，只能靠视频和晏琦的脚步了。

废墟间的路很不好走，深一脚浅一脚的。汪旭在视频里不时地说：“当心啊，衬着点儿，我们这把老骨头，禁不起一点儿磕碰。”

晏琦记性极好，虽是七十大几的人了，虽在一片没有标识的碎砖瓦砾之中，他仍能大致寻找到当年的种种“地标性建筑”。汪旭最想看的是操场和教室，晏琦“带”着他到“操场”晃了晃，又到旧日的教学楼所在地暂歇。他找了半堵残墙扶着，调匀呼吸，瞧着眼前这块土地，自动幻化出初中教室的模样：前面的黑板、讲台，后面的黑板、过道，四排桌椅整整齐齐，劳动班委每天要检查在不在一条直线上；左墙上是三幅外国哲人的画像，右边三幅是中国人的，每幅上写着名人名言，至于有没有“书籍是人类进步的阶梯”“时间就像海绵里的水，挤一挤总会有”，太久前的事，实在记不真切了。在三个外国大胡子和三个中国山羊胡子之间就是他们，青春、烂漫、纯真……真的纯真吗？就在这教室里发生过众男生对汪旭的排挤嘲弄，外班女生对顾芸的无情凌虐，更发生过他一回想就毛骨悚然、难以回首又无法忘怀的往事。

对，就在这里，放学后，本该大扫除的，可丁鹏汪旭侯靖泽与两个男生调皮捣蛋，粉笔大战。汪旭刚刚重新被男生们接纳，笑得尤其灿烂。侯靖泽也笑得很欢。他笑什么？是笑他能够为顾芸奔走撮合，还是能陪她来探自己的病，还是得意于顾芸没带练习册而他英雄救美，将他的给了她？撮合，可笑，你这是撮合吗，是借机接近吧？顾芸那么好的女生，是你配喜欢的吗？就凭你？然而就是这个平庸的男生，可以无拘无束与顾芸接触，无忧无虑向她谈心事、说笑话，听说还在打听顾芸高一的去向，高二学文学理，是要无休无止地缠着她吗？笑吧，笑得真好，真开心，真——可恶！

旁观的晏琦妒恨交迸，鬼使神差地拿一把粉笔，混在丁鹏等人之中，从稍侧的位置狠狠砸了过去。侯靖泽一声痛呼，弯下了腰。许是用的力气太大，许是恰好角度刁钻，又或许是六十年前县人民医院的值班医生判断有误，这一砸竟落下了终身的残疾！

只因丁鹏等人怕被吴老师骂，及时清理了教室，所有可能的证据一扫而光。只因他是稳重的班长，是年级第一、品学兼优的好学生，没有任何人疑到他身上。他被恐惧攥住了，越拖延越不敢说，越不敢说越拖延，竟致成了挥之不去的梦魇。他日后取得再大的成就，得到社会再多的认可，还是背着沉重的心灵的枷，他判了自己终身监禁！

当一项项荣誉接踵而至，鲜花、荣誉与掌声潮涌而来，他内心总会浮起三个字：“我配吗？”他当然会下意识地为自己开脱，找无数的理由说过去的就该让它过去，有一阵这类自我催眠似乎有效，似乎真带来几分心安。可一到同学聚会，看到侯靖泽那无神的左眼和纯净如赤子的右眼，看到他对自己全然信任、感激、依赖的眼神，强烈的罪恶感就又泛了上来。在花样年华就做出那样阴损狠辣的勾当，他哪里当得起那些闪闪的光环？老来他越发“德高望重”，令世人高山仰止，可他心中却不免想起淮剧《小镇》里的经典唱词：

谁无有往事历历怕回想？
谁无有痛悔默默胸中藏？
谁不愿心无积郁坦荡荡？
谁不愿尽卸块垒着轻装？
四十年神坛高坐做榜样，
四十年寡言少语筑心墙。
四十年布衣素食惩过往，
四十年人生漫漫做道场。
你可知
多少回我笑声朗、歌声扬、语酣畅、声铿锵，
重回无瑕少年时，
醒转来方知一枕梦黄粱！

四十年，何止四十年？无瑕少年，他连少年时也并非无瑕。剧中人寡言少语、布衣素食，他连这样的自惩也不曾做到。多少次他想向侯靖泽坦承一切，向他请罪，却始终开不了口。他没有直面现实的大勇，他是个懦夫！

"你说的，都是真的？"汪旭在微信那头震惊莫名。

晏琦沉痛地点着头说："这是我一生的污点，永远洗不掉。"

汪旭沉默半晌才说："难怪你后来对侯靖泽那么好，又是帮他联系出版社，又是找人帮他开研讨会。他不在了，你又照顾他的儿孙。"晏琦苦涩一笑："有什么用？聊胜于无罢啦！说真的，我没想到他走得那么早，就在我们第三次聚会，去野鹿荡和光阴大酒店那回之后，第二年就英年早逝！"汪旭叹道："这种事谁保得定呢？他本来就心脏早搏，那一阵压力太大，累着了就突然发作了。怪就怪他老婆只会打 120，都不知道赶紧做胸口按压和人工呼吸，速效救心丸也不备一点儿在家里，

黄金三分钟一错过就是一条命哪!”晏琦哀痛地说:“是王宇亲手为侯靖泽火化的,从此以后王宇就没来参加过咱们聚会。连王宇都无法面对,何况是我?你知道吗,侯靖泽很早就签了捐赠志愿书,死后把右眼眼角膜捐出去。这样一个好人,一生就被我的年少冲动给毁了!”

他剧烈地大咳起来。汪旭忙在那边苦苦相劝,好半天,待他稍稍平静下来以后才沉声说道:“到底我是后知后觉,顾芸早就猜到了吧?”晏琦缓缓点头说:“她心细,大概感到我多年如一日帮侯靖泽的忙,渐渐地怀疑、想通、想透了。”汪旭真诚地说:“老晏,听我一句劝:你这么下去是白白折磨你自己。你说侯靖泽被你毁了,可你把你自己也苦出水来了!人都过世三十年了,离你犯错都六十年了,你还要心心念念,自责自愧,一说起来还那么激动,那就是自虐!”

他们之间,从来没有什么秘密,今天他发现有一个。他们之间,从来都是晏琦劝他,帮他剖析、理顺、思考对策,今天他要反过来规劝晏琦。他是晏琦交好大半辈子的老兄弟,从他嘴里讲出来的恳切劝喻,分量直如千钧。

良久良久,晏琦才咳了一声说:“往回走吧,兴许顾芸已经来了。”

才走了几步,就见一位四十多岁的中年女人,牵着个十六七岁的女孩子迎面走来。她见到晏琦,停下脚步,拿出手机看了一下就招呼道:“晏叔叔,您好!”

晏琦奇道:“你是?”那女人说:“我是顾芸的女儿洪琳。”指着拉着的少女说,“这是我的孩子瑛瑛。”对瑛瑛说,“叫爷爷。”瑛瑛红着脸,声如蚊鸣,叫了声:“晏爷爷好。”

晏琦顾不得礼节,问顾芸怎么不来,明明前两天微信还说得好好的。洪琳神色黯然,晏琦和视频那端的汪旭便有预感。果然洪琳说:“妈妈走了。”晏琦脸色大变:“什么时候的事?”洪琳说:“上个月。”晏琦颤声问她:“那最近跟我联系的是……”洪琳道:“是我。妈妈怕您失望,事先叮嘱了我,叫到你们同学聚会的正日子再告诉你们。她要我代她最后赴一次约,她说,她不能对您失约。”晏琦心上锐痛,不由得老泪纵横。

洪琳和瑛瑛也哭了。洪琳说："我妈走得很安详，听着佛曲就过去了，也是有福报的。您别太难过。"晏琦止不住地只是泪如雨下。汪旭在那边也抽泣起来，暮年之人，一旦知道同龄人又走一个，那不单是哭别人，同时也是在哭自身。他泣道："我们（3）班，眼看着也没剩下几个了，邵珊珊都去世一周年了。"晏琦见洪琳面有诧色，哑着嗓子解释了一句："也是我和你母亲的同学。"洪琳点头。晏琦朝手机说："先挂了，回头跟你说。"汪旭哽咽着应了。

挂断视频，洪琳扶着晏琦往门口走，让瑛瑛跟在后面。洪琳说："这孩子和她外婆最亲，吵着一定要跟我来完成外婆的心愿，我就带她一块儿来了。"晏琦轻道："好孩子。"

回到废墟门口，洪琳从包里掏出个本子来递过去说："我妈说，这本来是您的，要我物归原主。"晏琦心中一跳，打开看时，是他初中写的武侠小说，把班上同学全编进去了，开始是铅笔，后来用圆珠笔重描了一遍。看着那一个个曾经代表着鲜活生命的名字，他不禁想到汪旭刚才说的："眼看着也没剩下几个了。"他一页页翻着，想起当年每写完一章，就在班上疯传，到最后小说突然不知所踪，原来是被顾芸悄悄收藏了，这一藏就是几十年。她对他的情意深沉至斯！他极小心地抚摩着每一页，生怕碰破了一点儿，那已然不是他一个人的，是他和顾芸共同的，他一页页翻过去，泪水不觉又流了下来。

翻到最后一页，却多了几行钢笔字："前尘随风，身无拘碍；各有因缘，心无增减。如有来世，愿成为更好的自己。"他以前叫她看佛经，她确乎有所领悟。此一瞬间他与她心灵相通。她既是劝他别再自苦，别再想着侯靖泽的事深深陷溺，又是劝他不要执着，在情感中方能顺其自然。他们夫妻间的失和，妻子的日渐乖戾暴躁，难道责任仅仅是单方面的吗？就如同他和顾芸一再错过，绝不只是顾芸的问题。他这才回过味来：当年她叫他"放下"，其中深意，着实不少，是他理解得狭隘了。而临终前的顾芸，对他关怀如昨，却已更加超脱，为他们大半生的蹉跎，写下了一份惆怅的圆满。

他品咂着这复杂的况味，蓦然发觉，从那次大聚会后的三十年间，他比他们落下了不止一程。顾芸的明彻通透、汪旭的真纯达观，以及他们对各自家庭的经营、子孙的陶冶，远不是他所能比。他那些大大小小的后代，单等着瓜分他的身后财产罢了。偏偏他为了他们，顾虑重重，许多事弄得束手束脚。

他摇摇头，赶走不快的念头，珍而重之地把小本子捂在心口："你母亲的意思我懂了，谢谢你们!"洪琳问他："您现在去哪里？我送您去。"他说："我回宾馆休息一晚，明天给我父母和一个姓丁的同学扫完了墓再走。我身子骨还好，不碍事，你去忙吧。"

瑛瑛悄拉妈妈的衣角表示她的担忧。她正是遇到陌生人加倍腼腆的年纪，可出于对这位陌生老爷爷的关心，她本能地反对让他一个人独自度过漫漫长夜。晏琦见这孩子和自己初中时一般大，想来洪琳也同她母亲一般的晚婚，真是"人世有代谢，往来成古今"；孩子善良细心，他们后继有人，又使他感到苍凉之余，多少也有所安慰。

洪琳拍拍瑛瑛，对晏琦说："我们不忙，我们就陪您过去，晚上听您说说以前的事儿。"她是怕他伤心寂寥，故有此议。他也就不再坚持，说"也好"。

三人并排走着，晏琦看着夕阳和火烧云，想到和汪旭骑车上学，面对一轮朝阳的情景。那时他绝料不到日后会与顾芸的牵扯绵延一生。她的临终遗言叫他别纠结往事，他愿意试一试。就像中年时她也听了他的话，试着原谅丁鹏一样。她说来世要成为更好的自己，他沐着夕阳的余晖和微微的晚风，却生出不同的想法。他虽年事已高，身体还算康健，不必等来世再去努力。他决定趁着还有余热，去尽力多做些实实在在的事情。如此，他就不是对侯靖泽一家赎罪的凄风苦雨，而是把欠侯靖泽的、欠顾芸的、欠所有亏欠者的，向着广大的世界还情。能还多少是多少，能还多久是多久，挣脱晚辈的桎梏，不论世人的毁誉，无视死亡的潜伏，倾尽心血，放手一搏，回报他欠着的，以及爱着的一切生者和逝者。那是他一个人的浩瀚壮丽。

又一阵晚风吹来，那么清畅，那么温和，那么柔净。

《晚风》附评：

《晚风》采用了三个时空交织并进的叙述方式：晚年的一个小时套着中年的一天，中年的一天又套着少年某一学期的日日夜夜。加之事件多、人物众，本来难免要散乱。然而作者结构全篇的功力极强，三层时空互为关联，暗伏因果，时有奇峰凸起，最终还营造出非凡的平衡感，并借由时空的穿插，对照出人生的诸般况味。

少年人的爱恨不得章法，中年人的背负掺杂无奈，老年人的心境沧桑凝郁。每个时段在作者笔下都那么恰如其分。如果文本止步于此，原亦不失为佳作。然而作者的野心，使他在时空格局之外，还给了一众人物（主要是七个同学）几乎每人一条完整的生命曲线——要知道这个作品全长不过四五万字而已。

“人生是一场修行”。侯靖泽、汪旭在青春的苦恼后，借由纯真修得一生的诗意、赤诚。顾芸在历经非常的校园欺凌后，结成半生难解的心结，终在佛音梵曲里修得清宁。最让人震动的还是晏琦，潜伏多年的悔与愧几成心魔，大半生造就浮屠却困于浮屠，在知己顾芸的临终劝慰和自身的不俗悟性下才放下往事，升华境界。丁鹏、邵珊珊、王宇没有这样的福报，可他们的一生也一样耐人寻味、引人唏嘘。

本篇与前三篇不同之处在于，收敛了戏剧性与传奇性，转向平实、朴素与深厚。主人公晏琦以大半生的时间，历经心路的百转千回，才爱恨尽释，返璞归真，悟透生死，发愿将余生的爱与暖回赠予浩渺的人世。作品出人意料地没有结在伤感低回的情调上，反有激扬振奋后的平静。作者借由晏琦暮年的参悟，完成了自己写作上一次可贵的突破。（浅泠）

图书在版编目(CIP)数据

天象 / 陶然著. -- 北京：中国文史出版社，2021.1

(跨度小说文库)

ISBN 978-7-5205-2394-3

Ⅰ. ①天… Ⅱ. ①陶… Ⅲ. ①中篇小说-小说集-中国-当代 Ⅳ. ①I247.5

中国版本图书馆 CIP 数据核字(2020)第 198913 号

责任编辑：卢祥秋

出版发行：**中国文史出版社**

社　　址：北京市海淀区西八里庄路 69 号院　邮编：100142

电　　话：010-81136606　81136602　81136603（发行部）

传　　真：010-81136655

印　　装：北京新华印刷有限公司

经　　销：全国新华书店

开　　本：720×1020　1/16

印　　张：21　　　　字数：285 千字

版　　次：2021 年 1 月第 1 版

印　　次：2021 年 1 月第 1 次印刷

定　　价：66.00 元